NOUVELLE ENCYCLOPÉDIE
DU SAVOIR RELATIF ET ABSOLU

Dès l'âge de 16 ans, Bernard Werber écrit des nouvelles, des scénarios, des pièces de théâtre. Après des études de criminologie et de journalisme, il devient journaliste scientifique. À 30 ans, il rencontre un énorme succès avec son premier roman *Les Fourmis*. Bernard Werber propose un nouveau genre littéraire qu'il nomme « philosophie fiction », mêlant science-fiction, philosophie et spiritualité. À travers différents regards exotiques, extérieurs, celui des animaux, mais aussi des arbres, des divinités antiques ou de potentiels extraterrestres, il tente de comprendre la place de l'homme dans l'univers.

BERNARD WERBER

Nouvelle encyclopédie du savoir relatif et absolu

ALBIN MICHEL

Crédits iconographiques
p. 114, 209, 389 : © Bettmann/Corbis ; p. 155, 157, 199, 532 :
© Archive/CSA Images/Corbis ; p. 226 : Gustave Doré © Bettmann/
Corbis ; p. 549 : © Swim Ink 2, LLC/Corbis
© Éditions Albin Michel et Bernard Werber, 2009.
ISBN : 978-2-253-16029-8 – 1re publication LGF

1 • ENTRE NOUS

Entre
Ce que je pense
Ce que je veux dire
Ce que je crois dire
Ce que je dis
Ce que vous avez envie d'entendre
Ce que vous croyez entendre
Ce que vous entendez
Ce que vous avez envie de comprendre
Ce que vous croyez comprendre
Ce que vous comprenez

Il y a dix possibilités qu'on ait des difficultés à communiquer.

Mais essayons quand même…

2 • DEVANT L'INCONNU

Ce qui effraie le plus l'Homme, c'est l'Inconnu. Sitôt cet Inconnu, même adverse, identifié, l'Homme se sent rassuré. Mais « ne pas savoir » déclenche son processus d'imagination. Apparaît alors en chacun son démon intérieur, son « pire personnel ». Et croyant affronter les ténèbres, il affronte les monstres fantasmagoriques de son propre inconscient. Pourtant, c'est à l'instant où l'être humain rencontre un phénomène nouveau non identifié que son esprit fonctionne à son meilleur niveau. Il est attentif. Il est éveillé. De toutes ses facultés sensorielles, il cherche à comprendre afin d'endiguer la peur. Il se découvre des talents insoupçonnés. L'Inconnu l'excite et le fascine tout à la fois. Il le redoute et en même temps l'espère pour voir si son cerveau saura trouver les solutions pour s'y adapter.

Tant qu'une chose n'est pas nommée, elle dispose d'un pouvoir de défi pour l'humanité.

3 • Recette du gâteau au chocolat

Ingrédients pour 6 personnes : 250 g de chocolat noir, 120 g de beurre, 75 g de sucre, 6 œufs, 6 cuillères à soupe rases de farine, 3 cuillères à soupe d'eau.

Préparation : 15 minutes. Cuisson : 25 minutes.

Faire fondre le chocolat avec l'eau dans une casserole à feu très doux, jusqu'à obtenir une pâte onctueuse et parfumée.

Ajouter le beurre et le sucre, puis la farine, en mélangeant sans cesse jusqu'à ce que la pâte soit bien homogène.

Ajouter un à un les jaunes d'œufs à cette préparation.

Battre les blancs en neige très ferme, les incorporer délicatement à la préparation au chocolat. Verser la pâte ainsi obtenue dans un moule dont on aura au préalable beurré la paroi. Faire cuire au four pendant environ 25 minutes, à 200 °C (thermostat 7). Tout l'art consiste à obtenir le dessus cuit, mais l'intérieur moelleux. Pour cela il faut surveiller le gâteau et le sortir de temps en temps entre la 20e et la 25e minute. Le gâteau est cuit lorsque son centre n'est plus liquide, mais qu'un couteau planté en ressort à peine enduit de chocolat.

Servir tiède.

4 ♦ L'HOMME SUPERLUMINEUX

Dans les théories les plus avant-gardistes de compréhension du phénomène de conscience, celle de Régis Dutheil, professeur de physique à la faculté de médecine de Poitiers, est particulièrement remarquable. La thèse de base développée par ce chercheur s'appuie sur les travaux de Feinberg. Il existerait trois mondes définis par la vitesse de mouvement des éléments qui les composent.

Le premier monde est le monde « sous-lumineux », celui dans lequel nous vivons, un monde de matière obéissant à la physique classique des lois de Newton sur la gravité. Ce monde serait constitué de bradyons, c'est-à-dire de particules dont la vitesse d'agitation est inférieure à celle de la lumière.

Le deuxième monde est « lumineux ». Ce monde est constitué de particules appartenant au mur de la lumière, les luxons, soumises aux lois de la relativité d'Einstein.

Enfin, il existerait un espace-temps « superlumineux ». Ce monde serait constitué de particules dépassant la vitesse de la lumière, nommées les tachyons.

Pour Régis Dutheil, ces trois mondes correspondraient à trois niveaux de conscience de l'homme.

Le niveau des sens, qui perçoit la matière, le niveau de conscience locale, qui est une pensée lumineuse, c'est-à-dire qui va à la vitesse de la lumière, et celui de la superconscience, une pensée qui va plus vite que la lumière. Dutheil pense qu'on peut atteindre la superconscience par les rêves, la méditation et l'usage de certaines drogues. Mais il parle aussi d'une notion plus vaste : la Connaissance. Grâce à la vraie connaissance des lois de l'univers, notre conscience accélérerait et toucherait au monde des tachyons.

Dutheil pense qu'« il y aurait pour un être vivant dans l'univers superlumineux une instantanéité complète de tous les événements constituant sa vie ». Dès lors, les notions de passé, de présent et de futur se fondent et disparaissent. Rejoignant les recherches de David Bohm, il pense qu'à la mort, notre conscience « superlumineuse » rejoindrait un autre niveau d'énergie plus évolué : l'espace-temps des tachyons. Vers la fin de sa vie, Régis Dutheil, aidé de sa fille Brigitte, émit une théorie encore plus audacieuse selon laquelle non seulement le passé, le présent et le futur seraient réunis dans l'Ici et maintenant, mais toutes nos vies, antérieures et futures, se dérouleraient en même temps que notre vie présente dans la dimension superlumineuse.

5 • LOIS DE MURPHY

En 1949, un ingénieur américain, le capitaine Edward A. Murphy, travaillait pour l'US Air Force sur le Projet MX 981 et devait étudier les effets de la décélération sur un humain lors d'un crash. Pour cette expérience il devait disposer seize capteurs sur le corps d'un pilote. Cette mission fut confiée à un technicien, sachant que chaque capteur pouvait être appliqué selon deux positions : la bonne et la mauvaise. Le technicien plaça les seize capteurs dans la mauvaise position. À la suite de quoi Murphy émit la phrase : « If anything can go wrong it will » – « Si quelque chose peut aller mal, cela ira mal. » Cette loi du pessimisme aussi appelée Loi de l'Emmerdement Maximum ou Loi de la Tartine Beurrée (parce qu'une tartine tombe toujours du côté beurré) est devenue si populaire qu'un peu partout se sont mis à émerger, comme des dictons populaires, d'autres « lois de Murphy » autour du même principe.

En voici quelques-unes :

« Si tout semble bien marcher, vous avez forcément négligé quelque chose. »

« Chaque solution amène de nouveaux problèmes. »

« Tout ce qui monte finit par descendre. »

« Tout ce qui fait plaisir est illégal, immoral ou fait grossir. »

« Dans les queues, la file d'à côté avance toujours plus vite. »

« Les hommes et les femmes vraiment intéressants sont déjà pris et s'ils ne sont pas pris, c'est qu'il y a une raison cachée. »

« Si cela semble trop beau pour être vrai alors ça l'est probablement. »

« Les qualités qui attirent une femme vers un homme sont en général celles qu'elle ne peut plus supporter quelques années plus tard. »

« La Théorie, c'est quand ça ne marche pas mais que l'on sait pourquoi. La Pratique, c'est quand ça marche mais qu'on ne sait pas pourquoi. Quand la théorie rejoint la pratique, ça ne marche pas et on ne sait pas pourquoi. »

« L'amour est la victoire de l'imagination sur l'intelligence. »

« Les nouveaux systèmes génèrent de nouveaux problèmes. »

« Toute technologie suffisamment avancée ne peut être distinguée de la magie. »

« Les amis vont et viennent, les ennemis s'accumulent. »

6 • TROIS VEXATIONS

L'humanité a connu trois vexations.
La première c'est Nicolas Copernic qui a déduit de ses observations du ciel que la Terre n'était pas au centre de l'univers.
La deuxième c'est Charles Darwin qui a conclu que l'homme descendait d'un primate et était donc un animal comme les autres.
La troisième c'est Sigmund Freud qui a signalé que la motivation réelle de la plupart de nos actes politiques ou artistiques était la sexualité.

7 • LES MAGICIENS

Un parchemin égyptien daté de 2700 av. J.-C. mentionne pour la première fois un spectacle de magie. L'artiste se nommait Meïdoum et officiait à la cour du pharaon Khéops. Il émerveillait les spectateurs en décapitant un canard puis en lui rendant sa tête par un tour de passe-passe et en le faisant repartir bien vivant sur ses pattes. Poussant son tour plus loin, Meïdoum décapita plus tard un bœuf pareillement ressuscité.

À la même époque, les prêtres égyptiens pratiquaient une magie sacrée, usant de trucages mécaniques pour simuler à distance l'ouverture des portes d'un temple.

Durant toute l'Antiquité, la prestidigitation manipula des balles, des dés, des pièces et des gobelets. Le premier arcane du Tarot, le Bateleur, représente d'ailleurs un magicien pratiquant ce genre de tours sur un marché.

Le Nouveau Testament relate l'histoire de Simon le magicien, prestidigitateur très apprécié par l'empereur romain Néron. Saint Pierre confronta son pouvoir au sien. Vaincu, Simon décida en guise de baroud d'honneur de s'élancer du Capitole pour un tour ultime : l'envol dans le ciel. Mais afin de prouver la supériorité de leur foi sur la magie, les apôtres le firent chuter par leurs prières. Par la suite, saint Pierre utilisera le terme de « simonisme » pour désigner les faux croyants.

Au Moyen Âge apparaissent les premiers tours de cartes, plus tard complétés par des tours de passe-passe. Bien souvent cependant, leurs auteurs sont soupçonnés de sorcellerie et finissent au bûcher.

La distinction entre sorcellerie et magie ne se fera vraiment qu'en 1584 lorsqu'un magicien anglais, Reginald Scott, publiera un livre révélant les secrets de nombreux tours afin que le roi d'Écosse Jacques Ier cesse d'exécuter les illusionnistes.

Simultanément, en France, l'appellation « physique amusante » remplace le terme « magie », les prestidigitateurs étant dorénavant des « physiciens ». Dès lors, la magie peut s'épanouir dans les salles de spectacle, avec la création de tours utilisant des trappes, des rideaux, des mécaniques camouflées.

Robert Houdin, fils d'horloger et lui-même horloger, précurseur de la magie moderne, créera le « Théâtre des soirées fantastiques » pour lequel il fabriquera des automates et des systèmes complexes pour ses illusions. Robert Houdin sera même officiellement dépêché en Afrique par le gouvernement français afin de prouver aux marabouts et aux sorciers de village la supériorité de la magie française sur les leurs.

Quelques années plus tard, Horace Godin inventera le tour de « la femme coupée en deux » et un magicien américain, Houdini, surnommé « le roi de l'évasion » pour ses capacités à s'échapper de n'importe quelle geôle, se lancera dans de grands spectacles de magie qui feront le tour du monde.

8 • SYMBOLIQUE DES CHIFFRES

L'aventure de la conscience suit la symbolique des chiffres, lesquels ont été inventés il y a trois mille ans par les Indiens.

La courbe indique l'amour.
La croix indique l'épreuve.
Le trait horizontal indique l'attachement.
Examinons leurs dessins.

« 1 ». Le minéral. Un pur trait vertical. Pas d'attachement, pas d'amour, pas d'épreuve. Le minéral n'a pas de conscience. Il est simplement là, premier stade de la matière.

« 2 ». Le végétal. Un trait horizontal surmonté d'une courbe. Le végétal est attaché à la terre par sa barre horizontale symbolisant sa racine qui l'empêche de se mouvoir. Il aime le ciel et lui présente ses feuilles et ses fleurs pour recueillir sa lumière.

« 3 ». L'animal. Deux courbes. L'animal aime la terre et aime le ciel mais n'est attaché ni à l'un ni à l'autre. Il n'est qu'émotion. Peur, désir… Les deux courbes sont les deux bouches. Celle qui mord et celle qui embrasse.

« 4 ». L'homme. Une croix. Il est au carrefour entre le « 3 » et le « 5 ». Le « 4 » est le moment de l'épreuve. Soit il évolue et devient un sage, un « 5 », soit il retourne à son stade « 3 » d'animal.

« 5 ». L'homme conscient. C'est l'inverse du « 2 ». Il est attaché au ciel par sa ligne horizontale supérieure et il aime la terre par sa courbe inférieure. C'est un sage. Il a transcendé sa nature animale. Il a pris de la distance par rapport aux événements et ne réagit plus de manière instinctive ou émotionnelle. Il a vaincu sa peur et son désir. Il aime sa planète et ses congénères tout en les observant de loin.

« 6 ». L'ange. L'âme éclairée est libérée du devoir de renaître dans la chair. Elle est sortie du cycle des réincarnations et n'est plus qu'un pur esprit, lequel ne ressent plus la douleur et n'a plus de besoins élémentaires. L'ange est une courbe d'amour, une pure spirale qui part du cœur, descend vers la terre pour aider les hommes et achève sa courbe vers le haut pour atteindre encore la dimension supérieure.

« 7 ». Le dieu. Ou du moins « l'élève dieu ». L'ange, à force de s'élever, touche la dimension supérieure. Tout comme le « 5 », il a une barre qui l'attache en haut. Mais au lieu de présenter une courbe d'amour vers le bas, il a une ligne. Il agit sur le monde d'en bas. Le « 7 » est là encore une croix, comme un « 4 » renversé. C'est donc une épreuve, un carrefour. Il doit réussir quelque chose pour continuer à monter.

9 • MOUVEMENT ENCYCLOPÉDISTE

Répertorier tout le savoir d'une époque relève d'une gageure qui a enthousiasmé nombre de savants au fil des siècles.

Les premiers travaux encyclopédiques d'envergure datent du IIIe siècle av. J.-C. C'est en Chine que Lu-Buwei, riche marchand devenu Premier ministre du royaume de Qin, convia trois mille lettrés à la cour et les pria de consigner tout ce qu'ils savaient.

Il exposa ensuite l'épais tas de feuillets issus de cette confrontation aux portes du marché de sa capitale et disposa mille pièces d'or dessus. Puis il placarda une inscription signalant que toute personne capable d'ajouter le moindre savoir à celui-là recevrait l'argent de la bourse.

En Occident, Isidore de Séville rédige dès 621 la première encyclopédie moderne, intitulée *Étymologies*, laquelle réunit les savoirs latin, grec et hébreu de son temps.

En 1153, le *Secretum secretorum*, « Le Secret des secrets », de Johannes Hispalensis, se présente sous la forme d'une lettre adressée par Aristote à Alexandre le Grand lors de la conquête de la Perse. On y trouve des conseils de politique et de morale associés à des préceptes d'hygiène, de médecine, d'alchimie, d'astrologie, à des observations de plantes et de minéraux. Traduit dans toutes les langues européennes, *Le Secret des secrets* connaîtra un grand succès jusqu'à la Renaissance.

Albert Le Grand, professeur à l'université de Paris en 1245 et maître de Thomas d'Aquin, prend le relais. Il établit une encyclopédie englobant les animaux, les végétaux, la philosophie et la théologie.

Plus subversif, plus distrayant aussi, François Rabelais, dans ses ouvrages publiés à partir de 1532, s'intéresse à la médecine, à l'histoire et à la philosophie.

Il rêve d'un enseignement stimulant l'appétit de savoir et incitant à l'apprentissage dans la joie.

Établirent encore leur encyclopédie personnelle les Italiens Pétrarque et Léonard de Vinci, ainsi que l'Anglais Francis Bacon.

En 1746, le libraire Lebreton obtient pour vingt ans un privilège royal l'autorisant à publier un *Dictionnaire raisonné des sciences, des arts et des métiers*. Il en confie la rédaction à Denis Diderot et à d'Alembert qui, aidés des plus grands savants et penseurs d'alors, parmi lesquels Voltaire, Montesquieu ou Jean-Jacques Rousseau, recenseront tous les savoirs et techniques de leur temps.

Simultanément, en Chine, à la même époque, sous la direction de Cheng Menglei, plus de deux mille lettrés et deux cents calligraphes s'attelaient à une *Grande Encyclopédie impériale illustrée des temps passés et présents* qui compta plus de 800 000 pages et fut imprimée en soixante-cinq exemplaires. Mais l'Empereur mourut et son fils aîné, qui avait dû lutter contre lui pour accéder au pouvoir, se vengea sur ses proches et exila Cheng Menglei qui mourut dans la misère.

10 ♦ Et si nous étions seuls dans l'univers ?

Un jour m'est venue cette pensée étrange : « Et si nous étions seuls dans l'univers ? » Confusément, même les plus sceptiques d'entre nous caressent l'idée qu'il peut exister des peuples extraterrestres, et que si nous échouons, nous, humanité terrestre, ailleurs, peut-être très loin, d'autres êtres intelligents réussiront. Et cela est rassurant… Mais si nous étions seuls ? Vraiment seuls ? S'il n'y avait rien d'autre de vivant et d'intelligent dans l'infini de l'espace ? Si toutes les planètes étaient comme celles que l'on peut observer dans le système solaire… trop froides, ou trop chaudes, constituées de magmas gazeux ou d'agglomérats rocheux ? Si l'expérience terrestre n'était qu'une suite de hasards et de coïncidences tellement extraordinaires qu'elle n'aurait jamais eu lieu ailleurs ? Si ce n'était qu'un miracle unique et non reproductible ? Cela voudrait dire que si nous échouons, si nous détruisons notre planète (et nous en avons depuis peu la possibilité par le nucléaire, la pollution, etc.), il ne subsistera plus rien. Après nous, peut-être que « the game is over » sans aucune possibilité de rejouer la partie. Peut-être sommes-nous l'ultime chance. Alors notre faute serait énorme. La non-existence des extraterrestres est une idée bien plus dérangeante que celle de leur existence... Quel vertige ! Et en même temps quelle responsabilité ! C'est peut-être cela le message le plus subversif et le plus ancien : « Nous sommes peut-être seuls dans l'univers, et si nous échouons, il n'existera plus rien nulle part. »

11 ♦ Couleur bleue

Longtemps la couleur bleue a été déconsidérée. Les Grecs de l'Antiquité estimaient que le bleu n'était pas une vraie couleur. N'étaient perçus comme telle que : le blanc, le noir, le jaune et le rouge. Il existait de surcroît un problème technique de colorant : les teinturiers et les peintres ne savaient pas fixer le bleu.

Seule l'Égypte des pharaons considérait le bleu comme la couleur de l'au-delà. Ils fabriquaient cette teinte à base de cuivre. Dans la Rome antique, le bleu est la couleur des Barbares. Peut-être parce que les Germains s'enduisaient le visage d'une poudre gris-bleu pour se donner un aspect fantomatique. En latin ou en grec le mot « bleu » n'est pas clairement défini, souvent assimilé au gris ou au vert. Le mot « bleu » lui-même sera donc issu du germanique *blau*. Pour les Romains une femme aux yeux bleus était forcément vulgaire et un homme aux yeux bleus brutal et stupide.

Dans la Bible, la couleur bleue est rarement évoquée mais le saphir, pierre précieuse bleue, est la plus estimée.

Le mépris du bleu perdure en Occident jusqu'au Moyen Âge. Plus le rouge est vif, plus il est signe de richesse. Le rouge se retrouve donc dans les vêtements des prêtres, et notamment du pape et des cardinaux.

Renversement de tendance : au XIIIe siècle, grâce à l'azurite, au cobalt et à l'indigo, les artistes arrivent enfin à fixer le bleu, qui devient la couleur de la Vierge. La mère de Jésus est représentée avec un manteau ou une robe bleus, soit parce que la Vierge habite le ciel, soit parce que le bleu était considéré comme un sous-noir, couleur du deuil.

À cette époque les ciels sont peints en bleu alors qu'auparavant ils étaient noirs ou blancs. La mer, qui était verte, vire elle aussi au bleu dans les gravures.

La mode s'impose et le bleu devient une couleur aristocratique, et les teinturiers la suivent. Ils rivalisent dans l'art de concocter des tonalités de bleu de plus en plus diversifiées.

La « guède », plante utilisée pour confectionner le bleu, est cultivée en Toscane, en Picardie ou dans la région toulousaine. Des provinces entières se mettent à prospérer grâce à l'industrie du colorant bleu. La cathédrale d'Amiens a été bâtie avec les contributions des marchands de guède alors qu'à Strasbourg les marchands de garance, plante qui donne la couleur rouge, peinaient à financer leur cathédrale. Du coup les vitraux des cathédrales alsaciennes représentent systématiquement le diable en… bleu. On assiste dès lors à une véritable guerre culturelle entre les régions qui aiment le bleu et celles qui aiment le rouge.

Lors de la Réforme protestante, Calvin annonce qu'il y a des couleurs « honnêtes » : le noir, le brun, le bleu. Et les couleurs « malhonnêtes » : le rouge, l'orange, le jaune.

En 1720, un pharmacien de Berlin invente le bleu de Prusse, qui permettra aux teinturiers de diversifier encore les nuances de bleu. L'amélioration de la navigation permet de bénéficier de l'indigo des Antilles et d'Amérique centrale, dont le pouvoir colorant est plus fort que le pastel.

La politique s'en mêle : en France le bleu devient la couleur des révoltés républicains s'opposant au blanc des monarchistes et au noir des partis catholiques.

Plus tard le bleu républicain s'oppose au rouge des socialistes et des communistes.

En 1850, un vêtement lui donne ses dernières lettres de noblesse, c'est le jean, inventé par un tailleur, Levi Strauss, à San Francisco.

Actuellement, en France, la grande majorité des gens interrogés citent le bleu comme leur couleur préférée. En Europe, l'Espagne est le seul pays à préférer le rouge.

Seul domaine où le bleu n'arrive pas à percer : la nourriture. Les yaourts en pots bleus se vendent moins bien que ceux en pots blancs ou rouges. Il n'y a pratiquement aucun aliment de couleur bleue.

12 • QUATRE FAÇONS D'AIMER

Pour les pédopsychologues il existe quatre degrés dans la notion d'amour.

Premier degré : « Aimez-moi. »

C'est le niveau infantile. Le bébé a besoin de caresses et de baisers, l'enfant a besoin de cadeaux. Il demande à l'entourage : « Est-ce que je suis aimable ? » et veut des preuves de cet amour. Au premier degré, on demande aux autres, puis à « un autre particulier » qui nous sert de référence.

Deuxième degré : « Je suis capable d'aimer. »

C'est le niveau adulte. On découvre sa propre capacité à vibrer pour les autres et donc à projeter son affection sur l'extérieur. *A fortiori* à la concentrer sur un être particulier. Cette sensation peut être bien plus grisante que d'être aimé. Plus on aime, plus on s'aperçoit du pouvoir que cela donne. Cette sensation peut devenir indispensable, comme une drogue.

Troisième degré : « Je m'aime. »

Après avoir projeté son affection sur les autres, on découvre que l'on peut la projeter sur soi-même.

L'avantage par rapport aux deux degrés précédents est qu'on ne dépend plus des autres, ni pour recevoir leur amour, ni pour qu'ils reçoivent le nôtre. Donc il n'y a plus de risque d'être déçu ou trahi par l'être aimant ou aimé, et on peut doser cet amour exactement selon nos besoins sans demander l'aide de quiconque.

Quatrième degré : « L'Amour universel. »

C'est l'amour illimité. Après avoir reçu l'affection, projeté son affection, s'être aimé soi-même, on diffuse tous azimuts autour de soi. Et on réceptionne de la même manière cette affection.

Selon les individus, cet Amour universel pourra être nommé : la Vie, la Nature, la Terre, l'Univers, le Ki, Dieu, etc.

Il s'agit d'une notion qui, lorsqu'on en prend conscience, nous élargit l'esprit.

13 • RIEN

… Rien.
Au commencement, il n'y avait rien.
Nulle lueur ne troublait l'obscurité et le silence.
Partout était le Néant.
C'était le règne de la première force.
La force « N » : la force Neutre.
Mais ce Néant rêvait de devenir quelque chose.
Alors apparut une perle blanche au milieu de l'espace infini : un œuf cosmique porteur de tous les potentiels et de tous les espoirs.
Cet œuf commença à se fendiller…

Au commencement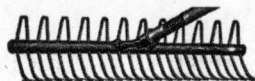

… Et l'œuf cosmique explosa.

Cela arriva à 0 an, 0 mois, 0 jour, 0 heure, 0 minute, 0 seconde.

La coquille de l'œuf primordial fut brisée en deux cent quatre-vingt-huit morceaux par la deuxième force.

La force « D », la force de Division.

De cette déflagration jaillirent la lumière, la chaleur et une vaste giclée de poussières qui se répandirent en poudre chatoyante dans les ténèbres.

Un Nouvel Univers était né.

En se répandant, les particules dansèrent sur la symphonie du Temps qui commençait à s'écouler…

15 • AU COMMENCEMENT (SUITE)

… Il était quelques secondes à peine et, déjà, certaines de ces particules s'aggloméraient, poussées par la troisième force. La force « A », la force d'Association.

Les particules Neutrons, représentant la force Neutre, se lièrent aux particules Protons, chargées positivement, pour former un noyau. Les particules Électrons, chargées négativement, gravitèrent autour de ce noyau pour lui donner un parfait équilibre.

Les trois forces avaient trouvé ensemble leur place et leur distance pour former une entité plus complexe, première représentation du pouvoir d'Association : l'Atome. Dès lors, l'énergie s'était transformée en matière.

C'était le premier saut évolutif.

Cependant cette matière rêva d'accéder à un stade supérieur. Alors apparut la Vie.

La Vie était la nouvelle expérience de l'Univers et elle avait inscrit en son cœur la trace des trois forces (Association, Division, Neutralité) qui la composaient, en détaillant leurs trois initiales : A.D.N.

16 • Au commencement (fin)

… Mais la Vie n'était pas l'aboutissement de l'expérience de cet univers nouveau-né. La Vie rêva elle-même d'accéder à un stade supérieur. Elle se mit donc à proliférer, à se diversifier, à tenter des expériences de formes, de couleurs, de températures et de comportements. Jusqu'au moment où, à force de tâtonnements, la Vie trouva le creuset idéal pour poursuivre son évolution.

L'Homme.

Posé sur une charpente verticale composée de deux cent huit os, l'Homme était une couche de graisse, un réseau de veines et de muscles enveloppés dans une peau épaisse et élastique. L'Homme était en outre doté dans sa partie supérieure d'un système nerveux central particulièrement performant, branché sur des capteurs visuels, auditifs, tactiles, gustatifs et olfactifs.

Avec l'Homme, la Vie pouvait découvrir l'expérience de l'Intelligence. L'Homme grandit, proliféra, se confronta aux autres animaux et à ses semblables.

Il les Aima.

Il les Domina.

Il les Négligea.

Cependant, la Vie rêva d'accéder à un autre stade supérieur. Dès lors la prochaine expérience pouvait commencer :

L'Aventure de la Conscience.
Elle était alimentée encore et toujours par ces trois énergies primordiales :
L'Amour.
La Domination.
La Neutralité.

17 ♦ Cri

La vie commence et finit souvent par un cri. Chez les Grecs de l'Antiquité, les soldats étaient tenus de lancer lors de l'attaque un « halala ! » en guise de cri de guerre pour s'encourager les uns les autres. Les Germains poussaient eux une clameur dans leurs boucliers afin de produire un effet de résonance apte à affoler les chevaux de l'armée adverse.

Dans la tradition celtique, on évoque Hoper Noz, le Crieur de la Nuit, qui, par ses clameurs, pousse les voyageurs dans des pièges. Dans la Bible, Ruben, fils de Jacob, était doté d'un cri si puissant qu'en mourait de peur quiconque l'entendait.

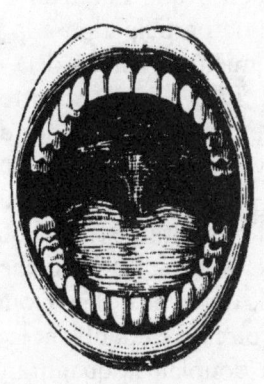

18 ◆ Loi d'Illich

Ivan Illich, prêtre catholique issu d'une famille de Juifs russes installés en Autriche, a longtemps étudié les comportements des enfants et a publié de nombreux ouvrages comme *Une société sans école* ou *Le Chômage créateur*. Homme de toutes les cultures, ce penseur considéré comme un subversif renonce au sacerdoce et crée au Mexique, en 1960, le Centre de documentation de Cuernavaca, spécialisé dans l'analyse critique de la société industrielle. Dans son discours « Pas besoin de stratégie politique pour faire la révolution », il appelle l'homme à créer un espace de travail dont la principale préoccupation serait la convivialité. À partir de la convivialité, et non du rendement, il pense que l'humain trouvera de lui-même la forme de participation à la production qui lui convient le mieux. Mais au-delà de ses livres et de ses discours, Ivan Illich sera surtout connu pour une loi baptisée de son nom, la loi d'Illich. Celle-ci reprend les travaux de plusieurs économistes sur les rendements de l'activité humaine. Elle peut s'exprimer ainsi : « Si l'on continue d'appliquer une formule qui marche, elle finit par ne plus marcher du tout. » Pourtant, dans le domaine de l'économie, on avait pris l'habitude de croire qu'en doublant la quantité de travail agricole on doublait la quantité de blé. Dans la pratique cela fonctionne jusqu'à une certaine limite. Plus on approche de cette limite, moins l'ajout de travail devient rentable. Et si on la dépasse, on rentre carrément dans des rendements décroissants. Cette loi peut s'appliquer au niveau de l'entreprise, mais aussi au niveau de l'individu. Jusque dans les années 60, les adeptes de Stakhanov pensaient que pour augmenter la rentabilité il fallait augmenter la pression sur l'ouvrier. Et que plus celui-ci subit de pression plus il est performant. En fait cela fonctionne jusqu'à un point que la loi d'Illitch peut définir. Au-delà, toute dose de stress supplémentaire sera contre-productive, voire destructrice.

19 • ANKH

L'ankh, autrement appelé croix ansée, est dans l'Égypte antique le symbole des dieux et des rois. Il a pour forme un « T » surmonté d'une boucle. Il est aussi nommé « Nœud d'Isis » car, pour les Égyptiens, cette boucle figure l'arbre de l'énergie vitale identifiée à Isis. Il rappelle aussi que l'accession à la divinité acquise ou souhaitée s'accomplit par le dénouement de nœuds, cet acte au sens figuré entraînant au sens propre le « dénouement » d'une évolution d'âme.

On retrouve l'ankh dans les mains d'Akhenaton et dans celles de la plupart des prêtres du culte solaire. Tenue par l'anse durant les cérémonies funéraires, cette croix particulière était considérée comme la clef ouvrant la vie éternelle et fermant les zones interdites aux profanes. Parfois, elle était dessinée sur le front, entre les deux yeux, représentant l'obligation du secret pour le nouvel initié. Celui qui connaît les mystères de l'au-delà ne doit les révéler à personne sous peine de les oublier.

Pour leur part, les Coptes considéraient l'ankh comme la clef de l'éternité.

On retrouve la croix ansée chez les Indiens en tant que représentation de l'union des principes actif et passif, et donc des deux symboles sexuels, rassemblés dans une entité androgyne.

20 • COOPÉRATION, RÉCIPROCITÉ, PARDON

En 1974, le psychologue et philosophe Anatole Rapaport, de l'université de Toronto, affirma que la manière la plus « efficace » de se comporter vis-à-vis d'autrui était :
1) la coopération,
2) la réciprocité,
3) le pardon.

En clair, lorsqu'un individu ou un groupe rencontre un autre individu ou un autre groupe, il a tout intérêt à proposer dans un premier temps l'alliance.

Ensuite il importe, selon la règle de réciprocité, de donner en fonction de ce que l'on reçoit. Si l'autre aide, on l'aide ; si l'autre agresse, il faut l'agresser en retour, de la même manière et avec la même intensité.

Enfin il faut pardonner et offrir de nouveau la coopération.

En 1979, Robert Axelrod, professeur de sciences politiques, organisa un tournoi entre logiciels autonomes capables de se comporter comme des êtres vivants. Une seule contrainte : chaque programme devait être équipé d'une routine de communication, sous-programme lui permettant de discuter et d'interagir avec ses voisins.

Robert Axelrod reçut 14 disquettes de programmes envoyés par des collègues, universitaires également intéressés par ce tournoi.

Chaque programme édictait des lois différentes de comportement (pour les plus simplistes, deux lignes de code de conduite, pour les plus complexes, une centaine), le but étant d'accumuler le maximum de points.

Certains programmes avaient pour règle d'exploiter au plus vite leurs voisins, de s'emparer de leurs points par la force ou la ruse, puis de changer rapidement de partenaire afin de poursuivre cette accumulation de points. D'autres essayaient de se débrouiller seuls, gardant précieusement leurs points et fuyant tout contact susceptible de les spolier. Les règles stipulaient : « Si l'autre est hostile, l'avertir qu'il doit modifier son comportement puis procéder à une punition. » Ou encore : « Coopérer puis obtenir des défections-surprises provoquées par un système aléatoire. »

Chaque programme fut opposé 200 fois à chacun des concurrents. Celui d'Anatole Rapaport, équipé du comportement CRP (Coopération-Réciprocité-Pardon), battit tous les autres.

Encore plus fort : le programme CRP, placé cette fois au milieu des autres, s'avéra au début perdant devant les programmes voleurs agressifs, mais finit par être victorieux puis même « contagieux » au fur et à mesure qu'on lui laissait du temps. Les programmes voisins, constatant qu'il était le plus efficace pour accumuler des points, alignèrent en effet leur attitude sur la sienne.

Sans le savoir, Rapaport et Axelrod venaient de trouver une justification scientifique au célèbre : « Aimez-vous les uns les autres. » Tout simplement parce que c'est notre intérêt égoïste dans le long terme.

21 ♦ Genèse grecque

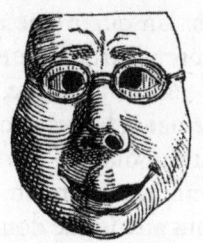

Au commencement était Chaos.

Rien ne l'avait préfiguré. Il avait juste surgi ainsi, sans forme, sans bruit, sans éclat, et d'une taille infinie. Des milliers d'années de sommeil s'écoulèrent avant qu'inopinément Chaos donne le jour à Gaïa, la Terre.

Gaïa était féconde et elle enfanta un œuf d'où jaillit Éros, la pulsion de l'Amour. Dieu non incarné, Éros circula dans l'univers, invisible, impalpable, mais répandant partout ses pulsions amoureuses.

Engendrer des divinités avait ravi Chaos. Il ne s'arrêta donc pas en chemin et créa Érèbe, les Ténèbres, et Nyx, la Nuit. Tous deux ne tardèrent pas à s'accoupler pour enfanter Aither, l'Éther, qui monta surplomber l'univers, et Hemare, la Lumière, qui entreprit de l'éclairer. Cependant, les Ténèbres et la Nuit se chamaillaient. Ils détestaient leurs enfants par trop étranges et s'en éloignèrent rapidement. Dès qu'apparaissaient l'Éther et la Lumière, aussitôt les Ténèbres et la Nuit déguerpissaient, et lorsqu'ils se décidaient à revenir, c'était au tour des autres de s'en aller.

Gaïa, de son côté, continuait d'enfanter.

Apparurent ainsi Ouranos, le Ciel, qui prit position au-dessus de sa tête, Ouréa, les Montagnes, qui s'installèrent à son flanc, Pontos, l'Eau, qui ruissela sur son corps. Un quatrième resta dissimulé dans le giron de sa mère : Tartare, le monde souterrain des cavernes. Ciel, mer, montagne, monde souterrain, Gaïa était désormais à la fois déesse et planète parfaite. Mais elle était toujours loin d'être stérile et son panthéon n'était pas encore au complet. Avec son premier fils Ouranos, elle mit au monde douze Titans, trois Cyclopes et trois Hécatonchires, géants aux cinquante têtes et aux cent bras.

Mais lorsque Ouranos prit conscience qu'il n'était qu'un jouet entre les bras de sa mère, il refusa son rôle de père, méprisa et emprisonna Titans et Cyclopes dans le monde d'en bas, le Tartare. Furieuse, Gaïa forgea une serpette acérée qu'elle tendit à ses enfants qui la taraudaient depuis leurs souterrains. À eux de tuer leur dément de père pour se libérer.

Mais tous redoutaient par trop leur géniteur pour oser agir. Plutôt se languir dans les geôles qu'encourir le châtiment du Ciel. Seul Chronos, le benjamin des Titans, tendit la main vers la serpette. Il survint tandis qu'Ouranos prenait de force sa mère Gaïa, s'empara du sexe de son père, le trancha et le jeta à la mer. Ouranos hurla de douleur, s'éloigna le plus haut possible, y resta épouvanté par le crime commis par son propre enfant qu'il s'empressa de maudire : « Celui-là qui a osé porter la main sur son procréateur, celui-là sera à son tour frappé par son propre fils. »

Après tant de naissances et de violences, Ouranos le Ciel et Gaïa la Terre se séparèrent à jamais. Et arriva alors l'heure du règne de Chronos, dieu du Temps.

22 • CHRONOS

Chronos s'étant débarrassé de son père, Ouranos, en le castrant, s'empara de son trône. Ce dernier, éloigné de la Terre, se manifestait juste en faisant tomber la pluie de manière sporadique. Quant à Gaïa, la Terre sa mère, elle entreprit de se choisir un autre amant parmi sa progéniture et jeta son dévolu sur Pontos, l'Eau. Ensemble, ils donnèrent le jour à une multitude de créatures aquatiques.

Les Titans se livrèrent également à des relations incestueuses sur la personne de leurs sœurs. L'aîné, Océanos, créa avec Téthys trois mille filles qui furent autant de sources, de fleuves et de rivières. Nyx engendra pêle-mêle Hypnos le sommeil, Thanatos la mort, Éris la discorde, Némésis la colère.

Chronos se lia pour sa part avec sa sœur Rhéa, épousailles dont naquirent Hestia, Héra, Déméter, Hadès et Poséidon. Cependant, se remémorant que son père l'avait maudit en lui annonçant qu'il serait lui aussi détrôné par ses enfants, il entreprit de les dévorer dès leur naissance.

Irritée par tant d'exactions, Rhéa se terra en Crète pour y accoucher de son sixième rejeton : Zeus. Elle suivit les conseils de Gaïa, sa mère, qui lui souffla un piège. Elle devait tendre à Chronos une pierre enveloppée d'un lange en prétendant qu'il s'agissait là de leur nouveau-né. La pierre fut aussitôt gobée par le naïf géniteur. Rescapé grâce à ce stratagème, Zeus grandit dans une grotte, choyé par les Nymphes qui chantaient autour de lui chaque fois qu'il lui prenait l'envie de vagir, cris et pleurs qui auraient pu faire dresser l'oreille à Chronos.

Zeus parvint ainsi à l'âge adulte. Il proposa alors à son père un très tentant breuvage alcoolisé, non sans l'avoir additionné d'un redoutable vomitif. La ruse réussit. En même temps que la pierre langée, Chronos rejeta ses cinq premiers enfants. Et avant qu'il n'ait pu réagir, Zeus, Hestia, Déméter, Poséidon et Hadès se réfugièrent en haut du mont Olympe.

Pour sa vengeance, Chronos appela à l'aide ses frères et sœurs les Titans. La guerre des Immortels fit rage entre l'ancienne garde et la nouvelle. Les Titans, plus expérimentés, eurent d'abord le dessus mais l'un d'entre eux, Prométhée, prit le parti de Zeus et lui prodigua ses conseils. Il lui dit d'appeler à ses côtés les Cyclopes à l'œil unique et les Hécatonchires aux cent bras. Tous s'avérèrent d'excellents alliés. À Zeus, ils offrirent le tonnerre, l'éclair et la foudre, à Poséidon le trident, à Hadès le casque de l'invisibilité.

La lutte se poursuivit jusqu'à la victoire décisive de ceux de l'Olympe. Les Titans vaincus furent enchaînés au plus profond du monde d'en bas du Tartare. Chronos le père eut le privilège pour sa part de n'être que banni sur l'île des Bienheureux.

23 • TROIS PAS EN AVANT, DEUX PAS EN ARRIÈRE

Les civilisations naissent, grandissent et meurent comme des organismes vivants. Elles ont leur rythme propre, trois pas en avant, deux pas en arrière. Elles respirent. Elles connaissent ainsi un temps d'exaltation où tout semble emporté dans une spirale vertueuse : plus de confort, plus de liberté, moins de travail, meilleure qualité de vie, moins de périls. C'est le moment de l'inspiration. Trois pas en avant. Et puis, parvenu à un certain niveau, l'élan s'interrompt et la courbe bascule. Arrivent la confusion puis la peur, qui engendrent la violence et le chaos. Deux pas en arrière.

Généralement, cette phase retombe aussi à un plancher avant de rebondir vers une nouvelle phase d'inspiration. Mais que de temps perdu. On a vu ainsi l'Empire romain se construire, grandir, prospérer et prendre de l'avance sur les autres civilisations de son temps en tout domaine : droit, culture, technologie… Et puis, on l'a vu se corrompre, se tyranniser pour finir en pleine décadence, envahi par les Barbares. Il faudra attendre le Moyen Âge pour que l'humanité reprenne son œuvre là où l'Empire romain s'était arrêté à son apogée. Même les civilisations les mieux régies et les plus prévoyantes ont connu le déclin, comme si la chute était inéluctable.

24 • ŒUF COSMIQUE

Tout commence et tout finit par un œuf. L'œuf est le symbole de l'aube et du crépuscule dans la plupart des mythologies du monde.

Dans les cosmogonies égyptiennes les plus anciennes, la Création est décrite comme étant issue d'un œuf cosmique renfermant le soleil et les germes de la vie.

Pour les adeptes de l'orphisme, Chronos, le temps cannibale, et Phaéton, la nuit aux ailes noires, pondirent un œuf d'argent dans l'obscurité, contenant le ciel dans la partie supérieure et la terre dans la partie inférieure. Quand il s'ouvrit, en sortit Phanès, le dieu révélateur figuré par une abeille bourdonnante.

Pour les Hindous, à l'origine, l'univers était dénué d'existence avant de prendre la forme d'un œuf dont la coquille constitua la limite entre le rien et le quelque chose : l'Hiranyagarbha. Cet œuf cosmique s'ouvrit au bout d'une année, et l'enveloppe interne se transforma en nuages, les veines devinrent rivières, le liquide intérieur océan.

Pour les Chinois, du chaos universel sortit un œuf qui se brisa, libérant la Terre Yin et le Ciel Yang.

Pour les Polynésiens, à l'origine était un œuf contenant Te-tumu, la Fondation, et Te-papa, le Rocher. Lorsqu'il éclata apparurent trois plates-formes superposées où Te-tumu et Te-papa créèrent l'homme, les animaux et la végétation.

Dans la kabbale, l'univers est considéré comme émanant d'un œuf brisé en 288 éclats.

On retrouve encore l'œuf au centre de la cosmogonie chez les Japonais, les Finlandais, les Slaves et les Phéniciens. Symbole de fécondité chez de nombreux peuples, il est en revanche chez d'autres symbole de mort, et ils mangent des œufs en signe de deuil. Ils en placent même dans les tombes afin d'apporter au défunt des forces pour son voyage dans l'au-delà.

25 • Mort

Au jeu divinatoire du Tarot de Marseille, la mort-renaissance est symbolisée par le 13ᵉ arcane, l'arcane sans nom.

On y voit un squelette de couleur chair qui fauche un champ noir. Son pied droit est enfoncé dans la terre et son pied gauche s'appuie sur une tête de femme. Autour : trois mains, un pied et deux os blancs. Sur le côté droit, une tête couronnée sourit. De la terre sortent des pousses jaunes et bleues.

Cette lame fait référence à la symbolique V.I.T.R.I.O.L. : *Interiorem Terrae Rectificando Invenies Operae Lapidem.* « Visite l'intérieur de la terre et en rectifiant tu trouveras la pierre cachée. »

Il faut donc utiliser la faux pour rectifier, couper ce qui dépasse, afin que puissent renaître dans la terre noire de jeunes pousses.

C'est la carte de la plus forte transformation. C'est pour cela qu'elle fait peur.

Cette lame constitue aussi une rupture dans le jeu.

Les douze arcanes précédents sont considérés comme les petits Mystères. Or à partir du treizième, les suivants appartiennent aux grands Mystères. Dès lors, on voit apparaître des lames décorées de ciels avec des anges ou des symboles célestes. La dimension supérieure intervient.

Toutes les initiations traversent une phase de mort-renaissance. Au sens ésotérique, elle signifie le changement profond qui transforme l'homme au cours de son initiation. S'il ne meurt pas en tant qu'être imparfait, il ne pourra renaître.

26 • TYPHON

Après le règne du dieu Chaos et celui de Chronos, le dieu du Temps, advint l'ère des dieux olympiens. Zeus, nouveau maître du monde, répartit les rôles et les honneurs en fonction du zèle mis par ses frères et sœurs à le seconder dans sa lutte contre les Titans. À Poséidon, le contrôle des mers. À Hadès, le royaume des Morts. À Déméter, les champs et les moissons. À Hestia le feu. À Héra la famille, etc.

Le partage fait, Zeus aménagea son palais au sommet du mont Olympe et annonça que s'y tiendraient tous les rendez-vous des dieux où se déciderait le sort de l'univers.

Cependant, sa mère Gaïa s'irrita de la nouvelle prédominance de son fils et donna la vie à un monstre affreux : Typhon. Celui-ci était doté de cent têtes de dragon crachant des flammes. Il était d'une telle stature que le moindre de ses mouvements suscitait une tempête. Et quand il se montra sur l'Olympe, les dieux furent si épouvantés qu'ils prirent l'apparence d'animaux et coururent se cacher dans le désert d'Égypte. Zeus resta donc seul pour affronter Typhon. Le monstre vainquit le roi des dieux. Il lui coupa les nerfs et les tendons et l'emporta dans une caverne. Cependant Hermès, jeune dieu espiègle rallié aux Olympiens, se munit du casque d'invisibilité d'Hadès, grâce auquel il put libérer Zeus. Il remit en place nerfs et tendons et ramena le roi sur l'Olympe. Typhon revint à la charge mais cette fois, de son sommet, Zeus le frappa de sa foudre. Le monstre détacha des pans de montagne pour les projeter vers la cime mais Zeus de ses éclairs les réduisit en morceaux qui retombèrent, écrasant Typhon. Zeus put alors l'enchaîner et le jeter dans le cratère du volcan Etna où parfois il se réveille et crache de nouveau le feu.

27 • MIROIR

Dans le regard des autres, nous recherchons d'abord notre propre reflet.

En premier lieu, dans le regard de nos parents.

Puis dans le regard de nos amis.

Puis nous nous mettons en quête d'un unique miroir de référence. Cela signifie se mettre en quête de l'amour mais, en fait, il s'agit plutôt de la quête de sa propre identité.

Un coup de foudre s'avère souvent la trouvaille d'un « bon miroir », nous renvoyant un reflet satisfaisant de nous-même. On cherche alors à s'aimer dans le regard de l'autre. Instant magique où deux miroirs parallèles se renvoient mutuellement des images agréables. D'ailleurs, il suffit de placer deux miroirs face à face pour s'apercevoir qu'ils reflètent l'image des centaines de fois en une perspective infinie. Ainsi la trouvaille du « bon miroir » nous rend multiple et nous ouvre des horizons sans fin. Quel sentiment de puissance et d'éternité !

Mais les deux miroirs ne sont pas fixes, ils bougent. Les deux amoureux grandissent, mûrissent, évoluent.

Ils étaient bien en face l'un de l'autre au début, mais même s'ils suivent un temps des cheminements parallèles, ils n'avancent pas forcément à la même vitesse et dans la même direction, ils ne recherchent pas non plus constamment le même reflet d'eux-mêmes. Alors survient ce déchirement, l'instant où l'autre miroir n'est plus en face. C'est non seulement la fin de l'histoire d'amour mais aussi la perte de son propre reflet. On ne se retrouve plus dans le regard de l'autre. On ne sait plus qui on est.

28 • Héphaïstos

Pour prouver à Zeus qu'elle pouvait se passer de lui, Héra donna toute seule naissance à Héphaïstos. Son nom signifie « Celui qui brille pendant le jour ». Dès sa sortie du ventre maternel, le nouveau-né apparut petit et affreusement laid. De colère, Zeus s'en empara et chercha à le tuer en le précipitant du haut des cieux sur l'île de Lemnos. Héphaïstos survécut mais se brisa une jambe et demeura à jamais boiteux.

Thétis et Eurynomé, deux Néréides, le recueillirent et l'emportèrent dans une grotte au fond des mers où, vingt-neuf ans durant, il perfectionna son métier de forgeron et de magicien.

L'apprentissage terminé, Héra rapatria son fils sur l'Olympe où elle lui offrit la meilleure des forges, avec vingt soufflets fonctionnant jour et nuit. Les ouvrages d'Héphaïstos constituèrent autant de chefs-d'œuvre d'orfèvrerie et de magie. Il devint maître du feu, dieu de la métallurgie et des volcans.

Comme il en voulait à sa mère de ne pas l'avoir ramené plus tôt auprès d'elle, il conçut un piège à son intention. Il lui forgea un trône en or, et quand elle voulut s'y asseoir, des liens magiques l'enserrèrent. Pour se libérer, elle dut promettre à son fils au pied-bot de le faire entrer à part entière dans le cercle des dieux de l'Olympe. Dès lors, Héphaïstos se mit au service de toutes les divinités, fabriquant des bijoux pour les déesses, des armes pour les dieux. À son actif, entre autres, le sceptre de Zeus, l'arc et les flèches d'Artémis, la lance d'Athéna.

Il pétrit dans la glaise la vierge Pandore. Pour le seconder dans ses travaux, il sculpta deux femmes dans de l'or.

Pour Achille, Héphaïstos fabriqua le bouclier qui lui permit de sortir vainqueur de nombre de combats. Le roi de Crète Minos disposa grâce à lui du robot de métal Talos. Une veine unique reliait son cou à sa cheville (technique connue des sculpteurs pour faire couler la cire). Le robot courait chaque jour trois fois autour de l'île afin de rejeter à la mer les navires des envahisseurs venus mouiller sur les côtes. Lorsque les Sardes envahirent et incendièrent la Crète, Talos se jeta dans le brasier. Brûlant lui-même, il enserra un à un les ennemis jusqu'à les carboniser tous.

Héphaïstos fut un jour témoin d'une dispute entre Héra et Zeus. Le fils tenta de défendre sa mère. Excédé, Zeus le lança une seconde fois sur l'île de Lemnos, lui brisant l'autre jambe. Héphaïstos ne put plus marcher autrement qu'à l'aide de béquilles, mais ses bras contraints à l'exercice connurent un regain de vigueur fort utile dans son métier de forgeron.

29 • VISION

Si toute l'histoire de l'humanité était ramenée au laps de temps d'une semaine, une journée équivaudrait à 660 millions d'années.

Imaginons que notre histoire débute un lundi à 0 heure, avec l'émergence de la Terre en tant que sphère solide. Lundi, mardi et mercredi matin, il ne se passe rien, mais mercredi à midi, la vie commence à apparaître sous forme de bactéries.

Jeudi, vendredi et samedi matin : les bactéries pullulent et lentement se développent.

Samedi après-midi, aux alentours de 16 heures, surgissent les premiers dinosaures, lesquels disparaîtront cinq heures plus tard. Quant aux formes de vie animale plus petites et plus fragiles, elles se répandent de manière anarchique, naissent et disparaissent, ne laissant subsister que quelques espèces rescapées par hasard des catastrophes naturelles.

Ce même samedi, l'homme apparaît à minuit moins trois minutes. Un quart de seconde avant minuit, les premières villes sont là. À un quarantième de seconde avant minuit, l'homme lance sa première bombe atomique et s'éloigne de la Terre pour poser le pied sur la Lune.

Nous imaginons posséder une longue histoire, mais en fait nous n'existons en tant qu'« animaux modernes conscients » que depuis un quarantième de seconde avant la fin de la semaine de notre planète.

Les sirènes

Ce nom signifie « celles qui attachent avec une corde », car leur chant est considéré comme parfait pour enchaîner les hommes. Ces filles du fleuve Achéloos et de la nymphe Calliope présentent un visage, des bras et une poitrine de femme que prolonge une longue queue de poisson. Aphrodite serait responsable de leur apparence pour les avoir châtiées de ne pas avoir offert leur virginité à un dieu.

Chanteuses aux voix magiques, les sirènes envoûtent les marins qui, du coup, perdent leur sens de l'orientation. Les sirènes viendront alors les dévorer après le naufrage. Leurs noms varient mais la légende veut que la plus célèbre, Parthénope, se soit échouée sur les rivages de la Tyrrhénienne, face à Capri, pour donner naissance à la ville de Naples.

Pour les alchimistes, les sirènes symbolisent l'union du soufre (poisson) et du mercure qui participent au travail du grand œuvre.

Le conte d'Andersen *La Petite Sirène* narre comment, pour l'amour d'un prince, une sirène consent à perdre sa queue de poisson pour s'en aller danser avec des jambes de femme. L'histoire est une parabole : au prix de mille souffrances, les humains cherchent toujours à se hisser hors de leur condition animale pour conquérir la verticalité.

31 • POSÉIDON

Fils de Chronos et de Rhéa, Poséidon, « celui qui abreuve », fut comme ses frères dévoré par son père à la naissance, mais Zeus le ramena à la vie. Parce qu'il était son frère, il devint un dieu de l'Olympe et reçut le royaume des Mers. Il commandait les flots, déchaînant les tempêtes, faisant jaillir les sources à son gré.

Aux côtés de Zeus, il combattit les Titans et les Géants en leur envoyant des pans de falaise qu'il arrachait grâce à la puissance des océans.

Lorsque le maître de l'Olympe chassa son père Chronos de son trône, il offrit à Poséidon un palais sous les eaux, en Béotie, au large d'Aégée. Mais cela ne suffit pas à le combler et il lança son trident sur l'acropole d'Athènes, là où l'on peut voir encore un puits d'eau salée. Athéna ayant eu le mauvais goût de s'installer tout près, Poséidon, furieux, assaillit la ville de hautes lames. Pour qu'il consente à cesser le désastre, il fallut qu'Athènes renonce à son système matriarcal et adopte un système patriarcal voué à son culte. Les femmes de la ville perdirent leur droit de vote et leurs enfants cessèrent de porter leur nom. Cela ne plut guère à Athéna et le maître de l'Olympe fut obligé d'intervenir pour éviter une guerre fratricide.

S'il épousa la Néréide Amphitrite, Poséidon n'en connut pas moins de nombreuses amours avec des déesses et des nymphes. Après qu'il fut intervenu en faveur d'Aphrodite surprise dans les bras d'Arès, elle lui donna deux fils, Rhodos et Hérophilos. Avec Gaïa, il conçut Antée, le monstrueux géant hantant le désert de Libye et s'y nourrissant de lions. Pour échapper au dieu des Mers, Déméter se fit jument mais Poséidon la surprit en étalon et elle donna le jour au cheval Arion, doté d'un pied d'homme et doué de parole.

La Méduse se laissa prendre elle aussi par le dieu des Mers en plein temple d'Athéna et, pour la punir, la déesse brandit sa lance, lui confisqua sa beauté et remplaça son beau visage par un nid de serpents. De cette union naquit cependant Pégase, le cheval ailé. Poséidon engendra encore d'autres rejetons monstrueux, tels Triton, mi-homme, mi-poisson, le Cyclope Polyphème ou le géant Orion.

Cependant, Poséidon voulait toujours étendre son royaume. Avec Apollon, il complota contre Zeus qui les châtia en leur ordonnant de construire les remparts de Troie pour le compte du roi Lamoédon. Celui-ci étant convenu d'un salaire qu'il se refusa ensuite à verser, Poséidon lui dépêcha un monstre marin qui ravagea sa ville.

32 • POUPÉES RUSSES

Si un électron était doué de conscience, se douterait-il qu'il est inclus dans cet ensemble beaucoup plus vaste qu'est l'atome ? Un atome pourrait-il comprendre qu'il est inclus dans cet ensemble plus vaste, la molécule ? Et une molécule pourrait-elle comprendre qu'elle est enfermée dans un ensemble plus vaste, par exemple une dent ? Et une dent pourrait-elle concevoir qu'elle fait partie d'une bouche humaine ? *A fortiori*, un électron peut-il être conscient qu'il n'est qu'une infime partie d'un corps humain ? Lorsque quelqu'un me dit croire en Dieu, c'est comme s'il affirmait : « J'ai la prétention, moi, petit électron, d'entrevoir ce qu'est une molécule. » Et lorsque quelqu'un me dit être athée, c'est comme s'il assurait : « J'ai la prétention, moi, petit électron, d'être sûr qu'il n'y a aucune dimension supérieure à celle que je connais. »

Mais que diraient-ils, croyants et athées, s'ils savaient combien tout est beaucoup plus vaste, beaucoup plus complexe que leur imagination ne saurait l'appréhender ? Quelle déstabilisation subirait l'électron s'il savait qu'il est non seulement enfermé dans la dimension des atomes, molécules, dents, humains, mais que l'humain est lui-même inclus dans la dimension planètes, système solaire, espace, et puis quelque chose d'encore plus grand pour lequel nous ne possédons pour l'heure pas de mot. Nous sommes dans un jeu de poupées russes qui nous transcende.

Dès lors, je m'autorise à dire que l'invention par les hommes du concept de dieu n'est peut-être qu'une façade rassurante face au vertige qui les saisit devant l'infinie complexité de ce qui pourrait se trouver effectivement au-dessus d'eux.

33 • MYSTÈRES

Beaucoup d'enseignements mystiques dissimulent une face ésotérique réservée à une élite d'initiés. On les appelle « mystères ». Ceux d'Éleusis, au VIIIe siècle av. J.-C., sont les plus anciens et les plus connus des mystères occidentaux. Ils comprenaient une purification par l'eau, des jeûnes, des invocations, la représentation de la descente des morts aux Enfers, leur retour à la lumière et la résurrection.

Dans les mystères orphiques, associés au dieu Dionysos, le rite consistait en sept sessions. 1 : « La prise de conscience. » 2 : « La prise de décision. » 3 : « La prise d'aliments rituels. » 4 : « La communion sexuelle. » 5 : « L'épreuve. » 6 : « L'identification à Dionysos. » Et enfin 7 : « La libération par la danse. »

Célébrés en Égypte, les mystères d'Isis comptaient, eux, quatre épreuves liées aux quatre éléments. Dans l'épreuve de la Terre, l'initié devait s'orienter seul dans l'obscurité à l'aide d'une lampe à huile le long d'un labyrinthe s'achevant sur un gouffre où il devait descendre au moyen d'une échelle. Dans l'épreuve du Feu, il enjambait des fers rougis disposés en losanges et ne laissant la place que pour un seul pied. Dans l'épreuve de l'Eau, il était tenu de franchir le Nil de nuit sans lâcher sa lampe. Dans l'épreuve de l'Air, il s'aventurait sur un pont-levis qui se dérobait sous lui et le laissait suspendu au-dessus d'un gouffre.

On bandait ensuite les yeux du postulant, on lui posait des questions, puis on lui ôtait son bandeau, on lui ordonnait de se tenir entre deux colonnes carrées, et il recevait là des cours de physique, de médecine, d'anatomie et de symbolique.

Histoire des chats

Les plus anciens ossements de chat domestique ont été retrouvés dans une tombe de Jéricho, datant de la période néolithique, environ neuf mille ans av. J.-C. La domestication proprement dite du chat sauvage africain (*Felix Lybica*) par les Égyptiens est située vers l'an 2000 av. J.-C. Pour les Égyptiens, les chats étaient considérés comme les incarnations de Bastet, la déesse de la Fertilité, de la Guérison, des Plaisirs de l'amour, de la Danse et de la Solidarité.

À la mort d'un chat, son corps était momifié puis enterré dans des cimetières spéciaux. Pour les Égyptiens de l'Antiquité tuer un chat était un crime puni de la peine capitale.

Les chats ont ensuite été disséminés dans le monde par les navires des commerçants phéniciens et hébreux qui utilisaient leurs qualités de chasseurs de rats. Ils sont arrivés en Chine en l'an 1000 av. J.-C. où ils furent considérés comme des porte-bonheur. Ils arrivèrent en Europe en 900 av. J.-C., en Inde en 200 av. J.-C. L'empereur Ichijo de Corée en offrira à son homologue japonais, ouvrant ainsi ce dernier pays aux félidés.

Tous ces chats étaient pourtant issus de la même souche égyptienne. Le nombre de chats domestiques en chaque contrée étant réduit, la consanguinité inévitable entraînait des mutations génétiques. Les hommes sélectionnèrent les particularités qui les intéressaient, forme ou couleur du poil ou des yeux, créant ainsi des espèces locales : le persan, en Perse, l'angora en Turquie, le siamois en Thaïlande.

Au Moyen Âge, l'Église catholique a associé les chats à la sorcellerie et ceux-ci ont été systématiquement massacrés, au point d'être en voie de disparition. Le chien fut considéré dès lors comme l'animal fidèle et obéissant, et le chat *a contrario* comme un animal indépendant et pervers.

Lors de l'épidémie de peste noire qui ravagea l'Europe en 1384, les communautés juives furent proportionnellement plus épargnées par la maladie que le reste de la population. Du coup, après les épidémies, s'ensuivirent des massacres dans les ghettos et des pogroms à grande échelle.

On sait maintenant que si les quartiers juifs ont été moins touchés par la peste, c'est parce qu'il était courant que leurs habitants élèvent des chats qui faisaient fuir les rats.

En 1665, la grande épidémie de peste de Londres est survenue après une grande campagne de destruction des chats.

La diabolisation officielle de ce félidé s'acheva vers 1790, et du même coup les grandes épidémies de peste disparurent en Europe.

35 ♦ Angoisse

En 1949, Egas Moniz reçut le prix Nobel de médecine pour ses travaux sur la lobotomie. Il avait découvert qu'en découpant le lobe préfrontal, on supprimait l'angoisse. Or ce lobe est doté d'une fonction particulière, il œuvre en permanence à nous faire visualiser les éventualités du futur. Cette trouvaille ouvrait la voie à une prise de conscience : ce qui motive notre angoisse, c'est notre capacité à nous projeter dans le temps. Cette aptitude nous entraîne vers des dangers pressentis et, au bout du compte, vers la prise de conscience qu'un jour, nous mourrons. De là, Egas Moniz conclut que… ne pas penser à l'avenir, c'est réduire son angoisse.

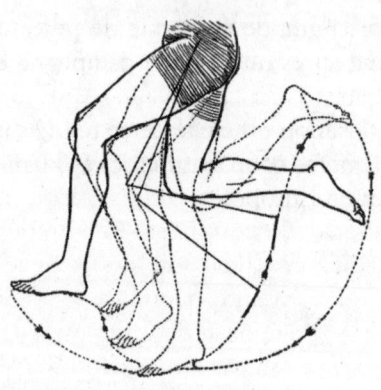

36 ♦ Arès

Fils de Zeus et d'Héra, Arès est le dieu de la Guerre. Son nom signifie « Le Viril ». Il a pour attributs l'épée, le vautour et le chien. Il est l'esprit même de la bataille. Il se rit des carnages et ne se plaît qu'au cœur des combats. Arès est réputé pour son caractère irascible et son tempérament impétueux, ce qui lui vaut de se brouiller à l'occasion avec d'autres dieux. Au siège de Troie, Athéna, irritée, d'une pierre le blesse à la gorge.

Arès n'a en effet pas toujours le dessus. Les Géants, fils de Poséidon, dont il tentait de protéger Artémis et Héra, l'ont emprisonné treize mois durant dans un vase d'airain et il fallut l'intervention d'Hermès pour le libérer.

Dieu de la Guerre, Arès n'en est pas moins attiré par l'amour, et ses aventures galantes se terminent généralement assez mal. Quand Aphrodite s'amusa à le séduire, son époux Héphaïstos emprisonna les amants adultères dans un filet métallique qu'il avait jeté sur leur couche. Les autres dieux accoururent pour se moquer du couple et Arès ne put retourner en Thrace qu'après avoir juré de payer le prix de sa faute. De cette étreinte naquit cependant une fille, Harmonie, future épouse de Cadmos, roi de Thèbes. Aphrodite n'en resta pas moins jalouse. Ayant surpris

Arès dans le lit d'Aurore, elle condamna la douce jeune fille à faire l'amour en permanence.

Avec Cyrène, Arès conçut Diomède, qui devint roi de Thrace et se rendit célèbre en nourrissant ses chevaux de la chair des étrangers de passage. Avec la nymphe Aglauros, il engendra Alcippée qui fut enlevée par un fils de Poséidon et qu'il vengea en tuant l'agresseur.

Devant le tribunal de l'Olympe, premier procès pour meurtre. Poséidon accusa alors Arès d'assassinat avec préméditation, mais Arès plaida tant et si bien sa cause que les dieux l'acquittèrent.

Les Grecs n'appréciaient guère Arès et lui préféraient des divinités plus pacifiques. Ils redoutaient particulièrement ses fils, Deimos, la crainte, et Phobos, la terreur, qui l'accompagnaient comme écuyers.

Les Romains poursuivirent son culte sous le nom de Mars, et, chez les Égyptiens, le dieu Anhur présente bien des traits communs avec Arès.

37 ♦ Violence

Avant l'arrivée des Occidentaux, les Indiens d'Amérique du Nord vivaient dans une société adepte de la mesure. La violence existait, certes, mais elle était ritualisée. Pas de surnatalité, donc pas de guerre pour résorber les excédents démographiques. Au sein de la tribu, la violence servait à témoigner de son courage en affrontant la douleur ou les situations d'abandon.

Les guerres tribales étaient généralement déclenchées par des conflits concernant des territoires de chasse et dégénéraient rarement en massacres et tueries. Ce qui importait, c'était de prouver à l'autre qu'on aurait pu aller plus loin si on l'avait voulu. Mais était généralement admise l'inutilité de la violence.

Longtemps, les Indiens ont combattu les pionniers de la conquête de l'Ouest simplement en leur heurtant l'épaule de leur lance, prouvant ainsi qu'ils auraient pu l'enfoncer s'ils l'avaient voulu. Les autres répondirent en utilisant leurs armes à feu. Pour pratiquer la non-violence, il faut au moins être deux.

38 ♦ « 142 857 »

Évoquons ce nombre mystérieux qui raconte plusieurs histoires. Commençons par le multiplier et examinons ce qu'il se passe.

142 857 × 1 = 142 857
142 857 × 2 = 285 714
142 857 × 3 = 428 571
142 857 × 4 = 571 428
142 857 × 5 = 714 285
142 857 × 6 = 857 142

Ce sont toujours les mêmes chiffres qui apparaissent, changeant simplement de place en avançant comme un ruban.

Et 142 857 × 7 ?
999 999 !

Or, en additionnant 142 + 857, on obtient 999.

14 + 28 + 57 × 99.

Le carré de 142 857 est 20 408 122 449. Ce nombre est formé de 20 408 et 122 449, dont l'addition donne... 142 857.

39 • Hermès

Zeus viola Maïa, fille du géant Atlas, et de cet accouplement naquit Hermès, que l'on identifie au Mercure des Romains, et dont le nom signifie « colonne ».

Le jour même de sa naissance, sa mère le déposa dans un panier, mais à peine eut-elle le dos tourné qu'avec une carapace de tortue et des boyaux de génisse, il fabriqua une lyre dont il joua pour l'endormir.

Quand il fut grand, Hermès partit à l'aventure. Grâce à ses talents de pickpocket il déposséda Poséidon de son trident, Arès de son épée, Aphrodite de sa ceinture. Puis il s'empara de cinquante bœufs blancs aux cornes d'or, propriété d'Apollon.

De sa lyre, il attira bientôt Apollon qui consentit à lui laisser son bétail en échange de l'instrument à sept cordes. Pareillement, il obtint de Pan, dieu des bergers d'Arcadie, sa houlette à trois cordons blancs contre une flûte.

Quand Apollon le mena à Zeus, Hermès séduisit son père par ses talents d'orateur et fut nommé messager de l'Olympe en échange de la promesse de ne jamais mentir. Sa ruse lui permit d'éluder : « Je ne proférerai jamais de mensonges mais il se peut que j'omette parfois d'énoncer toute la vérité. »

Coiffé d'un chapeau rond symbolisant les nuages surplombant les montagnes, chaussé de sandales d'or ailées le rendant aussi véloce que le vent, nanti de sa houlette de berger, il fut désigné responsable des routes, des carrefours, des marchés, des navires, de la circulation des voyageurs (et, en tant que tel, chargé aussi du bon trajet des âmes vers le continent des morts), de l'établissement des contrats et du maintien de la propriété individuelle. Paradoxalement, on le consacra aussi dieu des voleurs. Les Thries du Parnasse lui enseignèrent de surcroît l'art de prédire l'avenir.

La légende veut qu'Hermès ait composé l'alphabet. À partir des cinq voyelles créées par les Parques et des onze consonnes de Palamède, Hermès inventa une écriture cunéiforme en observant, dit-on, le vol en formation triangulaire des grues. Par la suite, les prêtres d'Apollon ajoutèrent d'autres consonnes et d'autres voyelles telles que le « o » long et le « e » bref, de sorte que chacune des sept cordes de la lyre d'Hermès est dotée d'une voyelle propre.

Plus tard, en tant que dieu de tout ce qui se déplace, de tout ce qui est mobile, il fut consacré aussi dieu des magiciens, dieu des comédiens, dieu des tricheurs.

Hermès a un équivalent égyptien, Thot, dieu de l'Intelligence.

40 ◆ Révolution yahviste

Il y a six mille ans, dans ce qui est aujourd'hui le désert du Sinaï, un peuple très peu connu, les Qenites, découvrait la métallurgie. En l'occurrence, le cuivre. Grande révolution puisque, pour sa clarification, un métal nécessite des fours à haute température, que les Qenites inventèrent en utilisant des braises qu'ils attisaient par des soufflets. Ainsi parvinrent-ils à franchir la barre des 1 000 °C indispensables à la fonte des métaux. Maîtrisant les hautes températures, les Qenites découvrirent aussi le verre et les émaux.

Les Qenites vénéraient le mont Sinaï et pratiquaient la religion yahviste, liée à Yahvé, le Souffle.

Passant de la pierre, « lithos », au cuivre, « chalcos », en découvrant les métaux, les Yahvistes réalisèrent la révolution chalcolithique. La fonte du métal est le premier acte de transformation totale de la matière par l'homme.

Du Sinaï, les Qenites ont remonté la côte méditerranéenne pour fonder le port de Tyr afin d'aller quérir à Chypre (appelée alors « Kypris », nom qui donna le mot « cuivre ») le précieux minerai. Ils fondèrent également Sidon (aujourd'hui Saïda) et furent donc ainsi à l'origine de la civilisation nommée bien plus tard « phénicienne ».

Les Yahvistes n'utilisaient pas le cuivre pour fabriquer des armes mais plutôt pour façonner des objets mystérieux, vraisemblablement religieux, en forme de bilboquets et d'une qualité métallurgique inégalée. Selon le professeur Gérard Amzallag, qui a longtemps étudié les Qenites, leur dieu n'était pas un dieu de pouvoir ou de domination mais un dieu « catalyseur », il pouvait insuffler et révéler la force des êtres et des choses par le « souffle », « Yahuwa » étant le bruit des soufflets de forge. On retrouvera bien plus tard cette notion de création divine par le souffle dans la Bible où l'homme est créé à partir de la terre (Adama) et du souffle de Dieu.

41 ♦ FOURMIS

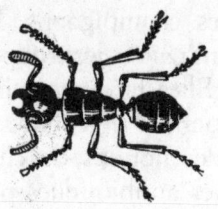

Les fourmis sont sur Terre depuis cent millions d'années, les hommes depuis tout au plus trois millions. Depuis cent millions d'années, les fourmis construisent des cités de plus en plus importantes, allant jusqu'à ériger des dômes contenant des dizaines de millions d'individus.

Mais si l'on examine leurs options, elles nous apparaissent pour l'heure très exotiques. En premier lieu, les fourmis sont pour la plupart asexuées. Seule une infime partie de la population se reproduit : les princesses et les princes. Ces derniers mourant de plaisir au moment de l'acte nuptial, la cité ne compte bientôt plus aucun mâle. Il n'y a ensuite qu'une seule reine pour rester à pondre. Informée en permanence des besoins de la cité, elle fournit exactement la quantité et la qualité d'individus nécessaires à sa société. Chacun naît donc avec une fonction définie à l'avance. Il n'existe pas ici de chômage, pas de misère, pas de propriété individuelle, pas de police. Il n'y a pas non plus de hiérarchie et de pouvoir politique. C'est la république des idées. Quels que soient son âge et sa fonction, chacun peut proposer une idée à l'ensemble de la cité. Il sera suivi en fonction de la qualité de celle-ci et des informations qu'il apporte.

Les fourmis pratiquent l'agriculture. Dans la cité, elles cultivent des champignons. Elles connaissent l'élevage. Elles font paître des troupeaux de pucerons dans les rosiers. Elles fabriquent des outils, telle la navette qui leur permet de coudre des feuilles entre elles. Elles ont des notions de chimie puisqu'elles utilisent des salives antibiotiques pour soigner leurs larves et des acides pour attaquer leurs ennemis.

En matière d'architecture, les cités des fourmis prévoient l'aménagement de solariums, de greniers, d'une loge royale, de champignonnières.

On aurait cependant tort de croire que, dans la fourmilière, tout le monde travaille. En fait, un tiers de la population paresse, dort, se promène à loisir. Un autre tiers vaque à des occupations inutiles, voire gênantes pour les autres, entreprenant par exemple la construction d'un tunnel qui en fera crouler un autre. Le dernier tiers, enfin, répare les erreurs des précédents, bâtit et gère vraiment la cité. Et au final, cela fonctionne.

Les fourmis font la guerre, mais lors des batailles, toutes les fourmis ne sont pas contraintes de combattre. En revanche, toutes sont soucieuses de la réussite collective de la cité. Cela leur importe plus que leur réussite personnelle.

Lorsqu'une cité a épuisé le gibier environnant, elle se déplace en son entier. Les citoyens migrent pour reconstruire ailleurs. Il se crée ainsi un équilibre entre la fourmilière et la nature qui fait qu'elle ne détruit rien et contribue au contraire à l'aération du sol et à la circulation des pollens.

Les fourmis fournissent un exemple d'animal social qui a réussi. Elles ont colonisé pratiquement tous les biotopes, du désert au pôle Nord. Elles ont survécu aux explosions nucléaires d'Hiroshima et de Nagasaki. Elles semblent fonctionner sans se gêner entre elles et en parfaite symbiose avec la planète.

42 • HIÉRARCHIE CHEZ LES RATS

Six rats ont été rassemblés dans une cage par Didier Desor, un chercheur du laboratoire de biologie comportementale de la faculté de Nancy, dans le but d'étudier leurs aptitudes à la natation. L'unique issue de la cage débouchait sur une piscine qu'il leur fallait traverser pour accéder à une mangeoire contenant des aliments. Il est vite apparu que les rats ne s'élançaient pas de concert à la recherche de leur nourriture. Tout se passait comme s'ils s'étaient distribué des rôles entre eux. Il y avait là deux nageurs exploités, deux non-nageurs exploiteurs, un nageur autonome et un non-nageur souffre-douleur.

Les deux exploités plongeaient sous l'eau pour aller chercher la nourriture. À leur retour à la cage, les deux exploiteurs les frappaient jusqu'à ce qu'ils abandonnent leur pitance. Ce n'était qu'une fois ceux-ci repus que les exploités avaient le droit de consommer les restes. Les exploiteurs ne nageaient jamais. Ils se contentaient de rosser les nageurs pour se rassasier.

L'autonome était un nageur assez robuste pour rapporter son repas malgré les exploiteurs et se nourrir de son propre labeur. Le souffre-douleur, enfin, était à la fois incapable de nager et d'effrayer les exploités, alors il ramassait les miettes tombées lors des combats.

La même répartition – deux exploiteurs, deux exploités, un autonome, un souffre-douleur – réapparut dans les vingt cages où l'expérience fut reproduite.

Pour mieux comprendre ce mécanisme de hiérarchisation, Didier Desor plaça six exploiteurs ensemble. Ils se battirent toute la nuit. Au matin, ils avaient recréé les mêmes rôles. Deux exploiteurs, deux exploités, un souffre-douleur, un autonome. Et il obtint encore le même résultat en réunissant six exploités dans une même cage, six autonomes, ou six souffre-douleur.

Quels que soient les individus ils finissaient toujours par se répartir les mêmes rôles. L'expérience fut recommencée dans une cage plus vaste contenant deux cents individus. Les rats se battirent toute la nuit. Au matin, on retrouva trois rats crucifiés dont les autres avaient arraché la peau.

Moralité : plus la population s'accroît, plus la cruauté envers les souffre-douleur augmente.

Simultanément, les exploiteurs de la grande cage suscitèrent une hiérarchie de lieutenants afin de répercuter leur autorité sans même se donner la peine de terroriser directement les exploités.

Les chercheurs de Nancy prolongèrent l'expérience en analysant par la suite les cerveaux de leurs cobayes. Ils constatèrent que les plus stressés n'étaient pas les souffre-douleur ou les exploités mais bien au contraire les exploiteurs. Eux craignaient sans doute de perdre leur statut privilégié et d'être contraints un jour d'aller au labeur.

43 • LES GÉNÉRATIONS D'HOMMES

De même qu'il y a eu plusieurs générations de dieux, il est apparu cinq races d'hommes. Les premiers hommes sont issus de Gaïa, déesse-Terre, au temps de l'Âge d'or. Ils vécurent sous le règne de Chronos dans le bonheur et la paix. La Terre subvenait aux besoins de ses habitants, les hommes ne connaissaient ni le travail, ni la maladie, ni la vieillesse, et leur mort était semblable au sommeil.

Cette période reste symbolisée par une vierge couronnée de fleurs et brandissant une corne d'abondance. Près d'elle, un essaim d'abeilles bourdonne dans un olivier, arbre de paix. C'était la race de l'Âge d'or, l'or étant associé au soleil, au feu, au jour et au principe masculin.

La race de l'Âge d'argent apparut en second. Les dieux de l'Olympe la créèrent après la chute de Chronos et son installation en Italie où il enseigna l'agriculture. En ce temps-là, les hommes étaient méchants et égoïstes. Ils n'adoraient pas les dieux. Cette période a pour symbole une femme maniant la charrue et arborant une gerbe de blé.

L'argent est lié à la lune, au froid, à la fécondité et au principe féminin.

Zeus anéantit la race d'argent pour en fonder une nouvelle.

La race de l'Âge du bronze était constituée d'hommes libertins, injustes et violents. Ces guerriers s'entre-tuèrent jusqu'au dernier. L'époque est symbolisée par une femme aux beaux atours, casquée et adossée à un bouclier. Par ailleurs, le bronze servait à fabriquer les clochettes des sacrifices.

Prométhée créa ensuite la race de l'Âge du fer. Ses hommes s'avérèrent pires encore. Ils passaient leur temps à se piéger, à se combattre, à s'assassiner. Ils étaient avares et mesquins. Faute d'être entretenue, la Terre devint stérile. L'Âge du fer est représenté par une femme à l'aspect menaçant, coiffée d'un casque surmonté d'une tête de loup, et tenant une épée dans une main, un bouclier dans l'autre.

Zeus décida alors d'anéantir l'humanité tout entière à l'exception d'un couple de « justes » : Deucalion, fils de Prométhée et de Pandore, et Pyrrha, fille d'Épiméthée. Il noya la Terre sous un déluge. Pendant neuf jours et neuf nuits, Deucalion et Pyrrha survécurent dans leur arche, et lorsque les eaux redescendirent, ils lancèrent derrière eux des pierres dont naquit la cinquième race. Parmi leur descendance, on compte Hellen, ancêtre des Hellènes, Doros, ancêtre des Doriens, et Achaeos, ancêtre des Achéens.

Montagne sacrée

Surplombant le monde des humains, la montagne symbolise la rencontre entre le Ciel et la Terre. Les Sumériens placent sur la montagne Chouowen, représentée par un triangle, le lieu d'éclosion de l'œuf universel d'où émergèrent les dix mille premiers êtres. Les Hébreux notent que sur le mont Sinaï, Moïse a reçu de Dieu les Tables de la Loi.

Pour les Japonais, l'ascension du mont Fuji-Yama est en soi une expérience mystique nécessitant une purification préalable. Les Mexicains pensent que le roi de la pluie séjourne sur le mont Tlaloc, dans le massif Iztac-Cihuatl. Les Hindous tiennent le mont Meru pour axe central du cosmos tandis que les Chinois situent le nombril de l'univers sur la montagne K'ouen-louen, celle-ci étant représentée par une pagode à neuf étages, symbolisant chacun un degré de l'ascension vers la sortie du monde. Les Grecs vénèrent le mont Olympe, demeure des dieux, les Perses le mont Alborj, l'Islam la montagne de Qâf, les Celtes la montagne Blanche, les Tibétains le Potala. Dans le taoïsme, on évoque la montagne du milieu du monde où siègent les Immortels et autour de laquelle tournent la Lune et le Soleil. À son sommet se trouvent les jardins de la reine d'Occident où pousse le pêcher dont les fruits confèrent l'immortalité.

45 • LÉVIATHAN

Selon la tradition cananéenne et phénicienne, le Léviathan est décrit soit comme une grosse baleine recouverte d'écailles resplendissantes, soit comme un crocodile géant des mers pouvant dépasser les trente mètres de long. Sa peau est si épaisse qu'aucun harpon ne peut la traverser. Il crache du feu par sa bouche et de la fumée sort par ses naseaux, ses yeux brillent de leur propre lumière interne et la mer bout autour de lui lorsqu'il remonte en surface. Il descend du serpent mythique Lotan, adversaire du dieu cananéen El. Selon la légende le Léviathan est capable d'engloutir momentanément le soleil, d'où les éclipses solaires. Le mythe se retrouve dans l'Ancien et le Nouveau Testament, les Psaumes du roi Salomon, le Livre de Job et l'Apocalypse de Jean.

« Pêcheras-tu le Léviathan avec un hameçon ? »

« Les flots tremblent devant sa majesté, les vagues de la mer se retirent, il considère le fer comme de la paille, l'airain comme du bois pourri, il fait bouillonner le gouffre comme une marmite, transforme la mer en brûle-parfums, sur Terre nul ne le dompte. » (Job, IV, 41.)

Le Léviathan représente la force primordiale et destructrice des océans. On en trouve des répliques chez les Égyptiens, les Indiens et les Babyloniens. Il semble cependant que ce soient les Phéniciens qui aient inventé le concept afin de conserver leur prééminence sur les mers. La peur du Léviathan leur a sans doute permis de réduire le nombre de leurs concurrents sur les grandes routes maritimes commerciales. Le Léviathan fait partie des trois créatures qui seront mangées au banquet du Jugement dernier.

46 ◆ DÉMÉTER

Déméter signifie « mère de l'orge ». Fille de Chronos et de Rhéa, sœur de Zeus, Déméter est la déesse de la terre, du blé et de l'épeautre. Sa chevelure est blonde comme les moissons. Elle suscita le désir des dieux mais si aucun ne parvint à l'émouvoir, tous multiplièrent les stratagèmes pour la séduire. Déméter s'étant transformée en jument pour échapper à ses avances, Poséidon se mua en étalon. Leur étreinte engendra le cheval Aréion, doté d'un pied humain et de la parole. Après que Déméter se fut dérobée, Zeus se métamorphosa en taureau et de leur étreinte naquit Perséphone. La jeune fille s'émerveillait un jour devant un narcisse dans la prairie de l'Éternel printemps quand le sol se fendit et Hadès, son oncle, seigneur des Enfers et du royaume des morts, surgit, juché sur un char noir tiré par deux chevaux. Il y avait longtemps qu'il épiait la jolie fille dont il s'était épris. Il l'enleva et l'entraîna avec lui dans les entrailles de la terre.

Pendant neuf jours et neuf nuits, sa mère, Déméter, parcourut le monde à la recherche de Perséphone. Le dixième jour, Hélios lui révéla le nom de son ravisseur. La mère outragée refusa de regagner l'Olympe tant que sa fille demeurerait prisonnière des Enfers et alla se réfugier chez le roi d'Éleusis.

Privé de la déesse des moissons, le monde se dessécha. Les arbres ne portèrent plus de fruits, les herbes dépérirent. Zeus ordonna à Hermès de descendre quérir Perséphone mais Hadès refusa de la libérer. Elle ne pouvait revenir parmi les vivants, expliqua-t-il, parce qu'elle avait goûté la nourriture des Enfers.

Les dieux s'accordèrent sur un compromis.

Perséphone partagerait l'année entre sa mère et Hadès. Six mois, le printemps et l'été, elle demeurerait avec celle-ci. Six autres, l'automne et l'hiver, elle serait avec le maître des Enfers. Cette division symbolise le cycle de la végétation, le grain séjournant sous terre avant sa germination.

Pour remercier le roi d'Éleusis de l'avoir accueillie, la déesse de l'agriculture voulut conférer l'immortalité à son fils Démophon. Pour « consumer son humanité », elle le brandit au-dessus d'un feu mais, surprise par l'irruption soudaine de la reine d'Éleusis, elle lâcha le garçon dans le brasier. Pour en consoler la mère, elle confia un épi de blé à un autre de ses fils afin qu'il parcoure la Grèce pour enseigner aux hommes les secrets de l'agriculture et de la confection du pain.

47 ♦ CALENDRIER

Les premiers calendriers, babylonien, égyptien, hébreu et grec, étaient des calendriers lunaires, tout simplement parce que les cycles de la Lune sont plus faciles à observer que ceux du Soleil. Mais trouver une régularité à ces calendriers fut très complexe.

Les Égyptiens, les premiers, décidèrent d'abandonner les mois lunaires comme base du calendrier. Ils fixèrent la durée du mois à 30 jours et celle de l'année à 12 mois, soit 360 jours. Mais l'année ainsi déterminée était trop courte. Alors, pour corriger ce problème, ils ajoutèrent 5 jours chaque année après la fin du douzième mois.

À l'origine, le calendrier hébraïque était également lunaire mais, plus tard, il fut remis en phase avec le Soleil. Le roi Salomon désigna douze généraux, chargés chacun de la gestion d'un mois. L'année commençait avec le mois de la maturation de l'orge. Au bout de 3 ans, apparaissait un déficit d'un mois par rapport à l'année des saisons. On comblait alors ce manque en redoublant le mois sur ordonnance du souverain.

Le calendrier musulman moderne a renoncé à la coutume du mois intercalaire et reste sur le principe de l'année purement lunaire formée de 12 mois de 29 et 30 jours.

Le calendrier maya comprenait 18 mois de 20 jours auxquels s'ajoutaient des mois complémentaires de 5 jours. Ceux-ci étaient considérés comme autant de journées de mauvais augure. Les Mayas avaient inscrit au centre de leur calendrier la date de la destruction du monde par un gigantesque tremblement de terre. Ils en avaient calculé la date par rapport aux précédents séismes.

Le calendrier chinois traditionnel comporte un cycle de 19 années, 12 années de 12 mois lunaires de 30 jours et 7 années bissextiles de 13 mois. Ce système qui s'avère le plus efficace a permis de compter les jours sans erreur depuis deux millénaires.

Enterrements cérémoniaux

Les premiers rites funéraires apparaissent avec l'homme moderne, l'Homo sapiens, il y a 120 000 ans environ. Des tombes ont été retrouvées en Israël, à Qafzeh, près de la mer Morte. Des archéologues ont mis au jour des ossements et déterré des objets ayant probablement appartenu aux défunts.

À partir de la cérémonie des funérailles sont apparus un imaginaire de l'après-mort, les notions de paradis et d'enfer, de jugement des vies passées et, plus tard, les religions. Tant que l'homme jetait les cadavres de ses congénères aux ordures, la mort était la fin de tout. Dès le moment où il a réservé un traitement spécial à ses défunts, sont nés non seulement la spiritualité mais aussi l'imaginaire fantastique.

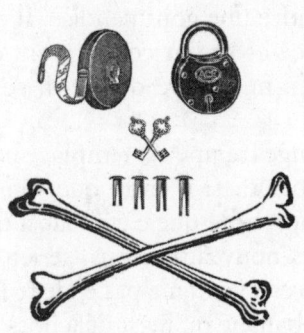

49 ♦ EXPÉRIENCE AVEC DES CHIMPANZÉS

Une pièce vide et cinq chimpanzés. Au milieu de la pièce, une échelle, et une banane placée à son sommet.

Dès qu'un premier singe a repéré la banane, il grimpe à l'échelle pour l'attraper et la manger. Mais sitôt qu'il s'approche du fruit, un jet d'eau glacé partant du plafond s'abat sur lui et le fait chuter. Les autres singes tentent eux aussi de gravir les échelons. Tous se font asperger et finissent par renoncer à s'emparer de la banane.

On coupe le jet d'eau glacé et on remplace un singe trempé par un autre, tout sec. À peine est-il entré, les anciens s'efforcent de le dissuader de grimper pour lui éviter la douche froide. Le nouveau venu ne comprend pas. Il ne voit qu'un groupe de congénères l'empêchant de prendre une gourmandise. Il essaie donc de passer en force et se bat contre ceux qui veulent le retenir. Mais à un contre quatre, il se fait rouer de coups.

Un autre singe trempé est remplacé par un nouveau singe sec. À peine est-il entré que son prédécesseur, qui a cru comprendre que c'était ainsi qu'il convenait d'accueillir les nouveaux venus, se jette sur lui et le rosse. Le nouveau venu n'a pas eu le temps de repérer l'échelle et la banane qu'il est déjà hors jeu.

Le troisième, le quatrième et le cinquième singes mouillés sont à leur tour remplacés par autant de singes secs. Chaque fois, les nouveaux chimpanzés sont roués de coups dès leur entrée.

L'accueil est même de plus en plus violent, les singes s'y mettant à plusieurs pour assommer le nouveau, comme s'il s'agissait d'un rituel d'accueil à perfectionner.

Au final, il y a toujours une banane au sommet de l'échelle, mais les cinq singes secs sont tous sonnés et ne songent même pas à s'en approcher. Leur seul souci est de guetter la porte par où apparaîtra un nouveau congénère afin de le démolir au plus vite.

Cette expérience a été menée dans le but d'étudier les comportements de groupe dans une entreprise.

50 ◆ LA MÉMOIRE DES VAINCUS

Du passé nous ne connaissons que la version des vainqueurs. Ainsi on ne connaît de Troie que ce qu'en racontaient les historiens grecs. On ne connaît de Carthage que ce qu'en racontaient les historiens romains. On ne connaît de la Gaule que ce qu'en racontait Jules César dans ses Mémoires. On ne connaît des Aztèques ou des Incas que le récit des conquistadores et des missionnaires venus les convertir de force.

Et dans tous les cas les quelques talents prêtés aux vaincus ne sont là que pour glorifier le mérite de ceux qui ont su les anéantir.

Qui osera parler de la « mémoire des vaincus » ? Les livres d'histoire nous conditionnent à l'idée que, selon le principe du darwinisme, si des civilisations ont disparu c'est qu'elles étaient inadaptées. Mais en examinant les événements on comprend que ce sont souvent les plus civilisés qui ont été détruits par les plus brutaux. Leur seule « inadaptation » consistait à croire aux traités de paix, dans le cas des Carthaginois, et aux cadeaux dans le cas des Troyens (ah ! l'apologie de la « ruse » d'Ulysse qui n'était qu'une perfidie aboutissant à un massacre nocturne…).

Le pire est peut-être que, non seulement les vainqueurs détruisent les livres d'histoire et les objets de mémoire de leurs victimes, mais qu'en plus ils les insultent. Les Grecs inventeront la légende de Thésée vainqueur d'un monstre à tête de taureau et dévoreur de vierges pour légitimer l'invasion de la Crète et la destruction de la superbe civilisation minoenne.

Les Romains prétendront que les Carthaginois faisaient des sacrifices à leur dieu Moloch, ce qui, on le sait maintenant, était complètement faux.

Qui osera jamais parler de la magnificence des victimes ? Les dieux, peut-être, qui savent la beauté et la subtilité des civilisations disparues sous le feu et le glaive…

51 ♦ Nostradamus

Michel de Nostre-Dame, dit Nostradamus, naquit en 1503 à Saint-Rémy-de-Provence. Il se passionna très jeune pour les mathématiques, l'alchimie et l'astrologie. Mais toute sa vie, pourchassé par l'Inquisition en raison de ses origines juives, il sera contraint de fuir. Après de brillantes études de médecine à Montpellier, il part en 1525 combattre par toute l'Europe l'épidémie de peste qui la ravage. Il met au point une médecine personnelle, très différente de celle couramment pratiquée à l'époque. Lui ne se livre pas à des saignées. Il insiste sur la propreté et l'hygiène. Il élabore un bec de papier conique qui, placé sur le nez, protège des miasmes. Il introduit une pastille de rose sous sa langue pour se protéger des « vapeurs » de ses patients.

Parallèlement, il rédige des traités sur la préparation des confitures et invente des parfums à base de santal et de bois de cèdre.

En 1537, Nostradamus est considéré comme le plus efficace praticien d'Europe mais, à force de lutter contre les épidémies, il contamine sa propre famille. Son épouse et ses enfants mourront de la peste.

Après une période de dépression, il entame son cheminement spirituel. En Sicile, des soufis l'initient à la transe, l'ingurgitation de noix de muscade permettant de passer la barrière de la conscience. Il se livre à des méditations au cours desquelles, dans l'aura d'une flamme de bougie ou dans un bassin de cuivre empli d'eau et posé sur un trépied aux angles semblables à ceux de la pyramide de Chéops, il suit l'évolution future de l'humanité.

Les transes de Nostradamus duraient parfois une nuit entière, à la suite de quoi il rédigeait les fameux quatrains de ses *Centuries*.

Ses vers peuvent sembler hermétiques mais certains y ont discerné l'annonce des avènements de l'empereur Napoléon, du IIIe Reich, du caudillo Francisco Franco, ainsi que du largage des bombes atomiques sur Hiroshima et Nagasaki.

En se fondant sur ses prédictions, Jean Dixon tenta dès 1956 d'avertir John Fitzgerald Kennedy des menaces mortelles pesant sur lui.

Nostradamus situe aux environs de l'an 2000 les prémices de bouleversements politiques et climatiques majeurs. Il prévoit un rapprochement entre les États-Unis et la Russie actuels, afin de s'opposer à une montée de dangers ayant le Moyen-Orient pour origine.

Le devin a prédit en outre des cataclysmes, des tornades et des séismes manifestant la colère de la planète Terre contre les humains qui la détruisent. Dans une lettre au roi de France Henri II, Nostradamus annonce qu'en 2250, l'humanité connaîtra des changements radicaux. Il estime que la Terre disparaîtra en 3797 sous les menaces conjuguées d'une forte hausse des températures et de la chute d'énormes météorites issues de la désintégration de la planète Mercure. Cela provoquera des raz de marée submergeant toute la surface terrestre.

Cependant, à ce moment, assure le médecin de Saint-Rémy-de-Provence, l'homme aura déjà quitté la Terre pour gagner d'autres planètes des systèmes solaires proches et y recréer de nouvelles civilisations.

Les prophéties de Nostradamus courent jusqu'en l'an 6000.

Les rois et les princes accueillirent le devin dans toute l'Europe. La reine Catherine de Médicis, mère d'Henri III, l'admirait beaucoup. En juin 1566, très fatigué, il appela son assistant et ami Chavigny pour lui confier une ultime prophétie : « Demain je serai mort. » Ce qui se produisit. Comme il l'avait souhaité, il fut emmuré en position verticale dans l'église de Salon-de-Provence : « pour qu'aucun poltron imbécile ne piétine ma tombe ».

52 ♦ L'ATLANTIDE

Le mythe de l'Atlantide est parvenu jusqu'à nous grâce à deux ouvrages du philosophe grec Platon, *Timée, ou De la nature* et *Critias, ou De l'Atlantide*, rédigés vers 400 av. J.-C.

Ces textes font référence cependant à des écrits de Solon, lequel les tenait, disait-il, de prêtres égyptiens.

Dans le *Timée*, Platon situe l'île mystérieuse au-delà des colonnes d'Hercule, nom antique du détroit de Gibraltar, donc en plein océan Atlantique, face au Portugal et au Maroc. Il en évoque aussi la capitale, Atlantis. De forme circulaire. D'un diamètre de cent stades, environ vingt kilomètres, la ville était composée de cercles de plus en plus étroits.

Selon Platon, Poséidon le dieu de la Mer et Clitô la mortelle y auraient élu domicile. Ils auraient engendré à cinq reprises des couples de jumeaux qui devinrent les dix rois de l'Atlantide, chacun régnant sur un dixième de l'île. Platon en évalue la superficie totale, selon les mesures modernes, à environ deux millions de kilomètres carrés, soit presque un tiers de l'Australie.

Toujours selon Platon, les Atlantes étaient de taille plus imposante que les hommes de leur temps, et formaient un peuple très puissant mais aussi très sage. Ils avaient instauré un système politique moderne à base d'assemblées et maîtrisaient des techniques particulièrement évoluées. Ils possédaient notamment des « vrills », bâtons de cuivre enveloppés de cuir et terminés par un quartz, avec lesquels ils soignaient les malades et accéléraient la croissance des plantes.

Platon situe la disparition de l'Atlantide en − 9 000 avant la rédaction du *Critias*, ce qui correspond à onze mille ans avant notre ère.

L'existence de cette île est également mentionnée sous le nom de Ha mem Ptah dans des écrits égyptiens. Des textes des Yoruba, en Afrique, l'évoquent également. Tous en parlent comme d'une cité idéale et d'un paradis perdu.

Le mot « paradis » étant lui-même un terme perse signifiant jardin, il pourrait être également une évocation de l'Atlantide. On retrouve mention d'une île mystérieuse où vivrait un peuple aux pouvoirs médicaux surnaturels en Chine, sous le nom de Kun Lun, les Chinois situant cette « île de la jeunesse éternelle » au-delà de l'océan.

53 ◆ ZODIAQUE

Objectivement, la roue du Zodiaque ne correspond à aucun phénomène astronomique scientifiquement reconnu. De surcroît, elle a été établie en un temps où la plupart des cultures considéraient la Terre comme le centre de l'univers. À l'époque, face à un point lumineux, les observateurs du ciel ignoraient s'il s'agissait d'une étoile, d'une planète ou d'une galaxie. Ils ne savaient pas différencier les distances entre une petite étoile proche et une grosse étoile lointaine.

Pourtant, ce principe de la roue avec ses douze symboles se retrouve en Babylonie (sous le nom de « Maison de la Lune »), en Égypte, en Israël, en Perse, chez les Grecs (« Roue de la Vie »), en Inde (« Roue du Paon »), au Tibet, en Chine (« Cercle des Animaux »), chez les Phéniciens (« Ceinture d'Ishtar »), en Amérique du Nord, en Amérique du Sud, dans les pays scandinaves, et jusque dans les prémices de la religion chrétienne (les douze signes du Zodiaque étant remplacés par les douze apôtres). Des savants tels que Johannes Kepler, fondateur de l'astronomie moderne, mais aussi Newton, y ont fait référence, n'hésitant pas à en déduire des horoscopes et des thèmes astraux. Au-delà de son aspect magique, cependant, le Zodiaque représente un cycle d'évolution symbolique, une proposition d'alchimie de l'évolution du monde.

Premier signe, le BÉLIER : c'est l'impulsion initiale. L'énergie du big-bang qui fonce et entraîne les autres.

Viennent ensuite :

2. Le TAUREAU : symbole de la puissance qui suit l'impulsion du BÉLIER.

3. Les GÉMEAUX : la séparation de cette force en deux bras et l'apparition d'une polarité, esprit et matière.

4. Le CANCER : l'apparition de l'élément liquide, les eaux, où la mère va déposer ses œufs.

5. Le LION : l'éclosion de l'œuf et l'apparition de la vie, de la force, de l'énergie, du mouvement, de la chaleur.

6. La VIERGE : la purification et la transformation de la matière première brute en matière subtile.

7. La BALANCE : l'équilibre et l'harmonisation des forces contraires.

8. Le SCORPION : la destruction par la fermentation et la désagrégation pour mieux renaître.

9. Le SAGITTAIRE : la décantation.

10. Le CAPRICORNE : l'élévation.

11. Le VERSEAU : la prise de conscience.

12. Les POISSONS : le passage aux « eaux supérieures » de la spiritualité, par opposition aux « eaux inférieures » précédentes du CANCER.

D'après les astrologues, l'an 2000 après J.-C. nous fait quitter l'ère des Poissons pour entrer dans celle du Verseau.

APHRODITE

Son nom signifie « Issue de l'écume des mers ». Selon la mythologie, Aphrodite aurait été en effet engendrée à partir de la semence des organes sexuels d'Ouranos arrachés et jetés à la mer par Chronos. Du mélange de sang, de sperme et d'eau salée aurait jailli une écume (Aphro) qui, portée par les vagues sur les ailes du vent Zéphyr, aborda l'île de Chypre en femme complète surgissant des flots. Là, elle fut recueillie par les Heures qui l'emmenèrent jusqu'aux dieux de l'Olympe en compagnie de l'Amour (Éros) et du Désir (Himeros). Sa beauté et sa grâce subjuguèrent tous les dieux et suscitèrent la jalousie de toutes les déesses. Quant à Zeus, il l'adopta pour fille.

Aphrodite jeta son dévolu sur le plus laid des dieux et épousa Héphaïstos, le forgeron difforme et boiteux. Il lui confectionna une ceinture magique qui rendait fou d'amour quiconque s'approchait de celle qui la portait. Elle eut trois enfants, Phobos, Déibos et Harmonie, dont le véritable père n'était cependant pas Héphaïstos l'estropié mais le bel Arès, dieu de la Guerre avec qui la déesse entretenait une relation cachée. Cependant, Hélios, le dieu du Soleil, surprit un jour les amants dans le lit conjugal d'Héphaïstos. Il dénonça le couple au mari bafoué qui décida de forger un filet de chasse en bronze afin de les piéger et les humilier à la face de tous les autres dieux.

Libérés, Arès retourna en Thrace et Aphrodite se rendit à Paphos retrouver sa virginité dans la mer. Héphaïstos songea à divorcer mais il aimait trop l'infidèle pour s'en séparer à jamais. Sa vengeance finit cependant par se retourner contre lui car tous les dieux avaient eu l'occasion de contempler la déesse nue, prisonnière du piège, et s'en étaient émus. À leur tour, ils cherchèrent à la séduire et y réussirent pour la plupart.

Aphrodite céda aux avances d'Hermès et conçut avec lui Hermaphrodite, jeune homme bisexué dont le nom associe celui de ses deux géniteurs.

Après Hermès, elle accepta Poséidon dans sa couche. Puis avec Dionysos, elle eut Priape, doté d'un organe sexuel démesuré, une idée d'Héra qui avait voulu manifester ainsi sa désapprobation face à la conduite légère de la déesse.

Aphrodite aima Cinyras, roi de Chypre, qui instaura alors son culte dans son île.

Le sculpteur Pygmalion tomba fou amoureux d'elle, modela une statue d'ivoire à son image et la plaça dans son lit. Il supplia ensuite la déesse de venir à lui. Elle accéda à sa demande, entra dans la statue et l'anima, créant ainsi Galatée.

Poursuivant ses aventures, Aphrodite enleva Phaéton (le nom signifie « brillant »). Il n'était encore qu'un enfant mais elle fit l'amour avec lui et le désigna comme gardien de son temple.

Au nombre des amants d'Aphrodite, on compte entre autres Adonis, berger à la beauté célèbre et fils de son ancien compagnon Cinyras, roi de Chypre. Mais

Arès, toujours épris et jaloux de la déesse, dépêcha un sanglier pour éventrer Adonis devant son amante, et de son sang jaillit une fleur, l'anémone.

Les attributs d'Aphrodite sont le myrte, la rose, les fruits à pépins, pommes et grenades, considérés comme fécondants. En Olympe, elle avait pour cortège les Nymphes, les Charites, Éros, les Heures, les Tritons et les Néréides. Sur la Terre, ses animaux de prédilection étaient le cygne et la tourterelle ainsi que le bouc et le lièvre pour leur talent de reproduction.

Les temples dédiés à Aphrodite se caractérisaient par leur forme pyramidale ou conique, assez semblable à celle des fourmilières. En Égypte, elle devient Hathor, vénérée à Aphroditopolis, ville proche de Memphis. En Phénicie, elle était représentée par Astarté, déesse de l'Amour. (En fait, c'est Astarté qui a inspiré aux Grecs Aphrodite.)

À Rome, on la connut sous le nom de Vénus à qui plus tard une planète fut dédiée.

55 • AMAZONES

D'après l'historien Diodore de Sicile, un peuple de femmes installé à l'ouest de l'Afrique du Nord lança une série de raids militaires jusqu'en Égypte et en Asie Mineure. La mythologie grecque évoque également un peuple de femmes (*a-mazos* signifiant privée d'un sein, puisqu'elles se mutilaient le sein droit pour mieux se servir de leur arc) vivant sur les bords du fleuve Thermodon, dans la région de l'actuel Caucase, et n'entretenant avec les hommes que des relations occasionnelles strictement limitées à la procréation. Selon lui, elles n'avaient ni pudeur, ni sens de la justice. Chez elles, la filiation se faisait par les femmes. Lorsqu'elles concevaient des rejetons mâles, elles les réduisaient en esclavage. Armées d'arcs aux flèches de bronze, elles se protégeaient derrière de courts boucliers en forme de demi-lune.

Leur reine Lysippé s'en prit à tous les peuples jusqu'au fleuve Thaïs. Elle entretenait un tel mépris du mariage et une si grande passion pour la guerre que, par défi, Aphrodite s'arrangea pour que le fils de Lysippé tombe amoureux de sa mère. Plutôt que de commettre l'inceste, le garçon se jeta dans le Thaïs et s'y noya. Pour échapper aux reproches de son ombre, Lysippé conduisit ses filles jusqu'aux bords de la mer Noire où chacune fonda sa cité, Éphèse, Smyrne,

Cyrène et Myrina. Ses descendantes, les reines Marpessa, Lampado et Hippolyté, étendirent leur influence jusqu'en Thrace et en Phrygie. Quand Antiope, l'une des sœurs, fut enlevée par Thésée, les Amazones attaquèrent la Grèce et assiégèrent Athènes. Le roi Thésée eut beaucoup de mal à les repousser et fut contraint de réclamer l'aide d'Hercule. Il est à noter que ce combat contre les Amazones fait partie des douze travaux d'Hercule.

Durant la guerre de Troie, sous les ordres de la reine Penthésilée, les Amazones accoururent au secours des Troyens contre leurs envahisseurs grecs. Penthésilée sera finalement tuée lors d'un duel singulier avec Achille, mais son dernier regard rendra à jamais le guerrier amoureux de sa victime.

On retrouve trace d'armées strictement féminines dans les corps d'élite des Cimmériens et des Scythes. Les Romains eurent aussi à combattre plus tard des cités composées uniquement de femmes comme les Namnètes de l'île de Sein, ou les Samnites, vivant aux alentours du Vésuve.

De nos jours, subsistent encore dans le nord de l'Iran des bourgades peuplées majoritairement de femmes, lesquelles se revendiquent descendantes des Amazones.

56 · Autolimitation des puces

Des puces sont disposées dans un bocal. Le bord de ce bocal est juste à la hauteur qui leur permet de sauter par-dessus.

On dispose ensuite une plaque de verre pour boucher le sommet du bocal.

Au début les puces sautent et percutent la plaque. Puis, à force de se faire mal, elles adaptent leur saut de manière à s'arrêter juste au-dessous de la plaque de verre. Au bout d'une heure, il n'y a plus une seule puce qui se cogne contre le verre. Toutes ont réduit leur saut pour arriver au ras du plafond.

Si on enlève ensuite la plaque de verre, les puces continuent de sauter de manière limitée comme si le bocal était encore obturé.

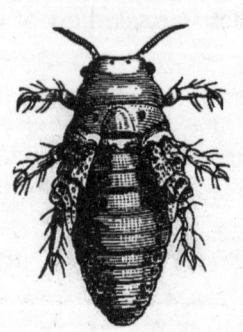

57 • LES DOGON

En 1947, Marcel Griaule, un ethnologue français, enquête sur une tribu de plus de 300 000 personnes qui vit au Mali, isolée sur les hauteurs accidentées des falaises de Bandiagara, à une centaine de kilomètres de la ville de Mopti, les Dogon.

Après une réunion des sages de la tribu, ceux-ci consentent à initier Griaule à leurs secrets et lui présentent Ogotemmeli, un vieillard aveugle, gardien de leur grande caverne sacrée.

Pendant 32 jours les deux hommes vont parler. Ogotemmeli va alors raconter à Griaule la cosmogonie des Dogon en lui montrant des dessins gravés dans la pierre ainsi que des plans des étoiles et des planètes.

Selon la mythologie dogon, au commencement, le Créateur Amma était potier. Il prit un bout de glaise et fabriqua un œuf. Ce sera l'espace-temps où Amma mettra en germe les huit graines fondamentales qui donneront naissance à la Réalité. Amma engendra ensuite les Nommos, hommes-poissons qui seront ses représentants. Quatre Nommos mâles pour commencer et ensuite leurs quatre Nommos femelles. Le premier Nommo est le régisseur du ciel et de l'orage. Il est assisté d'un deuxième Nommo messager. Le troisième Nommo règne sur les eaux. Le dernier Nommo, Yurugu, se révolte contre son créateur car il n'a pas la femelle qu'il souhaite. Amma le chasse alors de l'œuf originel. Mais Yurugu arrache un morceau de l'œuf et ce fragment donnera la Terre. Yurugu pense alors trouver sa femelle sur cette planète, mais elle est sèche et stérile. Aussi Yurugu revient-il dans l'œuf originel et fabrique-t-il avec le placenta une compagne qui deviendra son épouse : Yasigui. Mais Amma, très énervé, transforme Yasigui en feu, ce qui donnera le Soleil. Yurugu ne baisse pas les bras et arrache un fragment de soleil et le rapporte sur Terre, où il l'émiettera pour en faire des graines, espérant tirer de leur germination une nouvelle réalité qui lui offrira enfin une compagne. De la mutilation du Soleil naîtra la Lune. Après tant de provocations, Amma en colère transforme Yurugu en renard des sables.

Dès lors éclate une guerre entre les Nommos ; ils arrachent des morceaux de l'œuf originel qui deviendront tous les astres de l'univers. Du combat naîtra une vibration qui dans sa spirale entraînera les astres et déterminera le mouvement des planètes.

Ce qui est troublant, dans le récit et les gravures anciennes que montre Ogotemmeli, c'est qu'il situe toutes les planètes du système solaire aux bons endroits, y compris Pluton, Neptune et Uranus, alors que, très difficiles à repérer, elles n'ont été découvertes que récemment. Mais, plus étrange encore, il situe le lieu de vie du Créateur, Amma, en un lieu du ciel qui est celui de l'étoile Sirius A. Et à côté d'elle, les cartes dogon placent une autre étoile qu'Ogotemmeli définit comme « l'objet le plus lourd de l'univers ». Leur calendrier est d'ailleurs basé sur des cycles de 50 ans correspondant à la rotation de ces deux très lointaines étoiles, l'une autour de l'autre. Or, depuis peu, on a découvert Sirius B, une naine blanche tournant autour de Sirius A, ayant un cycle de 50 ans et possédant, en dehors des trous noirs, la plus grande densité de matière connue à ce jour.

RECEVOIR

Pour le philosophe Emmanuel Levinas, le travail de tout artiste créateur consiste à respecter trois étapes :
Recevoir.
Célébrer.
Transmettre.

59 ♦ Les Muses

Muse signifie en grec « tourbillon ». À l'origine, filles de Zeus et de la nymphe Mnémosyne (déesse de la Mémoire), les neuf Muses étaient destinées à devenir nymphes des sources, des rivières et des ruisseaux. Boire leurs eaux, disait-on, incitait les poètes à chanter. Leur fonction évolua cependant. Après avoir consolé ceux qui souffraient, elles entreprirent d'inspirer les créateurs, quel que soit leur domaine artistique. Elles demeuraient dans les montagnes d'Hélicon, en Béotie. Musiciens et écrivains prirent ainsi l'habitude de venir se rafraîchir aux fontaines proches de leur sanctuaire. Elles se répartirent alors les rôles, chacune se consacrant à un seul art.

Calliope : la Poésie épique.
Clio : l'Histoire.
Érato : la Poésie.
Euterpe : la Musique.
Melpomène : le Théâtre tragique.
Polymnie : le Chant religieux.
Terpsichore : la Danse.
Thalie : le Théâtre comique.
Uranie : l'Astronomie et la Géométrie.

Lorsque les neuf filles de Piéros, les Piérides, les défièrent dans un concours d'art, les Muses gagnèrent et, pour punir les Piérides de leur audace, elles les transformèrent en neuf corbeaux.

60 ♦ Samadhi

Le bouddhisme évoque le concept de Samadhi. Ordinairement, nos pensées vagabondent en tous sens. Nous oublions ce que nous sommes en train de faire pour songer aux événements de la veille ou prévoir des projets pour le lendemain. En état de Samadhi, complètement concentré sur l'action présente, on devient maître de son âme. Le mot sanskrit Samadhi peut se traduire par : « état d'être fermement fixé ».

En état de Samadhi les expériences des sens ne signifient rien. On est déconnecté du monde matériel et de tous les conditionnements, il n'y a qu'une motivation : l'Éveil (Nirvana).

On peut y parvenir en deux étapes.

La première est le « Samadhi sans Image ». Il faut visualiser son esprit comme un ciel sans nuages. Les nuages, qu'ils soient noirs, gris ou or, sont nos pensées qui troublent le ciel. On les chasse une par une au fur et à mesure qu'elles apparaissent, jusqu'à avoir un ciel clair.

La deuxième étape est le « Samadhi sans Direction ». C'est un état dans lequel il n'y a pas de chemin particulier vers lequel on souhaite aller, on n'a aucune préférence dans aucun domaine. On se visualise comme une sphère posée sur un sol plat qui malgré sa forme et sa fonction ne roule vers nulle part.

61 • SISYPHE

Son nom signifie « Homme très sage ». Il est le fils d'Éole, l'époux de la pléiade Mérope (elle-même fille d'Atlas). Il est aussi le fondateur de la ville de Corinthe. Depuis Corinthe, ses hommes contrôlaient l'isthme. Ils attaquaient et rançonnaient les voyageurs. Ainsi se constituèrent un trésor de guerre et le début de la prospérité de Corinthe. Après la flibuste, Sisyphe passa progressivement à la navigation et au commerce.

Un jour, Zeus voulut retrouver à Corinthe Égine, la fille du dieu du Fleuve Asopos, qu'il avait fait enlever. Sisyphe dénonça le ravisseur au père inquiet. Ce dernier en récompense lui offrit une fontaine perpétuelle. Cependant Zeus ne lui pardonna pas cette trahison et ordonna à Thanatos, dieu de la Mort, de punir Sisyphe par un châtiment éternel.

Quand Thanatos se présenta avec des entraves, Sisyphe, rusé, le convainquit de tester sur lui-même les menottes dont il voulait l'emprisonner. Résultat : le dieu de la Mort se retrouva détenu et séquestré à Corinthe. Et le royaume des morts en l'absence de son dieu se dépeupla.

Zeus, de plus en plus en colère, dépêcha Arès, dieu de la Guerre, pour délivrer le dieu des morts et capturer le trop rusé souverain de Corinthe.

Sisyphe ne s'avoua pas aussi facilement vaincu. Il fit semblant de se soumettre mais avant de descendre au royaume des morts, il pria sa femme de ne pas inhumer son corps. Descendu dans le territoire de l'Hadès, il obtint l'autorisation de revenir trois jours parmi les vivants, le temps de punir sa veuve de ne pas l'avoir enterré.

À Corinthe, il refusa de retourner chez les défunts. Cette fois, Zeus eut recours à Hermès pour l'y ramener de force.

Là, les juges de l'Enfer estimèrent que tant d'insubordination méritait un châtiment exemplaire. Ils condamnèrent Sisyphe à un supplice créé à son intention : rouler pour l'éternité un énorme rocher en haut d'une montagne, rocher qui retombait aussitôt sur l'autre versant et qu'il devait alors ramener à nouveau au sommet. Chaque fois qu'il tentait de prendre un peu de repos, une Érinnye, fille de Nyx, la nuit, et de Chronos, se chargeait de le rappeler à l'ordre d'un coup de fouet.

62 • ÉCRITURE

Dès 3000 av. J.-C., toutes les grandes civilisations proche-orientales disposent d'un système d'écriture. Les Sumériens développent un système cunéiforme – littéralement : « en forme de coins ». Leur grande innovation aura été de passer de dessins représentant exactement les êtres et les objets, les idéogrammes, à des tracés beaucoup plus symboliques représentant une idée, puis un son. Le dessin signifiant la flèche donne ainsi par exemple le son « ti » et est bientôt associé à la notion abstraite de vie. Ce système sera repris par les Cananéens, les Babyloniens, les Hourrites.

Vers 2600 av. J.-C., les Sumériens utilisent six cents signes dont cent cinquante dotés d'une valeur abstraite non descriptive. Leurs scribes notent ces signes sur des tablettes d'argile humide qu'ils font ensuite sécher au soleil ou dans des fours pour les durcir. Ce langage servira aux échanges commerciaux et diplomatiques, puis pour des textes religieux et poétiques. L'épopée du roi Gilgamesh est ainsi considérée comme le premier roman de l'humanité.

C'est à Byblos qu'ont été retrouvés les plus anciens caractères alphabétiques modernes, lesquels sont assez proches des caractères hébreux actuels. Sur le sarcophage du roi Ahiram de Byblos, sont ainsi représentés les signes de vingt-deux consonnes. Grâce au commerce et à l'exploration, cet alphabet se répandra dans toute la Méditerranée. Notons que la première lettre hébraïque, « aleph », était à l'origine représentée par une tête de vache. Progressivement, la lettre a tourné pour se renverser et donner notre « A », aux cornes dirigées vers le bas.

Pourquoi une tête de vache ? Sans doute parce que, à l'époque, la vache constituait la principale source d'énergie. Elle fournissait la viande, le lait, tirait la charrette permettant de voyager et la charrue permettant de labourer.

63 • Reine Sémiramis

À partir de l'an 3500 av. J.-C., les Indo-Européens envahissent le royaume sumérien. Les Hittites, les Louvites, les Scythes, les Cimmériens, les Mèdes, les Phrygiens, les Lydiens s'y déchirèrent, créant des royaumes éphémères à leur tour submergés.

Aux alentours de l'an 700 av. J.-C., un de ces groupes d'Indo-Européens, les Assyriens, parviendra à créer par la terreur un royaume stable. Une jeune fille y connaîtra un destin extraordinaire. Née sur les bords de la Méditerranée, près de l'actuelle Ashkelon, en Israël, elle se retrouva abandonnée dans le désert, nourrie par des colombes (selon la légende qu'elle écrira elle-même plus tard), puis recueillie par des bergers. Elle séduisit et épousa Pannès, le gouverneur de la Syrie, qu'elle accompagna jusqu'à son souverain. Là elle charma le roi Ninus, devint reine d'Assyrie sous le nom de Sémiramis, fit empoisonner son mari et lui dédia un immense mausolée.

Dès lors, la reine Sémiramis régna en paix à la tête d'un des plus grands empires de son temps. Elle étendit Babylone sur l'Euphrate puis entreprit la construction de monuments fastueux, dont les célèbres « jardins suspendus » considérés comme l'une des sept merveilles du monde antique. Mais, son appétit de gloire n'étant pas assouvi, la reine Sémiramis se lancera dans des conquêtes militaires qui la conduiront à s'emparer de l'Égypte, la Médie, la Libye, la Perse, l'Arabie et l'Arménie. Parvenues au bord de l'Indus, ses armées seront finalement vaincues par les Indiens.

Après avoir régné quarante-deux ans sans partage, et bâti l'un des premiers grands empires militaires, culturels et artistiques, la reine Sémiramis s'effaça au profit de son fils Ninias.

Les rois qui lui succéderont, n'ayant que mépris pour les femmes, effaceront progressivement les traces de son règne pour faire oublier qu'une reine avait mieux réussi qu'eux.

AKHENATON

Il se nommait Aménophis IV mais se fit appeler Akhenaton, ce qui signifie « Celui qui plaît à Aton », le dieu du Soleil. Premier pharaon monothéiste, il régna de 1372 à 1354 av. J.-C.

Les rares statues préservées qui le représentent montrent un homme de haute taille, le visage oblong, les yeux en amande, le regard serein, les lèvres charnues, le menton prolongé par une barbe tubulaire.

Son épouse, Néfertiti, est souvent représentée à ses côtés avec une coiffe pharaonique, prouvant que le roi lui avait octroyé un statut égal au sien. Il semblerait qu'elle ait été à l'origine de sa volonté de réforme.

Akhenaton se lança dans une politique de modernisation de la société égyptienne, créant un nouvel empire. Il détrôna la principale divinité égyptienne, Amon-Rê, dieu à tête de bélier, pour le remplacer par Aton, dieu du Soleil, dont il fit un dieu unique. Ce fut une révolution religieuse doublée d'une révolution politique.

Le pharaon enleva à la ville d'Ouaset (plus tard nommée Thèbes par les Grecs), vouée au dieu Amon, son statut de capitale pour en doter Akhetaton, dédiée au dieu Aton (aujourd'hui Tell el-Armana).

Le mot « aton » signifiait lumière et chaleur, mais aussi la justice et l'énergie de vie qui parcourent l'univers. Akhenaton fit participer à son gouvernement des Nubiens et des Hébreux. « Aton » est sans doute issu de l'hébreu « adon », Adonaï étant l'appellation de Dieu en cette langue. Côté artistique, l'heure était au réalisme avec, pour la première fois, des représentations de la vie quotidienne et de scènes familiales, très éloignées des batailles et des scènes religieuses qui avaient jusqu'alors inspiré les peintres.

L'élite adhéra rapidement à cette notion d'« un seul et grand dieu » remplaçant un panthéon de dieux spécialisés.

Sous Akhenaton, l'influence de l'empire égyptien s'étendit de l'actuelle Éthiopie au sud de la Turquie. Le pharaon se fit construire un tombeau dont l'axe permettait aux rayons du soleil d'illuminer l'ensemble du monument.

Cependant, la guerre était à ses portes. De Byblos (actuellement au Liban), le prince Rib Addi envoya des appels de détresse, son royaume étant attaqué par les nomades du désert. Trop occupé à édifier sa capitale et gérer son royaume, Akhenaton ne répondit pas. Il ne réagit pas non plus lorsque, après les Khabiris, des Indo-Européens, les Hittites, s'en prirent à ses villes septentrionales. Lorsque Damas, Qadesh et Qatna tombèrent aux mains des envahisseurs, il se décida enfin à dépêcher son armée mais il était trop tard.

Profitant de ces échecs militaires, les prêtres d'Amon osèrent alors accuser le pharaon monothéiste d'hérésie. En 1340 av. J.-C. le général Ahoreb lança un coup d'État militaire. Akhenaton fut assassiné et Néfertiti contrainte de se convertir au culte du dieu à tête de bélier. La nouvelle capitale fut rasée et les représentations du « pharaon hérétique » détruites, à de rares exceptions près. Toutes les références au nom d'Akhenaton furent effacées des hiéroglyphes.

65 • MILET

De Milet, cité ionienne d'Asie Mineure, partit le premier mouvement scientifique, avec, dans ses rangs, Thalès, Anaximandre et Anaximène. Ils avaient en commun de s'opposer à l'ancienne cosmogonie d'Hésiode qui prônait un monde créé par des dieux à figure humaine. Leur sens du sacré les incita à rejeter cet anthropomorphisme pour aller chercher plutôt le principe divin dans la nature. Pour Thalès, dieu est eau, pour Anaximène, il est air, et pour Anaximandre, il est l'indéfini. Pour un quatrième, Démocrite, né au milieu du Ve siècle av. J.-C., l'univers est rempli d'atomes, et les chocs fortuits entre ces atomes au hasard de leurs courses auraient créé les mondes et l'homme.

Plus tard, plus à l'ouest, à Athènes, Socrate et son disciple Platon, formés par les scientifiques de Milet, ont été à l'origine de la philosophie grecque. Pour mieux faire prendre conscience du monde dans lequel évoluait l'homme, Socrate utilisa l'allégorie de la caverne. Selon lui, l'homme commun est semblable au prisonnier d'une grotte, enchaîné à sa condition misérable et au visage perpétuellement tourné vers le fond. Il voit défiler sur la paroi les ombres d'objets promenés dans son dos à la lueur d'un feu et s'imagine que c'est là le réel. Pourtant, il ne s'agit que d'illusions. Si on libère ce prisonnier et le contraint à se retourner, à voir les objets qui dessinent ces silhouettes et le feu qui les anime d'un semblant de mouvement, il sera effrayé. Si ensuite on l'entraîne jusqu'à l'entrée de la caverne pour qu'il voie la vraie lumière, il souffrira et en sera ébloui. Et pourtant, s'il poursuit son chemin, il parviendra à regarder en face ce soleil, source bien réelle de toutes les lumières.

Pour Socrate, ce prisonnier, c'est le philosophe. Et lorsqu'il retournera dans la caverne, aucun de ceux qui s'y trouvent ne voudra le croire, et le pire des sorts l'attendra de la part de ceux qu'il souhaitait délivrer du mensonge et des illusions.

Accusé d'impiété et de corruption de la jeunesse, Socrate, en 399 av. J.-C., fut condamné à ingurgiter la ciguë, un poison violent.

66 • Sumer et la onzième planète

Les tablettes sumériennes font allusion à une onzième planète dans le système solaire. Selon les travaux des chercheurs Noah Kramer, George Smith (du British Museum), puis plus tard de l'écrivain Zecharia Sitchin, elle était baptisée par les Sumériens « Nibiru ». Elle décrirait une très large orbite elliptique de 3 600 ans, tournant en sens inverse et sur un plan incliné par rapport aux autres planètes. Nibiru aurait traversé tout le système solaire et se serait jadis rapprochée de la Terre. Pour les Sumériens, Nibiru serait habitée par une civilisation extraterrestre : les Annunaki (ce qui signifie en sumérien : « Ceux qui sont descendus du ciel »). Ces derniers seraient, selon les tablettes, très grands, mesurant trois à quatre mètres, et vivraient plusieurs siècles. Mais il y a 400 000 ans, les Annunaki auraient subi un dérèglement météorologique annonçant un hiver destructeur. Leurs scientifiques auraient alors imaginé de répandre de la poussière d'or dans la partie supérieure de leur atmosphère afin de créer un nuage-bouclier artificiel. Quand Nibiru fut suffisamment proche de notre Terre, les Annunaki montèrent dans leurs vaisseaux spatiaux, évoqués comme de longs tubes pointus dont l'arrière cracherait du feu, et, sous le commandement de leur capitaine, Enki, ils auraient atterri dans la région de Sumer. Là ils auraient créé un astroport baptisé Éridou. Mais, n'y trouvant pas d'or, ils prospectèrent sur le reste de la planète, et finirent par en trouver dans une vallée située au sud-est de l'Afrique, au cœur d'une région qu'on pourrait situer maintenant face à l'île de Madagascar.

Au début, ce furent des ouvriers annunaki, dirigés par Enlil, le frère cadet d'Enki, qui creusèrent et exploitèrent les mines. Mais ceux-ci se révoltèrent et les scientifiques extraterrestres, sous la direction d'Enki, décidèrent de créer par la génétique un croisement entre les Annunaki et les primates de la Terre. Ainsi naquit, il y a 300 000 ans, l'homme, dans le seul but de servir d'esclave aux extraterrestres. Les textes sumériens décrivent les Annunaki comme arrivant facilement à se faire respecter des hommes car ils auraient « un œil placé très haut qui scrute la Terre » et un « rayon de feu qui traverse toute matière ».

Une fois l'or récupéré et le travail achevé, Enlil reçut l'ordre de détruire l'espèce humaine, afin que ces expériences génétiques ne troublent pas l'équilibre naturel de la planète. Mais Enki sauva quelques humains (l'arche de Noé ?) et dit que l'homme méritait de continuer de vivre. Enlil, en colère contre son frère (il est possible que les Égyptiens aient repris cette histoire, Enki étant Osiris opposé à son frère Enlil, Seth), convoqua le conseil des Sages. Ils décidèrent de laisser les hommes proliférer sur Terre. Et, il y a 100 000 ans, les premiers Annunaki prirent pour épouses les filles des hommes. Ils se mirent alors à transmettre leur savoir au compte-gouttes. Pour faire le lien entre les deux mondes ils créèrent la royauté, le roi étant une sorte d'ambassadeur chargé de canaliser les enseignements des Annunaki. Afin de réveiller la part d'Annunaki qui était en eux, les rois devaient absorber lors d'un rituel secret un aliment magique qui semble être les menstrues des reines annunaki contenant les hormones extraterrestres.

On retrouve la symbolique de cette étrange ingurgitation dans les rituels de plusieurs autres religions.

67 • Prophétie de Daniel

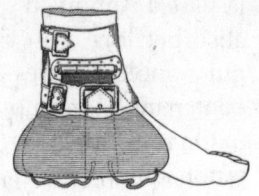

En 587 av. J.-C., les Hébreux furent envahis par le roi Nabuchodonosor à la tête des Babyloniens. Le Premier Temple fut détruit et le roi Joachim ainsi que dix mille notables furent emmenés captifs à Babylone.

Une nuit, Nabuchodonosor eut un étrange rêve qu'il fut incapable de raconter au réveil et qu'aucun de ses oracles ne fut capable de deviner. Ayant entendu parler d'un jeune prince hébreu doué pour interpréter les songes, il le fit quérir.

Ce dernier se nommait Daniel et il déclara que Nabuchodonosor avait rêvé d'un géant dont la tête était en or, la poitrine et les bras en argent, le ventre et les cuisses en airain, les jambes en fer, et les pieds en argile. Or les pieds s'émiettaient et le géant était sur le point de s'effondrer.

Émerveillé, Nabuchodonosor reconnut là son rêve et réclama une explication. Daniel déclara que la tête en or représentait le règne de l'empire babylonien. La poitrine en argent annonçait l'avènement de l'empire qui lui succéderait (on peut imaginer l'évocation de l'empire médo-perse de 539 à 331 av. J.-C.). Le ventre et les cuisses d'airain signalaient l'empire suivant (vraisemblablement les Grecs qui occupèrent l'ensemble du bassin méditerranéen de 331 à 168 av. J.-C.). Les jambes de fer symbolisaient un troisième règne (les

Romains qui dominèrent la région de 168 av. J.-C. à 476 après J.-C.). Les pieds d'argile seraient le règne d'un empire construit par un simple homme, un messie (analysé plus tard par le christianisme comme représentant Jésus-Christ). Les deux jambes représentaient la séparation entre empire romain chrétien d'Orient et empire romain chrétien d'Occident. Quant aux dix orteils, ils furent assimilés bien plus tard aux dix royaumes chrétiens de l'époque médiévale.

Daniel expliqua que, l'argile étant friable, il ferait s'effondrer tous les empires de métaux.

Suite à la prophétie de Daniel qui situait l'avènement du règne de l'argile après l'invasion du pays des Hébreux par le fer (donc l'empire romain), il apparut plusieurs centaines de prétendants au rôle de messie. La grande majorité furent mis à mort par les Romains qui eux aussi connaissaient la prophétie de Daniel et ne voulaient pas voir s'effondrer leur empire de fer.

Réponse de Gaïa

On s'est longtemps demandé d'où provenaient les nuages constitués de millions de sauterelles. Or ce phénomène n'a rien de naturel. C'est là une conséquence de la mise en chantier par les hommes d'une activité agricole intensive. Suite à l'implantation de monocultures sur de vastes territoires, les prédateurs naturels des végétaux sélectionnés se sont retrouvés en foule sur une même zone et s'y sont donc reproduits de façon exponentielle. Avant l'intrusion des hommes, la sauterelle n'était qu'un insecte solitaire et inoffensif, mais partout où ceux-ci ont voulu modifier la nature, elle leur a répondu à sa manière.

Que l'homme fasse exploser des bombes atomiques dans la croûte terrestre, et Gaïa lui répond par des séismes. Que l'homme transforme le sang noir de la terre, le pétrole, en fumées toxiques formant des nuages asphyxiants, et la Terre lui répond par des températures en hausse. Par la suite, les glaciers fondent, provoquant des inondations.

L'homme n'a pas encore compris que sa planète originelle répond à chacune de ses provocations, aussi s'étonne-t-il lorsque surviennent ce qu'il appelle des « catastrophes naturelles » mais qui ne sont que des « catastrophes artificielles » générées par son absence de dialogue avec sa planète mère.

69 ◆ Héraclès

Héraclès en grec (Hercule en latin) signifie « Gloire d'Héra ». Pour le concevoir, Zeus s'unit à Alcmène après avoir emprunté les traits de son époux.

Lasse des infidélités de son mari, Héra dépêcha deux serpents pour étouffer l'enfant. Mais celui-ci, à peine né, eut déjà la force de tuer les reptiles.

Une fois qu'il fut adulte, Héra, qui le détestait depuis sa naissance, le rendit fou. Dans un accès de démence, Héraklès tua huit de ses propres enfants. Revenu à la raison, il voulut se purifier et alla consulter les oracles de Delphes. La Pythie lui annonça qu'il lui faudrait se mettre à la disposition de son tyrannique cousin Eurystée pendant douze ans et accomplir tous les travaux qu'il lui réclamerait.

1. Héraklès combattit le lion de Némée à la peau dure comme une carapace. Sa massue, ses flèches et son épée n'ayant aucun effet sur la bête, il l'étrangla de ses mains nues.

2. Il tua l'Hydre de Lerne, monstre au corps de chien et aux neuf têtes de serpent.

3. Il captura la biche de Cérinye. L'animal aux sabots d'airain et aux cornes d'or avait échappé à la déesse Artémis lorsqu'elle était enfant.

4. Il emprisonna le sanglier d'Érymanthe.

5. Il nettoya les écuries d'Augias.

6. Il extermina les oiseaux du Stymphale.

7. Il captura le taureau de Crète.

8. Il tua les juments de Diomède, roi de Thrace, qui nourrissait ses chevaux de la chair de ses invités.

9. Il obtint la ceinture d'Hippolyté, reine des Amazones.

10. Il vola le troupeau de Géryon, réputé homme le plus fort de la Terre.

11. Il cueillit des pommes d'or du jardin des Hespérides. Ces fruits étaient ceux du pommier offert par Gaïa à Héra à l'occasion de son mariage avec Zeus.

12. Il captura le chien monstrueux Cerbère. Cette douzième mission, la plus difficile, consista à ramener le chien Cerbère des Enfers d'Hadès. Pour y parvenir, Héraclès fut initié aux mystères d'Éleusis par Musée, fils d'Orphée, afin de pouvoir s'introduire dans les mondes souterrains des morts.

70 ◆ SÉLECTION

Pour sélectionner ses futurs espions, la CIA, agence de renseignement américaine, utilisait entre autres une méthode très simple : elle passait dans les journaux une petite annonce signalant qu'elle avait besoin de personnel. Pas de concours, pas de dossiers à remplir, nul besoin de recommandations particulières, ni même d'un curriculum vitae. Toute personne intéressée était conviée à se présenter à un bureau à 7 heures du matin. Les candidats se retrouvaient ainsi une centaine à patienter ensemble dans une salle d'attente. Mais au bout d'une heure personne n'était venu les quérir. Le temps passait. Encore une autre heure. Les moins opiniâtres se lassaient et, ne comprenant pas pourquoi on les avait ainsi dérangés pour rien, finissaient par s'en aller en maugréant. Vers 13 heures, une bonne moitié avaient claqué la porte. Vers 17 heures, il ne restait plus qu'un quart des postulants du matin. Vers minuit, il n'en restait plus qu'un ou deux à tenir bon. Ceux-là étaient automatiquement engagés.

71 • Histoire de porcs

Soucieux d'améliorer le goût de sa viande, un conglomérat de charcutiers a demandé à un chimiste, le professeur Dantzer, à Bordeaux, de résoudre une énigme. Les charcutiers s'étaient en effet aperçus que, de plus en plus, la chair des porcs était imprégnée d'un arrière-goût d'urine qui la rendait impropre à la consommation. Le professeur Dantzer a mené son enquête dans les abattoirs et fini par comprendre. Les porcs au goût d'urine prononcé étaient ceux qui avaient le plus conscience de leur situation et qui du coup s'angoissaient le plus avant de mourir.

Le professeur Dantzer préconisa deux solutions pour résoudre ce problème : un calmant ou la non-séparation du porc d'avec ses proches.

Dantzer s'était en effet aperçu que lorsqu'on laissait le porc auprès de ses petits, l'animal acceptait sa situation et ne stressait pas.

Ce fut la solution du calmant qui fut choisie. Si bien qu'en avalant du porc, les consommateurs ingurgitent en même temps le calmant qui a servi à apaiser l'animal. Or cette drogue a un petit inconvénient : elle crée une accoutumance. Ensuite l'humain a besoin de retrouver sa quantité de Valium pour ne pas lui-même angoisser...

Les Quatre Accords toltèques

Don Miguel Ruiz est né au Mexique d'une mère *curandera* (guérisseuse) et d'un grand-père *nagual* (chaman). Il suit des études de médecine, devient chirurgien, mais un accident lui fait vivre une NDE (Near Death Experience, ou en français EMI « Expérience de Mort Imminente »). Suite à cet accident, il décide de retrouver le savoir des chamans, et devient *nagual* de la lignée des Chevaliers de l'Aigle, une lignée qui s'est vouée à transmettre l'enseignement des anciens Toltèques. Dans son livre *Les Quatre Accords toltèques*, il propose un code de conduite, un résumé de son enseignement en quatre comportements qui permettent de se libérer du conditionnement collectif et de la peur du futur.

« Premier Accord. Que votre parole soit impeccable.

Parlez avec intégrité, ne dites que ce que vous pensez vraiment. N'utilisez pas la parole contre vous-même, ni pour médire d'autrui. La parole est un outil qui peut détruire, prenez conscience de sa puissance et maîtrisez-la. Pas de mensonge ni de calomnie.

Deuxième Accord. Ne réagissez à rien de façon personnelle.

Ce que les autres disent sur vous et font contre vous n'est qu'une projection de leur propre réalité, de leurs peurs, de leurs colères, de leurs fantasmes. Exemple : si quelqu'un vous insulte, c'est son problème, ce n'est pas le vôtre. Ne vous vexez pas, et ne vous remettez pas en question pour autant.

Troisième Accord. Ne faites aucune supposition.

Ne commencez pas à élaborer des hypothèses de probabilités négatives, pour finir par y croire comme s'il s'agissait de certitudes. Exemple : si une personne est en retard, vous pensez qu'il lui est arrivé un accident. Si vous ne savez pas, renseignez-vous. Ne vous convainquez pas vous-même de vos propres peurs et de vos propres mensonges.

Quatrième Accord. Faites de votre mieux.

Il n'y a pas d'obligation de réussir, il n'existe qu'une obligation de faire au mieux.

Si vous échouez, évitez de vous juger, de vous culpabiliser et d'éprouver des regrets. Tentez, entreprenez, essayez d'utiliser de manière optimale vos capacités personnelles. Soyez indulgent avec vous-même. Acceptez de ne pas être parfait, ni toujours victorieux. »

73 • Archimède

Archimède, dont le père était astronome, naquit à Syracuse, en Sicile, en 287 av. J.-C. Si la culture de la ville était grecque, elle ne s'en trouvait pas moins en zone d'influence carthaginoise.

Alors qu'il prenait son bain et constatait une montée de l'eau sous lui, Archimède en déduisit sa fameuse loi : « Tout corps plongé dans un fluide subit une poussée verticale, dirigée de bas en haut, égale au poids du fluide déplacé. » Il se serait alors exclamé – son légendaire « Eurêka ! », en français : « J'ai trouvé ! » (Une partie du manuscrit expliquant son principe fut mise au jour en 1907 sur un parchemin qui avait été utilisé pour reproduire la page d'une bible.)

Archimède a également étudié les points d'équilibre des forces et théorisé le principe du levier. Il a établi ainsi la règle : « Deux corps s'équilibrent à des distances inversement proportionnelles à leur poids. » On lui doit aussi la célèbre phrase : « Donnez-moi un levier et un point d'appui et je soulèverai le monde. » Archimède a ainsi défini le principe du centre de gravité.

En mécanique, il inventa la roue crantée, ancêtre de l'engrenage, et la vis d'Archimède, ancêtre du boulon et de l'écrou, qui permet de faire remonter le grain dans les silos.

Le roi de Syracuse s'étant rallié aux Carthaginois, les Romains en représailles assiégèrent la ville trois ans durant. Pendant ce laps de temps, Archimède fabriqua toutes sortes de machines de guerre extraordinaires. Il mit au point des catapultes d'une puissance dix fois supérieure à celles des Romains. Il fabriqua une grue appuyée à la face interne d'une muraille qui, lorsqu'un navire hostile parvenait au bas de la ville, lançait sur lui une pince mécanique qui l'accrochait par la proue. Un contrepoids se déclenchait alors, qui soulevait le bateau et le renversait avec ses occupants comme s'il s'agissait d'un jouet. Entre autres inventions avant-gardistes, Archimède conçut une batterie de miroirs paraboliques capables de concentrer la lumière du soleil en un rayon brûlant qui incendiait les voiles des navires romains.

Plutarque conte ainsi sa mort : « Archimède était en train de résoudre un problème et, ses yeux et son esprit étant fixés sur l'objet de sa réflexion, il ne remarqua ni l'arrivée des Romains ni que la ville avait été prise. Un soldat romain survint et lui enjoignit de l'accompagner. Archimède réclama encore quelques minutes car il était sur le point de trouver un élément clef débouchant sur une découverte scientifique d'importance. Le soldat prit cette requête pour une marque d'irrespect et, pour le punir, lui enfonça son épée dans le ventre. »

74 • DAVID BOHM

Après avoir longtemps travaillé sur la physique quantique et relativiste, le physicien David Bohm s'est passionné pour les implications philosophiques de ses théories. Ce spécialiste des hologrammes, images en trois dimensions produites par des rayons laser, est forcé de quitter les États-Unis durant la chasse aux sorcières anticommuniste des années 1950, puis repoussé du Brésil par des sympathisants nazis. Il s'établit alors en Angleterre où il devient professeur à l'université de Londres, se passionne pour le bouddhisme tibétain et devient l'ami du Dalaï-Lama.

Il développe là-bas une théorie et annonce carrément que l'Univers n'est qu'une grande illusion, tout comme une image holographique donnant l'illusion du relief. Et, tout comme un hologramme, l'Univers a pour particularité de posséder dans chaque partie de son image… les informations du tout. Il faut savoir que lorsqu'on brise une représentation holographique, on retrouve en effet l'ensemble de l'image dans chaque morceau.

Pour David Bohm, le cosmos pourrait être considéré comme une structure infinie d'ondes où tout est relié à tout, où être et non-être, esprit et matière ne seraient que des manifestations différentes d'une même source lumineuse, qui donne à l'ensemble l'illusion du relief. Il nomme cette source lumineuse : la Vie.

Einstein, réticent au début devant la vision non conformiste de son collègue, finira par se passionner pour les découvertes de Bohm.

Pourtant, se détachant de tout le milieu scientifique, qu'il trouve trop réticent à franchir les limites des conventions, Bohm n'hésite pas à faire référence à l'hindouisme ou au taoïsme chinois pour expliquer sa vision de la physique. Il ne fait pas de séparation entre le corps et l'esprit et considère qu'il existe une conscience globale de l'humanité. Pour la percevoir il suffit d'éclairer le bon niveau (puisque tout n'est qu'informations qui se révèlent par la lumière, comme l'hologramme ne donne l'illusion du relief que lorsqu'il reçoit un rayon laser sous le bon angle). Bohm pensait que par la physique quantique et la méditation on pourrait découvrir des niveaux de réalité cachés.

Dans sa vision « métaphysique », la mort n'existe pas, mais est juste un changement de niveau d'énergie. David Bohm « changea donc de niveau d'énergie » en 1992, sans avoir touché au but de sa quête personnelle de compréhension de l'Univers, mais après avoir ouvert une nouvelle voie de recherche, à la frontière de la science et de la philosophie.

75 • Hannibal Barca

Carthage fut fondée en 814 av. J.-C. par la reine Élisha (Didon pour les Romains et sœur du roi Pygmalion), accompagnée d'exilés phéniciens en provenance de Tyr. Carthage devint rapidement la ville la plus moderne et la plus riche de son époque. C'était aussi l'une des premières républiques, un conseil de trois cents sénateurs élisait chaque année deux magistrats, les suffètes. Jusqu'au IIIe siècle av. J.-C., Carthage dominait toute la Méditerranée. Avec plus de deux cents navires cette ville lançait des expéditions dans le monde entier. Grâce à leur puissance maritime les Carthaginois construiront des comptoirs en Sicile, en Sardaigne, le long des côtes d'Afrique du Nord, d'Espagne (Gades qui deviendra Cadix), remonteront même au nord jusqu'en Écosse pour le commerce de l'étain, et au sud jusque dans le golfe de Guinée pour le commerce de l'or. Cela ne pouvait qu'attirer la convoitise de la nouvelle puissance émergente de l'époque : Rome. Les Romains construiront une flotte de guerre encore plus imposante, copiant les techniques maritimes carthaginoises et ajoutant des éperons et des galériens pour gagner en vitesse. En 264 av. J.-C., la flotte militaire romaine vaincra la flotte carthaginoise dans la bataille des îles Égates. C'est le début des guerres puniques.

Le général carthaginois Hamilcar Barca négociera une paix au désavantage de son pays et devra ensuite affronter ses propres mercenaires de l'armée de Sicile en rébellion, qu'il arrivera à vaincre avec des forces inférieures. Son fils Hannibal naît en 247 av. J.-C. Il est formé par un précepteur grec dans l'admiration d'Alexandre le Grand. Il suivra son père lors de la campagne de reconquête de l'Espagne. Trahi et pris dans une embuscade, le général Hamilcar est assassiné. Son fils Hannibal prend alors la relève. À peine âgé de 26 ans, grâce à son charisme et ses talents d'organisateur, il monte une armée ibéro-carthaginoise contre l'avis des sénateurs de Carthage. Il reprend la guerre contre Rome et, accompagné de quelques dizaines de milliers d'hommes et quelques centaines d'éléphants, il franchit les Pyrénées, traverse le sud de la Gaule, puis les Alpes. En juin 218 av. J.-C., il arrive en Italie du Nord. L'armée romaine venue pour l'arrêter en Espagne découvrira avec surprise qu'il est déjà dans la plaine du Pô. Les Romains courent à sa rencontre et ce sera la bataille de Plaisance, sur les bords de la Trébie, au mois de décembre. Les Romains fuient devant la charge des éléphants africains qui ont pourtant difficilement survécu aux rigueurs des cimes enneigées. Hannibal a le génie des mouvements de troupes et il sait faire bouger très vite sa cavalerie. Non seulement Hannibal utilise des éléphants comme des chars d'assaut, mais durant la bataille il lance des actions de « commando », menées par des troupes de choc peu nombreuses mais très rapides qui agissent sur des points névralgiques.

Lors de la deuxième bataille, en Campanie, Hannibal compense sa faiblesse en effectifs par la ruse : il lance sur l'ennemi des troupeaux de bœufs recouverts de fagots enflammés. Nouvelle victoire carthaginoise. Rome réagit en lui dépêchant toutes ses réserves. Ce sera la bataille de Cannes en Apulie où, grâce à un habile mouvement enveloppant, Hannibal une fois de plus encercle et anéantit les troupes romaines pourtant deux fois supérieures en nombre. Toute l'Italie se rallie aux Carthaginois, ainsi que la Macédoine et la Sicile.

Mais plutôt que de prendre Rome, qui s'y résignait déjà, Hannibal établit un traité de paix avec le dictateur romain rapidement désigné pour assurer la défense de la ville.

Ce dernier, le danger passé, remonte une armée et la confie à un jeune général, Scipion, plus tard nommé Scipion l'Africain.

Scipion a compris que l'armée romaine ne tenait pas le choc face à Hannibal, il décide donc de grignoter progressivement les territoires, évitant toute possibilité de grande bataille. Les forces carthaginoises sont numériquement trop réduites pour tenir sur tous les fronts. Scipion reconquiert une à une les villes et reprend ainsi l'Italie, la Gaule, l'Espagne, et débarque avec une armée reconstituée en Afrique. Hannibal tentera de négocier avec Scipion, mais ce dernier refuse tout accord de paix, et ce sera la bataille de Zama. Privé de sa cavalerie numide, rachetée au dernier moment par les Romains, Hannibal est vaincu. Les Romains imposeront dès lors un impôt exorbitant payable sur cinquante ans.

Hannibal, élu suffète par les sénateurs, essaie pourtant de gérer au mieux sa cité ruinée. Il abolit les privilèges des grandes familles, et obligera les responsables des finances à rendre des comptes. Ces derniers prendront mal cet élan démocratique et feront alors appel à Rome pour les aider à destituer leur nouveau roi « trop réformateur ». Hannibal, poursuivi par les Romains, fuit Carthage et trouve refuge auprès du roi de Syrie, Antiochus, qui lui demandera de le conseiller dans sa guerre contre les Romains. Mais ce dernier n'écoute pas les conseils stratégiques de son invité et perd la bataille.

Les Romains exigeront le départ du Carthaginois lors de la signature du traité de paix. Hannibal trouvera refuge auprès du roi de Bithynie, Prusias, au service duquel il mettra ses talents d'organisateur et d'urbaniste. Les Romains exigeront que Prusias leur remette Hannibal en 183 av. J.-C. Ne pouvant s'évader, Hannibal absorbera le poison contenu dans sa bague.

Une troisième guerre éclatera en 149 av. J.-C., qui entraînera la ruine et la destruction définitives de Carthage.

L'historien romain Tite-Live l'a ainsi décrit : « Hannibal était le meilleur. Le premier il allait au combat, il se retirait le dernier. Personne n'avait plus d'audace pour affronter les dangers. Il dormait peu, mangeait peu, étudiait sans cesse. Admirateur d'Alexandre le Grand, il en avait le panache, mais son projet était plus vaste. »

Après sa mort, Hannibal restera le symbole de l'émancipation des peuples contre le joug romain et contre les oligarchies.

76 • Complexe de Monsieur Perrichon

Dans sa pièce *Le Voyage de Monsieur Perrichon*, Eugène Labiche, auteur français du XIXe siècle, décrit un comportement humain *a priori* incompréhensible et pourtant complètement banal : l'ingratitude.

M. Perrichon s'adonne sur le mont Blanc aux joies de l'alpinisme en compagnie de son valet, tandis que sa fille se repose dans son chalet. À son retour, il lui présente deux jeunes gens qu'il a rencontrés dans les montagnes. Le premier, explique-t-il, est un garçon formidable auquel lui, Perrichon, a sauvé la vie alors qu'il était sur le point de périr dans un précipice. Et le jeune homme de s'empresser de confirmer qu'effectivement, sans M. Perrichon, à cette heure il serait mort.

Le valet presse alors son maître de présenter le deuxième arrivant. Celui-là, pour sa part, a secouru M. Perrichon alors que lui-même était tombé à son tour dans une crevasse. M. Perrichon hausse les épaules, déclare qu'il n'était pas en si grand danger que cela et juge son sauveur arrogant et prétentieux. Son récit minimise l'importance du deuxième jeune homme. Évidemment, le père incite sa fille à s'intéresser au premier garçon, si sympathique, plutôt qu'au second, dont l'intervention lui apparaît de plus en plus inutile. Au point qu'il en vient même à s'interroger : a-t-elle réellement eu lieu ?

Dans cette pièce, Eugène Labiche illustre cet étrange comportement qui fait que l'homme est non seulement presque incapable de reconnaissance et de gratitude mais, pis encore, en arrive à détester ceux qui lui sont venus en aide. Peut-être par crainte de leur être désormais redevable... En revanche, nous aimons ceux que nous avons nous-mêmes aidés, fiers de notre bonne action et convaincus de leur gratitude éternelle.

77 ♦ Méduse

Médousa était une jeune fille d'une beauté remarquable. Sa magnifique chevelure était devenue légendaire. Si bien que Poséidon rêva de la posséder. Il se transforma alors en oiseau, l'enleva et la viola dans le temple d'Athéna. Exaspérée par cette profanation, la déesse, au lieu d'en vouloir au puissant dieu, retourna son courroux contre sa rivale. Elle transforma Médousa en Gorgone. Ses superbes cheveux devinrent autant de fins serpents. Elle incrusta dans sa bouche des dents de sanglier et des ongles en bronze sur ses mains. Athéna frappa Médousa d'une autre malédiction : désormais elle pétrifierait tous ceux qui auraient le malheur de la regarder en face. Médousa était la seule des trois Gorgones à être mortelle. Si bien qu'Athéna finit par envoyer un héros, Persée, pour la tuer. Celui-ci, averti du pouvoir de Médousa, la combattit en se concentrant sur le reflet poli de son bouclier. Il put ainsi éviter de fixer directement son regard. Il l'approcha puis la décapita.

Du corps sans tête jaillirent le géant Chrysaor, aussi nommé « Lame de feu », et le cheval ailé Pégase, qui d'un coup de sabot dans le ciel pouvait faire jaillir la pluie, ces deux êtres magiques ayant été conçus par Poséidon. Persée offrit la tête de Médousa à la déesse

Athéna qui l'accrocha ensuite en guise de décoration sur son bouclier.

Athéna pour sa part recueillit le sang de Médousa et le donna au guérisseur Asclépios. Le sang qui provenait de la veine droite de la Gorgone était capable de rendre la vie. Celui qui venait de la veine gauche était un poison foudroyant.

D'après l'historien Pausanias, Médousa était une reine qui aurait réellement vécu près du lac Tritonide, qui se trouve actuellement en Libye. Gênant l'expansion maritime grecque, elle aurait été assassinée par un jeune prince péloponnésien.

78 ◆ Le dur et le mou

Chez les Inuits et chez la plupart des peuples chasseurs-cueilleurs, il est interdit de casser les os de la viande qu'on consomme.

Ce rituel correspond à l'idée que, si l'on enterre les os, la terre nourricière en fera repousser la chair et reformera l'animal dans son ensemble.

Cette croyance est probablement issue de l'observation des arbres. Les arbres perdent en hiver leur « chair » de feuillage. Restent durant la période froide les zones dures, les « os » de l'arbre, puisqu'on voit les branches nues.

Dans la même logique on retrouve dans plusieurs rituels chamaniques l'idée que si l'on enterre le cadavre avec tous ses os intacts, la chair pourra repousser sur lui et il pourra renaître.

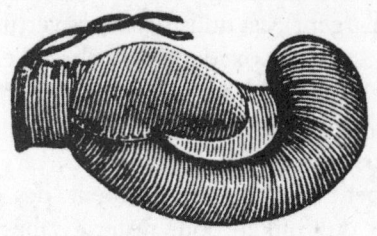

79 • GINKGO BILOBA

Des arbres, l'un des plus intriguants est un arbre chinois : le Ginkgo Biloba. C'est à ce jour l'arbre le plus ancien recensé. On pense qu'il existe depuis 150 millions d'années. C'est aussi le plus résistant. Après l'explosion nucléaire d'Hiroshima il fut le premier à repousser, à peine un an après, sur les zones contaminées.

Il existe chez les Ginkgos des arbres mâles et des arbres femelles et on remarque même, lorsque le mâle et la femelle sont à une distance allant jusqu'à plusieurs centaines de mètres, qu'ils ont tendance à se... pencher l'un vers l'autre. Pour se reproduire il faut que le pollen de l'arbre mâle vole en direction des fleurs de l'arbre femelle. Leur union donne un fruit qui en pourrissant (avec une odeur assez désagréable) libère des graines qui feront pousser un arbrisseau.

En Chine, le Ginkgo Biloba, nommé Yinshing (abricot d'argent), est utilisé pour ses vertus thérapeutiques. C'est un antioxydant, il améliore l'efficacité du système immunitaire et ralentit le vieillissement des cellules. Il agit aussi sur la métabolisation du glucose dans le cerveau.

Au Tibet, les moines absorbent des décoctions de feuilles de Ginkgo pour rester éveillés durant les séances nocturnes de méditation.

Dans les pays occidentaux il est de plus en plus implanté pour sa résistance non seulement à tous les parasites naturels, à toutes les conditions climatiques, mais aussi à la pollution. On a retrouvé des Ginkgos âgés de 1 200 ans.

DELPHES

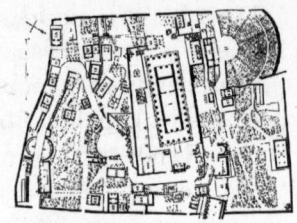

Zeus voulait savoir où se trouvait le centre du monde, alors il lâcha deux aigles aux extrémités de la Terre, et annonça que leur point de rencontre serait l'Omphalos, le « nombril du monde ».

Les deux rapaces se rejoignirent à l'ouest de la Grèce, dans une grotte du mont Parnasse à 570 mètres au-dessus du niveau de la mer. La caverne était gardée par un serpent géant placé là par Gaïa. Apollon tua le monstre et, après s'être expatrié pendant huit ans pour expier ce crime, il installa son temple en ce lieu. Le sanctuaire prit alors le nom de « Delphos », qui signifie le « Centre ». Plus tard, ce mot servira à nommer l'un des attributs du dieu Apollon : un mammifère marin qu'on baptisa Delphos, qui donnera Delphinus, puis dauphin.

Le temple proprement dit fut construit en 513 av. J.-C.

À l'entrée était placée la fameuse phrase : « Connais-toi toi-même et tu connaîtras les cieux et les dieux. »

À l'intérieur, la grande prêtresse, la Pythie, prédisait l'avenir à ceux qui venaient la consulter. Bientôt, le succès de ce temple fut tel qu'on venait de toute la Grèce et même d'Égypte et d'Asie Mineure pour l'interroger. Tous les habitants de la ville voisine travaillaient au temple, tout d'abord à sa construction, puis à l'entretien du feu sacré, à l'accueil des pèlerins, au sacerdoce, aux festins publics, aux bains purificateurs, aux chants et aux danses de louange d'Apollon.

Pour le nouvel arrivant, le parcours était le suivant : après s'être purifié, il sacrifiait selon sa richesse un mouton, une chèvre ou un poulet. Une première série de prêtres lisaient dans les entrailles des animaux sacrifiés, et si ce que disaient celles-ci était favorable, le pèlerin attendait son tour pour poser sa question à la Pythie.

Le nombre de visiteurs était si considérable que les prêtres étaient obligés de pratiquer des tirages au sort (à moins que le pèlerin ne soit une personnalité ou ne les soudoie). Si l'accès à la Pythie était validé, le consultant descendait alors dans l'adyton, la salle souterraine du temple, et était placé devant le nombril du monde, figuré par une fourmilière géante pétrifiée. Là il posait sa question personnelle.

La grande prêtresse Pythie, censée être en transe après avoir mâché des feuilles de laurier, répondait aux questions qu'on lui apportait, écrites et déposées dans une coupe. Personne ne pouvait la voir. Elle s'exprimait par des petits cris suraigus inintelligibles, « traduits » par des « prophètes » qui l'accompagnaient.

Parmi les « clients » célèbres : Alexandre le Grand, à qui la Pythie prédit : « Nul ne pourra te résister », et aussi Crésus, le riche roi de Lydie. Il demanda s'il devait livrer bataille contre les Perses. La Pythie répondit : « Si tu t'attaques aux Perses, tu détruiras un grand empire. » Crésus, confiant, partit en guerre et se fit battre. Condamné à mort, il demanda l'autorisation de punir l'oracle, qui lui répondit : « Crésus, tu as agi imprudemment, il fallait d'abord te demander : Quel empire sera détruit ? Car cet empire était le tien. »

Durant près de dix siècles, le temple de Delphes, malgré une succession de pillages (son « trésor caché » faisait rêver plus d'un brigand), fut une référence en matière de prédictions.

Le temple fermera au IVe siècle, lorsque l'empereur Théodose Ier interdira le culte d'Apollon. La Pythie l'avait prévu dans son dernier augure. Elle avait dit : « Le bel édifice n'aura plus de cabane ni de laurier prophétique, la source va devenir muette et l'onde qui parlait va se taire. »

81 • Prométhée

Son nom signifie « Celui qui réfléchit avant ». Il est l'un des sept fils du Titan Japet. Prométhée, avec ses frères Titans, combattit Zeus au moment où ce dernier installait son pouvoir sur l'Olympe. Après la victoire de Zeus, les Titans vaincus furent durement châtiés. Mais Prométhée et son frère Épiméthée (dont le nom signifie « Celui qui réfléchit après), plus avisés, se rangèrent du côté du vainqueur, furent épargnés et acceptés dans le cénacle des dieux.

Prométhée se lia alors d'amitié avec Athéna qui lui enseigna l'architecture, l'astronomie, le calcul, la médecine, la navigation, la métallurgie.

Prométhée, cependant, préparait en cachette sa vengeance contre Zeus.

Il façonna avec de l'argile et de l'eau (issue des larmes qu'il avait versées lors de la mort de ses frères) le premier homme. Athéna l'anima de son souffle de déesse.

Ainsi naquit la nouvelle humanité de l'Âge de fer (après celles de l'Âge d'or, l'Âge d'argent, l'Âge de bronze).

Mais un jour, à propos du partage, entre les dieux et les hommes, d'un taureau sacrifié, Prométhée tricha pour favoriser les hommes.

Quand Zeus découvrit la supercherie, il décida de priver les hommes de la découverte du feu. « Puisqu'ils se croient si malins, qu'ils mangent leur viande crue ! » trancha-t-il.

Mais Prométhée ne voulait pas abandonner les hommes à ce triste sort. Toujours avec la complicité d'Athéna, il alluma une torche au char de feu d'Hélios, le dieu du Soleil. Il récupéra ensuite une braise qu'il dissimula dans une tige de fenouil sauvage et rapporta aux hommes ce morceau de feu divin.

Zeus entra dans une violente colère. Hors de question que les hommes bénéficient du feu sans son autorisation. Zeus décida donc de châtier Prométhée. Il le fit enchaîner nu sur la plus haute cime du mont Caucase où, chaque jour, un vautour dévorait son foie qui se régénérait pendant la nuit. Pourtant Prométhée refusa jusqu'au bout de se soumettre à Zeus qu'il considérait comme le tyran de l'Olympe.

82 • SPARTACUS

En 73 av. J.-C., éclate une révolte dans une école de gladiateurs de Capoue. Le leader de la révolte est un Thrace du nom de Spartacus. Au cours de cette révolte, Spartacus et 70 autres gladiateurs parviennent à s'enfuir. Ils attaquent un chariot transportant des armes et forment ainsi une troupe. Ils descendent vers Naples et rallient à eux plusieurs milliers d'esclaves. Le gouvernement romain oppose une milice, mais les gladiateurs manifestent une résistance inaccoutumée et parviennent même à la mettre en fuite.

Cependant les généraux refusent d'envoyer directement l'armée car ils estiment que ces esclaves sont des adversaires indignes de vrais soldats.

En décembre 73 av. J.-C., la troupe de Spartacus comprend 70 000 hommes armés qui avancent en ligne derrière sa bannière. Ils remontent l'Italie et atteignent la plaine du Pô en mars 72 av. J.-C. Cette fois, Rome se décide à dépêcher l'armée. Mais il est trop tard. Sous la direction de Spartacus, qui se révèle un fin stratège, les gladiateurs et les esclaves battent successivement les légions du consul Gélius, puis celles du consul Lentulus, puis celles du proconsul Cassius. Après ces victoires, Spartacus décide de redescendre vers Rome. Les habitants de la capitale tremblent, le richissime sénateur Crassus décide alors de monter une armée pour contrer cette menace. Il parvient à repousser les troupes de Spartacus jusqu'à l'extrémité de la presqu'île de Regium, qu'il ferme par un fossé fortifié de 55 kilomètres. En janvier 71 av. J.-C., l'armée de Spartacus parvient à forcer le blocus. La bataille va être très longue et tourne à l'avantage de Crassus.

Pour empêcher de nouvelles révoltes d'esclaves ou de gladiateurs, les 6 000 prisonniers ayant survécu seront crucifiés sur les 195 kilomètres menant de Rome à Capoue.

83 • Les Indo-Européens

Depuis le XVIIᵉ siècle, plusieurs spécialistes des langues, et notamment des Néerlandais, ont noté des rapprochements entre le latin, le grec, le persan et les langues européennes modernes. Ils pensaient alors que le point commun était le peuple des Scythes. À la fin du XVIIIᵉ siècle, William Jones, un fonctionnaire anglais travaillant en Inde, passionné de philologie, découvre à son tour un lien entre ces langues et le sanskrit, la langue sacrée des Indiens. L'étude est reprise par un autre Anglais, Thomas Young, qui invente en 1813 le terme d'« Indo-Européen » et émet l'hypothèse d'un peuple unique venant d'un foyer unique et qui aurait par vagues successives envahi ses voisins et disséminé son langage.

Le terme sera ensuite repris par deux Allemands, Friedrich von Schlegel et Franz Bopp, qui trouvent des similitudes entre l'iranien, l'afghan et le bengali, le latin, mais aussi le grec, le hittite, le vieil irlandais, le gothique, le vieux bulgare et le vieux prussien.

Dès lors, les historiens tentèrent de reconstituer l'histoire de ces fameux envahisseurs indo-européens. Il semble que la tribu « indo-européenne » d'origine vivait au nord de la Turquie. C'était un peuple organisé en castes rigides. Ils avaient domestiqué le cheval, la technique des chars de combat et le travail du fer.

Ce qui leur donnait un avantage sur des adversaires utilisant les chevaux uniquement pour transporter les vivres et ne connaissant que le cuivre ou le bronze.

Les Indo-Européens avaient le culte de la guerre. C'est ainsi qu'ils combattent, convertissent et « récupèrent » leurs voisins les plus proches : les Hittites, les Tokhariens, les Lyciens, les Lydiens, les Phrygiens, les Thraces (ces peuples disparaissant complètement vers la fin de l'Antiquité). Puis ils conquirent le territoire des Iraniens, des Grecs, des Romains, des Albanais, des Arméniens, des Slaves, des Baltes, des Germains, des Celtes, des Saxons.

N'auraient échappé à cette invasion indo-européenne que certains peuples qui du coup ont conservé leurs langues ancestrales : notamment les Finnois, les Estoniens et les Basques.

On estime aujourd'hui que deux milliards et demi de personnes, soit presque la moitié de l'humanité, parlent une langue d'origine « indo-européenne ».

84 • LES HÉBRAÏCO-PHÉNICIENS

Le deuxième grand courant linguistique est le courant hébraïco-phénicien.

La maîtrise des voiliers, des coques, des cartes et des boussoles permit à ces peuples de faire le tour de l'Afrique, et de remonter jusqu'en Écosse pour créer des comptoirs. Ils arrivaient, rencontraient les autochtones et proposaient d'échanger connaissances et matières premières.

Comme le cuivre était leur première monnaie d'échange et que ce métal était de couleur rouge, ils se nommèrent les Édomites, de l'hébreu *édom*, « rouge », ce que les Grecs traduisirent par Phoenicos « Les Rouges ». D'où le nom de mer Rouge donné à la mer, au sud d'Israël, d'où partaient les navires hébraïco-phéniciens explorant les territoires voisins.

Ils parlaient une langue simple, formée de soixante mots-racines de trois lettres qui se complexifiaient pour préciser le sens en une multitude d'autres mots. Mais avec ces soixante mots le dialogue pouvait se créer avec tous les peuples rencontrés.

Les Hébraïco-Phéniciens ouvrirent la route du cuivre, la route du thé, mais aussi un circuit en Méditerranée utilisant la connaissance d'un courant tournant autour des côtes grecques, romaines et africaines. Ils créèrent la route de l'étain, et l'on retrouve des traces de langue hébraïque en Bretagne, en Écosse, mais aussi au Mali, au Zimbabwe. *Britain* provient ainsi de l'hébreu *brit* « alliance ». Cadix, de « Kadesh », la sacrée. Les Phéniciens fondèrent la civilisation berbère, *ber-aber* signifiant en hébreu « fils de la nation mère ». Kabylie vient de *kabalah* « tradition ». Thèbes, Milet, Knossos (de l'hébreu *knesseth*, « lieu de rassemblement »), mais aussi Utique, Marseille, Syracuse, Astrakan, sur le bord de la mer Noire, ou Londres sont à l'origine des comptoirs phéniciens.

Les Hébraïco-Phéniciens accordaient une place prépondérante aux femmes, la transmission du nom se faisant par la femme et non par l'homme.

85 • Tigre à dents de sabre

Pourquoi certaines espèces animales disparaissent-elles ? On a souvent évoqué des causes extraordinaires exogènes, comme une chute d'astéroïde, ou le changement climatique. Il peut arriver aussi qu'il y ait des raisons quasi culturelles. Citons le cas du smilodon, ou tigre à dents de sabre. On a retrouvé en Amérique des fossiles de ce félin datant de 2,5 millions d'années avant J.-C. Il mesurait jusqu'à 3 mètres de long et on estime sa masse à plus de 300 kg. C'est donc le plus gros félin connu. Sa particularité venait de ses deux canines recourbées qui étaient si longues qu'elles sortaient de sa gueule. On a retrouvé des dents de smilodon mesurant plus de 20 centimètres de long. L'une des explications données sur la disparition de ce félin est la suivante : les femelles auraient enregistré la règle : « plus les dents du mâle sont longues, plus celui-ci ramène du gros gibier ». Ce qui, par voie de conséquence, permet de bien nourrir les petits. Elles auraient donc, par le choix de leurs partenaires masculins, confirmé le caractère génétique : dents longues, tous ceux qui avaient des dents plus courtes n'arrivant plus à trouver de femelles. Ainsi, à force de surenchérir, les femelles auraient fini par encourager l'apparition de dents trop longues, empêchant la nourriture d'entrer dans la gueule de l'animal. Tout retour en arrière était impossible. L'espèce s'est éteinte aux environs de l'an 10000 avant J.-C.

LILITH

Alors qu'elle n'est pas évoquée dans la Genèse de la Bible, son existence est relatée dans le Zohar, « le Livre des splendeurs », référence de la kabbale.

Lilith est la première femme de l'humanité née en même temps qu'Adam, à partir de la glaise et du souffle de Dieu. Elle est donc son égale. Elle est décrite comme celle qui « enfante l'esprit d'Adam » encore inanimé. Lilith a mangé le fruit de la connaissance et sa consommation ne l'a pas tuée, du coup elle sait que « le désir est bon ». Avec cette connaissance elle s'avère capable d'exigence. Elle se dispute avec Adam car durant l'acte sexuel elle ne veut pas rester en dessous et propose d'alterner avec lui. Adam refuse. Suite à cet esclandre, elle commettra le péché de prononcer le nom de Dieu. Puis elle s'enfuira du paradis. Dieu envoie trois anges à sa poursuite qui la menacent de tuer ses enfants si elle ne revient pas. Lilith ne se soumet pas et préfère vivre seule dans une grotte. Cette première féministe engendrera alors des sirènes et des mélusines dont la beauté rendra les hommes fous d'amour.

Les chrétiens reprendront sa légende et représenteront Lilith – « Celle qui a dit non » – en sorcière, reine de la lune noire (en hébreu, Leila signifie « la nuit »), compagne du démon Samaël.

Certaines gravures catholiques du Moyen Âge la représentent avec un vagin sur le front (en contrepoint de la licorne, qui elle porte une corne, symbole phallique, sur son front). Lilith est considérée comme l'ennemie d'Ève (femme d'autant plus soumise qu'elle est issue du corps d'Adam), c'est la femme non maternelle qui aime le plaisir pour le plaisir et assume le prix de sa liberté par la perte de ses enfants et la solitude.

Histoire de lézard

Le *Lepidodactylus lugubris* est un petit lézard de la famille des geckos qu'on trouve aux Philippines, en Australie et dans les îles du Pacifique. Or il arrive que cet animal soit aspiré par des typhons et retombe sur des îles désertes. Lorsqu'il s'agit d'un mâle, cela n'entraîne aucune répercussion. Mais lorsqu'il s'agit d'une femelle, une adaptation bizarre a lieu qu'aucun scientifique n'a pu expliquer. Alors que le *Lepidodactylus lugubris* est un animal fonctionnant sur l'union mâle-femelle, la femelle perdue sur l'île va connaître une modification de son mode de reproduction. Tout son organisme se métamorphose pour pouvoir pondre des œufs non fécondés et pourtant viables. Les petits lézards issus de cette parthénogenèse sont tous des filles. Et ces lézards vont avoir la capacité de pondre de la même manière, sans l'aide de la fertilisation d'un mâle. Encore plus étonnant : les filles issues de la première maman ne sont pas des clones, il se passe un phénomène de méiose qui permet un brassage génétique assurant des caractères différents pour chaque petit. Si bien qu'au bout de quelques années, l'île déserte du Pacifique se retrouve colonisée par une population de geckos uniquement féminine, parfaitement saine et diversifiée et capable de se reproduire toute seule sans la présence du moindre mâle.

Le rêve du dauphin

Le dauphin est un mammifère marin. Respirant l'air, il ne peut pas vivre longtemps sous l'eau comme les poissons. Ayant la peau très fragile, il ne peut pas rester longtemps à l'air sous peine de la voir rapidement déshydratée. Donc il doit être à la fois dans l'eau et dans l'air. Mais ni complètement dans l'air ni complètement dans l'eau. Comment dormir dans ces conditions ? Le dauphin ne peut pas rester immobile, au risque soit de voir sa peau s'assécher soit de s'asphyxier. Mais le sommeil est nécessaire à la régénération de son organisme, comme d'ailleurs de tous les organismes (même les végétaux à leur manière ont leur forme de sommeil). Pour résoudre ce problème de survie le dauphin dort éveillé. Il dort avec l'hémisphère gauche de son cerveau et fait alors fonctionner son corps sous le contrôle de l'hémisphère droit. Puis il alterne. Il repose l'hémisphère droit et c'est le gauche qui dirige l'organisme. Ainsi le dauphin, quand il bondit dans les airs, est aussi en train de rêver...

Pour parvenir à un fonctionnement correct de ce système de bascule d'un hémisphère à l'autre, il s'est créé une adaptation, une sorte de troisième cerveau, petit appendice nerveux supplémentaire qui gère l'ensemble.

89 • Trois phases

La trajectoire d'évolution de toutes les âmes se déroule en trois phases :
1 – La Peur.
2 – Le Questionnement.
3 – L'Amour.
Et toutes les histoires ne font que raconter ces trois étapes de l'éveil. Elles peuvent se dérouler en une vie, en plusieurs réincarnations, ou en un jour, une heure, une minute.

Les Dix Commandements

Le processus de justice indépendante a été difficile à mettre en place. Longtemps les jugements étaient tout simplement rendus par les chefs de guerre ou les rois. Ils ne faisaient alors que prendre les décisions qui les arrangeaient sans avoir de comptes à rendre à qui que ce soit. À partir des Dix Commandements (livrés à Moïse aux alentours de 1300 avant J.-C.), on voit apparaître un système de références indépendant qui établit une loi ne servant aucun intérêt politique personnel mais s'appliquant à tous les êtres humains sans exception.

Cependant il est à noter que les Dix Commandements ne sont pas une suite d'interdictions, sinon ils seraient rédigés ainsi : « Tu ne dois pas tuer », « Tu ne dois pas voler », etc.

L'énoncé est un futur : « Tu ne tueras point », « Tu ne voleras point. » C'est pourquoi certains exégètes ont émis l'idée que ce n'est pas seulement un code de Loi mais une prophétie. Un jour tu ne tueras point parce que tu auras compris qu'il est inutile de tuer. Un jour tu ne voleras point parce que tu n'auras plus besoin de voler pour vivre. Si nous lisons les Dix Commandements sous l'aspect d'une prophétie, nous avons affaire à une dynamique de prise de conscience qui ne rend plus nécessaire la punition des délits car plus personne n'a envie de les commettre…

91 • THOMAS HOBBES

Thomas Hobbes (1588-1679) est un scientifique et un écrivain anglais.

Il puise dans la science du corps humain de quoi fonder une science politique, notamment dans sa trilogie *De cive* (Du citoyen), *De corpore* (Du corps), *De homine* (De l'homme), puis son œuvre majeure, *Léviathan*.

Il considère que l'animal vit dans le présent, alors que l'homme veut se rendre maître du futur pour rester en vie le plus longtemps possible. Pour cela, il tend à s'accorder à lui-même la plus haute importance possible et à diminuer de gré ou de force celle des autres. Dès lors il accumule du pouvoir (richesses, réputation, amis, subordonnés) et essaye de voler du temps et des moyens aux autres hommes de son entourage.

Thomas Hobbes lance notamment la fameuse formule : « L'homme est un loup pour l'homme. »

En toute logique, l'animal humain fuit l'égalité avec les autres, entraînant ainsi la violence et la guerre. Selon Hobbes, la seule possibilité d'empêcher l'homme de désirer prendre le dessus sur les autres est de le forcer à la coopération… Il est donc nécessaire, selon lui, qu'il y ait une puissance hégémonique (née d'un contrat entre les hommes) qui impose à l'animal humain de ne pas se laisser aller à ses penchants naturels de destruction de ses congénères. L'Hégémon devra avoir des droits très étendus pour empêcher tous les conflits de se développer.

Pour Hobbes, le paradoxe est le suivant : l'anarchie entraîne la réduction de la liberté, avantageant le plus fort. Seul un pouvoir coercitif centralisé peut permettre à l'homme d'être libre. Encore faut-il que ce pouvoir soit détenu par un Hégémon souhaitant le bien-être de ses sujets et ayant dépassé son égoïsme personnel.

92 ♦ Mouvement anarchiste

Le mot « anarchisme » vient du grec *anarkhia*, qui pourrait se traduire par « absence de commandement ». Le premier inspirateur du mouvement politique anarchiste fut le Français Pierre Joseph Proudhon. Dès 1840, dans son ouvrage *Qu'est-ce que la propriété ?*, il propose un contrat entre les hommes pour ne plus avoir besoin de chef. Il refuse les solutions autoritaires des communistes, ce qui lui vaut l'hostilité de Karl Marx. Le Russe Bakounine pense, lui, que le passage à cette forme plus évoluée de société se fera par la violence.

Après une phase guerrière (attentat contre l'empereur Guillaume Ier en Allemagne, contre l'impératrice Élisabeth (Sissi) en Autriche, contre Alphonse XIII en Espagne, contre le président McKinley aux États-Unis, contre le roi Umberto Ier en Italie et contre le tsar Alexandre II en Russie), les anarchistes s'organiseront en véritable force politique. Le drapeau noir devient leur emblème. Les anarchistes joueront un rôle déterminant lors de la Commune de Paris en 1871, lors de la révolution russe de 1917 (les communistes en massacreront beaucoup), mais aussi lors de la guerre civile espagnole de 1936. On compte quelques tentatives de cités anarchistes en Amérique latine, notamment au

Brésil : colonie Cecilia en 1891 ; au Paraguay : coopérative Cosme en 1896 ; au Mexique : république socialiste de Basse-Californie en 1911.

En Italie les résistants créeront une république anarchiste près de Carrare durant la guerre de 39-45. La plupart de ces mouvements ont été réprimés et dissous.

93 • VISUALISATION

En psychothérapie et en hypnose on utilise une technique pour résoudre les problèmes : la visualisation. On demande au patient de fermer les yeux et de visualiser l'instant le plus pénible de sa vie. Il doit le raconter, et en décrire tous les détails pour bien le revivre, y compris dans sa pénibilité.

À ce stade il est important que le patient dise la vérité et ne se reconditionne pas à l'aide des mensonges qu'il a inventés pour enjoliver ou supporter son passé.

Une fois que le patient a raconté son drame d'enfance, le thérapeute l'invite à envoyer l'adulte qu'il est aider l'enfant qu'il a été.

On obtient donc, par exemple, dans un cas d'inceste, une jeune femme adulte qui va se projeter, par l'imagination, dans le passé pour aider la petite fille blessée qu'elle a été.

La patiente va décrire la scène et ce qu'elle dit à l'enfant. Ce qu'elle fait pour consoler ou venger l'enfant. L'adulte magique, tout comme le bon génie d'un conte, a tous les pouvoirs, elle peut forcer le père à s'excuser, elle peut le tuer, elle peut donner des pouvoirs magiques à la petite fille afin qu'elle se venge elle-même. L'adulte doit surtout transmettre à l'enfant une énergie d'espoir là où il n'y a que de la détresse.

C'est le pouvoir de l'imagination : elle peut vaincre l'espace, le temps, les individualités pour réécrire un passé moins traumatisant. L'effet peut être rapide et spectaculaire en fonction de la capacité du patient à revivre les événements et à s'aider lui-même.

94 • MANTE RELIGIEUSE

Parmi les expériences qui prouvent que l'observateur modifie ce qu'il observe, au point de truquer complètement l'information, signalons le cas de la mante religieuse. On a toujours cru que la mante religieuse dévorait son compagnon après l'acte sexuel. Ce cannibalisme sexuel a alimenté les fantasmes des savants et du coup toute une mythologie scientifique puis psychanalytique.

Pourtant, il y a là une erreur d'interprétation. Car si la mante religieuse mange son compagnon, c'est qu'elle n'est pas dans des conditions naturelles. Après l'acte, elle a très faim et elle dévore tout ce qui est comestible autour d'elle. Dans la petite cage de verre d'observation, le mâle est coincé. La femelle, ayant besoin de récupérer des protéines après la fatigue de l'acte sexuel, prend ce qu'elle trouve. Le mâle, plus petit et incapable de fuir au-delà de la prison de verre de l'aquarium, s'avère le seul gibier accessible. Elle le déguste donc sans même y penser. Dans la nature, l'acte accompli, le mâle se dégage, et la femelle se nourrit de n'importe quel autre insecte qui traîne à sa portée.

Quant au mâle, sauvé par sa fuite, il va se reposer, le plus loin possible de son ex-conquête pour être tranquille. Le fait d'avoir faim après l'acte sexuel pour la femelle et d'avoir envie de dormir pour le mâle sont des points communs à beaucoup d'espèces animales.

95 • Piège à singe

En Birmanie, pour attraper les singes, les autochtones ont mis au point un piège très simple. C'est un bocal transparent lié par une chaîne à un tronc d'arbre. Dans le bocal ils placent une friandise ayant la taille d'une orange et une consistance dure. Le singe, voyant la friandise, met la main dans le bocal pour l'attraper mais une main entourant la friandise ne passe plus le goulot. Donc le singe ne peut retirer sa main du bocal qu'en lâchant la friandise. Comme il ne veut pas renoncer à ce qu'il considère comme à lui, il se fait prendre et tuer.

96 ◆ MASSADA

La forteresse de Massada a été bâtie à l'origine par Jonathan l'Asmonéen. Ce château haut perché, culminant à 120 mètres de hauteur sur un pic rocheux en plein désert, a ensuite été renforcé par Antipater, le père de Hérode Ier.

Antipater était un roi non hébreu d'origine iduméenne, placé par les Romains à la tête de la Judée pour assurer la bonne collecte des impôts. Une révolte éclata à Jérusalem, et Hébreux, zélotes et sicaires réussirent à fuir par des souterrains passant sous les murailles avec femmes et enfants.

Ils arrivèrent à Massada où ils vainquirent de nuit la garnison romaine. Ce groupe de rebelles fut ensuite rejoint par les esséniens, refusant le judaïsme officiel imposé par les Romains. C'est de la communauté essénienne qu'a émergé Jean le Baptiste, l'homme qui a baptisé Jésus et qui fut ensuite décapité à la demande de la danseuse Salomé.

Dans la forteresse de Massada, esséniens, zélotes, sicaires s'organisèrent en communauté autogérée où tout le monde était libre et égal.

Quand Jérusalem tomba, en 70, après l'une des plus importantes révoltes des Hébreux, les Romains décidèrent d'en finir avec Massada, considérée comme un repaire de sédition. La 15e légion, dirigée par le général romain Silva, fut envoyée pour soumettre ces derniers hommes libres. Le siège de Massada durera trois ans, pendant lesquels les esséniens opposeront une résistance acharnée aux légions romaines. Finalement les habitants de la citadelle préféreront se suicider plutôt que de se rendre aux Romains.

Avant la fin funeste de cette communauté, quelques esséniens purent cependant fuir par un passage secret et ils emportèrent les rouleaux de textes manuscrits répertoriant leur mémoire et leurs connaissances. Ils les cachèrent dans une grotte sur le site de Qumrân, près de la mer Morte. Deux mille ans plus tard, ces textes, les fameux manuscrits de la mer Morte, ont été retrouvés par un jeune berger à la recherche d'un mouton égaré.

Ces textes évoquent « La guerre depuis la nuit des temps des fils des lumières contre les fils des ténèbres », ils évoquent aussi la vie de l'un d'entre eux, un Hébreu nommé Yeshoua (Jésus) Cohen, qui aurait péri crucifié par les Romains après avoir prêché l'essénisme jusqu'à l'âge de 33 ans.

97 • Civilisation d'Harappa

Aux sources de la civilisation indienne, existait une civilisation moins connue, celle du royaume d'Harappa, de l'an 2900 à l'an 1500 av. J.-C., essentiellement représentée par deux grandes cités : Harappa, la capitale, et Mohenjo-Daro, une ville de taille similaire.

L'ensemble des populations des deux villes comptait environ 80 000 individus, ce qui pour l'époque était assez important. L'urbanisme y était très moderne, avec des rues qui se coupaient à angle droit. C'est là qu'on retrouve les premiers réseaux d'aqueducs et d'égouts de toute l'histoire de l'humanité. Il semble que les Harappiens aient aussi été les premiers à cultiver le coton.

On suppose que l'origine de ces deux cités est due à l'arrivée des Sumériens fuyant les invasions indo-européennes par la frontière ouest.

La disparition de cette civilisation est longtemps restée mystérieuse.

En 2000, on a retrouvé une fosse recelant des milliers de cadavres ainsi que des objets datant de l'époque harappienne. Les archéologues sont progressivement parvenus à reconstituer l'histoire de ce peuple. Les Harappiens ont bâti des murailles qui leur ont permis de résister aux vagues d'invasions militaires indo-européennes. Quand leur sécurité leur a paru enfin assurée, ils ont développé une culture spécifique, un art, une musique, une langue très raffinés. Leur écriture est riche de 270 pictogrammes non décryptés à ce jour. C'était un peuple pacifique. Ils tiraient l'essentiel de leur richesse du commerce du coton, mais aussi du façonnage de la vaisselle de cuivre, des vases d'albâtre, des pierres précieuses, et surtout du lapis-lazuli utilisé par de nombreux peuples dans les rituels religieux. La route du commerce du lapis-lazuli, pierre qu'on ne trouve que dans cette région, s'étendait jusqu'à l'Égypte, où on la retrouve dans les cercueils des pharaons.

Cependant, les Indo-Européens, qui n'avaient pas réussi à envahir Harappa militairement, traînaient aux alentours, et les Harappiens ont fini par les engager comme main-d'œuvre pour construire leurs maisons, leurs routes, leurs aqueducs. Si bien qu'il s'est créé une classe d'ouvriers indo-européens vivant au sein même des villes et plutôt bien traités par rapport aux mœurs esclavagistes de l'époque. Mais les Indo-Européens faisaient beaucoup plus d'enfants que les Harappiens. Rapidement des bandes de jeunes se sont créées et ont commencé à semer la terreur aux alentours de la cité. Ils attaquaient systématiquement les caravanes de commerce, au point de ruiner progressivement la ville.

Quand le fruit leur a semblé mûr, les Indo-Européens vivant à l'intérieur de la ville ont déclenché une guerre civile, ont arrêté tous les Harappiens, les ont réunis devant une fosse commune où ils ont tous été égorgés. Harappa et Mohenjo-Daro pillées, les Indo-Européens qui ne savaient pas les gérer les ont laissées péricliter, jusqu'au moment où ils ont fini par les abandonner, ne laissant derrière eux que deux cités fantômes et des fosses communes pleines des cadavres de ceux qui avaient jadis été leurs employeurs.

LEMMINGS

Longtemps les scientifiques se sont demandé pourquoi les lemmings se suicidaient collectivement. Voir tout un groupe de ces petits animaux, en file, s'élancer volontairement du haut d'une falaise dans le vide est un mystère de la nature.

Dans un premier temps, les biologistes ont pensé qu'il pouvait s'agir d'un comportement d'autorégulation démographique. Les lemmings se suicideraient en groupe lorsqu'ils se considèrent comme trop nombreux.

Une nouvelle théorie est venue enrichir l'éventail des hypothèses.

Elle évoque le fait que les lemmings, lorsqu'ils sont en excédent de population, auraient pris l'habitude de migrer. Or la séparation des continents a entraîné l'apparition d'une falaise entre deux zones jadis soudées. Après des siècles, les lemmings n'auraient toujours pas modifié leur carte de migration et voudraient poursuivre leur route au-delà de la falaise, quoi qu'il leur en coûte.

99 ◆ Hertz

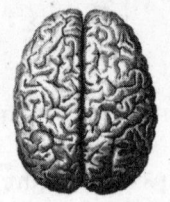

Notre cerveau a quatre rythmes d'activité qui peuvent être mesurés par un électroencéphalogramme. Chaque rythme correspond à un type d'ondes.

Les ondes bêta : elles vont de 14 à 26 hertz. Elles correspondent à l'état d'éveil. En ondes bêta notre cerveau fonctionne à plein régime. Plus nous sommes excités, énervés, préoccupés, en réflexion intense, plus nous montons dans le nombre de cycles-seconde.

Les ondes alpha : de 8 à 14 hertz. Elles correspondent à un état plus reposé, mais conscient. Dès qu'on ferme les yeux, dès qu'on est assis dans une position confortable, dès qu'on est allongé sur un lit, notre cerveau ralentit pour se mettre en ondes alpha.

Les ondes thêta : de 4 à 8 hertz. Elles correspondent à un état de sommeil léger. C'est la petite sieste, mais c'est aussi l'état du sommeil hypnotique.

Les ondes delta : moins de 4 hertz. Cela correspond à un état de sommeil profond. Dans cette phase, seules les fonctions vitales sont assurées par le cerveau. Nous nous approchons de la mort physique, et paradoxalement c'est dans cet état que nous accédons aux couches les plus profondes de notre inconscient. C'est la longueur d'onde du sommeil paradoxal, là où surgissent les rêves les plus incompréhensibles alors que notre organisme se ressource vraiment.

Il est intéressant de noter que lorsque notre cerveau se stabilise à 8 hertz, donc en ondes alpha, ses deux hémisphères arrivent à fonctionner ensemble en harmonie, alors qu'en rythme bêta un hémisphère prend le dessus sur l'autre. Soit le cerveau gauche, analytique, pour résoudre un problème de logique, soit le cerveau droit, intuitif, pour créer ou trouver une idée.

Quand notre cerveau est en suractivité lors de sa phase bêta, tout comme un radiateur, il se met automatiquement de temps en temps au repos en phase alpha. On considère que toutes les dix secondes environ notre cycle cérébral chute pendant quelques microsecondes pour se placer en ondes alpha.

Si nous parvenons consciemment à nous mettre en phase d'ondes alpha, notre mental est en veilleuse et interfère moins avec nos ressentis. Nous devenons donc plus à l'écoute de nos intuitions. À 8 hertz nous sommes en équilibre parfait, éveillés et pourtant calmes.

Chuchoteur

Il existe un métier peu connu : celui de chuchoteur. Les chuchoteurs sont engagés dans les haras pour essayer de rassurer les chevaux, et notamment les chevaux de course, psychologiquement perturbés. Ce qui a souvent entravé le bon développement du cheval, c'est qu'on l'a empêché d'avoir une curiosité personnelle sur le monde.

Le plus dérangeant pour lui ce sont les œillères, ces petits carrés de cuir qu'on met sur ses yeux pour l'empêcher de regarder sur les côtés. Plus l'animal est intelligent, moins il supporte de ne pouvoir découvrir le monde à sa manière.

En lui parlant à l'oreille, le chuchoteur crée un rapport autre que la simple exploitation de l'animal. C'est comme si le cheval percevait ce nouveau mode de communication avec l'homme et, dès lors, pouvait lui pardonner de ne pas lui laisser découvrir complètement le monde par ses propres yeux.

101 ♦ Héra

Ce nom signifie « la Protectrice ».

Elle est la fille de Chronos et de Rhéa, et considérée comme la déesse protectrice de la femme dans les différentes étapes de sa vie. Elle est déesse du Mariage, déesse de la Maternité.

Elle fut, à l'origine, vénérée sous forme de tronc d'arbre.

Elle se trouvait en Crète, au mont Thornax (qu'on appelle maintenant le mont des Coucous), lorsque son frère, Zeus, la séduisit en se métamorphosant en coucou mouillé. Touchée, Héra recueillit l'oiseau sur son sein et le réchauffa tendrement. En retour celui-ci la viola. Elle en conçut une telle honte qu'elle l'épousa. Pour leurs noces, Gaïa offrit un arbre couvert de pommes d'or. Leur nuit de noces dura trois cents ans et Héra renouvelait régulièrement sa virginité en se baignant dans la source Canathos.

Zeus et Héra donnèrent le jour à Hébé (déesse de la Jeunesse), Arès (dieu de la Guerre), Ilithye (dieu des Accouchements) et Héphaïstos (dieu des Forges). Ce dernier fut conçu par parthénogenèse (autofécondation) par Héra pour défier son mari et montrer qu'elle n'avait pas besoin de lui pour enfanter.

Héra se vengea des humiliantes infidélités de son mari en persécutant ses rivales et leur progéniture.

Parmi ses victimes, Héraclès, auquel elle dépêcha deux serpents, la nymphe Io, qui fut transformée en vache par Zeus pour la protéger, mais qui fut malgré tout rendue folle par les piqûres d'un taon envoyé par Héra.

Un jour, exaspérée par les incartades de Zeus, Héra décida de demander l'aide de ses fils pour punir le dieu volage. Ils ligotèrent Zeus pendant son sommeil avec des lanières de cuir pour l'empêcher de séduire les mortelles sur Terre. Mais la Néréide Thétis envoya un cent-bras le délivrer. Zeus punit Héra en la suspendant dans le ciel par une chaîne d'or, une enclume à chaque cheville. Il ne la libéra que contre promesse de sa soumission.

Héra, voyant qu'elle ne pouvait raisonner son époux, décida de se comporter comme lui. Elle prit pour amants le géant Porphyrion (qui fut foudroyé en représailles par Zeus), Ixion, qui s'unit à un nuage croyant qu'il s'agissait d'Héra (de cette union illusoire naquirent les premiers Centaures), et Hermès.

Le personnage d'Héra fut ensuite récupéré par les Romains sous le nom de Junon.

Hénothéisme

On considère souvent qu'il n'existe de choix qu'entre le polythéisme (la croyance en plusieurs dieux) et le monothéisme (la croyance en un dieu unique).

Une troisième démarche théologique est pourtant possible, bien que moins connue : l'hénothéisme. L'hénothéisme ne nie pas l'existence de plusieurs dieux, mais propose aux humains de ne s'attacher qu'à un seul d'entre eux. Dans la démarche hénothéiste, il n'y a pas l'idée que ce « seul dieu » soit supérieur ou meilleur que les autres, mais celle que ce dieu a été choisi par ces croyants parmi tous les dieux existants. L'hénothéisme admet implicitement que chaque peuple choisisse son dieu parmi le panthéon des dieux, que chaque peuple puisse donc avoir un dieu différent, sans qu'aucun d'eux ait une suprématie sur les autres.

103 • SPHINX

Son nom signifie en grec « l'Étrangleuse ». On retrouve des sphinx gardiens des seuils interdits chez les Égyptiens. Pour ces derniers ils possèdent un corps de lion et une tête de femme. En général leurs visages sont peints en rouge et contemplent le point où le soleil apparaît à l'horizon. Ils sont considérés comme écoutant les planètes, et détenant le secret des énigmes de l'univers. En Égypte, dès qu'on a franchi un seuil gardé par le Sphinx, tous les tabous et les interdits tombent.

En Grèce, le Sphinx est considéré comme un monstre féminin pervers. Il est doté d'ailes d'aigle, mais celles-ci sont trop petites pour lui permettre de voler. Il présente une poitrine opulente. La légende veut qu'un Sphinx ait ravagé Thèbes en posant des énigmes aux passants et dévoré ceux qui étaient incapables de lui répondre.

L'énigme était : « Qu'est-ce qui marche à quatre pattes le matin, à deux pattes à midi, et à trois pattes le soir ? » La réponse, trouvée par Œdipe, était : l'homme. En effet, l'homme-enfant avance à quatre pattes, adulte sur deux, et, devenu vieux, il s'aide d'une troisième jambe, sa canne.

Le Sphinx symbolise l'énigme que l'humanité, selon son niveau d'évolution, doit résoudre.

En posant la question, ce monstre fait comprendre les limites de l'intellect à son destinataire. Et si cette prise de conscience ne se fait pas, la sanction est la mort.

104 • LA FORCE DU VIDE

L'homme a toujours eu peur du vide. Nommé « Horror Vacui » par les Latins, le vide était même considéré comme une notion de pure terreur par les savants de l'Antiquité. L'un des premiers à parler de l'existence du vide est Démocrite, qui, au Ve siècle av. J.-C., écrit que ce qui nous semble être de la matière est composé de particules en suspension dans le vide. Cette idée est balayée par Aristote qui note : « La nature a horreur du vide » et qui rajoute même : « Le vide n'existe pas. » Il faudra attendre 1643 pour que l'Italien Evangelista Torricelli, reprenant une idée de Galilée, mette en évidence l'existence du vide avec une expérience complexe.

Il remplit un tube de 1,30 m de mercure, puis le retourne, extrémité bouchée, dans une cuve de ce même métal liquide. Il observe alors qu'en haut subsiste un espace créé par la descente du mercure, mais que cet espace est vide puisque l'air n'a pu y pénétrer. Le premier, Torricelli réalise ainsi un vide permanent. Il reproduit l'expérience et, voyant que la hauteur change, en conclut que les variations de volume de la zone dépendent de la pression atmosphérique.

De cette manipulation fut déduit le « baromètre », tube de mercure mesurant les variations de pression de l'air.

En 1647, un physicien allemand, Otto von Guericke, fabrique la première pompe à vide. Il chasse l'air de deux hémisphères de métal accolés et démontre que deux attelages de huit chevaux ne peuvent dès lors les séparer. Il prouve ainsi que le vide est une force qui peut assembler deux blocs de matière.

Pour les hindouistes, le vide est une notion essentielle de la philosophie. Accéder à la suprême vacuité est l'objectif de la pensée du sage. Et l'on considère que même si ce sont les moyeux qui maintiennent la roue sur son axe, c'est le vide entre ces moyeux qui permet à la roue de tourner.

Les physiciens modernes ont désormais pu déduire que 70 % de l'énergie totale de l'univers se trouveraient dans le vide et seulement 30 % dans la matière.

Einstein sera à son tour attiré par la connaissance du vide. Il évoque la présence dans le cosmos d'une masse sombre sans énergie et sans lumière, une entité incompréhensible pour les physiciens qui sera le prochain défi pour la pensée.

Plus tard, les physiciens Planck et Heisenberg étudieront le vide. Un Néerlandais, Hendrik Casimir, en 1948, a l'intuition d'une force émanant du vide : la force de Casimir.

Cette force est si puissante qu'en 1996 la Nasa lancera un projet de fabrication d'un « vaisseau spatial à force de Casimir » considéré comme le premier aéronef capable de sortir du système solaire…

En 2000, Hubble détectera dans le cosmos une masse invisible, « la masse sombre », qui pourrait être la matière contenant le plus d'énergie de l'univers.

Aujourd'hui, l'énergie du vide est considérée comme l'un des domaines de pointe de la recherche en astrophysique.

Une théorie définit même que le vide fabrique de la matière et que ce serait donc de ce « rien » que serait issu le big-bang.

105 ♦ Cyclopes

Leur nom signifie « Ceux dont l'œil est entouré d'un cercle ». Selon la mythologie grecque, ils étaient trois, dont les noms sont liés au pouvoir de Zeus. Stéropès (l'éclair), Argès (la lueur), Brontès (le tonnerre). Ils ont œuvré aux côtés d'Héphaïstos pour confectionner les armes magiques et ont ensuite combattu avec Zeus durant la guerre contre les Titans. Il semble que les Cyclopes soient à l'origine une corporation de forgerons du bronze de l'Hellade primitive. On leur tatouait un cercle sur le front en l'honneur du soleil, source indirecte de l'énergie de leurs fourneaux. Les Thraces par la suite continuèrent de se tatouer pareillement un cercle sur le front en espérant que cela leur donnerait la maîtrise des métaux.

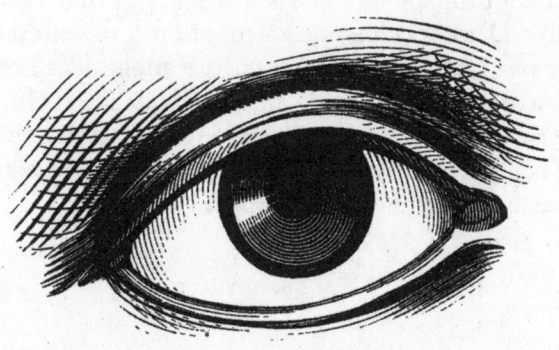

Loi de Peter

« Dans une hiérarchie, chaque employé tend à s'élever jusqu'à son niveau d'incompétence. » Cette loi fut énoncée pour la première fois par Laurence J. Peter en 1969. Il voulut créer une nouvelle science, la « Hiérarchologie », la science de l'incompétence au travail. Il voulait la scruter, l'analyser et mesurer son expansion naturelle au sein des entreprises. L'observation de Peter était la suivante : dans une organisation quelconque, si quelqu'un fait bien son travail, on lui confie une tâche plus complexe. S'il s'en acquitte correctement, on lui accorde une nouvelle promotion. Et ainsi de suite, jusqu'au jour où il décrochera un poste au-dessus de ses capacités. Où il restera indéfiniment.

Le « principe de Peter » a deux importants corollaires. D'abord, dans une organisation, le travail est réalisé par ceux qui n'ont pas encore atteint leur niveau d'incompétence. Ensuite, un salarié qualifié et efficace consent rarement à demeurer longtemps à son niveau de compétence. Il va tout faire pour se hisser jusqu'au niveau où il sera totalement inefficace.

107 • ZEUS

Son nom signifie « le Ciel lumineux ».

Troisième fils de Rhéa et de Chronos, il est né sur le mont Lycée en Arcadie. Comme son père mangeait ses enfants, de peur d'être détrôné par eux, sa mère utilisa un stratagème pour le sauver. Elle le remplaça par une pierre emmaillotée dans un linge.

Rhéa cacha ensuite son fils en Crète, où le jeune Zeus fut élevé par les nymphes, nourri du lait de la chèvre Amalthée qu'il partageait avec Pan, le dieu bouc.

À l'âge adulte, il détrôna son père Chronos et le força à vomir ses frères et sœurs, ainsi que la pierre qui l'avait sauvé. Celle-ci fut déposée en souvenir au temple de Delphes.

Puis Zeus, aidé de ses frères et sœurs, monta l'armée des Olympiens et combattit les Titans conduits par le géant Atlas pendant dix ans. Notons que cette période correspond à dix années de tremblements de terre qui frappèrent alors la Grèce.

Zeus remporta la guerre et dès lors devint roi du monde.

Sa mère lui ayant interdit de se marier, il entra dans une violente colère et menaça de la violer.

Rhéa ne dut son salut qu'à sa capacité à se changer en serpent. Mais… il se transforma lui aussi en serpent et ainsi viola sa mère.

Puis Zeus démarra une carrière de grand séducteur et de grand violeur. Notons que chacune des « conquêtes mythologiques » de Zeus correspond à une invasion grecque des territoires voisins.

Sa première conquête fut Métis, la fameuse jeune fille qui avait préparé le breuvage grâce auquel Chronos vomit ses enfants. Son forfait accompli, Zeus, craignant qu'elle lui donne un enfant parricide, l'avala, ce qui lui provoqua une violente migraine. Pour le soulager, Prométhée creusa une brèche dans son crâne et il en jaillit sa fille Athéna, tout armée et casquée.

Profitant de son aptitude à prendre toutes les formes, il séduisit Europe en se transformant en taureau, Danaé en se transformant en pluie d'or, Léda en se transformant en cygne, sa propre sœur Héra en se transformant en oiseau.

Zeus prit également l'apparence d'Apollon pour séduire Callisto, emprunta les traits d'Amphitryon pour coucher avec sa femme, réputée très fidèle. La liste de ses maîtresses est vertigineuse. Cependant il eut aussi un « coup de foudre » pour un jeune garçon, Ganymède, fils du roi Tros, censé être le plus beau jeune homme de la Terre. Pour l'attraper, Zeus se transforma en aigle.

On ne lui connaît que deux échecs amoureux : la mère d'Achille, Thétis, et Astéria, l'une des Pléiades.

Comme cette dernière se refusait à lui, Zeus la transforma en caille. Elle se jeta alors dans la mer et devint l'île de Délos.

108 ♦ MUSIQUE

Si les hommes de l'Antiquité entendaient du Wolfgang Amadeus Mozart, ils trouveraient sa musique discordante, leur oreille n'étant pas accoutumée à apprécier ces accords. Au début, en effet, les hommes ne connaissaient que les sons émanant du corps de l'arc musical, le premier instrument mélodique. La note de base allait avec la note de l'octave au-dessous ou au-dessus. Le *do* grave avec le *do* aigu, par exemple, était le seul accord qu'ils trouvaient agréable. Ensuite seulement, ils ont jugé harmonieux l'accord entre la note de base et sa quarte, c'est-à-dire la note quatre tons au-dessus. Le *do* s'associant par exemple avec le *fa*.

Puis l'humain a trouvé agréable l'accord entre la note de base et sa quinte, la note cinq tons au-dessus, donc pour le *do* le *sol*. Puis la tierce, *do mi*.

Ce genre d'accords règne jusqu'au Moyen Âge. À l'époque, le triton, écart de trois tons, est interdit et *do fa* dièse l'association considérée comme « diabolis in musica » : littéralement le « diable dans la musique ».

À partir de Mozart, on commence à utiliser la septième note. Le *do* s'accorde avec le *si* bémol et l'accord « *do mi sol* » paraît d'abord supportable puis harmonieux.

De nos jours, nous en sommes à la onzième ou treizième note à partir de la note de base, notamment dans le jazz où sont permis les accords les plus « discordants. »

La musique peut se ressentir aussi en tant que vibrations. Dès lors le corps, non influencé par la culture de l'oreille et l'interprétation du cerveau, peut exprimer ce qu'il perçoit d'agréable.

Ludwig van Beethoven, sourd à la fin de sa vie, composait avec, dans sa bouche, une règle posée sur le rebord en bois du piano. Il sentait ainsi les notes dans son corps.

109 • GLADIATEURS

« Que veut le peuple ? Du pain et des jeux. » Cette phrase célèbre de Juvénal révèle qu'à l'époque de la Rome antique les jeux du cirque avaient une énorme importance. Les gens venaient du monde entier pour voir les gladiateurs. Le jour de l'inauguration du Colisée, on sacrifia non seulement une grande foule d'êtres humains mais aussi un nombre incalculable de lions spécialement importés des montagnes de l'Atlas. Le Colisée était équipé de systèmes d'ascenseurs destinés à faire monter et descendre les fauves, les gladiateurs et les éléments de décor.

Les spectacles étaient souvent « sponsorisés » par des politiciens qui voulaient ainsi accroître leur popularité.

Tôt le matin, les gladiateurs déjeunaient dans une vaste salle où le public pouvait venir les voir et même tâter leurs muscles, à même ainsi de prendre des paris. Les gladiateurs étaient plus obèses que musclés, la graisse leur permettant d'encaisser les blessures sans mourir. Des metteurs en scène spécialisés réglaient les combats, opposant les petits rapides aux gros poussifs, ou regroupant plusieurs adversaires contre un surdoué. Les historiens estiment à 5 % le nombre des gladiateurs ayant survécu. Ils étaient dès lors considérés comme des vedettes, enrichis et affranchis. Entre midi et 2 heures, pour détendre la foule, intervenaient les « meridioni », c'est-à-dire les exécutions publiques. Là encore des metteurs en scène essayaient de mettre à mort de la manière la plus horrible et la plus spectaculaire les condamnés de droit commun. Durant cet « intermède », les marchands ambulants vendaient de la nourriture dans les gradins.

Après quoi les spectacles de gladiateurs reprenaient.

Le succès du cirque romain était tel que les autres cités d'Italie s'empressèrent de bâtir le leur. Les villes moins riches qui n'avaient pas les moyens d'importer des lions de l'Atlas se contentaient d'ours des Alpes ou, pour les moins fortunées, de taureaux.

110 ◆ ANALYSE TRANSACTIONNELLE

Dans les années 50, le psychanalyste Éric Berne invente le concept d'Analyse transactionnelle. En 1972, dans son livre *Que dites-vous après avoir dit bonjour ?*, il définit une prise de rôles instinctive entre les individus, qui se divisent automatiquement en trois catégories : les Parents, les Adultes, les Enfants.

Donc en : supérieur, égal, inférieur. Dès qu'un individu parle à un autre individu il « fait » l'enfant, il « fait » l'adulte, ou il « fait » le parent.

En entrant dans un rapport parent/enfant on tombe dans un système qui se scinde en sous-rôles : parent nourricier (maternel) ou parent formateur (paternel). Enfant rebelle, enfant soumis, ou enfant libre dans la catégorie enfants. Cela va donner par exemple des artistes qui se complaisent dans leur incapacité à gérer le quotidien.

À partir de là, ceux qui font les parents et ceux qui font les enfants vont se livrer à un jeu psychologique en vue de renforcer la dominance ou d'en sortir. Ce jeu se résume lui-même en trois rôles : le persécuteur, la victime et le sauveur. La plupart des conflits humains se ramènent à ces problèmes de prise de rôles et de jeux de pouvoir dans la relation. Des phrases comme « Il faudrait que tu » ou « Sache que » ou « Tu aurais dû » vont situer celui qui les prononce en dominant, donc en parent. De même que des phrases comme « Je m'excuse » ou « Je regrette » vont positionner celui qui les prononce en enfant. La simple utilisation de diminutifs du genre « mon petit » va précisément diminuer ou infantiliser l'autre.

La seule manière saine d'établir un rapport aux autres qui n'entraîne pas de lutte psychologique reste de parler à l'autre d'adulte à adulte, en l'appelant par son nom, sans le culpabiliser ni l'encenser, sans jouer l'enfant irresponsable ni l'adulte donneur de leçons. Mais cela n'est pas naturel du tout, car souvent nos parents ne nous ont pas montré l'exemple.

111 ♦ PANDORE

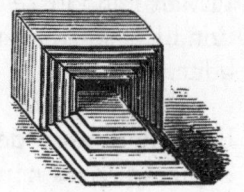

Son nom signifie « Celle qui a tous les dons ». Prométhée ayant offert le secret du feu aux hommes malgré l'avis de Zeus, ce dernier avait décidé de le châtier.

Il demanda donc à Héphaïstos de fabriquer une femme parfaite dotée de tous les dons. Héphaïstos fabriqua l'être, et tous les dieux vinrent les uns après les autres lui conférer leur meilleur talent. Hermès paracheva l'œuvre en lui offrant un don de parole exceptionnel. Pandore, dès lors, put apparaître à Prométhée et à son frère Épiméthée. Prométhée se méfia tout de suite de cette femme trop bien pour être honnête. Mais Épiméthée tomba fou amoureux d'elle et l'épousa.

Zeus offrit au couple en cadeau de mariage une boîte. « Prenez cette boîte, dit-il, et rangez-la dans un endroit sûr. Mais je vous préviens, il ne faudra jamais l'ouvrir. »

Épiméthée, tout à son amour pour Pandore, oublia la mise en garde de son frère Prométhée : ne jamais accepter de cadeau direct des dieux. Il rangea la boîte offerte par Zeus dans un coin de sa maison.

Pandore était heureuse avec son mari. Le monde était alors un endroit merveilleux. Personne n'était jamais malade ni ne vieillissait. Personne n'était méchant.

Mais Pandore se demandait sans cesse ce qui pouvait bien se trouver à l'intérieur de la mystérieuse boîte.

— Jetons-y juste un coup d'œil, suggéra-t-elle à Épiméthée, usant de tout son charme.

— Non, Zeus nous a interdit de l'ouvrir, répondit son mari.

Tous les jours, Pandore suppliait Épiméthée d'ouvrir la boîte, mais toujours il refusait. Un matin, Pandore profita de l'absence d'Épiméthée pour se glisser dans la pièce où était dissimulée la boîte. Elle brisa la serrure à l'aide d'un outil, puis souleva lentement le couvercle.

Mais avant même qu'elle puisse regarder à l'intérieur, il s'en échappa un hurlement terrible, un long sanglot de douleur.

Elle recula d'un bond, épouvantée. De la boîte surgirent alors toutes les calamités : la haine et la jalousie, la cruauté et la colère, la faim et la pauvreté, la douleur et la maladie, la vieillesse et la mort.

Pandore essaya bien de refermer le couvercle, mais il était trop tard, tous ces maux s'abattirent sur l'humanité. Cependant, une fois que la boîte fut vidée, il subsista quelque chose au fond du coffre. Une petite entité, qui se tenait tapie là. C'était l'Espérance. Si bien que, même si les hommes s'apprêtaient à connaître tous les malheurs, l'espérance resterait toujours vivante.

112 ♦ NÉRON

Néron est né en 37 de notre ère, fils de Domitius Ahenobarbus et d'Agrippine. Celle-ci, s'étant débarrassée du père de l'enfant, devient la quatrième femme de l'empereur Claude. Elle arrive alors à convaincre son nouveau mari d'adopter son fils. Mieux : elle se débrouille pour que Néron épouse la fille de l'empereur Claude : Octavie.

Ainsi Néron, par les manigances de sa mère, devient simultanément le fils adoptif et le gendre du plus puissant dirigeant de l'époque.

Toujours poussé par Agrippine, l'empereur Claude désigne ensuite son nouveau fils adoptif comme son unique successeur, au détriment de son fils légitime : Britannicus.

À peine a-t-il désigné Néron, l'empereur Claude est assassiné en 54 (probablement empoisonné par Agrippine qui avait peur qu'il change d'avis). Dès lors le Sénat romain, grâce aux habiles manœuvres d'Agrippine, entérine le dernier choix de Claude et proclame Néron empereur.

Sous l'influence de sa mère et de son précepteur, Sénèque, le jeune Néron connaît un début de règne « raisonnable ». Il prend des décisions populaires et gère l'empire avec discernement.

Mais cela ne dure pas. Britannicus grandit, et Néron craint qu'il n'ait l'ambition de reprendre le trône impérial. Aussi le fait-il empoisonner.

Quelque temps plus tard, lassé de sa mère et de ses constantes critiques à propos de sa nouvelle maîtresse, la ravissante Poppée Sabine, il l'éloigne du palais.

Agrippine vogue sur un navire quand son lit piégé s'effondre sous une masse de plomb. Elle échappe de justesse à la mort mais une de ses amies est broyée.

Retrouvant ses esprits et sa colère, Agrippine décide de rebrousser chemin et d'affronter son fils.

Elle n'a pas mis les pieds à terre que Néron la fait encercler par ses gardes. Après l'avoir rouée de coups de bâton, ils la poignardent. Les astrologues avaient prédit à Agrippine que son enfant serait empereur mais qu'il la tuerait. Ce à quoi celle-ci aurait répondu : « Qu'il me tue, pourvu qu'il règne. »

Dans la foulée Néron commandite le meurtre de son épouse Octavie (accusée d'être stérile). Il peut dès lors épouser sa maîtresse Poppée.

Comme Sénèque essaie de le ramener à la sagesse, Néron le destitue.

Désormais le fils d'Agrippine entre dans une période de règne despotique. Se décrétant sportif, il conduit des chars dans des courses. Se proclamant poète, il participe à des concours de poésie : il est systématiquement déclaré vainqueur.

Grand amateur d'orgies, il sort la nuit, déguisé en simple citoyen, pour participer à de grandes fêtes où tout le monde fait mine de ne pas le connaître. Après quoi, il s'amuse souvent à prendre un convive à part pour le rouer de coups et le jeter dans les égouts.

Apprenant que Sénèque continue de le critiquer, Néron le fait assassiner.

Dans un accès de colère, il roue de coups de pied Poppée Sabine, pourtant enceinte de ses œuvres, et celle-ci décède de ses blessures.

Il épouse ensuite Statilia Messaline (après avoir fait exécuter son mari pour la libérer de ses devoirs conjugaux). En 64, il ordonne d'incendier les deux tiers de Rome afin de réaliser son grand projet de rénovation des quartiers insalubres. Il compose même poésie et musique pour célébrer le spectacle de la capitale en flammes. La population n'ayant pas été prévenue de cette « opération immobilière », il y a des milliers de morts. La colère gronde parmi les habitants de Rome. Néron cherche des boucs émissaires et trouve des coupables tout désignés : les chrétiens. Après des rafles massives il les fait torturer, supplicier publiquement et en grand spectacle pour tenter d'apaiser la vindicte populaire. Mais l'empire connaît des soubresauts internes. Famines, épidémies, guerres et révoltes.

Le Sénat romain finit par décréter Néron « ennemi public » et proclame le consul Galba nouvel empereur. Apprenant qu'il est condamné à mort, Néron se suicide le 9 juin 68 avec l'aide de son esclave, en pleurant et répétant jusqu'à la mort : « Quel grand artiste le monde perd avec moi ! »

113 ♦ APOLLON

Fils de Zeus et de Léto, Apollon est le frère jumeau d'Artémis. Sa sœur, ayant pris la Lune pour emblème, lui choisit le Soleil. Nourri par la déesse Thémis de nectar et d'ambroisie, il atteint en quelques jours une taille adulte et, grand, beau, avec sa longue chevelure blonde, il devient l'enfant gâté de l'Olympe. Il est aussi d'une force rare, et de surcroît très doué pour la musique et la divination.

Héphaïstos, dieu des Forges, lui offre des flèches magiques. Ainsi équipé, Apollon s'en va avec sa sœur délivrer la ville de Delphes de l'emprise du dragon Python. Il sera dès lors appelé l'Apollon pythien, d'où, plus tard, les Jeux pythiques, succession d'épreuves musicales et athlétiques, et le nom de Pythie, donné à la prêtresse qui, dans le temple de Delphes, prédit l'avenir.

Grand séducteur, Apollon multiplia les amantes, notamment la nymphe Coronis, dont il eut un fils célèbre : Asclépios. Une autre nymphe résista pourtant à son charme : Daphné. Elle appela son père à l'aide, qui la transforma en laurier ; cet arbre dès lors lui fut dédié.

Apollon eut aussi des aventures avec de jeunes hommes, comme Hyacinthe et Cyparissos. La mort de ses deux amours l'affecta particulièrement, le premier se métamorphosant en fleur, la jacinthe, le second en arbre, le cyprès.

Dieu de la Musique et patron des Muses, Apollon crée un instrument, le luth. Il recevra la lyre des mains de son demi-frère Hermès en échange de la restitution d'une partie du troupeau qu'il lui avait volé. Il affrontera le satyre Marsyas dans une compétition musicale avec pour enjeu que le vainqueur ferait subir au vaincu le traitement de son choix. Virtuose avec sa lyre dont il savait jouer des deux mains, Apollon écorchera vif l'infortuné Marsyas et, ce dernier l'ayant provoqué à la flûte, le dieu de la Musique en interdira l'usage jusqu'à ce qu'un musicien en invente une nouvelle à lui dédiée.

De nombreux animaux lui sont associés dont le loup, le cygne, le corbeau, le vautour (en observant les vols de ce rapace, les augures cherchaient à déceler les volontés d'Apollon), ainsi que le griffon, l'oiseau-lyre et, plus tard, le dauphin. L'origine du dieu Apollon est probablement asiatique car il n'est pas chaussé de sandalettes grecques mais de bottines, typiques alors des pays d'Asie. Il est en outre le seul dieu de l'Olympe adopté par les Romains sous son nom grec alors que Zeus lui-même devenait Jupiter, et Aphrodite, Vénus.

114 • Taj Mahal

La saga du Taj Mahal commence en 1607 alors que, comme chaque année, pour une journée exceptionnelle, le marché royal s'ouvre au peuple. L'événement fait office de carnaval annuel où tous les comportements interdits habituellement sont pour une fois autorisés. Les femmes du harem royal ont le droit de s'exhiber, de parler haut et fort et de se mêler au reste de la population pour s'acheter des parfums, des onguents, des bijoux, des vêtements. Elles conversent librement avec les marchands et les chalands. Tout un chacun s'adresse la parole sans se connaître. Les jeunes princes se défient dans des joutes poétiques pour mieux séduire les jolies filles.

Or, en cette année 1607, le prince Khurram, fils de l'empereur Jahangir, a tout juste 16 ans. Beau garçon, on le dit guerrier courageux et doué pour les arts. Alors qu'il se promène avec quelques amis parmi les étals du marché de Meena, il aperçoit une jeune fille dont la seule vue suffit à le figer net. Arjumand Banu Begam, 15 ans, est elle-même une princesse de noble lignée. C'est le coup de foudre immédiat. Le lendemain, le prince Khurram demande à son père le droit d'épouser Arjumand.

Le père accepte le principe mais lui conseille d'attendre encore un peu. L'année suivante l'empereur pousse son fils à épouser une princesse perse. Cependant la coutume musulmane n'admet pas la monogamie et les princes moghols se doivent d'avoir plusieurs femmes. Khurram devra donc attendre cinq ans sans pouvoir ni parler ni voir celle qu'il aime jusqu'à ce que les astrologues de la cour autorisent ce deuxième mariage le 27 mars 1612. Constatant son charme et sa beauté le père du prince baptise sa belle-fille « Mumtaz Mahal », ce qui signifie « Lumière du palais ». Les deux époux ne se quittent plus. Ils auront ensemble quatorze enfants dont sept survivront. En 1628, Khurram rentre en rébellion contre son père. Il le destitue et devient empereur à sa place. Il prend dès lors le nom de Shah Jahan.

Il découvre que son père, joyeux fêtard et mauvais gestionnaire, avait laissé beaucoup de problèmes politiques et économiques qu'il entreprend de résoudre. Il doit faire la guerre à un vassal dissident. Sa femme l'accompagne durant la campagne militaire, mais elle accouche pendant le voyage de leur quatorzième enfant, une fille. Cela se passe mal. L'empereur Shah Jahan reste près d'elle alors que Mumtaz Mahal agonise. Avant de mourir, en 1631, la reine émet deux souhaits : que son époux n'ait aucun autre enfant et qu'il construise un mausolée à sa mémoire pour symboliser la puissance de leur amour. Les travaux débuteront dans la capitale moghole d'Agra l'année suivante. L'empereur Shah Jahan convoque pour ce projet les meilleurs architectes et artisans de l'Inde, de Turquie mais aussi d'Europe.

Le Taj Mahal est en marbre blanc pour refléter le rose à l'aurore, le blanc à midi, et le doré au couchant.

Mais l'empereur Shah Jahan devient despote et intégriste. En 1657, profitant de sa maladie, son propre fils, Aurangzeb, encore plus intégriste que lui, le fait emprisonner avant de se lancer dans une grande guerre de conversion contre les provinces hindouistes.

Shah Jahan ne demande qu'une faveur à son fils : qu'une percée dans le mur de sa geôle lui permette de suivre l'avancée des travaux du palais de sa bien-aimée. Cela lui sera accordé. Il mourra en prison en 1666.

115 ♦ JEU DE SAPE

Dans son livre intitulé *Gödel, Escher, Bach*, le mathématicien Douglas Hofstadter décrit un jeu qui se joue à deux et ne réclame aucune carte, aucun pion, aucun objet. Juste deux mains.

Au signal chaque participant tend la main et affiche avec ses doigts un chiffre de 1 à 5.

Le chiffre le plus grand gagne le nombre de points de différence entre les deux mains.

Par exemple si une main fait un 5 et l'autre fait un 3, la main qui a fait 5 gagne la différence : 2 points. Et on comptera 2 à 0. Normalement il suffit donc de faire toujours 5 pour gagner… mais il y a une deuxième règle qui vient compléter la première.

Si la différence entre les deux mains est de 1 point, le plus petit chiffre gagne l'addition des deux mains.

Exemple : si une main fait 5 et l'autre 4, celle qui a fait 4 gagne l'addition des deux, donc 9 points.

Si les deux font le même chiffre cela ne compte pas et on continue. Ainsi de suite. Le premier qui a 21 points gagne. Certains évidemment peuvent jouer de l'argent. Ce jeu très simple, sans matériel et avec des règles rapides à intégrer, peut s'avérer à l'usage d'un haut niveau de psychologie et de subtilité puisqu'il faut sans cesse prévoir ce que l'autre pense, et surtout ce que l'autre pense que l'on pense.

À peine une stratégie a-t-elle réussi qu'il faut en changer pour surprendre de nouveau.

116 ♦ LE PARADOXE DE LA REINE ROUGE

Le paradoxe de la Reine Rouge a été développé par le biologiste Leigh Van Valen. Il fait référence au livre de Lewis Carroll *De l'autre côté du miroir* (la suite d'*Alice au pays des merveilles*). Dans ce roman Alice et la Reine Rouge du jeu de cartes se lancent dans une course effrénée. « Mais, Reine Rouge, c'est étrange, nous courons vite et le paysage autour de nous ne change pas, dit la jeune fille. – Nous courons pour rester à la même place », répond alors la Reine.

Leigh Van Valen utilise cette métaphore pour illustrer la course aux améliorations entre les espèces. Ne pas avancer c'est reculer. Pour rester sur place il faut aller aussi vite que les autres autour.

Concrètement, si à un moment la sélection des espèces avantage les prédateurs les plus rapides, elle va aussi avantager les proies les plus rapides qui vont pouvoir ainsi leur échapper. Ce qui a pour résultat un rapport de force inchangé. Mais l'ensemble va générer des individus de plus en plus rapides.

La théorie du paradoxe de la Reine Rouge énonce : « Le milieu dans lequel nous vivons évolue, et nous devons évoluer au moins à la même vitesse pour rester à la même place et ne pas disparaître. »

Leigh Van Valen utilise aussi l'exemple du papillon qui plonge sa trompe dans l'orchidée pour se nourrir du nectar. Par cet acte, il se barbouille de pollen, transporte le pollen et fertilise d'autres fleurs.

Mais les papillons ont augmenté de taille, leur trompe s'est allongée et ils ont pu aspirer le nectar sans toucher le pollen. Du coup n'ont survécu à ce changement que les orchidées qui avaient les cols les plus profonds. Ce qui obligeait l'insecte à toucher leurs zones sexuelles.

La fleur s'est adaptée et a allongé son réceptacle à nectar, le nectaire, entraînant la disparition des papillons les plus petits et favorisant le developpement des papillons les plus grands. À chaque génération il y a une sélection des orchidées les plus creuses et des papillons à trompe la plus longue. On trouve désormais des nectaires profonds de 25 centimètres ! Ainsi la théorie de Darwin est battue en brèche par le paradoxe de la Reine Rouge, les espèces évoluent ensemble et se transforment pour rester en phase avec leur milieu. La sélection s'opère sur la capacité de suivre l'évolution du milieu.

Leigh Van Valen pousse sa métaphore jusqu'à faire référence à la course aux armements entre prédateurs et proies, puis au sein des hommes entre épée et bouclier. Plus les épées sont tranchantes, plus les boucliers deviennent épais. Plus les missiles nucléaires sont destructeurs, plus les bunkers sont profonds et les missiles antimissiles rapides.

117 ♦ Cosmogonie nordique

Dans la mythologie nordique, le Walhalla est le « paradis des héros ».

Nul ne peut y entrer s'il est mort de maladie ou de vieillesse. Ne sont bienvenus que les guerriers tués au combat.

Ce sont les Walkyries, nymphes de la guerre, qui, après avoir excité les hommes dans l'ivresse des tueries, les récupèrent sur les champs de bataille pour les conduire dans la salle de l'Asgard, au toit couvert d'épieux et de boucliers. Ils sont accueillis par le dieu Wotan en personne. Ensuite le dieu Odin leur explique qu'ils doivent continuer à se battre ici comme ils se sont battus sur Terre.

Les guerriers du Walhalla s'affrontent entre eux du matin jusqu'au soir, meurent et renaissent pour encore se battre jusqu'à ce que la cloche du souper sonne.

Ce sont alors de grands festins où les combattants commentent leurs assauts de la journée.

Pour reprendre des forces ils boivent le lait provenant de la chèvre Heidrun, dévorent la chair du sanglier Sæhrímnir et font l'amour avec les Walkyries qui leur servent à profusion de la bière.

Durant ces dîners festifs Odin ne mange pas et se contente de boire et de nourrir ses loups tueurs.

Odin n'oublie cependant pas de leur rappeler qu'ils ne font que se préparer à la grande bataille finale : le fameux Ragnarök.

Là, surgissant des cinq cent quarante portes du Walhalla, les guerriers du Walhalla affronteront le dieu du feu : Loki et son armée. Celle-ci comprend le loup Fenrir, le serpent du Midgard et leurs nombreux alliés démoniaques.

Et il est dit que si les guerriers du Walhalla perdent la bataille de Ragnarök, Loki triomphant éclatera d'un rire immense en regardant l'univers enfin anéanti.

118 • PYTHAGORE

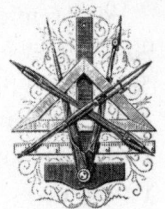

À l'école nous avons appris le théorème de Pythagore : « Si ABC est un triangle rectangle, alors le carré de l'hypothénuse est égal à la somme des carrés des deux autres côtés. » Pourtant le savant est beaucoup plus qu'un simple mathématicien.

Pythagore naît sur l'île de Samos, au début du VIe siècle avant J.-C., fils d'un riche marchand de bagues précieuses. La Pythie de Delphes, consultée lors d'un voyage par ses parents, leur avait annoncé « un fils qui serait utile à tous les hommes dans tous les temps » et elle leur avait conseillé d'aller à Sidon, en Phénicie, afin que l'enfant fût béni dans un temple hébreu.

Très sportif, le jeune Pythagore participe aux jeux Olympiques. Il voyage ensuite dans plusieurs pays, recevant des enseignements parfois contradictoires. À Milet il est instruit par le mathématicien Thalès. En Égypte il reçoit l'initiation des prêtres de Memphis. Mais les Perses envahissent l'Égypte et il est kidnappé avec d'autres savants pour être amené à Babylone. Il parvint à s'échapper et monte à Crotone en Italie (qui faisait partie de la Grande Grèce de l'époque) une école mixte, laïque, où il délivre un enseignement universel par degrés.

Au premier degré, la « Préparation » : les novices sont tenus au silence pendant une période de 2 à 5 ans. Ils sont censés développer leur intuition.

Ils apprennent le sens de la règle de Delphes : « Connais-toi toi-même et tu connaîtras les cieux et les dieux. »

Au deuxième degré, la « Purification », commence l'étude des nombres. Vient ensuite l'étude de la musique, considérée comme une combinaison de nombres.

Pythagore énonce :

« L'Évolution est la loi de la Vie.

Le Nombre est la loi de l'Univers.

L'Unité est la loi de Dieu. »

Au troisième degré, la « Perfection », commence l'enseignement de la cosmogonie. Pour Pythagore les planètes sont issues du Soleil, elles tournent autour de lui (ce en quoi il s'oppose à Aristote qui place la Terre au centre de l'univers) et les étoiles sont autant de systèmes solaires. Il décrète que : « Les animaux sont les parents de l'homme et l'homme est parent de Dieu. » Selon lui les êtres vivants se transforment selon la loi de la sélection, mais aussi la loi de la persécution et l'action de forces invisibles.

Lors du quatrième degré, l'« Épiphanie » (littéralement : « Révélation de la vérité vue d'en haut »), l'initié pythagoricien doit arriver à trois perfections : trouver la vérité dans l'intelligence, la vertu dans l'âme, et la pureté dans le corps. L'élève peut alors procréer avec une femme (de préférence initiée elle aussi), afin de permettre à une âme de se réincarner.

Pythagore énonce encore :

« Le Sommeil, le Rêve et l'Extase sont les trois portes ouvertes sur l'au-delà d'où nous viennent la science de l'âme et l'art de la divination. »

Les élèves de son école ayant terminé leurs études sont encouragés à s'impliquer dans la vie publique. Parmi les plus brillants : Hippocrate, fondateur de la médecine antique et auteur du célèbre serment éponyme.

Quand Crotone est attaquée par l'armée de la ville de Sybaris, un subtil général pythagoricien arrive à retourner la situation et à envahir la cité ennemie. Mais un élève recalé aux examens d'entrée de l'école pythagoricienne profite de la confusion issue de cette victoire pour lancer une calomnie et faire croire aux habitants de Crotone que les adeptes de Pythagore vont se partager seuls le butin de la cité vaincue. Les habitants de Crotone, menés par l'intrigant jaloux, attaquent l'école, y mettent le feu et tuent Pythagore avec 38 de ses disciples qui essayaient de le défendre. Après son décès, ses initiés connaîtront des persécutions et ses livres seront brûlés.

Platon, qui aurait eu la chance de consulter l'un des trois ouvrages miraculeusement sauvés de l'incendie, n'a jamais caché que son enseignement était directement issu de celui de Pythagore.

119 • ROI NEMROD

Selon la Bible, après le déluge où Noé sauve l'humanité grâce à son arche, ses descendants, ayant échoué sur le mont Ararat, recommencent à vivre sur terre. Ils se multiplient rapidement et se répandent dans les plaines. Il apparaît alors parmi eux un leader charismatique, le roi Nemrod, réputé pour ses talents de chasseur, qui va regrouper les hommes en tribus et les tribus en cités. Il construit Ninive et Babel et crée le premier État organisé postdéluge, doté d'une armée et d'une police.

L'historien hébraïco-romain Flavius Josèphe raconte, dans son livre *Les Antiquités juives*, que le roi chasseur Nemrod était devenu un tyran qui estimait que la seule manière de libérer l'homme de la peur de Dieu était de créer sur Terre une terreur supérieure à celle qu'Il inspire.

Nemrod promit à son peuple de le défendre contre une seconde velléité de Dieu d'inonder la Terre en lançant un projet faramineux : construire à Babel (future Babylone) une tour suffisamment haute pour qu'elle dépasse le mont Ararat. Flavius Josèphe écrit : « Le peuple était d'autant plus disposé à écouter Nemrod qu'il considérait l'obéissance et la peur de Dieu comme une servitude. Les hommes se mirent donc à édifier la tour très vite, beaucoup plus vite qu'on ne pouvait le supposer. »

Alors que la tour était très haute, le roi Nemrod monta à son sommet et annonça : « Voyons si de son sommet on peut voir Dieu. » Ne le distinguant pas, il prit son arc de chasseur et dit : « Voyons si d'ici on peut atteindre Dieu. » Il tira une flèche vers les nuages et celle-ci retomba. Le roi Nemrod annonça : « La tour de Babel n'est pas assez haute, continuez à la monter. » Cependant, il est rapporté dans le chapitre 10 de la Genèse que Dieu, énervé par tant d'audace, fit que les hommes qui travaillaient à l'édification de la tour ne parlèrent plus tous la même langue et que, ne se comprenant plus, la tour fut construite de travers et s'effondra. Quant au roi Nemrod, il fut puni d'une manière terrible. Un moustique s'introduisit dans son nez et lui provoqua des migraines très douloureuses.

120 ♦ APOPTOSE

L'apoptose est une programmation d'autodestruction des cellules. Par exemple l'apparition des doigts chez le fœtus humain est une apoptose.

Au début de sa formation la main ressemble à une nageoire plate semblable à celle d'un poisson ou d'un phoque. Puis les cellules se trouvant entre les doigts meurent, permettant de sculpter la main humaine. Le « suicide » de ces cellules est nécessaire à l'existence de la forme de la main. C'est la fin de notre phase « poisson ». La disparition de la petite queue à l'arrière des fesses du fœtus suit un processus identique. Elle signifie la fin de notre phase « animal primitif » pour dessiner la colonne vertébrale sans queue qui définit l'humain.

Dans le monde végétal, l'apoptose se manifeste par la chute des feuilles en automne. Cela permet à l'arbre de se régénérer.

Chaque année, l'arbre fabrique des cellules qui serviront à son évolution mais qui devront disparaître afin que cette évolution se poursuive.

Dans le corps humain toutes les cellules sont constamment en train de demander au cerveau quelles sont leur utilité et leur mission. Le cerveau indique à chaque cellule comment croître et évoluer, mais à certaines il peut demander de mourir.

La compréhension du phénomène d'apoptose ouvre des voies dans la recherche, notamment sur le cancer. Le cancer résulte en effet de cellules qui refusent d'obtempérer aux messages d'apoptose. Elles continuent de croître malgré tous les signaux de demande d'autodestruction que leur envoie le cerveau. C'est parce que ces cellules refusent de se suicider et recherchent de manière « égoïste » l'immortalité par la prolifération que l'ensemble du corps va finalement périr.

121 • ÉCRAN ET VEILLE

Dans son film *Le Tube*, le réalisateur de documentaires Peter Entell montre comment les images agissent sur nous.

Une expérience a été effectuée sur la différence entre spectateur de cinéma et spectateur de télévision.

Sur un même drap en toile est projeté un film. À la différence qu'une moitié de l'assistance est disposée avec le projecteur dans le dos, comme au cinéma, et la seconde avec le projecteur en face, donc une lumière qui arrive directement au visage comme un téléviseur. À la fin, quand on questionne les spectateurs, ceux qui avaient la lumière dans le dos ont gardé leur capacité d'analyse et d'esprit critique sur le film, ceux qui l'ont reçue de face se sentent passifs et n'ont pas de réelle opinion. Ceux qui avaient la lumière en face révélaient une activité cérébrale plus faible durant le film que ceux qui l'avaient en arrière. Peter Entell parle à propos de la télévision d'« avachissement de l'esprit ». On est dans la lumière qu'on reçoit au visage, donc on perd la distanciation. En revanche au cinéma on peut continuer à réfléchir car on ne voit que le reflet de cette lumière.

122 ♦ AUTOESTIME

Une expérience a été effectuée sur le thème de l'autoestime. Dans un premier temps, des sociologues ont fait passer à un groupe de jeunes hommes des tests de culture générale très faciles, qu'ils réussissent aisément. Puis ils se retrouvent dans une pièce avec des jeunes femmes. Après ces tests les hommes gagnants, c'est-à-dire tous les participants, vont aller vers les jeunes femmes les plus belles.

Puis on prend un autre groupe-test de jeunes hommes et on leur fait subir une batterie de tests de culture générale cette fois très difficiles. Ils échouent tous.

Mis en contact avec des jeunes femmes ils vont, soit rester dans leur coin, soit s'adresser uniquement aux moins séduisantes.

L'expérience fonctionne également pour les jeunes femmes. Si elles ont passé l'examen facile avec succès, elles ne se gêneront pas pour aborder les hommes les plus attirants. Et elles se montreront dédaigneuses envers ceux qu'elles estiment indignes d'elles.

Ainsi, par un simple test, on peut évaluer l'autoestime d'une personne. Mais un individu reçoit en permanence de bonnes et de mauvaises notes émises par la société humaine et son autoestime monte et descend en fonction des félicitations ou des blâmes.

231

L'objectif, pour un être qui se veut vraiment libre, est donc d'échapper à ces stimuli « carotte-bâton » pour se donner lui-même les récompenses aux examens qu'il se sera inventés. Dans ce cas, l'une des manières d'augmenter sa propre estime peut être la « prise de risque », tenter quelque chose de difficile pour percevoir ses limites. En veillant à ne pas s'autodévaloriser si cela échoue. La victoire dépend de nombreux facteurs étrangers à notre propre talent. On doit donc célébrer non pas la victoire, mais le simple fait d'avoir pris le risque.

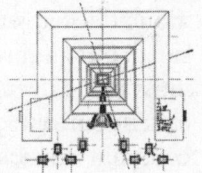

123 ♦ ASTRONOMIE MAYA

Pour les Mayas le monde était divisé en trois couches : le sous-sol, la terre, le ciel.

La terre était plate et carrée. Chacun de ses quatre angles était représenté par une couleur. Le blanc au nord, le noir à l'ouest, le jaune au sud, le rouge à l'est. Et le vert au centre.

Cette dalle carrée était placée sur le dos d'un crocodile géant reposant lui-même sur un bassin d'eau recouverte de nénuphars.

Le ciel était soutenu par quatre arbres colorés placés aux quatre points cardinaux. Au centre, l'arbre vert soutenait le milieu du ciel.

La dalle du ciel pour les Mayas était composée de treize couches, chacune gardée par une divinité particulière.

La dalle du monde souterrain en revanche ne possédait que neuf couches, gardées elles aussi par des dieux spécifiques.

Chaque dieu avait une représentation spéciale dans le monde souterrain et dans le monde céleste.

On considérait que l'âme du mort suivait le chemin du soleil, c'est-à-dire qu'elle descendait dans les mondes souterrains comme le fait le soleil la nuit tombant, pour remonter ensuite dans le ciel le matin, s'élever haut et rejoindre les dieux du monde céleste.

Les Mayas étaient d'excellents mathématiciens. Ils avaient découvert le 0 et un système de comptage vicésimal, c'est-à-dire de 20 en 20 (alors que nous utilisons un système décimal de 10 en 10), très performant. Ils étaient surtout de remarquables astronomes. Ils ont construit des observatoires qui leur ont permis d'identifier la plupart des planètes et de noter dans leur calendrier les cycles lunaires et solaires avec une précision aboutissant, entre autres, à un calendrier profane de 365 jours, le *haab*, bien avant les Occidentaux. Leurs prêtres prétendaient utiliser ces calendriers pour se projeter dans le futur ou dans le passé. Ils annonçaient ainsi les éclipses et les cataclysmes.

Les Mayas considéraient que le monde naît et meurt de manière cyclique. Selon leur livre sacré, le *Popol Vuh*, le monde naîtra et mourra quatre fois. Le Premier Âge était celui des hommes de glaise. Ils étaient si mous et si stupides que les dieux préférèrent les éliminer. Puis est venu le Deuxième Âge, celui des hommes de bois, mais ils manquaient de cœur et d'intelligence et les dieux les noyèrent dans un déluge. Ensuite deux héros : Hunahpû et Ixbalanqué sont venus affronter les monstres terrestres et ont donné naissance aux hommes du maïs qui eurent enfin l'humilité de vénérer la foudre du ciel.

La fin du prochain cycle, correspondant à un cataclysme détruisant définitivement le monde, a été prévue par les prêtres mayas à une date qui correspond à l'an 2012 de notre calendrier occidental.

124 • Papesse Jeanne

Jeanne est née en 822 à Ingelheim, près de Mayence, en Germanie. Elle était la fille d'un moine évangéliste allemand du nom de Gerbert, parti en Angleterre prêcher auprès des Saxons. Désireuse d'étudier, elle décide de se faire passer pour un homme sous le nom de Johannes Anglicus (Jean l'Anglais) et se fait engager comme moine copiste.

Elle voyage de monastère en monastère. À Constantinople elle rencontre l'impératrice Théodora. À Athènes elle apprend la médecine auprès du rabbin Isaac Israeli. En Germanie elle parle au roi Charles le Chauve. Enfin, en 848, elle obtient une chaire d'enseignement ecclésiastique à Rome.

Dissimulant toujours son véritable sexe, elle gravit les marches du pouvoir grâce à sa grande culture et sa diplomatie. Elle rencontre le pape Léon IV et arrive à se rendre indispensable auprès de ce dernier, au point de devenir son conseiller pour les affaires internationales. Quand Léon IV meurt, en 855, elle est élue pape par les cardinaux sous le nom de Jean VIII. Après deux ans de pontificat sans problème, Jean VIII tombe enceinte. La papesse cache sous des vêtements amples son ventre proéminent. C'est le jour de l'Ascension que survient le drame dans l'église Saint-Clément. Alors que Jean VIII salue les fidèles, juchée sur un mulet, elle se tord de douleur et tombe. Quelques personnes accourent pour la secourir et découvrent sous les tissus un nouveau-né. Choc. Selon Jean de Maillie, la foule ahurie est alors prise d'hystérie et la papesse Jeanne lapidée ainsi que son enfant.

Suite à cette affaire, les cardinaux décident de vérifier rituellement la virilité des papes. Le nouvel élu doit s'asseoir sur une chaise percée d'un trou d'où débordent ses testicules. Un homme vient vérifier et prononce la formule *Habet duos testiculos et bene pendentes*, « Il en a deux et elles pendent bien ».

La papesse Jeanne a inspiré le deuxième arcane du Tarot de Marseille. Le personnage en robe de pape et coiffé de la tiare tient un ouvrage ouvert sur ses genoux, symbole de la première étape de l'initiation : l'ouverture à la Connaissance par les livres. (Petit détail qui passe souvent inaperçu : à côté d'elle, en tout petit, sur la droite de la carte, se trouve un œuf).

125 ◆ Cosmogonie tahitienne

Pour les Tahitiens, au commencement de tout était Taaroa, l'Unique.

Il vivait solitaire dans un œuf qui tournait dans l'espace vide.

Or, Taaroa s'ennuyait beaucoup. Il éclôt donc et sortit de sa coquille.

Mais dehors il n'y avait rien, alors il utilisa la coquille de son œuf et, avec la partie supérieure, fit un dôme pour le ciel, et avec le bas un socle de sable.

Avec sa colonne vertébrale il créa les chaînes de montagnes.

Avec ses larmes les océans, les lacs et les rivières.

Avec ses ongles il recouvrit d'écailles les poissons et les tortues.

Avec ses plumes il érigea les arbres et les buissons.

Avec son sang il colora l'arc-en-ciel.

Puis il fit venir des artisans pour qu'ils sculptent Tane, le premier dieu. Tane remplit le ciel d'étoiles pour qu'il soit plus joli. Il plaça le Soleil pour éclairer le jour, et la Lune pour éclairer la nuit. Ensuite, Taaroa créa Ru, Hina, Maui, et des centaines d'autres dieux. Enfin, il paracheva son œuvre en créant l'homme.

L'univers conçu par Taaroa était alors organisé en sept plates-formes empilées les unes sur les autres. Sur la plateforme la plus basse il y avait l'homme, et quand le premier étage fut entièrement encombré d'humains, d'animaux et de végétaux, Taaroa applaudit mais pensa qu'il serait plus sage de faire un trou pour qu'ils puissent accéder à la plate-forme supérieure. Ainsi, à chaque étage, une ouverture permettait aux plus courageux de progresser vers le savoir…

126 • NIKOLA TESLA

Génie oublié ou mal connu, Nikola Tesla est pourtant à l'origine de la plupart des grandes inventions modernes. C'est en effet ce Serbe émigré aux États-Unis qui a découvert une multitude de technologies liées à l'électricité. Notamment le courant alternatif (jusque-là les installations ne fonctionnaient qu'en courant continu), une théorie sur la radioactivité, la télécommande, le générateur, le moteur à induction électrique, la lampe à haute fréquence plus économique que les néons, et la bobine Tesla des téléviseurs à tube cathodique. En 1893, bien avant Marconi, il met au point un système de transmission des messages télégraphiques sans fil, en utilisant les ondes hertziennes. Il découvre le principe de réflexion des ondes sur les objets, en 1900, et publie des travaux qui permettront plus tard la mise au point des premiers radars. Il a déposé en tout plus de 900 brevets qui, pour la plupart, ont été volés par Thomas Edison.

Nikola Tesla avait en effet une vision idéaliste de la science et voulait livrer les technologies gratuitement au public, ce qui lui a valu l'hostilité des milieux financiers de l'époque. Il avait, par exemple, imaginé que la tour Eiffel émette un puissant champ électrique pour que tous les Parisiens puissent utiliser l'électricité gratuitement. En 1898, il fabrique une arme à résonance qui, grâce à une multitude de petits coups répétés, fait trembler un immeuble entier. Il fabrique des bateaux lanceurs de torpilles télécommandées, dont l'un peut même devenir sous-marin.

À la fin de sa vie, considérablement appauvri, Nikola Tesla travaille à un « rayon de la mort » pour l'US Air Force. Il cherche aussi à mettre au point sa fameuse « énergie libre », une source d'énergie infinie et gratuite, ce qui achève de le discréditer aux yeux de ses collègues scientifiques de l'époque. Il meurt le 7 janvier 1943. Le FBI confisquera toutes ses notes et toutes ses maquettes de travail.

Son nom est cependant resté comme unité de mesure de l'induction magnétique : le tesla.

127 • CONAN DOYLE

Conan Doyle est né en 1859 à Édimbourg, en Écosse. Très jeune, il crée un journal de lycée où il publie des nouvelles. Docteur en médecine, le jeune Doyle doit aider sa famille plongée dans la misère par l'alcoolisme de son père. Il ouvre un cabinet d'ophtalmologie à Portsmouth, se marie à 26 ans avec la sœur d'un de ses patients, dont il aura deux enfants. Revenant à sa passion pour l'écriture, il rédige en 1886 *A Study in Scarlet*, la première histoire ayant pour héros un certain Sherlock Holmes. Ce dernier est d'ailleurs inspiré d'un de ses professeurs, le Dr Joseph Bell, chirurgien à la faculté de médecine d'Édimbourg, qui aimait enquêter sur les maladies et procéder par déductions successives.

Le *Strand Magazine* publie six de ses histoires, et en réclame de nouvelles. Pour décourager le journal, Doyle demande une somme exorbitante pour l'époque, 50 livres, mais loin de la lui refuser, le journal accepte. Dès lors, Conan Doyle, pris à son propre piège, abandonne la médecine pour l'écriture. Il publie désormais des volumes entiers des aventures de Sherlock Holmes, lui-même se reconnaissant plutôt dans le personnage du Dr Watson, le partenaire d'enquête et narrateur, auquel il ressemble physiquement.

Mais Sherlock Holmes commence à prendre trop d'importance dans la vie de Conan Doyle. Au point qu'il finit par détester son personnage. Alors qu'il séjourne en Suisse, en 1892, pour soigner la tuberculose de sa femme, l'écrivain décide de tuer Sherlock Holmes, dans l'histoire intitulée *The Final Problem* (Le Dernier Problème). Son héros est précipité dans les chutes suisses de Reichenbach par son ennemi juré, le maléfique professeur Moriarty. La réaction des lecteurs est immédiate. Par courrier ils le supplient de faire ressusciter Sherlock Holmes. Sa propre mère le conjurera de sauver le célèbre détective. Dans les rues de Londres les lecteurs portent un brassard noir pour afficher le deuil de leur héros défunt. Après les supplications viennent les insultes et les menaces, mais Conan Doyle ne cède pas.

Il écrit une pièce de théâtre, *Waterloo*, et des romans historiques. Il se présente aux élections législatives d'Édimbourg et n'est pas élu. Il voyage, pratique la médecine au Soudan, dirige un hôpital en Afrique du Sud durant la guerre contre les Boers. En 1902, contre toute attente, il décide d'écrire à nouveau une aventure de son personnage fétiche dans *The Hound of the Baskervilles* (*Le Chien des Baskerville*). L'action est censée se dérouler avant son décès dans le gouffre de Reichenbach. Ce ne sera que trois ans plus tard qu'il apportera la résurrection officielle à Sherlock Holmes dans *The Return of Sherlock Holmes*, pour financer la construction de sa nouvelle maison. Le succès est immédiat, ce qui provoque la colère de Doyle. Pire : il reçoit du courrier adressé à Sherlock Holmes. L'écrivain se venge en rendant son personnage de plus en plus noir, accro à la drogue, morphine et cocaïne, et de plus en plus solitaire, aigri et misogyne.

En 1912, Conan Doyle crée un nouveau personnage concurrent, le professeur Challenger, dans *The Lost World* (*Le Monde perdu*) mais il ne connaîtra pas la notoriété de son prédécesseur.

Écœuré par les atrocités de la Première Guerre mondiale, Conan Doyle se tournera au crépuscule de sa vie vers le spiritisme (tout comme Victor Hugo). En 1927, il publie la dernière aventure de Sherlock Holmes : *L'Aventure de Shoscombe Old Place*. Il meurt en 1930 d'une crise cardiaque. Après sa mort, son fils Adrian Doyle écrit *Les Nouvelles Aventures de Sherlock Holmes*. Depuis, les histoires du célèbre détective à la pipe et au raincoat n'ont jamais cessé d'être rééditées et adaptées au cinéma. Des clubs de fans pullulent dans le monde. Un groupe de « Holmesiens » anglais prétend même avoir des preuves que le détective Sherlock Holmes a réellement existé. Et que ce serait l'écrivain Conan Doyle lui-même, dont l'existence prêterait selon eux à débat.

128 ♦ Mise en abyme

La « mise en abyme » est une technique artistique consistant à mettre une œuvre dans l'œuvre, que ce soit une histoire dans l'histoire, une image dans l'image, un film dans le film, une musique dans la musique.

En littérature on retrouve cette technique narrative dans *Le Manuscrit trouvé à Saragosse* de Jan Potocki. Ce roman écrit au XVIIIe siècle fonctionne avec un système de narrations similaires imbriquées dans la narration.

En peinture, Jan Van Eyck en 1434 met au centre de son tableau *Les Époux Arnolfini* un miroir représentant une image dans l'image : à savoir lui-même en train de peindre le couple. Celui-ci est vu de dos dans le miroir et le peintre de face. L'idée est reprise notamment par Diego Velázquez dans son tableau *Les Ménines* où on le voit sur le côté en train de peindre le tableau. Elle sera également reprise par Salvador Dalí, très amateur d'effets visuels vertigineux.

En publicité on peut noter le dessin du couvercle de la boîte de fromage « La Vache qui rit ». La tête de la vache porte en boucle d'oreille une boîte de « Vache qui rit » portant elle-même une tête de vache qui a elle-même une boucle d'oreille, etc.

Au cinéma des films comme *Ça tourne à Manhattan, Le Diable dans la boîte* ou *The Player* racontent l'histoire d'une équipe qui tourne un film.

En science, l'idée qu'il existe une petite forme géométrique similaire à la forme géométrique globale a permis au mathématicien Benoît Mandelbrot de mettre au point en 1974 le concept d'image fractale.

La mise en abyme produit une impression de vertige en créant des sous-systèmes imbriqués dans le premier système.

129 • RECETTE DAUPHINIENNE
DU GÂTEAU AU FROMAGE BLANC SUCRÉ

D'abord, faire une pâte avec :
250 g de farine
100 g d'huile
100 g de sucre
1 œuf entier
2 pincées de levure chimique.

Mélanger et travailler la pâte, puis la déposer sur un papier sulfurisé dans un moule carré.

Faire à part le fromage blanc.

Laisser égoutter 800 g de fromage blanc dans une passoire fine.

Dans un saladier battre 4 jaunes d'œufs. Ajouter :
180 g de sucre,
1 pot de crème fraîche épaisse de 20 cl,
2 sachets de sucre vanillé,
une poignée de raisins secs.

Mélanger au fromage blanc.

Battre la mixture une dizaine de minutes avec un fouet électrique.

Goûter pour régler le sucre selon l'acidité du fromage blanc.

Battre à part les 4 blancs d'œufs en neige, jusqu'à ce que le mélange soit ferme, puis l'incorporer délicatement au fromage blanc.

Déposer la préparation sur la pâte disposée dans le moule carré.

Régler le four sur thermostat 4 pendant dix minutes et, lorsqu'il est chaud, mettre le gâteau au fromage blanc à mi-hauteur. Laissez cuire 45 minutes. Puis éteindre le four en laissant le gâteau dedans pendant quelques dizaines de minutes pour ne pas qu'il retombe.

Servir lorsqu'il est refroidi.

130 ◆ Dragon chinois

La technique du dragon chinois est une stratégie visant à convaincre une assistance d'une hypothèse incertaine. Elle est parfois utilisée en science pour conforter une idée douteuse.

Le scientifique qui veut fabriquer un dragon chinois va, par exemple, créer un contradicteur imaginaire défendant une théorie opposée à la sienne. Et en démontrant que la théorie de l'adversaire ne tient pas (l'exercice est d'autant plus facile qu'il a lui-même inventé ses arguments), il va convaincre que la sienne est juste.

131 • LA REINE KAHINA

Kahina était une reine berbère qui régnait sur la région dite des Amazighes (les Aurès, à l'est de l'actuelle Algérie). D'une grande beauté et toujours vêtue de rouge, elle arrive progressivement à s'imposer par son charisme et sa diplomatie. Élue par la confédération des Imazighen, elle réconcilie toutes les tribus alentour, s'allie avec les Carthaginois de culture byzantine et s'oppose à l'invasion arabo-islamique entre 695 et 704 de notre ère. Face à elle, Hassan Ibn Numan agissant pour le compte du calife de Damas : Marwan. L'alliance berbéro-carthaginoise (les premiers étant animistes et les seconds chrétiens) empêche dans un premier temps les musulmans de prendre Carthage.

Habile stratège, la reine Kahina écrase les troupes d'Hassan Ibn Numan à Miskyana (dans le Constantinois) et repousse les Arabes jusqu'en Tripolitaine avec des troupes dix fois moins nombreuses.

Humilié, Ibn Numan demande des renforts à son calife qui lui accorde 40 000 guerriers expérimentés, mais l'avertit : « Ce sera la tête de la Kahina ou la tienne. » Le chef de guerre attaque et cette fois reprend facilement Carthage.

La Kahina se retrouve seule avec ses guerriers berbères face aux troupes d'Ibn Numan. Elle pratique la politique de la terre brûlée en vue de dissuader les envahisseurs de poursuivre leur offensive et lutte avec des troupes vingt fois inférieures en nombre. Elle est pourtant sur le point de vaincre, quand elle est trahie par Khalid, un jeune guerrier ennemi qu'elle avait épargné et adopté selon la coutume berbère de l'Anaia (protection des faibles). La reine sera alors faite prisonnière et décapitée.

Lorsque Le calife Marwan ouvrit le sac contenant la tête de la reine, il aurait dit : « Après tout ce n'était qu'une femme… »

132 • Controverse de Valladolid

La controverse de Valladolid est le premier « procès des droits de l'homme ».

Christophe Colomb a découvert l'Amérique depuis 1492, et l'Espagne utilise les Indiens comme esclaves dans les mines. Cependant, l'Église ne sait pas quoi penser de ces individus « humanoïdes » dont quelques spécimens sont importés en Europe pour être présentés comme animaux de foire. Sont-ils des descendants d'Adam et Ève ? Ont-ils une âme ? Doit-on les convertir ? Pour trancher ce problème l'empereur Charles Quint réunit en 1550, au collège de Saint-Grégoire de Valladolid, des « spécialistes » qui vont discuter pour définir ce qui est, et ce qui n'est pas un homme.

Comme avocat de la cause indienne : le dominicain Bartolomé de Las Casas. Son père accompagnait Christophe Colomb. Las Casas a fondé une colonie chrétienne agricole visant à faire travailler ensemble Espagnols et Indiens dans les îles Caraïbes.

Comme procureur : Ginés de Sepúlveda, prêtre, théologien et confesseur personnel de Charles Quint, grand helléniste, traducteur d'Aristote et adversaire affiché de Luther.

Lequel des deux a raison ? Pour trancher : 15 juges, 4 religieux et 11 juristes.

Ce débat revêt une importance économique déterminante car, jusque-là, les Indiens, considérés comme non humains, formaient une main-d'œuvre gratuite et illimitée, les conquistadors se contentant de piller, de détruire leurs villages et de les mettre en esclavage. S'il s'avérait tout à coup que les Indiens étaient des humains, il faudrait alors les convertir et payer leur travail. Autre question de fond : si on les convertit, doit-on le faire par la persuasion ou par la terreur ?

Les débats se dérouleront de septembre 1550 à mai 1551, période durant laquelle la conquête du Nouveau Monde est momentanément interrompue.

Les discussions vont déborder largement la problématique de départ. Sepúlveda invoque le droit et le devoir d'ingérence, il rappelle que les Indiens sont cannibales, font des sacrifices humains, sont sodomites, sans oublier d'autres pratiques sexuelles réprouvées par l'Église. Il signale également qu'ils ne peuvent se libérer seuls de leurs rois tyrans, il faut donc intervenir militairement.

Las Casas pense que s'ils font des sacrifices humains c'est parce qu'ils ont une si haute idée de Dieu qu'ils ne peuvent se contenter de sacrifices d'animaux ou de prières.

Sepúlveda prêche un universalisme des valeurs : la même loi pour tous. La morale chrétienne doit être imposée aux barbares.

Las Casas prône le relativisme : étudier chaque peuple et chaque culture au cas par cas.

À la fin des délibérations, la conquête des territoires des Indiens d'Amérique du Sud reprend. Seules modifications : comme l'avait recommandé Sepúlveda durant la controverse de Valladolid, les Espagnols doivent éviter « les pillages, cruautés et mises à mort inutiles », sauf si ceux-ci sont motivés par la notion de « Juste Droit ». Notion floue laissée à la libre estimation de chacun.

133 ♦ UNE EXPLICATION DES NOTES DE MUSIQUE

Pour les gnostiques, les notes de musique correspondent à une perception de l'Espace et de l'Astronomie.

1 – *Ré*. De : Regina Astris. La reine des astres. La Lune.
2 – *Mi*. De : Mixtus Orbis. Le lieu où se mêlent... le bien et le mal. La Terre.
3 – *Fa*. De : Fatum. Le Destin.
4 – *Sol*. De : Solaris. Le Soleil.
5 – *La*. De : Lacteus Orbis. La Voie lactée.
6 – *Si*. De : Sidereus Orbis. Le Ciel étoilé.
7 – *Do*. De : Dominus. Dieu.

134 ◆ COSMOGONIE HINDOUE

Pour les hindous, l'Univers avance par cycles, alternant les périodes de création et les périodes de destruction.

À la source de ce phénomène, trois dieux : Vishnou, Brahma, Shiva. Vishnou est allongé, endormi sur le serpent Ananta, symbole de l'Infini (le reptile sacré est lui-même posé sur l'océan de l'Inconscient). Du nombril de Vishnou sort un lotus dans lequel se trouve Brahma qui se réveille.

Lorsque Brahma ouvre les yeux, un univers se crée, c'est le big-bang. Cet univers possède les caractéristiques du rêve de Vishnou.

Vishnou rêve le monde tel qu'il l'a connu et, s'inspirant de ses souvenirs oniriques, Brahma fabrique la matière et la Vie.

Mais le monde est imparfait, alors Shiva danse pour dégrader l'univers jusqu'à son anéantissement afin qu'il puisse renaître.

Lorsque Brahma referme les yeux pour se rendormir, tout est détruit, c'est le big-crunch décrit par les astrophysiciens.

Selon l'hindouisme, tout comme pour la prophétie de Daniel, chaque nouvel univers débute par l'Âge d'or, puis viennent l'Âge d'argent et l'Âge de fer.

Pour circuler sur Terre ces trois dieux utilisent des « avatars », c'est-à-dire des ambassadeurs dans les mondes inférieurs. Parmi les plus célèbres avatars de Vishnou : Rama, la septième réincarnation de l'avatar primitif, qui débarrassa la Terre de ses démons (récit du *Ramayana*); Krishna, sa huitième réincarnation, qui enseigna aux hommes l'extase dans l'amour divin; Bouddha (Gautama) est le neuvième avatar. Et l'on attend pour la fin de l'Âge de fer l'apparition du dernier avatar : Kalki.

135 • KOAN

Dans la culture japonaise zen, le koan est une phrase paradoxale, destinée à nous faire réaliser les limites de notre logique. Elle semble absurde, pourtant elle va nous contraindre à une gymnastique nouvelle. Son but est de nous éveiller à une autre perception de la réalité. Un koan peut même s'avérer douloureux pour une pensée trop « rigide ».

Cette douleur est issue du fait que le mental fonctionne dans la dualité, il aime les distinctions nettes et bien tranchées (noir/blanc, bien/mal, gauche/droite, vrai/faux, etc.). Avec le koan nous le forçons à quitter ses rails habituels. On peut dire « vue par un triangle, la sphère est un koan ».

Exemples de quelques koans :
– Quand on ne peut plus rien faire, que peut-on faire ?
– Qu'y a-t-il au nord du pôle Nord ?
– L'univers peut-il exister sans la présence d'une conscience ?
– La lumière noire éclaire-t-elle ?
– Si deux mains en applaudissant font du bruit, quel est le bruit d'une seule main ?
– Une illusion peut-elle exister ?
– L'homme regarde le miroir, le miroir regarde l'homme.

– S'oublier soi-même, c'est être reconnu par le cosmos tout entier.
– Quand la neige fond où va le blanc?
– Ce qui te manque, cherche-le dans ce que tu as.
– Suis-je de mon avis?
– Recherchez la liberté et vous deviendrez esclave de vos désirs. Recherchez la discipline et vous trouverez la liberté.
– Toute chose n'est connue que parce que l'on croit la connaître.
– Écoute le silence.

136 ♦ Les Baruyas

Les Baruyas forment un peuple primitif de Papouasie, en Nouvelle-Guinée, qui a vécu coupé de toute civilisation jusqu'en 1951, année où il a été découvert par des explorateurs australiens.

Mais c'est l'anthropologue français Maurice Godelier, auteur de *L'Énigme du don* (1996) et *Métamorphoses de la parenté* (2004), qui a vraiment approfondi l'étude de ce peuple entre 1967 et 1988. Lors de ses premiers voyages, il découvre une société d'agriculteurs-chasseurs qui utilisent une technologie datant de l'âge de pierre. Maurice Godelier voulait comprendre la genèse des mythes et comment ceux-ci construisent ensuite la structure sociale.

Les Baruyas n'ont pas de notion d'État, de classe, ou de hiérarchie complexe.

En revanche ils ont établi un système patriacal qui dépasse tout ce que les ethnologues connaissaient jusque-là.

Pour les Baruyas le sperme est au centre de tout. Les êtres humains sont issus du mélange de sperme et de rayons du soleil. Les femmes sont les réceptacles de ce mélange.

Quand le mélange se fait mal cela donne une fille.

Cette vision (sans la connaissance de l'ovule) fait que pour les Baruyas les femmes sont des humains ratés, nécessaires cependant à la fabrication d'humains réussis, c'est-à-dire des mâles. Leur vision des femmes est au-delà de la misogynie occidentale (et c'est pourquoi la suite de son étude n'est évidemment pas « politiquement correcte » et qu'il faut la regarder hors nos grilles habituelles de jugement).

Quand les garçons ont 8 ans, ils sont exclus de l'influence des femmes. Ils sont séparés de leur famille pour recevoir une initiation jusqu'à 15 ans, loin du village dans la montagne.

Là ils se retrouvent dans une communauté uniquement formée d'hommes. Ceux qui vont les initier aux rites magiques et à la sexualité.

Quand les garçons sont adolescents, à 16 ans, on les considère prêts à fonder une famille. Ils redescendent de la montagne et prennent femme.

Ils vont avoir des rapports sexuels et, si la femme tombe enceinte, il faut qu'elle ait un maximum de partenaires mâles (en plus de son compagnon) durant sa gestation, pour que le sperme des autres hommes contribue à renforcer l'enfant à naître.

De même par la suite quand la mère allaite, le lait est considéré comme du « sperme transformé ». La femme doit donc continuer à avoir des rapports sexuels pour produire beaucoup de lait.

Dans la société baruya, la femme n'a pas accès à la propriété de la terre. Elle n'a le droit ni de cultiver ni de pratiquer des rites religieux. C'est la société la plus patriarcale connue à ce jour.

Maurice Godelier, à partir de l'étude des Baruyas, déduit que la société n'est pas le reflet de l'économie, contrairement à ce que pensaient jusque-là la plupart des ethnologues, mais le reflet des mythes fondateurs. C'est parce que les Baruyas ont à un moment imaginé que le sperme était à l'origine de tout qu'ils ont bâti autour de cette croyance leurs rites et leurs rapports sociaux.

137 ♦ ŒDIPE

Le roi de Thèbes, Laïos, et son épouse, la reine Jocaste, étaient désespérés de ne pas avoir d'héritier. Ils allèrent donc consulter la Pythie à Delphes. Celle-ci leur prédit qu'ils auraient un fils, mais que ce dernier tuerait son père et épouserait sa mère.

Quelques mois plus tard en effet un garçon naquit.

Plutôt que de l'éliminer, le roi Laïos préféra abandonner son fils dans la montagne, après lui avoir percé les chevilles avec une aiguille et lié les pieds avec une lanière.

Un berger trouva l'enfant, le détacha et le confia au roi de Corinthe, Polybos. Ce dernier le baptisa « Œdipe », ce qui signifie « qui a les pieds enflés ». N'ayant pas d'enfant il se prit d'affection pour ce fils adoptif sans lui révéler son origine.

Mais un jour, alors qu'il la consultait, la Pythie de Delphes rappela à Œdipe l'ancienne prédiction : « Tu tueras ton père et tu épouseras ta mère. » Croyant que son père était le roi Polybos, il préféra quitter Corinthe de peur que la prédiction ne se réalise.

Durant son voyage d'exil, il tomba par hasard sur des gens qu'il prit pour un groupe de brigands. C'était en fait le roi Laïos et ses serviteurs. Après une querelle, Œdipe tua ce qui lui semblait être le chef des brigands et qui était en fait son vrai père, puis il poursuivit sa route.

Lorsqu'il arriva à Thèbes, un monstre terrorisait la ville : le Sphinx. Ce dernier tuait et dévorait toutes les personnes qu'il rencontrait et qui se révélaient incapables de répondre à son énigme : « Qu'est-ce qui est à quatre pattes le matin, à deux le midi, et à trois le soir ? » Œdipe trouva la solution : « L'homme. Le nourrisson marche à quatre pattes, l'adulte sur ses deux jambes, et s'aide d'une troisième jambe, la canne, lorsqu'il est âgé. » Le Sphinx, dépité, se jeta du haut d'un rocher et Œdipe devint un héros pour la ville.

Il fut dès lors proclamé roi de Thèbes et on lui donna pour femme la veuve de l'ancien roi, Laïos, dont on n'avait plus de nouvelles. Et pour cause. C'est ainsi qu'Œdipe épousa sans le savoir sa propre mère. Œdipe et Jocaste vécurent heureux, ignorant leur lien de parenté. Ils eurent quatre enfants. Cependant la peste s'abattit sur Thèbes et l'oracle de Delphes annonça que cette épidémie était due à un crime non résolu, celui de Laïos, et que la maladie se répandrait tant qu'on n'aurait pas châtié le criminel.

Le roi Œdipe part alors à la recherche du coupable. Pendant ce temps, le serviteur, qui avait échappé à la tuerie, apprend à Jocaste qu'Œdipe est l'assassin.

Jocaste, à l'annonce de la nouvelle, préféra se pendre. Œdipe, fou de douleur, renonça au trône royal et se creva les yeux. Chassé de Thèbes, Œdipe erra, guidé par sa fille Antigone, la seule à lui rester fidèle. Ils vécurent tous deux de mendicité.

Bien plus tard, Sigmund Freud utilisera cette légende pour expliquer la pulsion primitive des garçons les menant à tomber amoureux de leur mère et à vouloir détruire leur père.

138 ♦ Bêtise humaine

Pour faire une anthologie de la bêtise humaine, la journaliste américaine Wendy Northcutt a créé les « Darwin Awards », un prix qui récompense chaque année la personne qui s'est tuée de la manière la plus stupide (faisant ainsi honte à son espèce et contredisant la loi darwinienne de sélection des meilleurs). Pour que le prix soit attribué, il faut que le candidat soit la cause de son propre décès, qu'il soit en pleine possession de ses facultés intellectuelles, et que l'anecdote soit confirmée par plusieurs sources fiables. Exemples :

En 1994, un terroriste qui expédie un courrier piégé insuffisamment affranchi a remporté le Darwin Awards lorsqu'il a ouvert sa propre lettre renvoyée par la poste.

Autre gagnant du Darwin Award : en 1996, un pêcheur ayant lancé un bâton de dynamite allumé sur un lac gelé a vu son chien de chasse aller chercher l'explosif et le lui rapporter.

En 1997, le prix a été attribué à un avocat de Toronto qui a voulu démontrer la solidité des vitres d'un gratte-ciel. Il a donc pris son élan et fracassé la vitre avant de faire une chute de vingt-quatre étages.

En 1998, le prix est allé à un homme de 29 ans qui s'est étouffé en avalant un ornement pailleté arraché avec ses dents sur la peau d'une danseuse, lors d'un spectacle de strip-tease.

En 1999, le Darwin est allé à trois terroristes palestiniens : ils avaient piégé deux voitures qui ont explosé simultanément, alors qu'ils étaient encore à bord, et avant qu'ils aient pu atteindre leur objectif. Ils avaient préparé les bombes sans tenir compte du changement d'heure d'été.

En 2000, le prix est allé à un habitant de Houston qui a voulu jouer à la roulette russe avec ses amis. Mais au lieu d'utiliser un revolver à barillet, il a pris ce qu'il avait sous la main : un pistolet automatique.

Il a perdu.

En 2001, au Canada, un homme de 25 ans proposa à ses amis de faire du toboggan dans le vide-ordures. Ce qu'il ignorait, c'est qu'une fois engouffré dans la colonne qui descendait les douze étages, il tomberait dans un compacteur automatique d'ordures.

Seule exception : Larry Walters. En 1982, ce retraité de Los Angeles veut réaliser un rêve fou, voler autrement qu'en avion. Il met donc au point son moyen de transport aérien : un fauteuil très confortable, auquel il a attaché 45 ballons d'un mètre de diamètre qu'il a gonflés à l'hélium. Après quoi il s'est attaché à son fauteuil et s'est muni de sandwiches, de canettes de bière et d'un pistolet à plombs. Au signal, ses amis ont détaché la corde qui reliait le fauteuil volant au sol. Mais au lieu de se stabiliser à 30 mètres comme il l'espérait, Larry Walter a été propulsé d'un coup à 5 000 mètres d'altitude.

Là, complètement gelé, il n'a plus osé tirer sur les ballons pour redescendre. Il a donc erré longtemps dans les nuages, poussé par les vents, avant d'être repéré par les radars de l'aéroport de Los Angeles. Trouvant enfin le courage de tirer sur quelques ballons, il a finalement pu redescendre, mais les fils des ballons crevés se sont pris dans un câble à haute tension, provoquant une coupure d'électricité dans tout le quartier de Long Beach.

Lorsqu'il a atterri, les policiers l'ont arrêté et lui ont demandé pourquoi il avait fait ça. Il a répondu : « On ne peut pas rester assis à ne rien faire tout le temps. »

Il est le seul survivant à avoir reçu le Darwin.

139 • PAN

En grec, le mot « Pan » signifie « Tout ». (Le préfixe « pan » étant par la suite utilisé pour marquer la globalité. Exemples : panoramique : vision totale, ou pandémie : maladie qui touche un ou plusieurs continents.)

Dans la mythologie grecque, Pan est né en Arcadie, on le prétend fils d'Hermès et de Pénélope (la compagne d'Ulysse qui traversait les montagnes d'Arcadie pour rejoindre ses parents).

Mi-homme, mi-bouc, son front est orné de petites cornes, son torse est velu, son visage triangulaire et terminé par une barbiche.

Lorsque sa mère le découvre, son apparence physique l'effraie tant qu'elle préfère l'abandonner en forêt.

Son père, Hermès, l'enveloppe d'une peau de lapin et l'emmène en Olympe. Là, les dieux olympiens s'amusèrent de sa présence facétieuse et le gardèrent. Dionysos tout particulièrement appréciait les pitreries de cet enfant au visage ingrat.

Vivant en forêt, près des sources et des prairies où il fait paître ses troupeaux, Pan est considéré comme un dieu à l'appétit sexuel démesuré, toujours prêt à poursuivre les nymphes ou les jeunes garçons.

Tombé amoureux de la nymphe Syrinx, il la poursuit donc, et celle-ci, pour lui échapper, se transforme en roseau. Pan, ne pouvant la retrouver, finit par couper tous les roseaux et se fabrique une flûte, d'où la fameuse flûte de Pan.

Pan est aussi le dieu de la foule, et notamment de la foule hystérique, en raison de sa capacité à faire perdre la raison, d'où le mot « panique ».

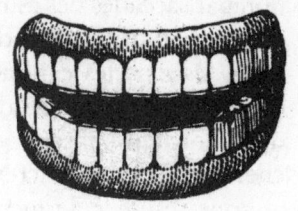

L'humour est provoqué par un accident dans le cerveau. Une information bizarre ou paradoxale est reçue par les sens mais ne peut être digérée par le cerveau gauche (celui qui compte, raisonne et contient l'esprit logique). Pris de court, il se met automatiquement en panne et envoie l'information parasite au cerveau droit (intuitif, artistique, poète). Celui-ci, de son côté, ne sachant que faire de ce colis piégé, envoie un flash électrique qui neutralise le cerveau gauche et lui laisse le temps à lui, cerveau droit, de trouver une explication artistique personnelle.

Cet arrêt momentané de l'activité du cerveau gauche, toujours omnisurveillant, entraîne aussitôt un relâchement cérébral et l'émission d'endorphines (l'hormone qui est aussi émise durant l'acte amoureux). Plus l'information paradoxale est gênante pour le cerveau gauche, plus le cerveau droit va envoyer un flash puissant, qui provoquera une importante émission d'endorphine.

En même temps, comme un mécanisme de sécurité qui relâche la tension provoquée par l'information indigeste, tout le corps participe à l'effet décontractant. Les poumons rejettent l'air d'un coup, phénomène d'expiration accéléré qui est le début « physique » du rire. Ce qui entraîne une crispation et une décrispation par saccades des muscles zygomatiques du visage, de la cage thoracique et de l'abdomen. Plus en profondeur, les muscles cardiaques et les viscères sont agités de spasmes qui produiront un massage intérieur, décontractant l'ensemble du ventre au point de relâcher parfois les sphincters.

Pour résumer, le mental, ne pouvant digérer une information inattendue, paradoxale ou exotique, se neutralise lui-même. Il bascule en mode « panne ». Il disjoncte. Et cet accident est finalement l'une de nos plus curieuses sources de plaisir. Plus une personne rit, plus son état de santé s'améliore. Cette activité ralentit la vieillesse et réduit le stress.

141 ◆ Hadès

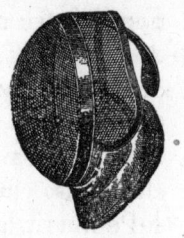

Son nom signifie l'« Invisible ». Lorsque, après la défaite de Chronos, ses trois fils se partagèrent l'Univers, Zeus prit le ciel, Poséidon la mer, et Hadès reçut les mondes souterrains.

Exclu de la liste des douze dieux olympiens car son royaume n'est pas dans la lumière, Hadès est le treizième dieu et aussi le plus redouté du Panthéon.

Installé sur son trône d'ébène, au fond des Enfers, il porte le casque d'invisibilité offert par les Cyclopes et tient dans sa main un sceptre de mort. À ses pieds, Cerbère, son chien à trois têtes.

Pour l'apaiser, les Grecs immolaient au-dessus d'une fosse des taureaux noirs dont le sang s'écoulait sur le fidèle, dans le culte de Cybèle ou de Hithra. On nommait ce rite : taurobole.

Le royaume des Enfers d'Hadès est traversé par cinq fleuves : le Léthé (fleuve de l'Oubli), le Cocyte (fleuve des Gémissements), le Phlégéthon (fleuve du Feu), le Styx (fleuve de la Haine), et l'Achéron (fleuve de l'Affliction).

Sur la barque de Charon, le passeur des Enfers, les âmes des morts traversaient le Styx. Chaque étape franchie en Enfer fonctionne comme un clapet interdisant tout retour en arrière. Seuls Ulysse, Héraclès, Psyché et Orphée parviendront à en remonter. Toutefois l'expérience aura pour eux un prix. Orphée perdra son amour, Eurydice; Psyché mourra à la sortie.

Hadès pour sa part ne quitta qu'une seule fois son royaume des Ténèbres : pour se trouver une reine. Comme il savait qu'aucune femme ne consentirait à descendre vivante au pays des morts, Hadès se résolut à ouvrir la terre pour enlever de force la fille de Déméter, la jeune Perséphone.

Orphée

Orphée est le fils du roi de Thrace, Œagre, et de la muse Calliope. (La Thrace se trouvant à l'emplacement de l'actuelle Bulgarie). Dès son jeune âge, Apollon lui fit don d'une lyre à sept cordes, à laquelle Orphée en ajouta deux en hommage aux neuf Muses, les sœurs de sa mère. Celles-ci l'éduquèrent dans tous les arts et tout particulièrement dans la composition musicale, le chant et la poésie.

Orphée était si talentueux qu'on prétendait qu'au son de sa lyre, les oiseaux cessaient de chanter pour l'écouter. Tous les animaux accouraient pour l'admirer. Le loup courait près de l'agneau, et le renard près du lièvre sans qu'aucun animal ait envie d'en agresser un autre. Les fleuves cessaient de couler, les poissons sortaient de l'eau pour l'écouter.

Après un voyage en Égypte où il fut initié aux mystères d'Osiris, il prit le nom d'Orphée (du phénicien « Aour » la lumière et « Rophae » guérison, celui qui guérit par la lumière) et fonda les Mystères orphiques d'Éleusis. Puis il se joignit aux Argonautes à la recherche de la Toison d'or. Par la beauté de son chant, il donnait du courage aux rameurs, il calmait les flots agités par les vents, il charma et endormit le dragon de Colchide, gardien de la Toison d'or, permettant à Jason de réussir sa mission.

Après son voyage avec les Argonautes, Orphée s'établit en Thrace dans le royaume de son père et épousa la nymphe Eurydice. Un jour, celle-ci, voulant échapper aux avances du berger Aristée, s'enfuit précipitamment et posa le pied sur un serpent. Le reptile la mordit et elle mourut aussitôt.

Fou de douleur, Orphée erra à la recherche du royaume des morts pour tenter de la sauver.

Il marcha vers l'ouest, tout en chantant tristement son amour pour la défunte.

Les arbres en furent émus et ils montrèrent le chemin avec leurs branches pour lui indiquer l'entrée de l'Enfer.

Avec sa lyre, il calma le féroce Cerbère, apaisa un moment les Furies, charma les juges des morts et interrompit momentanément les supplices des condamnés. Il joua si bien de la lyre qu'Hadès et Perséphone l'autorisèrent à ramener Eurydice dans le monde des vivants. Cependant le dieu des Ténèbres imposa une condition : ne pas se retourner jusqu'à ce que sa femme soit revenue sous la lumière du soleil.

Eurydice suivit donc Orphée dans les couloirs qui menaient à la sortie, guidée par la musique de sa lyre.

Au moment où il parvenait à la lumière, inquiet de ne plus entendre ses pas, il tourna la tête pour voir si Eurydice le suivait toujours.

Ce seul regard à son épouse lui fit perdre d'un coup tout le fruit de son effort. Euridyce était définitivement perdue. Une brise légère toucha son front comme un dernier baiser.

Revenu en Thrace, Orphée demeura fidèle à son épouse disparue, vécut en ermite, chantant du matin au soir la tristesse de son amour perdu.

Il dédaigna l'amour des femmes de son pays, qui finirent par le haïr.

143 ♦ LES TROIS PASSOIRES

Un homme vint un jour trouver Socrate et lui dit :
– Sais-tu ce que je viens d'apprendre sur ton ami ?
– Un instant, répondit Socrate. Avant que tu me racontes, j'aimerais te faire passer un test, celui des trois passoires.
– Les trois passoires ?
– Avant de raconter toutes sortes de choses sur les autres, il est bon de prendre le temps de filtrer ce qu'on va dire : c'est ce que j'appelle le test des trois passoires. La première passoire est celle de la vérité. As-tu vérifié si ce que tu veux me dire est vrai ?
– Non. J'en ai simplement entendu parler...
– Très bien. Tu ne sais donc pas si c'est la vérité. Essayons de filtrer autrement en utilisant une deuxième passoire, celle de la bonté. Ce que tu veux m'apprendre sur mon ami, est-ce quelque chose de bon ?
– Ah non ! Au contraire.
– Donc, continua Socrate, tu veux me raconter de mauvaises choses sur lui et tu n'es même pas certain de leur véracité. Tu peux peut-être encore passer le test, car il reste une passoire, celle de l'utilité. Est-il utile que tu m'apprennes ce que mon ami aurait soi-disant fait ?

– Non. Pas vraiment.
– Alors, conclut Socrate, si ce que tu as à me raconter n'est ni vrai, ni bien, ni utile, pourquoi vouloir me le dire ?

AXE DU MONDE

On retrouve la notion d'Axe du monde dans la plupart des civilisations. Platon l'imagine comme une colonne lumineuse faite de diamant. Pour les Latins l'*Axis Mundi* est le pilier cosmique qui soutient la « voûte céleste » et qui relie la Terre et le Ciel. Pour les bouddhistes, une colonne relie également la Terre et le Ciel. Au cours de la fête hindoue de l'Indradhvaja, cet Axe du monde est symbolisé par un mât placé au centre du village.

Pour les Japonais, Izanagi et Izanami tournent autour de l'Axe du monde pour s'unir. Pour les Grecs, les deux serpents du caducée d'Hermès (symbole des médecins) sont les deux énergies, antagonistes et complémentaires, qui tournent autour d'un axe central. On retrouve cette idée dans le tantrisme où les deux énergies montent autour de la colonne vertébrale au moment de l'amour. Pour les peuples à culte chamanique l'Axe du monde est considéré comme l'ascenseur pour monter dans les autres niveaux de l'univers et communiquer avec les êtres qui vivent au-delà de la Terre.

Histoire des clowns

Il semble que, de tout temps, la fonction d'amuseur public ait existé.

« Momosse » est dans la mythologie grecque le bouffon des dieux de l'Olympe. La première trace écrite signalant l'existence d'un « bouffon » est attribuée à l'historien grec Priscus. Il informe qu'Attila avait à son service un individu chargé de distraire les convives lors de ses banquets.

On retrouve bien plus tard dans la comptabilité des rois de France un budget « Bouffonnerie ».

Parmi les bouffons français célèbres citons :

Triboulet. Le bouffon officiel de la cour sous Louis XII et François Ier.

Brusquet. Un médecin tellement maladroit qu'il provoqua le décès de beaucoup de ses patients. Condamné à mort, il fut gracié par Henri II qui le prit à son service pour le faire rire. Soupçonné de s'être converti au protestantisme, il fut battu et forcé de fuir.

Nicolas Joubert. Le bouffon d'Henri IV. Il se faisait appeler « le Prince des sots ».

L'Angely. Un valet d'écurie du prince de Condé. Louis XIII, dès qu'il le vit en action dans les soupers, le trouva tellement comique qu'il l'exigea à son service personnel. L'Angely n'épargnait personne par ses moqueries. Les nobles préféraient donc lui donner de l'argent plutôt que de subir ses railleries. L'Angely mourut très riche.

En Angleterre, Archibald Armstrong était le fou du roi Jacques Ier. Il se fit appeler « Archy » et, après la mort de son maître, se mit au service de l'archevêque de Canterbury qu'il finira par détester au point de publier un pamphlet contre lui.

Le mot « clown » apparut en parallèle. Il venait de l'anglais *clod* qui désignait un maladroit.

Il semble que les premiers clowns soient apparus au Moyen Âge dans les cirques équestres, quand les propriétaires des chapiteaux se sont aperçus que le public commençait à devenir blasé. L'un de ses propriétaires eut alors l'idée d'engager un paysan qui ne savait pas monter à cheval et qui tombait tout le temps, pour mettre en valeur par contraste le talent des écuyers du cirque. L'idée plut et fut reprise par les autres cirques. Les clowns étaient en général des gens pauvres et alcooliques et c'est de là qu'est venue la tradition du nez rouge.

Le couplage du clown blanc (chapeau pointu, paillettes et maquillage blanc) et de l'auguste (clochard aux vêtements trop grands) apparaîtra ensuite. Le clown blanc est le sérieux, l'auguste est son faire-valoir. On ne rit jamais du clown blanc, on rit de l'auguste parce qu'il essaye d'imiter les attitudes de son collègue sans jamais y parvenir et en provoquant des catastrophes. On retrouve ce couplage sous forme de dualité divine chez les Indiens Navajos du Nouveau-Mexique et les Indiens Zunis. Chez eux le personnage jouant le rôle de l'auguste est le plus important et le plus puissant de leur panthéon.

À noter : en alchimie le « Fou » est le symbole qui représente le dissolvant, dont l'action de décomposition chimique permet l'œuvre au noir.

146 ♦ JEU D'ÉLEUSIS

Le jeu d'Éleusis est un jeu dont le but est de trouver… sa règle. On utilise deux jeux de 52 cartes qu'on distribue jusqu'à épuisement. Avant la partie, un des joueurs invente une règle personnelle et la note sur un papier pour qu'on soit sûr qu'il n'en changera pas en cours de route.

Celui qui invente la première règle est considéré comme le « premier dieu ».

On nomme cette première règle « la Loi du monde ».

Le jeu démarre.

Un joueur pose une carte et il annonce : « Le monde commence à exister. »

Le joueur dieu dit alors : « Cette carte est bonne » ou « Cette carte n'est pas bonne. »

Chacun à son tour pose une carte de son choix.

Les mauvaises cartes sont mises de côté. Les bonnes continuent de s'empiler sous les yeux des joueurs qui essaient de trouver la logique de cette sélection.

Lorsqu'un joueur pense avoir trouvé « la Loi du monde », il se déclare « prophète ». Ce prétendant arrête de poser ses cartes et c'est lui qui, à la place du dieu, dit aux autres : « Celle-là est bonne » ou : « Celle-là est mauvaise. » Le joueur dieu surveille le prophète. Si le prophète se trompe une fois, il est destitué et n'a plus le droit de jouer.

Les autres continuent à chercher la règle. Quand un prophète a répondu dix fois juste, il énonce ce qu'il estime être « la Loi du monde » et on compare avec ce qui est écrit sur le papier.

S'il a trouvé, il a gagné.

Si personne ne trouve la règle, et que tous les prétendants au rôle de prophète se trompent, le joueur dieu a gagné. On lit alors à haute voix « la Loi du monde » et on vérifie qu'elle était « trouvable ». Si la loi était trop difficile, c'est le joueur dieu qui est disqualifié.

Ce qui est intéressant c'est d'inventer une règle... simple et pourtant difficile à trouver. Par exemple : « On alterne une carte au-dessus du 7 et une carte au-dessous du 7 » est très difficile à repérer car on va naturellement observer les figures et les alternances de cartes rouges et noires. La règle : « Que des cartes rouges sauf les 10e, 20e, et 30e » est impossible à trouver. De même : « Toutes les cartes sauf le 7 de cœur. » Cette autre : « N'importe quelle carte est valable » risque d'être difficile car si les jeux précédents étaient sophistiqués les joueurs anticiperont la complexité. Quelle peut donc être la stratégie des joueurs pour gagner ? En fait chaque joueur a intérêt à se déclarer au plus vite prophète, même si c'est risqué.

147 • Histoire de l'astronomie

C'est le Grec Aristarque de Samos (310-230 av. J.-C.) qui le premier émet l'hypothèse de la rotation de la Terre sur elle-même et autour du Soleil. Cependant son travail sera remis en question par un autre Grec, Claude Ptolémée (v. 100-170). Pour ce dernier la Terre est une planète fixe au centre de l'univers. Le Soleil, la Lune, toutes les planètes et toutes les étoiles tournent autour d'elle. Cette vision fera référence jusqu'au Moyen Âge tout simplement parce que les gens voyaient le Soleil se lever à l'est et se coucher à l'ouest.

L'astronome polonais Nicolas Copernic (1473-1543) déduit de ses observations qu'Aristarque de Samos avait raison et que la Terre tourne autour du Soleil. Mais, craignant d'être condamné par l'Inquisition, il n'autorisera la publication de son *De revolutionibus orbium coelestium libri VI* qu'après sa mort. De son vivant il ne parlera que d'hypothèses de travail. Au seuil de l'agonie, il confiera que c'est sa conviction profonde.

Son travail sera alors condamné, mais repris plus tard par d'autres. Notamment au Danemark par Tycho Brahe (1546-1601). Celui-ci arrive à persuader son roi de construire sur une île un observatoire d'astronomie, véritable monument dédié à la science. Johannes Kepler (1571-1630), astronome du roi d'Allemagne, mais dont la mère avait été brûlée par l'Inquisition pour sorcellerie, essaie de savoir ce qu'il se passe sur l'île de Tycho Brahe. Il devient son assistant, mais ce dernier, ayant peur d'un concurrent déloyal, préfère garder le secret. Johannes Kepler devra attendre la mort (peut-être provoquée par lui) de Tycho Brahe pour accéder à ses notes. Il améliore le travail de l'astronome en déduisant que les planètes ont des orbites elliptiques (ovales) et non circulaires (rondes). Il écrira par la suite le premier livre de science-fiction de l'Occident où il met en scène un peuple extraterrestre : les Luniens. À la même époque, Giordano Bruno (1548-1600) a repris les hypothèses de Copernic et énonce que le nombre des étoiles est infini. Il pense que l'univers est immense et contient une quantité innombrable de mondes identiques au nôtre. Il est aussitôt condamné par l'Inquisition. Accusé d'hérésie il sera conduit au bûcher après huit années de tortures et de procès. On lui arrache la langue pour qu'il arrête de « mentir » avant de le brûler. L'Italien Galilée (1564-1642), après avoir eu la prudence d'acquérir la protection du pape, poursuit les recherches de Giordano Bruno. Il est chargé de fabriquer des machines destinées à calculer la trajectoire des engins d'artillerie. Il se procure, grâce à des espions, des lentilles fabriquées par les Néerlandais et les aligne pour observer les étoiles. Il fabrique ainsi la première lunette astronomique. Il observe les taches solaires, Saturne, Vénus, et en déduit même l'existence de la Voie lactée. Mais ses recherches finissent par agacer l'entourage du pape qui exige son procès.

Ses découvertes sont niées puis associées à des illusions d'optique dues aux lentilles.

Galilée, à genoux, consent à reconnaître publiquement qu'il s'est trompé (on lui attribue la fameuse phrase : « Et pourtant... elle tourne ! »).

Il faudra attendre trois siècles pour que le système officiel des pays occidentaux consente à réviser les ouvrages de sciences et à considérer que la Terre tourne autour du Soleil et qu'il peut y avoir une infinité d'étoiles.

148 • Des chats et des chiens

Le chien se dit : « L'homme me nourrit donc il est mon dieu. »

Le chat se dit : « L'homme me nourrit donc je suis son dieu. »

149 ♦ La théorie du tout

Le but final de la science est de fournir une théorie unique qui puisse décrire et expliquer les mécanismes de la grande Horlogerie de l'Univers.

Cette explication a été baptisée « la Théorie du Tout ».

Elle consiste à unifier la physique de l'infiniment petit et la physique de l'infiniment grand.

Elle cherche à trouver un lien entre les 4 forces connues.

La Gravitation : force qui s'exerce notamment entre les planètes.

L'Électromagnétisme : force qui s'exerce entre les particules chargées.

L'Interaction faible : force qui régit les atomes.

L'Interaction forte : qui régit les particules à l'intérieur des noyaux atomiques.

Albert Einstein a été le premier à parler de cette « Théorie du Tout » en 1910. Il a cherché jusqu'à sa mort un principe d'unification des 4 forces. Mais la physique classique ne parvenait pas à concilier l'infiniment petit et l'infiniment grand, les planètes et les atomes. En même temps, l'émergence de la physique quantique et la découverte de nouvelles particules ouvrirent des voies de recherche. Parmi les plus prometteuses, la théorie des cordes propose un univers à plus de 10 dimensions au lieu de nos 4 habituelles. Dans cette théorie les physiciens évoquent des particules circulant non plus dans un univers sphérique mais dans des « feuilles d'univers » superposées, liées entre elles par les cordes cosmiques.

150 • APOTHÉOSE

L'Apothéose est l'acte qui consiste à métamorphoser un être humain en dieu (Theos).

En Égypte, les pharaons considéraient que leurs prédécesseurs devenaient des dieux après leur mort. Ils pratiquaient donc la cérémonie d'Apothéose. Ce qui était pratique puisque cela leur permettait de se prétendre de leur vivant « futurs dieux ».

En Grèce, le passage d'humain à dieu était une manière de transformer les héros fondateurs des villes en divinités aux pouvoirs magiques, ce qui augmentait le prestige desdites cités. (Par exemple, Héraclès simple mortel devient dieu et donne son nom à la ville d'Héraklion). Alexandre le Grand reçut l'Apothéose à sa mort. Cet honneur fut parfois accordé à des artistes comme Homère. Pour les Romains de l'Antiquité l'Apothéose suivait un rite particulier. Un cortège était formé de sénateurs, de magistrats, de pleureuses professionnelles, d'acteurs portant les masques des ancêtres, et d'un bouffon imitant le comportement du défunt. Avant de mettre le corps sur le bûcher on amputait le cadavre d'un de ses doigts pour qu'il reste quelque chose de lui sur Terre.

Puis le corps était incinéré et un aigle lâché pour servir de psychopompe et transporter l'âme du défunt vers le royaume des dieux.

Jules César fut le premier Romain à recevoir son Apothéose officielle juste après son assassinat en 44 av. J.-C. Par la suite, le Sénat romain accorda l'Apothéose à tous les autres empereurs qui suivirent. Dans le domaine de la peinture et de la sculpture, l'Apothéose est un thème récurrent censé représenter la réception d'un homme parmi les dieux.

Dans le domaine littéraire, « terminer en apothéose » est souvent utilisé pour signifier un feu d'artifice terminal.

151 ♦ VOUS

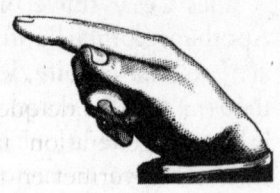

Vous qui tournez cette page, prenez conscience que vous frottez en un point votre index contre la cellulose du papier. De ce contact naît un échauffement infime. Un échauffement toutefois bien réel. Rapporté dans l'infiniment petit, cet échauffement provoque le saut d'un électron qui quitte son atome et vient ensuite percuter une autre particule.

Mais cette particule est, en fait, « relativement » immense. Si bien que le choc avec l'électron constitue pour elle un véritable bouleversement. Avant, elle était inerte, vide, froide. À cause de votre « saut » de page, la voici en crise. Par ce geste, vous avez provoqué quelque chose dont vous ne connaîtrez jamais toutes les conséquences.

Une explosion dans l'infiniment petit.

Des fragments de matière expulsés.

De l'énergie diffusée.

Des micromondes sont peut-être nés, des gens y vivent, et ces êtres vont découvrir la métallurgie, la cuisine à la vapeur et les voyages stellaires. Ils pourront même se révéler plus intelligents que nous. Et ils n'auraient jamais existé si vous n'aviez pas eu ce livre entre les mains et si votre doigt n'avait pas provoqué un échauffement, précisément à cet endroit du papier.

Parallèlement, notre univers trouve sûrement sa place lui aussi dans un coin de page d'un livre gigantissime, une semelle de chaussure ou la mousse d'une canette de bière de quelque autre civilisation géante.

Notre génération n'aura sans doute jamais les moyens de vérifier entre quel infiniment petit et quel infiniment grand nous nous trouvons. Mais ce que nous savons, c'est qu'il y a bien longtemps, notre univers, ou en tout cas la particule qui contient notre univers, était vide, froide, noire, immobile. Et puis quelqu'un ou quelque chose a provoqué la crise. On a tourné la page, on a marché sur une pierre, on a raclé la mousse d'une canette de bière. Toujours est-il qu'il y a eu un « réveil ». Chez nous, on le sait, ça a été une gigantesque explosion. On l'a nommée big-bang.

Imaginez donc ce vaste espace de silence soudain réveillé par une déflagration titanesque. Pourquoi a-t-on tourné la page, là-haut ? Pourquoi a-t-on raclé la mousse de bière ?

Pour que tout évolue et survienne à cette seconde-ci où vous, lecteur précis, lisez ce livre précis, dans cet endroit précis où vous vous trouvez.

Et peut-être que, chaque fois que vous tournez une page de ce livre, un nouvel univers se crée, quelque part dans l'infiniment petit. Appréciez votre immense pouvoir.

152 • LOI DE PARKINSON

La loi de Parkinson (rien à voir avec la maladie du même nom) veut que plus une entreprise grandit, plus elle engage de gens médiocres et surpayés. Pourquoi ? Tout simplement parce que les cadres en place veulent éviter la concurrence. La meilleure manière de ne pas avoir de rivaux dangereux consiste à engager des incompétents. La meilleure façon de supprimer en eux toute velléité de faire des vagues est de les surpayer. Ainsi les castes dirigeantes se trouvent-elles assurées d'une tranquillité permanente. *A contrario*, selon la loi de Parkinson, tous ceux ayant des idées, des suggestions originales ou des envies d'améliorer les règles de la maison seront systématiquement éjectés. Paradoxe moderne, plus l'entreprise sera grande, plus elle sera ancienne, plus elle entrera dans un processus de rejet de ses éléments dynamiques bon marché, pour les remplacer par des éléments archaïques onéreux. Et cela au nom de la tranquillité de la collectivité.

153 • Charade de Victor Hugo

« Mon premier est bavard.
Mon deuxième est un oiseau.
Mon troisième est au café.
Et mon tout est une pâtisserie. »

Réfléchissez un peu sans regarder la solution.
Et pour les impatients…

Mon premier est bavard, c'est donc « bavard ».
Mon deuxième est un oiseau, c'est « oiseau ».
Mon troisième est au café, c'est « au café ».
Solution : bavard-oiseau-au café. Bavaroise au café.
Vous voyez, c'était facile.

154 • LE PEUPLE DU RÊVE

Dans les années 70, deux ethnologues américains découvrirent au fin fond de la forêt de Malaisie une tribu primitive, les Senoïs. Ceux-ci organisaient leur vie autour de leurs rêves. On les appelait d'ailleurs « le peuple du rêve ».

Tous les matins au petit déjeuner, autour du feu, chacun ne parlait que de ses rêves de la nuit. Si un Senoï avait en rêve nui à quelqu'un, il devait offrir un cadeau à la personne lésée. S'il avait en rêve été frappé par un membre de l'assistance, l'agresseur devait s'excuser et lui offrir un présent pour se faire pardonner.

Chez les Senoïs, le monde onirique était plus riche d'enseignements que la vie réelle. Si un enfant disait avoir rencontré un tigre et s'être enfui, on l'obligeait à rêver à nouveau du félin la nuit suivante, à se battre avec lui et à le tuer. Les anciens lui expliquaient comment s'y prendre. Si l'enfant ne réussissait pas à venir à bout du tigre, toute la tribu le réprimandait.

Dans le système de valeurs senoï, si on rêvait de relations sexuelles, il fallait aller jusqu'à l'orgasme et remercier ensuite par un cadeau l'amante ou l'amant désiré. Face aux adversaires hostiles des cauchemars, il fallait vaincre puis réclamer un cadeau à l'ennemi afin de s'en faire un ami. Le rêve le plus convoité était celui de l'envol. Toute la communauté félicitait l'auteur d'un rêve plané. Pour un enfant, annoncer un premier essor était un baptême. On le couvrait de présents puis on lui expliquait comment voler en rêve jusqu'à des pays inconnus et en ramener des offrandes exotiques.

Les Senoïs séduisirent les ethnologues occidentaux. Leur société ignorait la violence et les maladies mentales. C'était une société sans stress et sans ambition de conquête guerrière. Le travail s'y résumait au strict minimum nécessaire à la survie. Les Senoïs disparurent quand la partie de la forêt où ils vivaient fut livrée au défrichement. Cependant, nous pouvons tous commencer à appliquer leur savoir. Tout d'abord, consigner chaque matin le rêve de la nuit, lui donner un titre, en préciser la date. Puis en parler avec son entourage, au petit déjeuner par exemple. Aller plus loin encore en appliquant les règles de base de l'onironautique. Décider ainsi avant de s'endormir du choix de son rêve : faire pousser des montagnes, modifier la couleur du ciel, visiter des lieux exotiques, rencontrer les animaux de son choix.

Dans les rêves, chacun est omnipotent. Le premier test d'onironautique consiste à s'envoler. Étendre les bras, planer, piquer en vrille, remonter : tout est possible.

L'onironautique demande un apprentissage progressif. Les heures de « vol » apportent de l'assurance et de l'expression. Les enfants n'ont besoin que de cinq semaines pour pouvoir diriger leurs rêves. Chez les adultes, plusieurs mois sont parfois nécessaires.

155 ◆ Compte et Conte

Les mots « compte » et « conte » ont en français la même prononciation. Or on constate que cette correspondance existe pratiquement dans toutes les langues. En anglais, compter : *to count*, conter : *to recount*. En allemand, compter : *zahlen*, conter : *erzählen*. En hébreu, conter : *le saper*, compter : *li saper*. En chinois, compter : *shu*, conter : *shu*.

Chiffres et lettres sont unis depuis les balbutiements du langage.

156 ◆ Horoscope maya

En Amérique du Sud, chez les Mayas, existait une astrologie officielle et obligatoire. Selon le jour de sa naissance, on donnait à l'enfant un calendrier prévisionnel spécifique. Ce calendrier racontait toute sa vie future : quand il allait trouver du travail, quand il allait se marier, quand il lui arriverait un accident, quand il mourrait. On le lui chantonnait dans son berceau, il l'apprenait par cœur et lui-même le fredonnait pour savoir où il en était de sa propre existence.

Ce système fonctionnait assez bien car les astrologues mayas se débrouillaient pour faire coïncider leurs prévisions. Si un jeune homme avait dans les paroles de sa chanson la rencontre de telle jeune fille un certain jour, elle avait bien lieu car la jeune fille détenait exactement le même couplet dans sa chanson-horoscope. De même pour les affaires, si un couplet annonçait qu'on allait acheter une maison tel jour, le vendeur avait dans sa chanson l'obligation de la vendre ce jour-là. Si une bagarre devait éclater à une date précise, les participants en étaient informés à l'avance.

Tout fonctionnait à merveille, le système se renforçant de lui-même. Les guerres étaient annoncées et décrites. On en connaissait les vainqueurs et les astrologues précisaient combien de blessés et de morts joncheraient les champs de bataille. Si le nombre de cadavres ne coïncidait pas exactement avec les prévisions, on sacrifiait des prisonniers.

Comme ces horoscopes chantés facilitaient l'existence ! Plus aucune place n'était laissée au hasard. Personne n'avait peur du lendemain. Les astrologues éclairaient chaque vie humaine du début à la fin. Chacun savait où menait sa vie et même où allait celle des autres. Comble de prévision, les Mayas connaissaient... le moment de la fin du monde. Elle surviendrait tel jour du Xe siècle de ce qu'ailleurs on appela l'ère chrétienne. Les astrologues mayas s'étaient accordés sur son heure exacte. Si bien que, la veille, plutôt que de subir la catastrophe, les hommes mirent le feu à leurs villes, tuèrent eux-mêmes leurs familles et se suicidèrent ensuite. Les quelques rescapés quittèrent les cités en flammes pour errer dans les plaines.

Pourtant, cette civilisation était loin d'être l'œuvre d'individus primaires et naïfs. Les Mayas connaissaient le zéro, la roue (mais ils n'ont pas compris l'intérêt d'une telle découverte), ils ont construit des routes ; leur calendrier, avec son système de treize mois, était plus précis que le nôtre.

Lorsque les Espagnols sont arrivés au Yucatán, au XVIe siècle, ils n'ont même pas eu la satisfaction d'anéantir cette glorieuse civilisation puisque celle-ci s'était autodétruite fort longtemps auparavant.

De nos jours, il subsiste des Indiens qui se prétendent descendants des Mayas. On les nomme les « Lacandons ». Et, chose étrange, les enfants lacandons fredonnent des airs anciens énumérant tous les événements d'une vie humaine. Mais nul n'en connaît plus la signification précise.

157 • PAUL KAMMERER

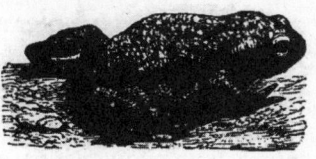

L'écrivain Arthur Koestler décida un jour de consacrer un ouvrage à l'imposture scientifique. Il interrogea des chercheurs qui lui assurèrent que la plus misérable des impostures scientifiques était sans doute celle du Dr Paul Kammerer.

Kammerer était un biologiste autrichien qui réalisa ses principales découvertes entre 1922 et 1929. Éloquent, charmeur, passionné, il prônait que « tout être vivant est capable de s'adapter à un changement du milieu dans lequel il vit et de transmettre cette adaptation à sa descendance ». Cette théorie était exactement contraire à celle de Darwin. Aussi, pour prouver le bien-fondé de ses assertions, le Dr Kammerer mit-il au point une expérience spectaculaire.

Il prit des œufs de crapaud des montagnes, qui se reproduisent sur la terre ferme, et les déposa dans l'eau. Bientôt, les animaux issus de ces œufs s'adaptèrent et présentèrent les caractéristiques des crapauds lacustres. Ils se dotèrent d'une bosse noire copulatoire sur le pouce, bosse qui permettait aux crapauds aquatiques mâles de s'accrocher à la femelle à peau glissante afin de pouvoir copuler dans l'eau. Cette adaptation au milieu aquatique fut transmise à leur progéniture, laquelle naquit directement avec une bosse de couleur foncée au pouce. La preuve était faite : la vie était capable de modifier son programme génétique pour s'adapter au milieu aquatique.

Kammerer défendit donc sa théorie de par le monde avec un certain succès. Un jour, pourtant, des scientifiques et des universitaires souhaitèrent examiner « objectivement » son expérience. Une large assistance se pressa dans l'amphithéâtre, dont de nombreux journalistes. Le Dr Kammerer comptait bien prouver là qu'il n'était pas un charlatan.

La veille de l'expérience, un incendie éclata dans son laboratoire et tous ses crapauds périrent, à l'exception d'un seul. Kammerer dut se résoudre à présenter cet unique survivant et sa bosse sombre. Les scientifiques examinèrent l'animal à la loupe et s'esclaffèrent. Il était parfaitement visible que les taches noires de la bosse du pouce du crapaud avaient été artificiellement dessinées par injection d'encre de Chine sous la peau. La supercherie était éventée. La salle était hilare.

En une minute, Kammerer perdit toute crédibilité et toute chance de voir ses travaux reconnus. Rejeté de tous, il fut mis au ban de sa profession. Les darwinistes avaient gagné.

Kammerer quitta la salle sous les huées.

Désespéré, il se réfugia dans une forêt où il se tira une balle dans la bouche, non sans avoir laissé un texte lapidaire dans lequel il réaffirmait l'authenticité de ses expériences et déclarait « vouloir mourir dans la nature plutôt que parmi les hommes ». Ce suicide acheva de le discréditer.

Pourtant, à l'occasion de recherches pour son ouvrage *L'Étreinte du crapaud*, Arthur Koestler rencontra l'ancien assistant de Kammerer. L'homme lui avoua avoir été à l'origine du désastre. C'était lui qui, à l'incitation d'un groupe de savants darwiniens, avait mis le feu au laboratoire et remplacé le dernier crapaud mutant par un autre, ordinaire, auquel il avait injecté de l'encre de Chine dans le pouce.

158 • HOMÉOSTASIE

Toute forme de vie est en recherche d'homéostasie, c'est-à-dire d'équilibre entre milieu intérieur et milieu extérieur. Toute structure vivante fonctionne en homéostasie. L'oiseau a des os creux pour voler. Le chameau des réserves d'eau pour survivre dans le désert. Le caméléon change la pigmentation de sa peau pour se fondre dans le décor et échapper ainsi à ses prédateurs. Ces espèces, comme tant d'autres, ont réussi à se maintenir en vie jusqu'à nos jours en s'adaptant à tous les bouleversements de leur milieu ambiant. Celles qui ne surent pas trouver un équilibre avec le monde extérieur ont disparu.

L'homéostasie est la capacité d'autorégulation de nos organes par rapport aux contraintes extérieures.

On est toujours surpris de constater à quel point un simple quidam peut endurer les épreuves les plus rudes et y adapter son organisme.

Robinson Crusoé, de Daniel Defoe, ou *L'Île mystérieuse*, de Jules Verne, sont des livres à la gloire de la capacité d'homéostasie de l'être humain.

Tous, nous sommes en perpétuelle recherche de l'homéostasie parfaite, car nos cellules ont déjà cette préoccupation. Elles convoitent en permanence un maximum de liquide nutritif à la meilleure température et sans agression de substance toxique. Mais quand elles n'en disposent pas, elles s'adaptent. C'est ainsi que les cellules du foie d'un ivrogne sont mieux accoutumées à assimiler l'alcool que celles d'un abstinent. Les cellules des poumons d'un fumeur fabriqueront des résistances à la nicotine. Le roi Mithridate avait même entraîné son corps à supporter l'arsenic.

Plus le milieu extérieur est hostile, plus il oblige la cellule et l'individu à développer des talents inconnus.

159 ♦ Mayonnaise

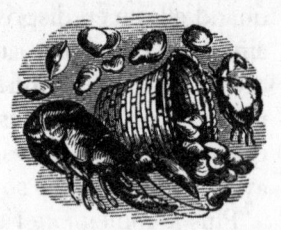

Il est très difficile de mélanger des matières différentes. Pourtant la mayonnaise est la preuve que l'addition de deux substances donne naissance à une troisième qui les sublime.

Comment composer une mayonnaise ? Tourner en crème dans un saladier le jaune d'un œuf et de la moutarde à l'aide d'une cuillère en bois. Ajouter de l'huile progressivement et par petites quantités jusqu'à ce que l'émulsion soit parfaitement compacte. La mayonnaise montée, l'assaisonner de sel, de poivre et de 2 centilitres de vinaigre. Important : tenir compte de la température. Le grand secret de la mayonnaise réussie : l'œuf et l'huile doivent être exactement à la même température. L'idéal : 15 °C. Ce qui liera en fait les deux ingrédients, ce sont les minuscules bulles d'air qu'on y aura introduites juste en les battant. $1 + 1 = 3$.

Si la mayonnaise est ratée, on peut la rattraper en rajoutant une cuillerée de moutarde qu'on introduira peu à peu, en tournant, dans le mélange d'huile et d'œuf mal amalgamé. Attention : tout est dans la progression.

Outre la sauce, la technique de la mayonnaise est à la base du fameux secret de la peinture à l'huile flamande. Ce sont les frères Van Eyck qui, au XVe siècle, eurent l'idée d'utiliser ce type d'émulsion pour obtenir des couleurs d'une opacité parfaite. Mais en peinture, on n'utilise plus un mélange eau-huile-jaune d'œuf, mais un mélange eau-huile-blanc d'œuf.

IDÉOSPHÈRE

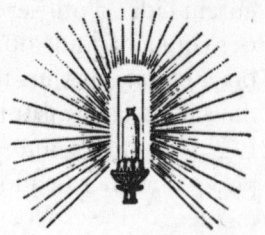

Les idées sont comme des êtres vivants. Elles naissent, elles croissent, elles prolifèrent, elles sont confrontées à d'autres idées et elles finissent par mourir.

Et si les idées, comme les animaux, avaient leur propre évolution ? Et si les idées se sélectionnaient entre elles pour éliminer les plus faibles et reproduire les plus fortes comme dans le darwinisme ? Dans *Le Hasard et la Nécessité*, en 1970, Jacques Monod émet l'hypothèse que les idées pourraient avoir une autonomie propre et, comme les êtres organiques, être capables de se reproduire et de se multiplier.

En 1976, dans *Le Gène égoïste*, Richard Dawkins évoque le concept d'« idéosphère ». Elle serait au monde des idées ce que la biosphère est au monde des animaux.

Dawkins écrit : « Lorsque vous plantez une idée fertile dans mon esprit, vous parasitez littéralement mon cerveau, le transformant en véhicule pour la propagation de cette idée. » Et il cite à l'appui le concept de Dieu, une idée qui est née un beau jour et n'a plus cessé ensuite d'évoluer et de se propager, relayée et amplifiée par la parole, l'écriture, l'art, les prêtres la reproduisant et l'interprétant de façon à l'adapter à l'espace et au temps dans lesquels ils vivent.

Mais les idées, plus que les êtres vivants, mutent vite. Par exemple l'idée de communisme, née de l'esprit de Karl Marx, s'est répandue très rapidement dans l'espace jusqu'à toucher la moitié de la planète. Elle a évolué, muté, puis s'est finalement réduite pour concerner de moins en moins de personnes, à la manière d'une espèce animale en voie de disparition.

En même temps, elle a contraint l'idée de « capitalisme à l'ancienne » à muter, elle aussi.

Du combat des idées dans l'idéosphère surgit notre civilisation.

Actuellement, les ordinateurs sont en passe de donner aux idées une accélération de mutation. Grâce à Internet, une idée peut se répandre plus vite dans l'espace et le temps et plus rapidement encore être confrontée à ses rivales ou à ses prédatrices. C'est excellent pour répandre les bonnes idées mais aussi les mauvaises, car dans la notion d'idée il n'y a pas de connotation « morale ».

En biologie non plus, l'évolution n'obéit pas à une morale. Voilà pourquoi il faut peut-être réfléchir à deux fois avant de répandre les idées qui « traînent », car elles sont désormais plus puissantes que les hommes qui les inventent et que ceux qui les véhiculent.

Enfin, c'est juste une idée…

161 • Mutation des morues

La découverte récente d'une espèce de morue aux mutations ultrarapides a surpris les chercheurs. Cette espèce vivant dans les eaux froides s'avère en effet bien plus évoluée que celles vivant tranquillement dans les eaux chaudes. On pense que le stress des eaux froides leur a permis d'exprimer des capacités de survie inattendues.

Il y a trois millions d'années, les hommes ont développé de même des capacités de mutations complexes, mais celles-ci ne se sont pas toutes exprimées parce que, pour l'heure, elles sont tout simplement inutiles. Elles restent cependant stockées pour servir le cas échéant. Ainsi l'homme moderne possède en lui d'énormes ressources dissimulées au fond de ses gènes, inexploitées tant qu'il n'y a pas de raison de les réveiller.

162 • Sir Thomas More

Le mot « utopie » a été inventé en 1516 par l'Anglais sir Thomas More. Du grec *u*, préfixe négatif, et *topos*, endroit, utopie signifie donc « qui ne se trouve en aucun endroit ».

Thomas More était diplomate, chancelier du royaume d'Angleterre, et un humaniste ami d'Érasme. Dans son livre intitulé *L'Utopie*, il décrit une île merveilleuse qu'il nomme précisément Utopie et où s'épanouit une société idyllique qui ignore l'impôt, la misère, le vol. Il pensait que la première qualité d'une société « utopique » était d'être une société de « liberté ».

Il décrit ainsi son monde idéal : cent mille personnes vivant sur une île. Les citoyens sont regroupés par familles. Trente familles constituent un groupe qui élit un magistrat, le Syphogrante. Les Syphograntes forment eux-mêmes un conseil, qui élit un gouverneur à partir d'une liste de quatre candidats. Le prince est élu à vie, mais s'il devient tyrannique on peut le démettre. Pour les guerres, l'île d'Utopie emploie des mercenaires, les Zapolètes. Ces soldats sont censés se faire massacrer avec leurs ennemis pendant la bataille. Ainsi l'outil se détruit dès l'usage. Aucun risque de putsch militaire.

Sur Utopie il n'y a pas de monnaie, chacun se sert au marché en fonction de ses besoins. Toutes les maisons sont identiques. Il n'y a pas de serrures aux portes et chacun est contraint de déménager tous les dix ans afin de ne pas se figer dans ses habitudes. L'oisiveté est interdite. Pas de femmes au foyer, pas de prêtres, pas de nobles, pas de valets, pas de mendiants. Ce qui permet de réduire la journée de travail à six heures. Tout le monde est tenu d'accomplir un service agricole de deux ans pour approvisionner le marché gratuit. En cas d'adultère ou de tentative d'évasion de l'île, le citoyen d'Utopie perd sa qualité d'homme libre et devient esclave. Il doit alors travailler beaucoup plus et obéir à ses anciens concitoyens.

Disgracié en 1532 parce qu'il désavouait le divorce du roi Henri VIII, sir Thomas More fut décapité en 1535.

163 • SOLLICITATION PARADOXALE

Alors qu'il avait 7 ans, le petit Ericsson regardait son père qui essayait de faire rentrer un veau dans une étable. Le père tirait fort sur la corde mais le veau se cabrait et refusait d'avancer. Le petit Ericsson éclata de rire et se moqua de son père. Le père lui dit : « Fais mieux, si tu te crois si malin. »

Alors le petit Ericsson eut l'idée, plutôt que de tirer sur la corde, de faire le tour du veau et de tirer sur sa queue. Aussitôt, par réaction, le veau poussa en avant et entra dans l'étable.

Quarante ans plus tard, cet enfant inventait « l'hypnose éricssonnienne », une manière d'utiliser la sollicitation douce et la sollicitation paradoxale afin d'amener les patients au mieux-être. Par exemple, quand on est parent on peut vérifier que, si un enfant tient sa chambre désordonnée et qu'on lui demande de la ranger, il refusera. En revanche, si on aggrave le désordre en apportant jouets et vêtements jetés n'importe où, l'enfant dira : « Arrête ! ce n'est plus supportable, il faut ranger. »

Si on considère l'histoire, la sollicitation paradoxale est utilisée consciemment ou inconsciemment en permanence. Il a fallu les deux guerres mondiales et des millions de morts pour inventer la SDN puis l'ONU. Il a fallu les excès des tyrans pour inventer les Droits de l'homme. Il a fallu Tchernobyl pour prendre conscience des dangers des centrales nucléaires mal sécurisées.

ALCHIMIE

Toute manipulation alchimique vise à mimer ou à remettre en scène la naissance du monde. Six opérations sont nécessaires :

La calcination. La putréfaction. La solution. La distillation. La fusion. La sublimation.

Ces six opérations se déroulent en quatre phases :

L'œuvre au noir, qui est une phase de cuisson.

L'œuvre au blanc, qui est une phase d'évaporation.

L'œuvre au rouge, qui est une phase de mélange.

Et enfin la sublimation qui donne la poudre d'or.

Cette poudre est similaire à celle de Merlin l'Enchanteur dans la légende des Chevaliers de la Table ronde. Il suffit de la déposer sur une personne ou un objet pour qu'elle rende parfait. De nombreux récits et mythes cachent en fait dans leur structure cette recette. Par exemple Blanche-Neige : elle est le résultat final d'une préparation alchimique. Comment l'obtient-on ? Avec les sept nains (nain, issu de gnome, ou *gnosis* : connaissance). Ces sept nains représentent les sept métaux : le plomb, l'étain, le fer, le cuivre, le mercure, l'argent, l'or, eux-mêmes liés aux sept planètes : Saturne, Jupiter, Mars, Vénus, Mercure, Lune, Soleil, elles-mêmes liées aux sept principaux caractères humains : grincheux, simplet, rêveur, etc.

Tibet

Lorsque les Chinois annexèrent le Tibet, ils y installèrent des familles chinoises pour prouver au monde que ce pays était peuplé de Chinois. Mais au Tibet, la pression atmosphérique est difficile à supporter. Elle provoque des vertiges et des œdèmes chez ceux qui n'y sont pas habitués. Et par on ne sait quel mystère physiologique, les femmes chinoises s'avérèrent incapables d'accoucher là-bas, tandis que les femmes tibétaines donnaient le jour sans problème dans les villages les plus élevés. Tout se passait comme si la terre tibétaine rejetait les envahisseurs, organiquement inadaptés au pays.

Omelette

L'ordre génère le désordre, le désordre génère l'ordre. En théorie, si on brouille un œuf pour en faire une omelette, il existe une probabilité infime que l'omelette puisse reprendre la forme de l'œuf dont elle est issue. Mais cette probabilité existe. Et plus on introduira de désordre dans cette omelette, plus on multipliera les chances de retrouver l'ordre de l'œuf initial.

L'ordre n'est donc qu'une combinaison de désordres. Plus notre univers ordonné se répand, plus il entre en désordre. Désordre qui, se répandant lui-même, génère des ordres nouveaux dans lesquels il n'est pas exclu de retrouver l'ordre primitif. Droit devant nous, dans l'espace et le temps, au bout de notre univers chaotique se trouve peut-être, qui sait, le big-bang originel.

167 • POUVOIR DES CHIFFRES

Par leurs formes, les chiffres nous racontent l'évolution de la conscience. Tout ce qui est courbe indique l'amour. Tout ce qui est trait horizontal indique l'attachement. Tout ce qui est croisement indique les épreuves. Examinons-les.

0 : c'est le vide. L'œuf originel fermé.

1 : c'est le stade minéral. Ce n'est qu'un trait. C'est l'immobilité. C'est l'apparition de la matière. Pas de courbe d'amour. Pas de trait horizontal d'attachement. Pas de croix d'épreuve. Le minéral n'a pas de conscience. Il est juste là.

2 : c'est le stade végétal. La partie inférieure est composée d'un trait horizontal, le végétal est donc attaché à la terre. Le végétal ne peut bouger son pied, il est esclave du sol, mais il est doté d'une courbe à sa partie supérieure. Le végétal aime le ciel et la lumière et c'est pour eux que la fleur se fait belle dans sa partie élevée.

3 : c'est le stade animal. Il n'y a plus de trait horizontal. L'animal s'est détaché de la terre. Il peut se mouvoir. Il y a deux boucles. Il aime en haut et en bas. Il aime le ciel, il aime la terre, mais il n'est attaché ni à l'un ni à l'autre. L'animal réagit en esclave de ses émotions. Ces deux boucles sont aussi deux bouches, l'une pour embrasser, l'autre pour mordre. L'animal est prédateur et proie. Il a peur en permanence. Peur de ne pas être nourri, peur de ne pas être aimé. C'est pour cela qu'il s'agite constamment.

4 : c'est le stade humain. Il est représenté par une croix. Il est à la croisée des chemins. C'est le premier chiffre à croisement. Si le 4 réussit son changement, il basculera dans le monde supérieur. Grâce à son simple libre arbitre il a le choix entre rester au stade animal (et donc vivre dans la peur et l'envie), stagner dans le croisement (attitude qui consiste à laisser ses enfants résoudre le problème à sa place) ou évoluer vers le niveau de conscience supérieur. C'est l'enjeu actuel de l'humanité.

5 : c'est l'humain spirituel. Si l'on observe son dessin, c'est l'inverse du 2. Le 5 a le trait d'attachement en haut, il est lié au Ciel. Il a une courbe en bas : il aime la Terre et ses habitants. Ayant réussi à se libérer du sol, et donc des besoins matériels, il arrive à comprendre ce qu'il se passe en dessous, et il aime globalement l'humanité et la vie. C'est l'humain éclairé, l'être conscient de l'enjeu de l'aventure de la conscience.

6 : c'est une courbe continue, sans angle, sans trait. C'est l'amour total. C'est une spirale qui, grâce à sa spire (ou spiritualité), s'apprête à aller vers l'infini. Le 6 s'est libéré du Ciel et de la Terre, de tout blocage supérieur ou inférieur. C'est un pur esprit sans matière. C'est l'ange. Il est pur canal vibratoire.

6 est également la forme du fœtus en gestation. Chaque fois que l'on trace ces chiffres, on transmet cette sagesse.

168 • SEXUALITÉ DES PUNAISES DES LITS

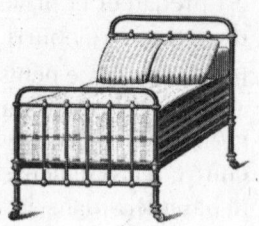

De toutes les formes de sexualité animale, celle des punaises des lits (*Cimex lectularius*) est la plus stupéfiante. Nulle imagination humaine n'égale une telle perversion.

Première particularité : le priapisme. La punaise des lits copule énormément. Certains individus ont plus de deux cents rapports par jour.

Seconde particularité : l'homosexualité et la bestialité. Les punaises des lits ont du mal à distinguer leurs congénères et, parmi eux, elles éprouvent encore plus de difficultés à reconnaître les mâles des femelles. 50 % de leurs rapports sont homosexuels, 20 % se produisent avec des animaux étrangers, 30 % enfin s'effectuent avec des femelles.

Troisième particularité : le pénis perforateur. Les punaises des lits sont équipées d'un long sexe à corne pointue. Au moyen de cet outil semblable à une seringue, les mâles percent les carapaces et injectent leur semence n'importe où, dans la tête, le ventre, les pattes, le dos et même le cœur de leur dame ! L'opération n'affecte guère la santé des femelles, mais comment tomber enceinte dans ces conditions ? D'où la…

… Quatrième particularité : la vierge enceinte. De l'extérieur, son vagin paraît intact et, pourtant, elle a reçu un coup de pénis dans le dos. Comment les spermatozoïdes vont-ils alors survivre dans le sang ? En fait, la plupart seront détruits par le système immunitaire, tels de vulgaires microbes étrangers. Pour multiplier les chances qu'une centaine de ces gamètes mâles arrivent à destination, la quantité de sperme lâchée est phénoménale. À titre de comparaison, si les mâles punaises étaient dotés d'une taille humaine, ils expédieraient 30 litres de sperme à chaque éjaculation. Sur cette multitude, un tout petit nombre survivra.

Cachés dans les recoins des artères, planqués dans les veines, ils attendront leur heure. La femelle passe l'hiver squattée par ces locataires clandestins. Au printemps, guidés par l'instinct, tous les spermatozoïdes de la tête, des pattes et du ventre se rejoignent autour des ovaires, les transpercent et s'y enfoncent. La suite du cycle se poursuivra sans problème aucun.

Cinquième particularité : les femelles aux sexes multiples. À force de se faire perforer n'importe où par des mâles indélicats, les femelles punaises se retrouvent couvertes de cicatrices dessinant des fentes brunes cernées d'une zone claire, semblables à des cibles. On peut ainsi savoir précisément combien la femelle a connu d'accouplements.

La nature a encouragé ces coquineries en engendrant d'étranges adaptations. Génération après génération, des mutations ont abouti à l'incroyable. Les filles punaises se sont mises à naître nanties de ces cibles brunes, auréolées de clair, sur leur dos. À chaque tache correspond un réceptacle, « sexe succursale » directement relié au sexe principal. Cette particularité existe actuellement à tous les échelons de son développement : pas de cicatrices, quelques cicatrices-réceptacles à la naissance, véritables vagins secondaires dans le dos.

Sixième particularité : l'autococufiage. Que se passe-t-il lorsqu'un mâle est perforé par un autre mâle ? Le sperme survit et fonce comme à son habitude vers la région des ovaires. N'en trouvant pas, il déferle sur les canaux déférents de son hôte et se mêle à ses spermatozoïdes autochtones. Résultat : lorsque le mâle passif percera, lui, une dame, il lui injectera ses propres spermatozoïdes mais aussi ceux du mâle avec lequel il aura entretenu des rapports homosexuels.

Septième particularité : l'hermaphrodisme. La nature n'en finit pas d'effectuer des expériences étranges sur cet étrange insecte. Les mâles punaises ont eux aussi muté. En Afrique vit la punaise *Afrocimex constrictus* dont les mâles naissent avec de petits vagins secondaires dans le dos. Ceux-ci, cependant, ne sont pas féconds. Il semble qu'ils soient là à titre décoratif, ou encore pour encourager les rapports homosexuels.

Huitième particularité : le sexe-canon qui tire à distance. Certaines espèces de punaises tropicales, les *Antochorides scolopelliens*, en sont pourvues. Le canal spermatique forme un gros tube épais, roulé en colimaçon, dans lequel le liquide séminal est comprimé. Le sperme est ensuite propulsé à grande vitesse par des muscles spéciaux qui l'expulsent hors du corps. Ainsi, lorsqu'un mâle aperçoit une femelle à quelques centimètres de lui, il vise de son pénis les cibles-vagins dans le dos de la demoiselle. Le jet fend les airs. La puissance du tir est telle que le sperme parvient à transpercer la carapace, plus fine en ces endroits.

Toute la Bible est contenue dans le premier chapitre de la Genèse. (Celui qui raconte la création du monde.) Ce premier chapitre est lui-même contenu dans le premier mot hébreu qui l'introduit : *béréchit* qui signifie « genèse » (généralement mal traduit par « au commencement »).

Ce mot est lui-même contenu dans sa première syllabe, *ber*, qui veut dire « le petit-fils ». Symbole de l'enfantement qui est notre vocation. Mais cette syllabe est elle-même contenue dans sa première lettre, *b*, qui se prononce en hébreu *beth*.

Beth, dont le dessin représente un carré ouvert avec un point au milieu. Ce carré symbolise la maison, ou la matrice renfermant l'œuf, le fœtus, petit point appelé à grandir.

Pourquoi la Bible commence-t-elle par la deuxième lettre de l'alphabet et non par la première ? Parce que *b* représente la dualité du monde, *a*, *aleph* (hydrogène), c'est l'unité d'où tout est sorti. *B, beth*, c'est l'émanation, la projection de cette unité. *B*, c'est l'autre.

Nous sommes issus de « un », donc nous sommes « deux ». Nous vivons dans un monde de dualité et dans la nostalgie, voire la quête, de l'unité, l'*aleph*, le point d'où tout est parti.

170 ♦ Pouvoir de la pensée

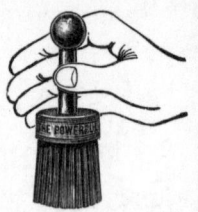

La pensée humaine peut tout.

Dans les années 50, un porte-conteneurs anglais transportant des bouteilles de vin de Madère en provenance du Portugal vient débarquer sa cargaison dans un port écossais. Un marin s'introduit dans la chambre froide pour vérifier que tout a bien été livré. Ignorant sa présence, un autre marin referme la porte de l'extérieur. Le prisonnier frappe de toutes ses forces contre les cloisons mais personne ne l'entend et le navire repart pour le Portugal.

L'homme découvre suffisamment de nourriture mais il sait qu'il ne pourra survivre longtemps dans ce lieu frigorifique. Il trouve pourtant l'énergie de saisir un morceau de métal et de graver sur les parois, heure après heure, jour après jour, le récit de son calvaire. Avec une précision scientifique, il raconte son agonie. Comment le froid l'engourdit, gelant son nez, ses doigts et ses orteils. Il décrit comment la morsure de l'air se fait brûlure intolérable.

Lorsque le bateau jette l'ancre à Lisbonne, le capitaine qui ouvre le conteneur découvre le marin mort. On lit son histoire gravée sur les murs. Le plus stupéfiant n'est pas là. Le capitaine relève la température à l'intérieur du conteneur. Le thermomètre indique 19 °C. Puisque le lieu ne contenait plus de marchandises, le système de réfrigération n'avait pas été activé durant le trajet de retour. L'homme était mort uniquement parce qu'il « croyait » avoir froid. Il avait été victime de sa seule imagination.

171 • ROMAINS EN CHINE

En 54 av. J.-C., le général Marcus Licinius Crassus Dives, proconsul de Syrie, jaloux des succès de Jules César en Gaule, se lance à son tour dans les grandes conquêtes. César a étendu son emprise sur l'Occident jusqu'à la Grande-Bretagne, Crassus veut envahir l'Orient jusqu'à atteindre la mer. Donc ses légions se mettent en marche vers l'est. Seulement, l'empire des Parthes se trouve sur son chemin. À la tête d'une gigantesque armée, Crassus affronte l'obstacle. C'est la bataille de Carres, mais c'est Suréna, le roi des Parthes, qui l'emporte. Du coup, c'en est fini de la conquête romaine de l'Est puisque Crassus est tué.

Cette tentative eut des conséquences inattendues. Les Parthes firent de nombreux prisonniers romains qui servirent dans leur armée en lutte contre le royaume kushana. Les Parthes furent à leur tour défaits et leurs Romains se retrouvèrent incorporés dans l'armée kushana, en guerre, elle, contre l'empire de Chine. Nouvelle bataille. Les Chinois l'emportent, si bien que les prisonniers romains voyageurs finissent dans les troupes de l'empereur de Chine.

Là, si l'on est surpris par ces hommes blancs, on est surtout admiratif devant leur science en matière de construction de catapultes, balistes et autres armes de siège. On les adopte, au point de les émanciper et de leur donner une ville en apanage. Les soldats prisonniers épousèrent des Chinoises et leur firent des enfants. Des années plus tard, lorsque des négociants romains proposèrent de les ramener au pays, ils déclinèrent l'offre, se déclarant plus heureux en Chine.

172 • Le chat de Schrödinger

L'observateur modifie ce qu'il observe. Certains événements ne se produisent que parce qu'ils sont observés. Sans personne pour les voir ils n'existeraient pas. C'est le sens même de l'expérience de pensée dite du « chat de Schrödinger ».

Schrödinger imagine : un chat est enfermé dans une boîte hermétique et opaque. Un appareil délivre au hasard une décharge électrique capable de le tuer. Mettons une seconde l'appareil en marche, puis arrêtons-le. Est-ce que l'appareil a lâché sa décharge mortelle ? Est-ce que le chat est encore vivant ? Pour un physicien classique le seul moyen de le savoir est d'ouvrir la boîte et de regarder. Pour un physicien quantique il est acceptable de dire que le chat est à 50 % mort et à 50 % vivant. Tant qu'on n'aura pas ouvert la boîte, on considérera qu'il y a à l'intérieur une moitié de chat vivant.

173 • LE CADEAU DE LA MOUCHE VERTE

Chez les mouches vertes, la femelle dévore le mâle durant l'accouplement. Les émotions lui ouvrent l'appétit et la première tête qui traîne à côté d'elle lui semble un excellent déjeuner. Mais si le mâle veut faire l'amour, il n'a pas envie pour autant de mourir croqué par sa belle.

Pour se tirer de cette situation cornélienne, avoir l'Éros sans le Thanatos, le mâle mouche verte a trouvé un stratagème. Il apporte un morceau d'aliment en « cadeau ». Ainsi, lorsque madame la mouche verte a son petit creux, elle peut profiter d'un bout de viande à déguster et son partenaire peut copuler sans danger. Chez un groupe encore plus évolué de ces mouches, le mâle apporte sa viande d'insecte empaquetée dans un cocon transparent, gagnant ainsi un précieux surcroît de temps.

Un troisième groupe de ces mouches vertes a tiré les conséquences de ce que le temps d'ouverture du cadeau comptait plus, du point de vue du mâle, que la qualité du présent lui-même. Le cocon d'emballage est donc épais, volumineux et... vide. Le temps que la femelle découvre la supercherie, le mâle a terminé son affaire.

Du coup chacun réajuste son comportement.

Chez les mouches de type *Empis*, par exemple, la femelle secoue le cocon pour vérifier qu'il n'est pas vide. Mais… là encore il existe une parade. Le mâle prévoyant garnit le paquet-cadeau de ses propres excréments, juste assez lourds pour pouvoir passer pour des morceaux de viande.

174 ◆ ESSAIMAGE

Chez les abeilles, l'essaimage obéit à un rite insolite. Une cité, un peuple, un royaume tout entier, au summum de sa prospérité, décide subitement de tout remettre en cause. La vieille reine s'en va en abandonnant ses plus précieux trésors : stocks de nourriture, quartiers construits, palais somptueux, réserves de cire, de propolis, de pollen, de miel, de gelée royale. Et elle les laisse à qui ? À des nouveau-nés féroces. Accompagnée de ses ouvrières, la souveraine quitte la ruche pour s'installer dans un ailleurs incertain que, le plus souvent, elle ne parvient pas à atteindre.

Quelques minutes après son départ, les enfants abeilles se réveillent et découvrent leur ville déserte. Chacun sait d'instinct ce qu'il a à faire. Les ouvrières asexuées se précipitent pour aider les princesses sexuées à éclore. Les Belles au bois dormant dans leurs capsules sacrées connaissent leurs premiers battements d'ailes.

Mais la première en état de marcher affiche d'emblée un comportement meurtrier. Elle fonce vers les berceaux des autres princesses abeilles et les lamine de ses petites mandibules. Elle empêche les ouvrières de les dégager. Elle transperce ses sœurs de son aiguillon venimeux. Plus elle tue, plus elle s'apaise. Si une ouvrière veut protéger un berceau royal, la princesse pousse un « cri », très différent du bourdonnement qu'on perçoit généralement autour d'une ruche. Ses sujettes baissent alors la tête en signe de soumission et laissent les crimes se poursuivre.

Parfois une princesse se défend et on assiste à des combats. Fait étrange, lorsqu'il ne reste plus face à face que deux princesses abeilles, elles ne se trouvent jamais en position de se percer mutuellement de leur dard. Il faut à tout prix qu'il y ait une survivante. Malgré leur rage de gouverner, elles ne prendront jamais le risque de mourir simultanément et de laisser la ruche orpheline.

Une fois le ménage effectué, la princesse abeille survivante sort alors de la ruche pour se faire féconder en vol par les mâles. Un cercle ou deux autour de la cité et elle revient pour se mettre à pondre.

175 ♦ SOLIDARITÉ

La solidarité naît de la douleur et non de la joie. On se sent plus proche de quelqu'un qui a subi avec vous une épreuve pénible que de quelqu'un qui a partagé avec vous un moment heureux.

Le malheur est source de solidarité et d'union alors que le bonheur divise. Pourquoi ? Parce que, lors d'un triomphe commun, chacun se sent lésé par rapport à son propre mérite. Chacun s'imagine être l'unique auteur d'une commune réussite.

Combien de familles se sont divisées à l'heure d'un héritage ? Combien de groupes de rock and roll ont pu rester soudés malgré leur succès ? Combien de mouvements politiques ont éclaté, le pouvoir pris ?

Étymologiquement, le mot « sympathie » provient d'ailleurs du grec *sumpatheia* qui signifie « souffrir avec ». De même « compassion » est issu du latin *compassio* signifiant lui aussi « souffrir avec ».

C'est en imaginant la souffrance des martyrs de son groupe de référence qu'on peut un instant quitter son insupportable individualité. C'est dans le souvenir d'un calvaire vécu en commun que résident la force et la cohésion d'un groupe.

Dieu, par définition, est omniprésent et omnipotent. S'il existe, il est donc partout et peut tout faire. Mais s'il peut tout faire, est-il aussi capable de générer un monde d'où il est absent et où il ne peut rien faire ?

177 • CROISADE DES ENFANTS

En Occident, une croisade des enfants eut lieu en 1212. Des jeunes désœuvrés avaient tenu le raisonnement suivant : « Les adultes et les nobles ont échoué à libérer Jérusalem parce que leurs esprits sont impurs. Or nous sommes des enfants, donc nous sommes purs. » L'élan toucha essentiellement le Saint Empire romain germanique. Un groupe d'enfants le quitta pour se répandre sur les routes en direction de la Terre sainte. Ils ne disposaient pas de cartes. Ils s'imaginaient aller vers l'est mais, en fait, se dirigeaient vers le sud. Ils descendirent la vallée du Rhône et, en chemin, leur foule s'accrut de plusieurs milliers d'enfants, qui pillaient et volaient les paysans pour se nourrir.

Plus loin, leur signalèrent des habitants, ils se heurteraient à la mer. Cela les rassura. Ils étaient convaincus que, comme pour Moïse, la mer s'ouvrirait pour laisser passer cette armée en herbe et la mènerait à pied sec jusqu'à Jérusalem. Tous parvinrent jusqu'à Marseille, où la mer ne s'ouvrit pas. Vainement ils attendirent sur le port, jusqu'à ce que deux Siciliens leur proposent de les conduire en bateau à Jérusalem. Les enfants crurent au miracle. Il n'y eut pas de miracle. Les deux Siciliens étaient liés à une bande de pirates tunisiens qui les conduisirent non pas à Jérusalem mais à Tunis, où ils furent tous vendus comme esclaves, à bon prix, sur le marché.

Croisade de Pierre l'Ermite

Le pape Urbain II lança en 1095 la première croisade pour la libération de Jérusalem. Y participèrent des pèlerins déterminés mais dénués de toute expérience militaire. À leur tête : Gautier Sans Avoir et Pierre l'Ermite. Les croisés avancèrent vers l'est sans même savoir quels pays ils traversaient. Comme ils n'avaient pas de vivres, ils pillèrent tout sur leur passage et provoquèrent ainsi bien plus de dégâts en Occident qu'en Orient. Ces « représentants de la vraie foi » se transformèrent rapidement en une cohorte de vagabonds loqueteux, sauvages et dangereux. Le roi de Hongrie, pourtant chrétien lui aussi, irrité par les dommages causés par ces va-nu-pieds, les attaqua pour protéger ses paysans de leurs agressions. Les rares survivants qui parvinrent à rejoindre la côte turque étaient précédés d'une telle réputation de barbares, mi-hommes mi-bêtes, qu'à Nicée les autochtones les achevèrent sans la moindre hésitation.

179 • Croisade de Godefroi de Bouillon

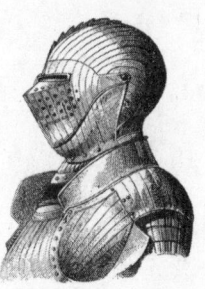

Godefroi de Bouillon, lui, prit la tête de la croisade des seigneurs pour la libération de Jérusalem et du Saint-Sépulcre. Cette fois, quatre mille cinq cents chevaliers aguerris encadraient la centaine de milliers de pèlerins. Pour la plupart, c'étaient de jeunes cadets de la noblesse, privés de tout fief en raison du droit d'aînesse. Sous couvert de religion, ces nobles déshérités espéraient conquérir des châteaux étrangers et posséder enfin des terres.

Ce qu'ils firent. Chaque fois qu'ils s'emparaient d'un château, les chevaliers s'y installaient, abandonnant la croisade. Souvent ils se battirent entre eux pour la possession des terres d'une ville vaincue. Le prince Bohémond de Tarente, par exemple, décida de faire main basse sur Antioche pour son compte personnel.

Paradoxe : pour mieux parvenir à leurs fins, on vit des nobles occidentaux faire alliance avec des émirs orientaux et combattre d'autres croisés alliés à d'autres émirs. Arriva le moment où on ne sut plus qui combattait qui et avec qui ni pourquoi. Beaucoup avaient même oublié le but originel de la croisade.

180 ♦ Zombies

Le cycle de la grande douve du foie (*Fasciola hepatica*) constitue certainement l'un des plus grands mystères de la nature. Cet animal mériterait un roman. Comme son nom l'indique, il s'agit d'un parasite qui prospère dans le foie, en l'occurrence des moutons. La douve se nourrit de sang et des cellules hépatiques, grandit puis pond ses œufs. Mais les œufs de douve ne peuvent pas éclore dans le foie du mouton. Tout un périple les attend.

Les œufs quittent le corps du mouton avec ses excréments. Après une période de mûrissement, les œufs éclosent et laissent sortir une minuscule larve, laquelle sera consommée par un nouvel hôte, l'escargot. Dans le corps de l'escargot, la larve de douve se multipliera avant d'être éjectée dans les mucosités que crache le gastéropode en période de pluie. Mais elle n'a encore accompli que la moitié du chemin.

Ces mucosités, grappes de perles blanches, attirent les fourmis, et les douves pénètrent grâce à ce cheval de Troie à l'intérieur de l'organisme de l'insecte. Elles ne demeurent pas longtemps dans le jabot social des myrmécéennes. Elles en sortent en le perçant de milliers de trous, le transformant en passoire qu'elles referment avec une colle qui durcit et permet à la fourmi de survivre à l'incident. Il ne faut surtout pas tuer la fourmi, indispensable pour refaire la jonction avec le mouton. Car, à présent, les larves doivent retourner dans le foie d'un mouton pour compléter leur cycle de croissance.

Mais que faire pour qu'un mouton dévore une fourmi, lui qui n'est pas insectivore ? Des générations de douves ont dû se poser la question. Le problème était d'autant plus compliqué à résoudre que c'est aux heures fraîches que les moutons broutent le haut des herbes et que les fourmis ne quittent leur nid qu'aux heures chaudes pour circuler au pied de ces herbes. Comment les réunir au même endroit et aux mêmes heures ?

Les larves ont trouvé la solution en s'éparpillant dans le corps de la fourmi. Une dizaine s'installent dans le thorax, une dizaine dans les pattes, une dizaine dans l'abdomen et une seule dans le cerveau.

Dès l'instant où cette unique larve de douve s'implante dans son cerveau, le comportement de la fourmi se modifie. Résultat : le soir, alors que toutes les ouvrières dorment, les fourmis contaminées quittent leur cité. Elles avancent en somnambules et montent s'accrocher aux cimes des herbes. Et pas de n'importe quelles herbes, celles que préfèrent les moutons : luzerne et bourse-à-pasteur. Tétanisées, les fourmis attendent là d'être broutées.

Tel est le travail de la larve du cerveau : faire sortir tous les soirs son hôte jusqu'à ce qu'il soit consommé par un mouton. Car au matin, dès que la chaleur revient, si elle n'a pas été gobée par un ovin, la fourmi retrouve le contrôle de son cerveau et de son libre arbitre. Elle se demande ce qu'elle fait là, en haut d'une herbe. Elle en redescend vite pour regagner son nid et vaquer à ses tâches habituelles. Jusqu'au soir suivant où, comme le zombie qu'elle est devenue, elle ressortira avec toutes ses compagnes infectées par les larves de douves pour attendre d'être broutée.

Ce cycle pose aux biologistes de multiples problèmes. Première question : comment la larve blottie dans le cerveau peut-elle voir au-dehors et ordonner à la fourmi d'aller vers telle ou telle herbe ? Deuxième question : la larve qui dirige le cerveau de la fourmi mourra au moment de l'ingestion par le mouton. Comment se fait-il qu'elle et elle seule se sacrifie ? Tout se passe comme si les larves avaient accepté que l'une d'elles, et la meilleure, meure afin que toutes les autres atteignent leur but et terminent le cycle de la douve.

181 • PIÈGE INDIEN

Les Indiens du Canada font usage d'un piège à ours des plus rudimentaires. Il consiste en une grosse pierre enduite de miel, suspendue à une branche d'arbre par une corde. Lorsqu'un ours aperçoit ce qu'il croit être une gourmandise, il s'avance et tente d'attraper la pierre en lui donnant un coup de patte. Il crée ainsi un mouvement de balancier et la pierre vient le frapper. L'ours s'énerve et cogne de plus en plus fort. Et plus il cogne fort, plus il se fait cogner. Jusqu'à son K-O final.

L'ours est incapable de penser : « Et si j'arrêtais ce cycle de la violence ? » Il ne ressent que de la frustration. « On me donne des coups, je les rends ! » se dit-il. D'où sa rage exponentielle. Pourtant, s'il cessait de la frapper, la pierre s'immobiliserait et il remarquerait peut-être, une fois le calme rétabli, qu'il ne s'agit que d'un objet inerte accroché à une corde. Il n'aurait plus qu'à trancher celle-ci avec ses crocs pour faire choir la pierre et en lécher le miel.

182 • ACACIA CORNIGERA

Le *Cornigera* est un arbuste qui ne pourra devenir un arbre adulte qu'à la curieuse condition d'être habité par des fourmis. Pour s'épanouir, il a en effet besoin que des fourmis le soignent et le protègent. Aussi, pour attirer les myrmécéennes, l'arbre s'est au fil des ans mué en une fourmilière géante.

Toutes ses branches sont creuses et, dans chacune, un réseau de couloirs et de salles est prévu uniquement pour le confort des fourmis. Mieux : dans ces couloirs vivent souvent des pucerons blancs dont le miellat fait les délices des ouvrières et des soldates myrmécéennes. Le *Cornigera* fournit donc gîte et couvert aux fourmis qui voudront bien lui faire l'honneur de s'y installer. En échange, celles-ci remplissent leurs devoirs d'hôtes. Elles évacuent toutes les chenilles, pucerons extérieurs, limaces, araignées et autres xylophages qui voudraient encombrer les ramures. Chaque matin, elles coupent à la mandibule les lierres et autres plantes grimpantes qui voudraient parasiter l'arbre.

Les fourmis dégagent les feuilles mortes, grattent les lichens, soignent l'arbre avec leur salive désinfectante.

Une collaboration aussi réussie entre espèce végétale et espèce animale se rencontre rarement dans la nature. Grâce au soutien de ses alliées fourmis, l'*Acacia cornigera* s'élève le plus souvent au-dessus de la masse des autres arbres qui pourraient lui faire ombrage. Il domine leurs cimes et capte directement les rayons du soleil.

183 • Espagnols au Mexique

L'arrivée des premiers Occidentaux en Amérique centrale a donné lieu à un vaste quiproquo, la religion aztèque enseignant qu'un jour arriveraient sur Terre des messagers du dieu serpent à plumes, Quetzalcoatl. Ils auraient la peau claire, trôneraient sur de grands animaux à quatre pattes et cracheraient le tonnerre pour châtier les impies.

Si bien que, en 1519, lorsqu'on leur signala que des cavaliers espagnols venaient de débarquer sur la côte mexicaine, les Aztèques pensèrent qu'il s'agissait de *teotl* (divinités en langue nahuatl).

Pourtant, en 1511, quelques années avant cette apparition, un homme les avait mis en garde. Guerrero était un marin espagnol qui avait fait naufrage sur les rivages du Yucatán, quand les troupes de Cortés étaient encore cantonnées sur les îles de Saint-Domingue et de Cuba.

Guerrero se fit facilement accepter par la population locale et épousa une autochtone. Il annonça que les conquistadors débarqueraient bientôt. Il leur dit qu'ils n'étaient ni des dieux ni des envoyés des dieux. Il les avertit qu'il leur faudrait se méfier d'eux. Il leur apprit à fabriquer des arbalètes pour se défendre (jusqu'alors les Indiens n'utilisaient que des flèches et des haches à pointes d'obsidienne ; or l'arbalète était la seule arme capable de transpercer les armures métalliques des hommes de Cortés).

Guerrero répéta qu'il ne fallait pas craindre les chevaux et recommanda, surtout, de ne pas s'affoler face à des armes à feu. Ce n'étaient ni des armes magiques ni des morceaux de foudre. « Comme vous, les Espagnols sont faits de chair et de sang. On peut les vaincre », disait-il sans cesse. Et pour le prouver, il se fit lui-même une entaille d'où s'écoula le sang rouge commun à tous les hommes. Guerrero se donna tant de mal pour instruire les Indiens de son village que, lorsque les conquistadors de Cortés vinrent l'attaquer, ils eurent la surprise d'affronter pour la première fois en Amérique une véritable armée indienne qui leur résista plusieurs semaines durant.

Mais l'information n'avait pas circulé au-delà de la bourgade. En septembre 1519, l'empereur aztèque Moctezuma partit à la rencontre de l'armée espagnole avec des chars débordants de bijoux en guise d'offrandes. Le soir même, il était assassiné. Un an plus tard, Cortés détruisait au canon Tenochtitlán, la capitale aztèque, après avoir affamé la population en l'assiégeant pendant trois mois. Quant à Guerrero, il périt tandis qu'il organisait l'attaque nocturne d'un fortin espagnol.

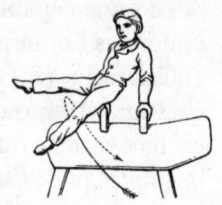

Une expérience scientifique réalisée simultanément, en 1901, dans plusieurs pays démontra que par rapport à une série de tests d'intelligence donnés, les souris méritaient une note de 6 sur 20.

Reprise en 1965 dans ces mêmes pays et avec exactement les mêmes tests, l'expérience accorda aux souris une moyenne de 8 sur 20.

Les zones géographiques n'avaient rien à voir avec ce phénomène. Les souris européennes n'étaient ni plus ni moins intelligentes que les souris américaines, africaines, australiennes ou asiatiques. Sur tous les continents, toutes les souris de 1965 avaient obtenu une meilleure note que leurs aïeules de 1901. Sur toute la Terre, elles avaient progressé. C'était comme s'il existait une « intelligence souris planétaire » qui se serait améliorée au fil des ans. De même on a vu des singes apprendre « tout à coup » à éplucher des patates sur plusieurs îles du Pacifique pourtant fort éloignées les unes des autres.

Chez les humains, on a constaté que certaines découvertes et inventions avaient été mises au point simultanément en Chine, aux Indes et en Europe : le feu, la poudre, le tissage, par exemple. De nos jours encore, des découvertes s'effectuent au même moment en plusieurs points du globe et sur des périodes proches.

Tout laisse à penser que certaines idées flottent dans l'air, au-delà de l'atmosphère, et que, dotés de la capacité de les saisir, certains d'entre nous contribuent à améliorer le niveau de savoir global de l'espèce.

Syndrome de Bambi

Aimer est parfois aussi périlleux que haïr. Dans les parcs nationaux d'Europe et d'Amérique du Nord, le visiteur rencontre souvent des faons. Ces animaux semblent esseulés et solitaires, même si leur mère n'est pas loin. Attendri, heureux de s'approcher d'un animal peu farouche aux allures de grande peluche, le promeneur est tenté de caresser l'animal. Le geste n'a rien d'agressif, au contraire, c'est la douceur de la bête qui appelle ce mouvement de tendresse humaine.

Or cet attouchement constitue un geste mortel. Durant les premières semaines, en effet, la mère ne reconnaît son petit qu'à son odeur. Le contact humain, si affectueux soit-il, va imprégner le faon d'effluves étrangers. Ces émanations polluantes, même infimes, détruisent la carte d'identité olfactive du faon qui sera aussitôt abandonné par l'ensemble de sa famille. Aucune biche ne l'acceptera plus et le faon sera automatiquement condamné à mourir de faim. On nomme cette caresse assassine « syndrome de Bambi » ou encore « syndrome de Walt Disney ».

Croissance

Jadis les économistes estimaient qu'une société saine est une société en expansion. Le taux de croissance servait de thermomètre pour mesurer la santé de toute structure : État, entreprise, masse salariale. Il est cependant impossible de toujours foncer en avant, tête baissée. Le temps est venu de stopper l'expansion avant qu'elle ne nous déborde et nous écrase.

L'expansion économique ne saurait avoir d'avenir. Il n'existe qu'un seul état durable : l'équilibre des forces. Une société, une nation ou un travailleur sain sont une société, une nation ou un travailleur qui n'entament pas et ne sont pas entamés par le milieu qui les entoure. Nous ne devons plus viser à conquérir mais au contraire à nous intégrer à la nature et au cosmos. Un seul mot d'ordre : harmonie. Interpénétration harmonieuse entre monde extérieur et monde intérieur.

Le jour où la société humaine n'éprouvera plus un sentiment de supériorité ou de crainte devant un phénomène naturel, l'homme sera en homéostasie avec son univers. Il connaîtra l'équilibre. Il ne se projettera plus dans le futur. Il ne se fixera pas d'objectifs lointains. Il vivra dans le présent, tout simplement.

187 ♦ Orientation

La plupart des grandes épopées humaines se sont accomplies d'est en ouest. De tout temps, l'homme a suivi la course du Soleil, s'interrogeant sur le lieu où s'abîmait la boule de feu. Ulysse, Christophe Colomb, Attila… tous ont cru qu'à l'ouest était la solution. Partir vers l'ouest, c'est vouloir connaître le futur.

Cependant, si certains se sont demandé où allait le Soleil, d'autres ont voulu savoir d'où il venait. Aller vers l'est, c'est vouloir connaître les origines du Soleil mais aussi les siennes propres. Marco Polo, Napoléon, Bilbo le Hobbit (un des personnages du *Seigneur des anneaux* de Tolkien) sont des personnages de l'Est. Ils pensaient qu'il y avait quelque chose à découvrir là où commencent les journées.

Dans la symbolique des aventuriers, il reste encore deux directions. En voici la signification. Aller vers le nord, c'est chercher des obstacles pour mesurer sa propre force. Aller vers le sud, c'est rechercher le repos et l'apaisement.

Conte du rabbi Nachman de Braslav

Un ministre dit à son roi :

— La récolte est empoisonnée par un champignon, l'ergot de seigle (qui fournira par la suite le LSD). Ceux qui en mangeront deviendront fous.

— Eh bien, il faut avertir les gens afin qu'ils n'en consomment pas, dit le roi.

— Mais, répond le ministre, il n'y a rien d'autre à manger et si on ne leur donne pas cette nourriture contaminée, ils mourront de faim et se révolteront.

— Eh bien, qu'on leur donne cette récolte empoisonnée et nous, nous puiserons dans la réserve de céréales saines, dit le roi.

— Mais, répond le ministre, si tout le monde est fou et que nous seuls restons sains d'esprit, alors c'est nous qui serons pris pour des fous.

Le roi réfléchit et concède :

— Bon, nous n'avons pas le choix. Nous devons nous aussi manger de cette récolte empoisonnée comme toute la population. Mais, ajoute-t-il, nous nous mettrons une marque sur le front pour bien nous rappeler que nous sommes devenus fous.

189 • Interférence

Tout, objet, idée, personne, tout peut se ramener à une onde. Onde de forme, onde de son, onde d'image, onde d'odeur. Ces ondes entrent forcément en interférence avec d'autres ondes. L'étude des interférences entre les ondes objets, idées, personnes est passionnante. Que se passe-t-il lorsqu'on mélange le rock and roll et la musique classique ? Que se passe-t-il lorsqu'on mélange la philosophie et l'informatique ? Que se passe-t-il lorsqu'on mélange l'art asiatique et la technologie occidentale ?

Quand on verse une goutte d'encre dans l'eau, les deux substances ont un niveau d'information très bas, uniforme. La goutte d'encre est noire et le verre d'eau est transparent. L'encre, en tombant dans l'eau, génère une crise.

Dans ce contact, l'instant le plus intéressant est celui où des formes chaotiques apparaissent, l'instant d'avant la dilution.

L'interaction entre les deux éléments différents produit une figure très riche. Il se forme alors des volutes compliquées, des formes torturées et toutes sortes de filaments qui peu à peu se diluent pour donner de l'eau grise. Dans le monde des objets, cette figure très riche est difficile à immobiliser. Mais dans le monde du vivant, une telle rencontre peut s'incruster et rester figée dans la mémoire.

190 ◆ Puissance de l'Inde

L'Inde est un pays qui absorbe toutes les énergies. Tous les chefs militaires qui ont tenté de la mettre au pas s'y sont épuisés. Au fur et à mesure qu'ils s'enfonçaient à l'intérieur du pays, l'Inde déteignait sur eux, ils perdaient de leur pugnacité et s'éprenaient des raffinements de la culture indienne. L'Inde est une masse molle qui vient à bout de tout. Ils sont venus, l'Inde les a vaincus.

La première invasion d'importance fut le fait des musulmans turco-afghans. En 1206, ils prirent Delhi. Cinq dynasties de sultans s'ensuivirent qui toutes tentèrent de s'emparer de la péninsule indienne dans sa totalité. Mais les troupes se diluaient en s'avançant vers le sud. Les soldats se lassaient de massacrer, perdaient le goût du combat et se laissaient charmer par les coutumes indiennes. Les sultans sombrèrent dans la décadence. La dernière dynastie, celle des Lodi, fut renversée par Babur, roi d'origine mongole, descendant de Tamerlan. Il fonde en 1527 l'empire des Moghols et, à peine arrivé au centre de l'Inde, renonce aux armes et s'enthousiasme pour la peinture, la littérature et la musique.

L'un de ses descendants, Akbar, sut, lui, unifier l'Inde. Il usa de douceur et inventa une religion en puisant dans toutes les religions de son temps et en réunissant tout ce qu'elles contenaient de plus pacifique. Quelques dizaines d'années plus tard, cependant, Aurangzeb, autre descendant de Babur, tenta d'imposer par la force l'islam à la péninsule. L'Inde se révolta et éclata. Il est impossible de dompter ce continent par la violence.

Au début du XIXe siècle, les Anglais réussiront à conquérir militairement tous les comptoirs et les grandes villes, mais jamais ils ne contrôleront la totalité du pays. Ils se contenteront de créer des cantonnements, des « petits quartiers de civilisation anglaise » implantés dans un environnement entièrement indien.

De même que le froid protège la Russie, la mer le Japon et la Grande-Bretagne, un mur spirituel protège l'Inde et englue tous ceux qui y pénètrent. De nos jours encore, le touriste qui s'aventure ne serait-ce qu'une journée dans ce pays éponge est saisi par les « à quoi bon ? » et les « pour quoi faire ? », et est tenté de renoncer à toute entreprise.

PSYCHOPATHOLOGIE DE L'ÉCHEC

Pourquoi autant de gens sont-ils attirés par la chaleur rassurante de la défaite ? Peut-être parce qu'une défaite ne peut être que le prélude à un revirement alors que la victoire tend à nous encourager à garder le même comportement. La défaite est novatrice, la victoire est conservatrice. Tous les humains sentent confusément cette vérité. Beaucoup parmi les plus intelligents sont ainsi tentés de réussir non pas la plus belle victoire mais la plus belle défaite.

Hannibal fit demi-tour devant Rome offerte. César insista pour aller aux ides de mars. L'armée écossaise de Charles Édouard Stuart refusa d'entrer dans Londres qu'elle avait pourtant conquise. Et que dire de toutes ces stars du show-business qui tout à coup tombent dans l'alcool, la drogue, ou se suicident sans aucune raison logique ? Elles n'arrivaient pas à supporter la gloire, elles ont donc sciemment organisé leur défaite.

Tirons la leçon de ces expériences. Derrière nombre de prétendues réussites n'existe qu'une volonté de se hisser au plus haut plongeoir pour mieux se planter de manière spectaculaire.

192 ◆ Abracadabra

La formule magique « Habracadabrah » signifie en hébreu « que cela se passe comme il est dit » (que les choses dites deviennent vivantes). Au Moyen Âge, on l'utilisait comme incantation pour soigner les fièvres. L'expression a été ensuite reprise par les prestidigitateurs, exprimant par cette formule que leur numéro touchait à sa fin et que le spectateur allait maintenant assister au clou du spectacle (le moment où les mots deviennent vivants ?).

La phrase n'est cependant pas aussi anodine qu'il y paraît à première vue. Il faut inscrire la formule que constituent ces neuf lettres (en hébreu on n'écrit pas les voyelles ha be ra ha ca ad be re ha, ce qui donne donc : hbr hcd brh) sur neuf couches et de la manière suivante, afin de descendre progressivement jusqu'au « h » originel (aleph, qui se prononce ha) :

```
    hbrhcdbrh
    hbr  hcd  brh
    hbr  hcd  br
    hbr  hcd  b
    hbr  hcd
    hbr  hc
    hbr  h
     hbb
     hh
      h
```

Cette disposition est conçue de manière à capter le plus largement possible les énergies du ciel et à les faire redescendre jusqu'aux hommes. Il faut imaginer ce talisman comme un entonnoir autour duquel la danse spiralée des lettres constituant la formule « Habracadabrah » déferle en un tourbillonnant vortex. Il happe et concentre en son extrémité les forces de l'espace-temps supérieur.

193 ♦ Baiser

Parfois, on me demande ce que l'homme a copié chez la fourmi.

Le baiser sur la bouche.

On a longtemps cru que les Romains de l'Antiquité avaient inventé le baiser sur la bouche plusieurs centaines d'années avant notre ère. En fait, ils se sont contentés d'observer les insectes. Ils ont compris que lorsqu'elles se touchaient les labiales, les fourmis produisaient un acte généreux qui consolidait leur société. Ils n'en ont jamais saisi la signification complète mais ils se sont dit qu'il fallait reproduire cet attouchement pour retrouver la cohésion des fourmilières.

S'embrasser sur la bouche, c'est mimer une trophallaxie. Mais dans la vraie trophallaxie, il y a régurgitation du jabot social et don de nourriture, alors que dans le baiser humain il n'y a qu'un vague échange de salive.

194 • DIFFÉRENCE DE PERCEPTION

On ne perçoit du monde que ce qu'on est préparé à en percevoir. Pour une expérience de physiologie, des chats ont été enfermés dès leur naissance dans une petite pièce tapissée de motifs verticaux. Passé l'âge de formation du cerveau, ces chats ont été retirés de ces pièces et placés dans des boîtes tapissées de lignes horizontales. Ces lignes indiquaient l'emplacement de caches de nourriture ou de trappes de sortie, mais aucun des chats éduqués dans les pièces aux motifs verticaux ne parvint à se nourrir ou à sortir. Leur éducation avait limité leur perception aux événements verticaux.

Nous fonctionnons avec ces mêmes limitations de la perception. Nous ne savons plus appréhender certains événements car nous avons été parfaitement conditionnés à percevoir les choses d'une certaine manière. Et pas d'une autre.

De l'intérêt de la différence

On a longtemps cru que c'était le spermatozoïde le plus rapide qui réussissait à féconder l'ovule. Il n'en est rien. Plusieurs centaines de spermatozoïdes parviennent en même temps à l'ovule. Et ils restent là à attendre, dandinant du flagelle. Un seul d'entre eux sera élu.

C'est donc l'ovule qui choisit le spermatozoïde gagnant parmi tous les spermatozoïdes quémandeurs qui se pressent à sa porte. Selon quels critères ? Les chercheurs se sont longtemps posé la question. Ils ont récemment avancé une théorie : l'ovule jette son dévolu sur « celui qui présente les caractères génétiques le plus différents des siens ». Question de survie. L'ovule ignore qui sont les deux partenaires qui s'étreignent au-dessus de lui, alors il cherche tout simplement à éviter les problèmes de consanguinité. La nature veut que nos chromosomes tendent à s'enrichir de ce qui leur est différent et non de ce qui leur est semblable.

196 ◆ Groenland

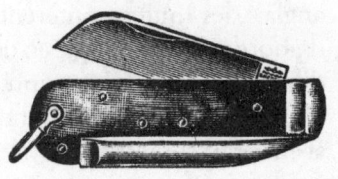

On aurait pu craindre le pire lorsque, le 10 août 1818, le capitaine John Ross, chef d'une expédition polaire britannique, rencontra les habitants du Groenland : les Inuits (Inuit signifie « être humain » tandis qu'Esquimau veut dire, plus péjorativement, « mangeur de poisson »). Les Inuits se croyaient depuis toujours seuls au monde. Le plus ancien d'entre eux brandit un bâton et leur fit signe de partir.

John Saccheus, l'interprète sud-groenlandais, eut alors l'idée de jeter son couteau à ses pieds. Se priver ainsi de son arme en la jetant aux pieds de parfaits inconnus ! Le geste dérouta les Inuits qui s'emparèrent du couteau et se mirent à crier tout en se pinçant le nez. John Saccheus eut la présence d'esprit de les imiter sur-le-champ. Le plus dur était fait. On n'éprouve pas l'envie de tuer quelqu'un qui présente le même comportement que vous. Un vieil Inuit s'approcha et, tâtant le coton de la chemise de Saccheus, lui demanda quel animal fournissait une si mince fourrure. L'interprète répondait de son mieux (grâce à un langage pidgin proche du parler inuit) que déjà l'autre lui posait une nouvelle question : « Venez-vous de la Lune ou du Soleil ? » Puisque les Inuits considéraient qu'ils étaient seuls sur la Terre, ils ne voyaient pas d'autre raison à cette arrivée d'étrangers. Quand Saccheus parvint enfin à les convaincre de rencontrer les officiers anglais, les Inuits montèrent sur le navire et, là, furent d'abord pris de panique en découvrant un cochon, puis d'hilarité face à leur propre reflet dans un miroir. Ils s'émerveillèrent devant une horloge et demandèrent si elle était comestible. On leur offrit alors des biscuits qu'ils mangèrent avec méfiance et recrachèrent avec dégoût. Finalement, en signe d'entente, ils firent venir leur chaman qui implora les esprits de conjurer tout ce qu'il pouvait y avoir comme esprits mauvais à bord du bateau.

Le lendemain, John Ross plantait son drapeau national sur le territoire et s'en appropriait les richesses. Les Inuits ne s'en étaient pas aperçus, mais en une heure ils étaient devenus sujets de la Couronne britannique. Une semaine plus tard, leur pays apparaissait sur toutes les cartes à la place de la mention *Terra incognita*.

197 ◆ STRATÉGIE IMPRÉVISIBLE

Un esprit observateur et logique est capable de prévoir n'importe quelle stratégie humaine. Il existe cependant un moyen de demeurer imprévisible : il suffit d'introduire un mécanisme aléatoire dans un processus de décision. Par exemple, confier à un tirage au sort la direction de l'attaque suivante.

Non seulement l'introduction d'un peu de chaos dans une stratégie globale permet l'effet de surprise, mais, de plus, elle offre la possibilité de garder secrète la logique qui sous-tend les décisions importantes. Personne ne peut prévoir les coups de dés.

Évidemment, durant les guerres, peu de généraux osent soumettre aux caprices du hasard le choix de la prochaine manœuvre. Ils pensent que leur intelligence suffit. Pourtant, les dés sont assurément le meilleur moyen d'inquiéter l'adversaire qui se sentira dépassé par un mécanisme de réflexion dont il ignore les arcanes. Déconcerté et désorienté, il réagira avec peur et sera dès lors complètement prévisible.

198 ♦ Deuil du bébé

À l'âge de huit mois, le bébé connaît une angoisse particulière que les pédiatres nomment « l'angoisse du neuvième mois ». Chaque fois que sa mère s'en va, il croit qu'elle ne reviendra plus jamais. Cette crainte suscite parfois des crises de larmes et les symptômes de l'angoisse. C'est à cet âge que le bébé comprend qu'il y a des choses dans ce monde qui se passent et qu'il ne domine pas. Le « deuil du bébé » s'explique par la prise de conscience de son autonomie par rapport à sa mère. Il doit faire le deuil de la symbiose, accepter la séparation. Le bébé et sa maman ne sont pas irrémédiablement liés, donc on peut se retrouver seul, on peut être en contact avec des « étrangers qui ne sont pas maman » (est considéré comme étranger tout ce qui n'est pas maman et, à la rigueur, papa).

Il faudra attendre que le bébé atteigne l'âge de dix-huit mois pour qu'il accepte la disparition momentanée de sa mère. La plupart des autres angoisses que l'être humain connaîtra plus tard jusqu'à sa vieillesse : peur de la solitude, peur de la perte d'un être cher, peur des étrangers, etc., découleront de cette première détresse.

199 ◆ SINGAPOUR, VILLE-ORDINATEUR

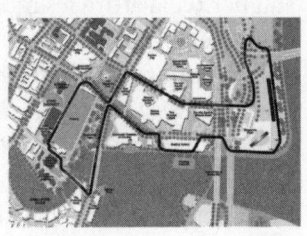

Singapour est un pays neuf avec une population restreinte : trois millions d'habitants, pour la plupart chinois. Profitant de cette situation exceptionnelle, Lee Kwan Yew, ingénieur et Premier ministre de 1959 à 1990, a tenté de fonder le premier État-ordinateur. Comme il le dit lui-même : « Les citoyens singapouriens sont les puces électroniques d'un ordinateur géant : la République de Singapour. » Lee Kwan Yew est un pragmatique. Il a commencé par assurer la sécurité de son petit Disneyland contre ses grands voisins envieux et agressifs : Malaisie (20 millions d'habitants) et Indonésie (200 millions d'habitants) par une armée high-tech équipée des machines les plus sophistiquées. Voilà pour l'extérieur.

Pour l'intérieur, il veut que l'ordre règne parmi ses petites puces électroniques. Il range d'un côté la ville touristique, de l'autre la ville économique, et crée ensuite la ville-dortoir. Les trois sont rigoureusement séparées par une frontière composée de cinq kilomètres de pelouses nickel. Il édicte des lois très strictes : interdiction de cracher par terre – 200 euros –, de fumer en public – 200 euros –, de jeter un papier gras – 200 euros –, d'arroser ses pots de fleurs en laissant de l'eau stagner (cela attire les moustiques), de se garer dans le centre-ville, sous peine d'amendes sévères.

Singapour est une démocratie, mais pour que les gens ne votent pas n'importe quoi, on note leur numéro de carte d'électeur sur leur bulletin de vote. Le vol, le viol, la drogue, la corruption sont passibles de la peine de mort par pendaison. La condamnation au fouet existe toujours. Lee Kwan Yew se considère comme un père pour tous ses administrés. Il emprunte des idées à la fois au communisme et au capitalisme pour ne penser qu'à l'efficacité.

L'État encourage l'enrichissement personnel (les Singapouriens jouissent du deuxième niveau de vie d'Asie, juste après le Japon, et boursicotent à tout-va) mais les logements sont offerts aux étudiants.

Tous les cultes sont autorisés, mais la presse est filtrée : pas de journaux parlant de sexe ou de politique. En 1982, Lee Kwan Yew s'aperçoit que, vieux réflexe pas spécifiquement chinois, les hommes intelligents se marient avec des femmes jolies mais bêtes, alors que les femmes intelligentes ont du mal à trouver des maris. Il décide donc de donner une prime à quiconque épousera une femme diplômée et d'infliger une amende aux non-diplômées qui dépasseront l'enfant unique. Quant aux analphabètes, ils sont vivement encouragés à se faire stériliser en échange d'une forte somme d'argent. Lee Kwan Yew fait construire des écoles pour surdoués et organise des croisières gratuites pour les gens de niveau d'études très élevé.

Il constate qu'on ne peut bien éduquer que deux enfants à la fois. Le soir, la police téléphone aux familles ayant déjà deux enfants pour leur rappeler de ne pas oublier de prendre la pilule ou d'utiliser un préservatif.

Lee Kwan Yew est parvenu à transformer son État expérimental en « Suisse de l'Asie ». Pourtant sa police a une limite. Le jeu. « On peut tout faire accepter à un Chinois, sauf de l'empêcher de jouer au mah-jong », admit-il dans une de ses allocutions.

Il faut imaginer que notre conscient est la partie émergée de notre pensée. Nous avons 10 % de conscient émergé et 90 % d'inconscient immergé.

Quand nous prenons la parole, il faut que les 10 % de notre conscient s'adressent aux 90 % de l'inconscient de nos interlocuteurs. Pour y parvenir, il faut passer la barrière des filtres de méfiance qui empêchent les informations de descendre jusqu'à l'inconscient.

L'un des moyens d'y réussir consiste à mimer les tics d'autrui. Ils apparaissent nettement au moment des repas. Profitez donc de cet instant crucial pour scruter votre vis-à-vis. S'il parle en mettant une main devant sa bouche, imitez-le. S'il mange ses frites avec les doigts, faites de même, et s'il s'essuie souvent la bouche avec sa serviette, suivez-le encore.

Posez-vous des questions aussi simples que : « Est-ce qu'il me regarde quand il parle ? » ; « Est-ce qu'il parle quand il mange ? » En reproduisant les tics qu'il manifeste vous transmettrez automatiquement le message inconscient : « Je suis de la même tribu que vous, nous avons les mêmes manières et donc sans doute une même éducation et les mêmes préoccupations. »

201 ♦ NOMBRE D'OR

Le nombre d'or est un rapport précis grâce auquel on peut construire, peindre, sculpter en enrichissant son œuvre d'une force cachée. À partir de ce nombre ont été construits les pyramides, le temple de Salomon, le Parthénon et la plupart des cathédrales. Beaucoup de tableaux de la Renaissance respectent eux aussi cette proportion. On dit que tout ce qui est bâti sans tenir compte de ce nombre finit par s'effondrer.

On calcule le nombre d'or de la manière suivante :
soit 1.618033988 plus une dizaine de milliers de décimales.

C'est un secret millénaire, que détenait Pythagore. Ce nombre n'est pas un pur produit de l'imagination humaine. Il se vérifie aussi dans la nature. C'est par exemple le rapport d'écartement entre les feuilles des arbres afin d'éviter que, mutuellement, elles ne se fassent de l'ombre. C'est aussi le nombre qui définit l'emplacement du nombril par rapport à l'ensemble du corps humain.

Conscience du futur

Qu'est-ce qui différencie l'homme des autres espèces animales ? Le fait de posséder un pouce opposable aux autres doigts de la main ? Le langage ? Le cerveau hypertrophié ? La position verticale ? Peut-être est-ce tout simplement la conscience du futur. Tous les animaux vivent dans le présent et le passé. Ils analysent ce qui survient et le comparent avec ce qu'ils ont déjà expérimenté.

L'homme, lui, tente de prévoir ce qu'il se passera. Cette disposition à apprivoiser le futur est sans doute apparue quand l'homme, au néolithique, a commencé à s'intéresser à l'agriculture. Il renonçait dès lors à la cueillette et à la chasse, sources de nourriture aléatoires, pour prévoir les récoltes futures. Il était désormais logique que la vision du futur devienne subjective, et donc différente pour chaque être humain.

Pour confirmer les promesses de futur, il fallait, en toute logique, inventer la technologie. Là a résidé le début de l'engrenage. Dieu est le nom donné par les humains à ce qui échappe à leur maîtrise du futur. Mais la technologie leur permettant de contrôler de mieux en mieux ce futur, Dieu disparaît progressivement, remplacé par les météorologues, les futurologues, et tous ceux qui pensent savoir, grâce à l'usage des machines, de quoi demain sera fait.

203 • L'ŒUF

L'œuf d'oiseau est un chef-d'œuvre de la nature. Admirons tout d'abord la structure de la coquille. Elle est composée de cristaux de sels minéraux triangulaires. Leurs extrémités pointues sont dirigées vers le centre de l'œuf. Si bien que lorsque les cristaux reçoivent une pression de l'extérieur, ils s'enfoncent les uns dans les autres, se resserrent, et la paroi devient encore plus résistante. À la manière des arceaux des cathédrales romanes, plus la pression est forte, plus la structure devient solide. En revanche, si la pression provient de l'intérieur, les triangles se séparent et l'ensemble s'effondre facilement.

Ainsi l'œuf est, de l'extérieur, suffisamment solide pour supporter le poids d'une mère couveuse, mais suffisamment fragile de l'intérieur pour permettre à l'oisillon de briser la coquille et en sortir.

Celle-ci présente d'autres qualités. Pour que l'embryon d'oiseau se développe parfaitement, il doit toujours être placé au-dessus du jaune. Il arrive cependant que l'œuf se renverse. Qu'importe : le jaune est cerné de deux cordons en guise de ressorts, fixés latéralement à la membrane et qui servent de suspension. Leur élasticité compense les mouvements de l'œuf et rétablit la position de l'embryon à la façon d'un ludion.

Une fois pondu, l'œuf subit un brutal refroidissement entraînant la séparation de ses deux membranes internes et la création d'une poche d'air. Celle-ci permettra au poussin de respirer quelques brèves secondes pour trouver la force de casser la coquille et même de piailler pour appeler sa mère à l'aide en cas de difficulté.

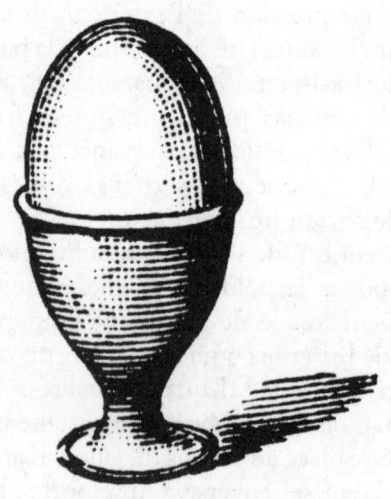

204 • Mouvement de voyelles

Dans plusieurs langues anciennes, égyptien, hébreu, phénicien, il n'existe pas de voyelles, il n'y a que des consonnes. Les voyelles représentent la voix. Si par une représentation graphique, on donne la voix au mot, on lui donne trop de force car on lui donne en même temps la vie.

Un proverbe dit : « Si tu étais capable d'écrire parfaitement le mot "armoire", tu recevrais le meuble sur la tête. »

Les Chinois ont eu le même sentiment. Au VIIIe siècle, le plus grand peintre de son temps, Wu Daozi, fut convoqué par l'empereur qui lui demanda de représenter un dragon parfait. L'artiste le peignit en entier à l'exception des yeux. « Pourquoi as-tu oublié les yeux ? interrogea l'empereur. – Parce que si je dessinais les yeux, il s'envolerait », répondit Wu Daozi. L'empereur insista, le peintre traça les yeux et la légende assure que le dragon s'envola.

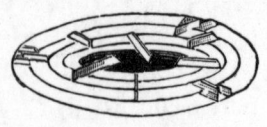

205 • HIPPODAMOS À MILET

En 494 avant J.-C., l'armée de Darius, roi des Perses, détruit et rase la ville de Milet, située entre Halicarnasse et Éphèse. Les anciens habitants demandent alors à l'architecte Hippodamos de reconstruire d'un coup leur cité tout entière. Il s'agit d'une occasion unique dans l'histoire de l'époque. Jusque-là, les villes n'étaient que des bourgades qui s'étaient progressivement développées dans la plus grande anarchie. Athènes, par exemple, était composée d'un enchevêtrement de rues, véritable labyrinthe qui avait vu le jour sans que nul ne tienne compte d'un plan d'ensemble.

Être chargé d'ériger dans sa totalité une ville de taille moyenne, c'était se voir offrir une page blanche où inventer la ville idéale. Hippodamos saisit l'aubaine. Il dessine la première ville pensée géométriquement. Il ne veut pas seulement tracer des rues et bâtir des maisons, il est convaincu qu'en repensant la forme de la ville on peut aussi en repenser la vie sociale. Il imagine une cité de 5 040 habitants, répartis en trois classes : artisans, agriculteurs, soldats.

Hippodamos souhaite une ville artificielle, sans plus aucune référence avec la nature. Au centre, une acropole d'où partent douze rayons la découpant tel un gâteau en douze portions. Les rues de la nouvelle

Milet sont droites, les places rondes et toutes les maisons sont strictement identiques pour éviter toute jalousie entre voisins. Tous les habitants sont d'ailleurs des citoyens à part égale. Ici il n'y a pas d'esclaves. Hippodamos ne souhaite pas d'artistes dans sa ville. Les artistes sont selon lui des gens imprévisibles, générateurs de désordre. Poètes, acteurs et musiciens sont bannis de Milet et la ville est également interdite aux pauvres, aux célibataires et aux oisifs.

206 ♦ Triangle quelconque

Il est parfois plus difficile d'être quelconque qu'extraordinaire. Le cas est net pour les triangles. La plupart des triangles sont isocèles (2 côtés égaux), rectangles (avec un angle droit), équilatéraux (3 côtés égaux).

Il y a tellement de triangles définis qu'il devient très compliqué de dessiner un triangle qui ne soit pas particulier ou alors il faudrait dessiner un triangle avec les côtés le plus inégaux possible. Mais ce n'est pas évident. Le triangle quelconque ne doit pas avoir d'angle droit, ni dépassant 90°. Le chercheur Jacques Loubczanski est arrivé avec beaucoup de difficulté à mettre au point un vrai « triangle quelconque ». Celui-ci présente des caractéristiques très… précises. Pour confectionner un bon « triangle quelconque », il faut associer la moitié d'un carré coupé par sa diagonale et la moitié d'un triangle équilatéral coupé par sa hauteur. En les plaçant l'un à côté de l'autre, on doit obtenir un bon représentant de triangle quelconque. Pas simple d'être simple.

♦ Méditation

Voici une méthode simple de méditation pratique.

D'abord se coucher sur le dos, pieds légèrement écartés, bras le long du corps sans le toucher, paumes orientées vers le haut. Bien se détendre. Commencer l'exercice en se concentrant sur le sang qui reflue des extrémités des pieds depuis chaque orteil pour remonter s'enrichir dans les poumons. À l'expiration, visualiser l'éponge pulmonaire gorgée de sang qui disperse le sang propre, purifié, enrichi d'oxygène vers les jambes jusqu'à l'extrémité des orteils.

Se livrer à une nouvelle inspiration en se concentrant cette fois sur le sang usé des organes abdominaux afin de l'amener jusqu'aux poumons. À l'expiration, visualiser ce sang filtré et plein de vitalité qui revient abreuver notre foie, notre rate, notre système digestif, notre sexe, nos muscles.

À la troisième inspiration, aspirer le sang des vaisseaux des mains et des doigts, le rincer et le renvoyer d'où il est venu.

À la quatrième enfin, en respirant encore plus profondément, aspirer le sang du cerveau, vidanger toutes les idées stagnantes, les envoyer se purifier dans les poumons puis ramener le sang propre, gorgé d'énergie, d'oxygène et de vitalité dans le crâne.

Bien visualiser chaque phase. Bien associer la respiration à l'amélioration de l'organisme.

208 • CONSTRUCTION MUSICALE, LE CANON

En musique, le « canon » présente une structure de construction particulièrement intéressante. Exemples les plus connus : *Frère Jacques, Vent frais, vent du matin* ou encore le *Canon* de Pachelbel.

Le canon est bâti autour d'un thème unique dont les interprètes explorent toutes les facettes en le confrontant à lui-même. Une première voix commence par exposer le thème. Après un temps prédéterminé, une seconde voix le répète puis une troisième voix le reprend. Pour que l'ensemble fonctionne, chaque note a trois rôles à jouer :

Tisser la mélodie de base.

Ajouter un accompagnement à la mélodie de base.

Ajouter un accompagnement à l'accompagnement et à la mélodie de base.

Il s'agit donc d'une construction à trois niveaux dans laquelle chaque élément est selon son emplacement à la fois vedette, second rôle et figurant.

On peut sophistiquer le canon sans ajouter une note, simplement en modifiant la tonalité, un couplet dans l'octave au-dessus, un couplet dans l'octave au-dessous. Il est aussi possible de compliquer le canon en agissant sur la rapidité du chant. Plus rapide : tandis que la première voix interprète le thème, la deuxième le répète deux fois à toute vitesse. Plus lent : tandis que la première voix interprète la mélodie, la deuxième la répète deux fois plus lentement. De même, la troisième voix accélère ou ralentit encore le thème, d'où un effet d'expansion ou de concentration.

Le canon peut encore se sophistiquer par l'inversion de la mélodie. Quand la première voix s'élève en jouant le thème principal, la seconde alors descend.

Tout cela est bien plus facile à réaliser lorsqu'on dessine les lignes de chant à grands traits comme les flèches d'une bataille.

209 • CONSEIL

Aime tes ennemis. C'est le meilleur moyen de leur porter sur les nerfs.

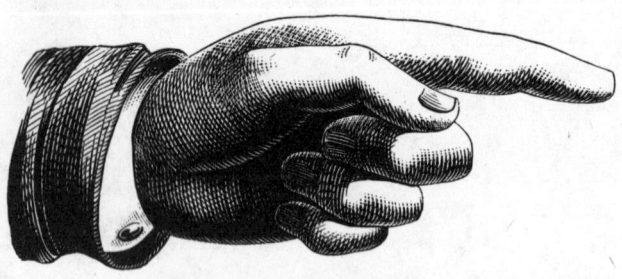

210 • MOBILITÉ SOCIALE CHEZ LES INCAS

Les Incas croyaient au déterminisme et aux castes. Chez eux, pas de problème d'orientation professionnelle : la carrière était déterminée par la naissance. Les fils d'agriculteurs deviendraient obligatoirement agriculteurs, les fils de soldats, soldats.

Pour éviter tout risque d'erreur, la caste était d'emblée inscrite dans le corps des enfants. Pour cela les Incas plaçaient les têtes à la fontanelle molle propre aux nouveau-nés dans des étaux spéciaux en bois qui modelaient leurs crânes. Ils obtenaient ainsi la forme désirée pour les futurs emplois des enfants : carrée pour ceux des rois, par exemple. L'opération n'était pas douloureuse, pas plus en tout cas que celle qui consiste à faire porter un appareil dentaire. Les crânes mous se solidifiaient dans le moule en bois. Ainsi, même nus et abandonnés, les fils de rois restaient rois, reconnaissables par tous puisqu'ils étaient les seuls à pouvoir porter des couronnes, elles-mêmes de forme carrée. Quant aux crânes des enfants de soldats, ils étaient moulés en forme triangulaire. Pour les fils de paysans, c'était une forme pointue.

La société inca était ainsi rendue immuable. Aucun risque de mobilité sociale, pas la moindre menace d'ambition personnelle, chacun portait imprimés à vie sur son crâne à la fois son rang social et sa fonction professionnelle.

211 ◆ STRATÉGIE DE MANIPULATION

La population se divise en trois groupes : ceux qui parlent avec pour référence le langage visuel, ceux qui parlent avec pour référence le langage auditif, ceux qui parlent avec pour référence le langage corporel.

Les visuels disent tout naturellement : « Tu vois », car ils ne parlent que par images. Ils montrent, observent, décrivent par couleurs, précisent « c'est clair, c'est flou, c'est transparent ». Ils utilisent des expressions comme « la vie en rose », « c'est tout vu », « une peur bleue ».

Les auditifs disent tout naturellement : « Tu entends. » Ils parlent avec des mots sonores évoquant la musique et le bruit : « sourde oreille », « son de cloche » et leurs adjectifs sont : « mélodieux », « discordant », « audible », « retentissant ».

Les sensitifs corporels disent tout naturellement : « Tu sens. » Ils parlent par sensations : « tu saisis », « tu éprouves », « tu craques ». Leurs expressions : « en avoir plein le dos », « à croquer ». Leurs adjectifs : « froid », « chaleureux », « excité/calme ».

L'appartenance à un groupe se reconnaît à la manière dont un interlocuteur bouge les yeux. Lorsqu'on lui demande de rechercher un souvenir, s'il commence par lever les yeux vers le haut, c'est un visuel. S'il dirige son regard vers le côté, c'est un auditif. S'il baisse les yeux comme pour mieux rechercher les sensations en lui, c'est un sensitif.

Une telle connaissance permet d'agir sur tous les types d'interlocuteurs en jouant sur les trois registres linguistiques. De là, on peut aller plus loin en créant des points d'ancrage physiques. L'action consiste à appliquer par exemple sa main sur l'épaule de son interlocuteur lorsqu'on veut le stimuler au moment de lui transmettre un message important, tel que : « Je compte sur toi pour mener à bien ce travail. » Ensuite, chaque fois qu'on lui touchera l'épaule de la même manière, il se souviendra de ce qui lui a été intimé. C'est là une forme de mémoire sensorielle.

Attention cependant à ne pas la faire fonctionner à l'envers. Un psychothérapeute qui accueille son patient en lui tapotant l'épaule tout en le plaignant : « Alors, mon pauvre ami, cela ne va donc pas mieux ? », aura beau pratiquer la meilleure thérapie du monde, son patient retrouvera instantanément toutes ses angoisses si, au moment de le quitter, il réitère son geste.

Voyage vers la Lune

En Chine, au XIIIe siècle, sous le règne des empereurs de la dynastie Song, il se produisit un mouvement culturel visant à admirer la Lune. Les plus grands poètes, les plus grands écrivains, les plus grands chanteurs n'avaient plus pour source d'inspiration que cet astre régnant dans le ciel.

Un des empereurs Song, lui-même poète et écrivain, voulut en avoir le cœur net. Il admirait si fort la Lune qu'il souhaita être le premier homme à y prendre pied. Il demanda donc à ses savants de fabriquer une fusée.

Les Chinois savaient déjà fort bien se servir de la poudre. Ils placèrent de volumineux pétards sous une petite cahute au centre de laquelle trônerait l'empereur Song. Ils espéraient que la puissance de l'explosion projetterait le souverain sur la Lune. Bien avant Neil Armstrong, bien avant Jules Verne, ces Chinois avaient ainsi fabriqué la première fusée interplanétaire. Mais les recherches préliminaires avaient dû être trop sommaires : à peine les mèches des réacteurs furent-elles allumées, ceux-ci se comportèrent exactement comme des feux d'artifice, c'est-à-dire qu'ils explosèrent.

Et l'empereur Song et son véhicule furent pulvérisés, parmi les énormes gerbes colorées et incandescentes censées le propulser jusqu'à l'astre de la nuit.

◆ Censure

Autrefois, afin que certaines idées jugées subversives par le pouvoir en place n'atteignent pas le grand public, une instance policière avait été instaurée : la censure d'État, chargée d'interdire purement et simplement la propagation de certaines œuvres.

Aujourd'hui, la censure a changé de visage. Ce n'est plus le manque qui agit mais l'abondance. Sous l'avalanche ininterrompue d'informations insignifiantes, plus personne ne sait où puiser les informations intéressantes. En multipliant les chaînes de télévision, en publiant plusieurs milliers de titres de romans par an, en diffusant au kilomètre des musiques similaires, on empêche l'émergence de courants nouveaux. Ceux-ci seraient de toute façon submergés sous la masse de la production. La profusion d'insipidités identiques bloque la création originale. Les critiques eux-mêmes, qui devraient filtrer ce déluge, n'ont plus le temps de tout lire, tout voir, tout écouter. Si bien qu'on en arrive à ce paradoxe : plus il y a de chaînes de télévision, de radios, de journaux, de supports médiatiques, moins il y a diversité de création. La grisaille se répand.

214 • L'ART DE LA FUGUE

La fugue est une évolution par rapport au canon. Si, dans le canon, on œuvre toujours sur un seul thème « torturé » dans tous les sens pour voir comment il interagit avec lui-même, la fugue, elle, peut présenter plusieurs thèmes différents. L'*Offrande musicale* de Jean-Sébastien Bach constitue l'une des plus belles architectures de fugue. Comme nombre d'entre elles, elle part en *do* mineur mais, à la fin, par un tour de passe-passe digne des meilleurs prestidigitateurs, elle s'achève en *ré* mineur. Et cela, sans que l'oreille de l'auditeur le plus attentif ait pu déceler l'instant où s'est opérée la métamorphose.

À l'aide de ce système de « saut » d'une tonalité, on pourrait répéter à l'infini l'*Offrande musicale* sur toutes les notes de la gamme. « Ainsi en va-t-il de la gloire du roi qui ne cesse de s'élever en même temps que la modulation », expliquait Bach.

Summum de l'art fuguesque : le morceau l'*Art de la fugue* dans lequel, juste avant de mourir, Jean-Sébastien Bach a voulu expliquer au commun des mortels sa technique de progression musicale, en partant de la simplicité pour aller vers la complexité absolue. Il a été arrêté en plein élan par des problèmes de santé (il était presque aveugle). Cette fugue est donc inachevée.

Il est à noter que Bach l'a signée en utilisant pour thème musical les quatre lettres de son nom. Dans le solfège allemand, B correspond à la note *si* bémol, A au *la*, C au *do* et H au *si* simple. Bach = *si* bémol, *la, do, si*.

Bach était à l'intérieur même de sa musique, et il comptait sur elle pour s'élever comme un roi immortel vers l'infini.

215 ✦ THÉLÈME

En 1534, François Rabelais proposa sa vision personnelle de la cité utopique idéale en décrivant, dans *Gargantua* l'abbaye de Thélème.

Pas de gouvernement car, pense Rabelais : « Comment pourrait-on gouverner autrui quand on ne sait pas se gouverner soi-même ? » Sans gouvernement, les Thélémites agissent donc « selon leur bon vouloir » avec pour devise : « Fais ce que voudras. » Pour que l'utopie réussisse, les hôtes de l'abbaye sont triés sur le volet. N'y sont admis que des hommes et des femmes bien nés, libres d'esprit, instruits, vertueux, beaux et « bien naturés ». On y entre à dix ans pour les femmes, à douze pour les hommes. Dans la journée, chacun fait donc ce qu'il veut, travaille si cela lui chante et, sinon, se repose, boit, s'amuse, fait l'amour. Les horloges ont été supprimées, ce qui évite toute notion du temps qui passe. On se réveille à son gré, mange quand on a faim. L'agitation, la violence, les querelles sont bannies. Des domestiques et des artisans installés à l'extérieur de l'abbaye sont chargés des travaux pénibles.

Rabelais décrit son utopie. L'établissement devra être construit en bord de Loire, dans la forêt de Port-Huault. Il comprendra neuf mille trois cent trente-deux chambres. Pas de murs d'enceinte car « les murailles entretiennent la conspiration ». Chaque bâtiment sera haut de six étages. Un tout-à-l'égout débouchera dans le fleuve. De nombreuses bibliothèques, un parc enrichi d'un labyrinthe et une fontaine au centre.

Rabelais n'était pas dupe. Il savait que son abbaye idéale serait forcément détruite par la démagogie, les doctrines absurdes et la discorde, ou tout simplement par des broutilles, mais il était convaincu que cela valait quand même la peine d'essayer.

216 ◆ Le cheval Hans

En 1904, la communauté scientifique internationale entra en ébullition. On croyait avoir enfin découvert « un animal aussi intelligent qu'un homme ». L'animal en question était un cheval de huit ans éduqué par un savant autrichien, le professeur von Osten. À la vive surprise de ceux qui lui rendaient visite, Hans, le cheval, paraissait avoir parfaitement compris les mathématiques modernes. Il donnait des solutions exactes aux équations qu'on lui proposait, il savait aussi indiquer précisément quelle heure il était, reconnaître sur des photographies des gens qu'on lui avait présentés quelques jours plus tôt, résoudre des problèmes de logique.

Hans désignait les objets du bout du sabot et communiquait les chiffres en tapant sur le sol. Les lettres étaient frappées une à une pour former des mots. Un coup pour le « a », deux pour le « b », trois pour le « c », et ainsi de suite.

On soumit Hans à toutes sortes d'expériences, et le cheval prouva régulièrement ses dons. Des zoologistes, des biologistes, des physiciens et pour finir des psychologues et des psychiatres se déplacèrent du monde entier pour rencontrer Hans. Ils arrivaient sceptiques et repartaient déconcertés. Ils ne comprenaient pas où était la manipulation et finissaient par admettre que cet animal était vraiment « intelligent ».

Le 12 septembre 1904, un groupe de treize experts publia un rapport rejetant toute possibilité de supercherie. L'affaire fit grand bruit et le monde scientifique commença à s'habituer à l'idée que ce cheval était vraiment aussi intelligent qu'un homme. Oskar Pfungst, l'un des assistants de von Osten, perça enfin le mystère. Il remarqua que Hans se trompait dans ses réponses chaque fois que la solution du problème qu'on lui soumettait était inconnue des personnes présentes. De même si on lui mettait des œillères qui l'empêchaient de voir l'assistance, il échouait à tous les coups. La seule explication était donc que Hans était un animal extrêmement attentif qui, tout en tapant du sabot, percevait les changements d'attitude des humains alentour. Il sentait l'excitation monter quand il approchait de la bonne solution. Sa concentration était motivée par l'espoir d'une récompense alimentaire.

Quand le pot aux roses fut découvert, la communauté scientifique fut tellement humiliée de s'être laissé aussi facilement berner, qu'elle bascula dans un scepticisme systématique face à toute expérience ayant trait à l'intelligence animale. On fait encore état dans beaucoup d'universités du cas du cheval Hans comme d'un exemple caricatural de tromperie scientifique. Cependant, le pauvre Hans ne méritait ni tant de gloire ni tant d'opprobre. Après tout, ce cheval savait décoder des attitudes humaines au point de se faire passer temporairement pour un égal de l'homme. Mais peut-être l'une des raisons d'en vouloir si fort à Hans était-elle plus profonde encore. Il est désagréable à l'espèce humaine de se savoir transparente pour un animal.

217 • L'AVENIR EST AUX ACTEURS

Pour se faire respecter, les acteurs savent mimer la colère. Pour se faire aduler, les acteurs savent mimer l'amour. Pour faire des envieux, les acteurs savent mimer la joie. Toutes les professions sont infiltrées par des acteurs.

L'élection de Ronald Reagan à la présidence des États-Unis, en 1980, a définitivement consacré le règne des acteurs. Inutile d'avoir des idées ou de savoir gouverner, il suffit de s'entourer d'une équipe de spécialistes pour rédiger ses discours et de bien interpréter ensuite son rôle sous l'objectif des caméras.

Dans la plupart des démocraties modernes, d'ailleurs, on ne choisit plus son candidat en fonction de son programme politique (tout le monde sait pertinemment que les promesses ne seront jamais tenues, le pays ayant une politique globale dont il ne peut dévier), mais de son allure, son sourire, sa voix, sa manière de s'habiller, sa familiarité avec les interviewers, ses mots d'esprit.

Inexorablement, dans toutes les professions, les acteurs ont gagné du terrain. Un peintre bon acteur est capable de convaincre qu'une toile monochrome est une œuvre d'art. Un chanteur bon acteur n'a pas besoin d'avoir de la voix s'il interprète convenablement son clip. Les acteurs contrôlent le monde. Le problème, c'est qu'à force de mettre en avant les acteurs, la forme prend plus d'importance que le fond, le paraître prend le pas sur l'être. On n'écoute plus ce que les gens disent. On se contente de regarder comment ils le disent, le regard qu'ils ont en le disant, et si leur cravate est assortie à leur pochette.

Ceux qui ont des idées mais ne savent pas les présenter sont peu à peu exclus des débats.

Deux bouches

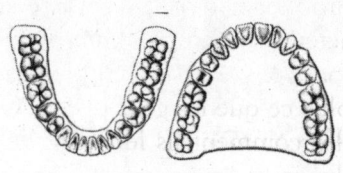

Le Talmud affirme que l'homme possède deux bouches : celle d'en haut et celle d'en bas. Celle d'en haut permet par la parole de dénouer les problèmes du corps. La parole ne fait pas que transmettre des informations, elle sert aussi à guérir. Au moyen du langage de la bouche d'en haut, on se situe dans l'espace, on se situe par rapport aux autres. Le Talmud conseille d'ailleurs d'éviter de prendre trop de médicaments pour se soigner, ceux-ci effectuant un trajet inverse à celui de la parole. Il ne faut pas empêcher le mot de sortir, sinon il se transforme en maladie.

La deuxième bouche, c'est le sexe. Par le sexe, on dénoue les problèmes du corps dans le temps. Par le sexe, et donc par le plaisir et la reproduction, l'homme se crée un espace de liberté. Il se définit par rapport à ses parents et à ses enfants. Le sexe, la « bouche du bas », sert à se frayer un nouveau chemin, différent de celui de la lignée familiale. Chaque homme jouit du pouvoir de faire incarner par ses enfants d'autres valeurs que celles de ses parents.

La bouche du haut agit sur celle du bas. C'est par la parole qu'on séduira l'autre et qu'on fera fonctionner son sexe. La bouche du bas agit sur la bouche du haut, c'est par le sexe qu'on trouvera son identité et son langage.

219 ✦ STADE DU MIROIR

À douze mois, le bébé traverse une nouvelle phase : le stade du miroir. L'étape du « deuil du bébé » lui a appris à surmonter sa peur d'être abandonné ; avec le stade du miroir il comprend qu'il est unique.

À partir de un an, l'enfant commence à se tenir debout, la motricité de ses mains gagne en habileté, il parvient à surmonter les besoins qui auparavant le submergeaient. Le miroir va maintenant lui indiquer qu'il existe. L'enfant se reconnaît, se fait une image de lui qu'il apprécie ou n'apprécie pas, l'effet est tout de suite visible. Soit il s'envoie des câlins dans la glace, s'embrasse et rit à gorge déployée, soit il s'adresse des grimaces. Généralement, il s'identifie comme étant une image idéale. Il tombera amoureux de lui-même, il s'adorera. Épris de son image, il se projettera dans le futur et s'identifiera à un héros. Avec son imaginaire développé par le miroir, il commencera à supporter la vie, source permanente de frustrations. Il supportera même de ne pas être le maître du monde. Même si l'enfant ne découvre pas de miroir ou son reflet dans l'eau, il passera malgré tout par cette phase. Il trouvera un moyen de s'identifier et de s'isoler de l'univers, tout en comprenant qu'il doit le conquérir.

Les chats ne connaissent jamais la phase du miroir. Quand ils s'aperçoivent dans une glace, ils cherchent à passer derrière pour attraper l'autre chat qui s'y trouve, et ce comportement ne changera jamais, même avec l'âge.

Gâteau d'anniversaire

Souffler des bougies à l'occasion de chaque anniversaire est l'un des rites les plus révélateurs de l'espèce humaine. L'homme se rappelle ainsi à intervalles réguliers qu'il est capable de créer le feu, puis de l'éteindre de son souffle. Le contrôle du feu constitue un des rites de passage pour qu'un bébé se transforme en être responsable. Que les personnes âgées n'aient plus le souffle nécessaire à l'extinction des bougies prouve en revanche qu'elles sont désormais socialement exclues du monde actif.

221 • Indiens d'Amérique

Qu'ils soient sioux, cheyennes, apaches, crows, navajos, comanches, etc., les Indiens d'Amérique du Nord partageaient les mêmes principes.

Tout d'abord ils se considéraient comme faisant partie intégrante de la nature et non maîtres de la nature. Leur tribu, ayant épuisé le gibier d'un territoire, migrait afin que la faune puisse se reconstituer.

Dans le système de valeurs indien, l'individualisme était source de honte plutôt que de gloire. Il était obscène de faire quelque chose pour soi. On ne possédait rien, on n'avait de droit sur rien. Encore de nos jours, un Indien qui s'achète une voiture sait qu'il devra la prêter au premier Indien qui la lui réclamera. Les enfants étaient éduqués sans contraintes. En fait ils s'auto-éduquaient.

Les Indiens avaient découvert les greffes de plantes qu'ils utilisaient par exemple pour créer des hybrides de maïs. Ils connaissaient le principe d'imperméabilisation des toiles grâce à la sève d'hévéa. Ils savaient fabriquer des vêtements de coton dont la finesse de tissage était inégalée en Europe. Ils connaissaient aussi les effets bénéfiques de l'aspirine (acide salicylique), de la quinine…

Dans la société indienne d'Amérique du Nord, il n'y avait pas de pouvoir héréditaire ni de pouvoir permanent. À chaque décision, chacun exposait son point de vue lors du pow-wow (conseil de la tribu). C'était avant tout, et bien avant les révolutions républicaines européennes, un régime d'assemblée. Si la majorité n'avait plus confiance en son chef, celui-ci se retirait de lui-même.

C'était une société égalitaire. Il y avait certes un chef, mais on n'était chef que si les gens vous suivaient spontanément. Être leader, c'était une question de confiance. À une décision prise en pow-wow, on n'était obligé d'obéir que si l'on avait voté pour cette décision. Un peu comme si, chez nous, il n'y avait que ceux qui trouvaient une loi juste qui l'appliquaient...

Même à l'époque de leur splendeur, les Amérindiens n'ont jamais eu d'armée de métier. Tout le monde participait à la bataille quand il le fallait, mais le guerrier était avant tout reconnu socialement comme chasseur, cultivateur et père de famille. Dans le système indien, toute vie, quelle que soit sa forme, mérite le respect. Ils ménageaient donc la vie de leurs ennemis pour que ceux-ci fassent de même. Toujours cette idée de réciprocité : ne pas faire aux autres ce qu'on n'a pas envie qu'ils nous fassent.

La guerre était considérée comme un jeu où l'on devait montrer son courage. On ne souhaitait pas la destruction physique de son adversaire. Un des buts du combat guerrier était notamment de toucher l'ennemi par l'extrémité de son bâton à bout rond. C'était un honneur plus fort que de le tuer. On comptait « une touche ». Le combat s'arrêtait dès les premières effusions de sang. Il y avait rarement des morts. Le principal objectif des guerres interethniques consistait à voler les chevaux de l'ennemi.

Culturellement, il leur fut difficile de comprendre la guerre de masse pratiquée par les Européens. Ils furent très surpris quand ils virent que les Blancs tuaient tout le monde, y compris les vieux, les femmes et les enfants. Pour eux, ce n'était pas seulement affreux, c'était surtout aberrant, illogique, incompréhensible. Pourtant, les Indiens d'Amérique du Nord résistèrent relativement longtemps.

Les sociétés sud-américaines furent plus faciles à attaquer. Il suffisait de décapiter la tête royale pour que toute la société s'effondre. C'est la grande faiblesse des systèmes à hiérarchie et à administration centralisée. On les tient par leur monarque. En Amérique du Nord, la société avait une structure plus éclatée. Les cow-boys eurent affaire à des centaines de tribus migrantes. Il n'y avait pas un grand roi immobile mais des centaines de chefs mobiles. Si les Blancs arrivaient à mater ou à détruire une tribu de cent cinquante personnes, ils devaient à nouveau s'attaquer à une deuxième tribu de cent cinquante personnes.

Ce fut malgré tout un gigantesque massacre. En 1492, les Amérindiens étaient dix millions. En 1890, ils étaient cent cinquante mille, se mourant pour la plupart des maladies apportées par les Blancs.

Lors de la bataille de Little Big Horn, le 25 juin 1876, on assista au plus grand rassemblement indien jamais vu : dix à douze mille individus, dont trois à quatre mille guerriers. L'armée amérindienne écrasa à plates coutures les troupes du général Custer. Mais il était difficile de nourrir tant de personnes sur un si petit territoire. Après la victoire, les Indiens se sont donc séparés. Ils considéraient qu'après avoir subi une telle humiliation les Blancs n'oseraient plus jamais leur manquer de respect.

Ainsi les tribus ont été réduites une à une. Jusqu'en 1900, le gouvernement américain a tenté de les détruire. Après 1900, il a cru que les Amérindiens s'intégreraient au « melting-pot » comme les Noirs, les Latinos, les Irlandais ou les Italiens. Mais Washington se trompait du tout au tout. Les Amérindiens ne voyaient absolument pas ce qu'ils pouvaient apprendre du système social et politique occidental, qu'ils considéraient comme nettement moins évolué que le leur.

L'INSTANT OÙ IL FAUT PLANTER

Il ne faut pas se tromper d'instant pour entreprendre quoi que ce soit. Avant c'est trop tôt, après c'est trop tard. Le cas est net pour les légumes. Si on veut réussir son potager, il est indispensable de connaître le moment propice à la plantation et à la récolte.

Asperges : à planter en mars. À récolter en mai.

Aubergines : à planter en mars (bien exposer au soleil). À récolter en août.

Betteraves : à planter en mars. À récolter en octobre.

Carottes : à planter en mars. À récolter en juillet.

Concombres : à planter en avril. À récolter en septembre.

Oignons : à planter en septembre. À récolter en mai.

Poireaux : à planter en septembre. À récolter en juin.

Pommes de terre : à planter en avril. À récolter en juillet.

Tomates : à planter en mars. À récolter en août.

223 ◆ Phalanstère de Fourier

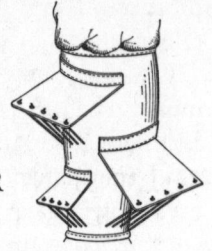

Charles Fourier était un fils de drapier né à Besançon en 1772. Dès la révolution de 1789, il fait preuve d'étonnantes ambitions pour l'humanité. Il veut changer la société. Il expose ses projets en 1796 aux membres du Directoire qui se moquent de lui.

Contraint de travailler dans le commerce, lorsqu'il a du temps libre Charles Fourier poursuit néanmoins sa recherche d'une société idéale, qu'il décrira les détails dans plusieurs livres dont *Le Nouveau Monde industriel et sociétaire*.

Selon cet utopiste, les hommes devraient vivre en petites communautés de mille six cents à mille huit cents membres. La communauté, qu'il nomme phalange, remplace la famille. Sans famille, plus de rapports parentaux, plus de rapports d'autorité. Le gouvernement est restreint au plus strict minimum. Les décisions importantes se prennent en commun, au jour le jour, sur la place centrale.

Chaque phalange est logée dans une maison-cité que Fourier appelle le « phalanstère ». Il décrit très précisément son phalanstère idéal : un château de trois à cinq étages. Au premier niveau, des rues rafraîchies en été par des jets d'eau, chauffées en hiver par de grandes cheminées. Au centre se trouve une Tour d'ordre où sont installés l'observatoire, le carillon, le télégraphe Chappe, le veilleur de nuit.

Charles Fourier pense qu'après des siècles d'harmonie chaque phalanstérien sera, à l'exemple des Solariens, habitants du « globe solaire », pourvu d'un nouveau membre, l'archibras : « Ce bras d'harmonie est une véritable queue d'une immense longueur à 144 vertèbres partant du coccyx. Elle se relève et s'appuie sur l'épaule... »

Des disciples de Fourier construiront des phalanstères jusqu'en Argentine, au Brésil, au Mexique et aux États-Unis.

En France, en 1859, André Godin, l'inventeur des poêles de chauffage, crée une communauté qui s'en inspire. Mille deux cents personnes vivent ensemble, fabriquent des poêles et se partagent les profits. Mais le système ne se maintiendra que grâce à l'autorité paternaliste de la famille Godin.

224 • RAT-TAUPE

Le rat-taupe (*Heterocephalus glaber*) vit en Afrique de l'Est entre l'Éthiopie et le nord du Kenya. Cet animal est aveugle et sa peau rose est dépourvue de poils. Avec ses incisives il peut creuser des tunnels de plusieurs kilomètres.

Mais le plus étonnant n'est pas là. Le rat-taupe est le seul cas connu de mammifère se comportant socialement de la même manière que les insectes. Une colonie de rats-taupes compte en moyenne cinq cents individus qui se répartissent, tout comme chez les fourmis, en trois castes principales : sexués, ouvriers, soldats. Une seule femelle, la reine en quelque sorte, peut enfanter et mettre bas jusqu'à trente petits par portée, et de toutes castes. Pour demeurer l'unique « pondeuse », elle sécrète dans son urine une substance odorante qui bloque les hormones reproductrices des autres femelles du nid.

La constitution de l'espèce en colonies peut s'expliquer par le fait que le rat-taupe vit dans des régions quasi désertiques. Il se nourrit de tubercules et de racines, parfois volumineux et souvent très dispersés. Un rongeur solitaire pourrait creuser droit devant lui des kilomètres durant sans rien trouver et mourir, à coup sûr, de faim et d'épuisement. La vie en société multiplie ses chances de découvrir sa subsistance, d'autant que le moindre tubercule repéré sera équitablement partagé entre tous.

Seule différence notable avec la fourmi : les mâles survivent à l'acte d'amour.

225 ♦ Tour de magie

Comment faire surgir de la fumée de ses doigts nus ? D'abord détacher un grattoir d'une boîte d'allumettes. Le déposer sur une petite assiette. Enflammer ce grattoir en le laissant se consumer sur l'assiette (attention, mieux vaut le faire fenêtre ouverte ou dans un endroit aéré car la fumée est épaisse). La combustion terminée, on obtient un tas de carton brûlé qui sent très mauvais (désolé). Et si on regarde bien sous la cendre, on trouve un résidu noirâtre qui ressemble à de l'huile collante. S'en enduire le pouce et l'index. Annoncer que l'on a un don. Se frotter les deux doigts.

Et abracadabra, une fumée blanche s'élève, sans qu'on se brûle. Comme ce qui va sans dire, va mieux en le disant, l'expérience terminée, bien se laver les mains car cette substance est un peu toxique.

226 ◆ Méthode anti-célibat

Jusqu'en 1920, dans les Pyrénées, les paysans de certains villages résolvaient d'une manière simple et directe les problèmes de célibat. Il y avait un soir dans l'année appelé « la nuit des mariages ». Ce soir-là les gens du pays rassemblaient tous les jeunes gens et toutes les jeunes filles ayant 16 ans révolus. Ils se débrouillaient pour qu'il y ait exactement le même nombre de filles que de garçons. Un grand banquet était organisé en plein air, à flanc de montagne, et tous les villageois mangeaient et buvaient abondamment.

À une heure donnée, les filles quittaient la table les premières. Elles couraient se dissimuler dans les taillis. Comme pour une partie de cache-cache, les garçons partaient ensuite à leur recherche. Le premier à avoir découvert une fille se l'appropriait. Les plus jolies étaient bien sûr les plus recherchées mais elles n'avaient pas le droit de se refuser au premier qui les débusquait.

Or ce n'était pas forcément les plus beaux qui étaient les premiers à les découvrir mais toujours les plus rapides, les plus observateurs, les plus malins. Les autres n'avaient plus qu'à se contenter des filles moins séduisantes car aucun garçon n'était autorisé à rentrer au village sans compagne. Si l'un d'eux refusait de se rabattre sur une laide et revenait bredouille, il était banni du bourg.

Heureusement, plus la nuit avançait et plus l'obscurité avantageait les moins jolis minois. Le lendemain, on procédait aux mariages. Inutile de préciser qu'il y avait peu de vieux garçons et de vieilles filles isolés dans ces villages.

227 • Dictée

Testez sur vos amis la dictée suivante : « Sous un arbre, vos laitues naissent-elles ? Si vos laitues naissent, vos navets naissent. » Liez bien les syllabes pour obtenir un effet du genre « volait une estelle ».

Autre dictée amusante à massacrer : « La pie niche haut. L'oie niche bas. Le hibou niche ni haut ni bas. » À prononcer en liant le plus possible les syllabes de façon à faire comprendre l'« ouanichba ».

228 • Utopie

Nul n'a besoin de démontrer la parfaite harmonie qui règne entre les différentes parties de notre corps. Toutes nos cellules sont à égalité. L'œil droit n'est pas jaloux de l'œil gauche. Le poumon droit n'envie pas le poumon gauche. Dans notre corps, toutes les cellules, tous les organes, toutes les parties n'ont qu'un unique et même objectif : servir l'organisme global de façon que celui-ci fonctionne au mieux.

Les cellules de notre corps connaissent, et avec réussite, et le communisme et l'anarchisme. Toutes égales, toutes libres, mais avec un but commun : vivre ensemble le mieux possible. Grâce aux hormones et aux influx nerveux, l'information circule instantanément au travers de notre corps mais n'est transmise qu'aux seules parties qui en ont besoin.

Dans le corps, il n'y a pas de chef, pas d'administration, pas d'argent. Les seules richesses sont le sucre et l'oxygène et il n'appartient qu'à l'organisme global de décider quels organes en ont le plus besoin. Quand il fait froid par exemple, le corps humain prive d'un peu de sang les extrémités de ses membres pour en alimenter les zones les plus vitales. C'est pour cette raison que doigts et orteils bleuissent les premiers.

En recopiant à l'échelle macrocosmique ce qu'il se passe dans notre corps à l'échelle microcosmique, nous prendrions exemple sur un système d'organisation qui a fait ses preuves depuis longtemps.

229 • Ainsi naquit la mort

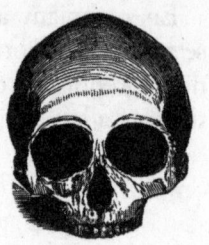

La mort est apparue il y a précisément sept cents millions d'années. Jusque-là, et depuis quatre milliards d'années, la vie s'était limitée à la monocellularité. Sous sa forme monocellulaire, elle était immortelle puisque capable de se reproduire à l'identique et à l'infini. De nos jours, on trouve encore des traces de ces systèmes monocellulaires immortels dans les barrières de corail.

Un jour, cependant, deux cellules se sont rencontrées, se sont parlé et ont décidé de fonctionner ensemble, en complémentarité. Sont apparues alors des formes de vie multicellulaires. Simultanément la mort a fait aussi son apparition. En quoi les deux phénomènes sont-ils liés ?

Quand deux cellules souhaitent s'associer, elles sont contraintes de communiquer, et leur communication les porte à se répartir les tâches afin d'être plus efficaces. Elles décideront par exemple que ce n'est pas la peine que toutes deux s'échinent à digérer la nourriture, l'une repérera les aliments et l'autre les digérera.

Par la suite, plus les rassemblements de cellules ont été importants, plus leur spécialisation s'est affinée. Plus leur spécialisation s'est affinée, plus chaque cellule s'est fragilisée, et, cette fragilité ne faisant que s'accentuer, la cellule a fini par perdre son immortalité originelle. Ainsi naquit la mort. De nos jours, d'immenses agrégats de cellules extrêmement spécialisées dialoguent en permanence.

Les cellules de nos yeux sont très différentes des cellules de notre foie, et les premières s'empressent de signaler qu'elles aperçoivent un plat chaud afin que les secondes puissent aussitôt se mettre à fabriquer de la bile bien avant l'arrivée du mets dans la bouche. Dans un corps humain, tout est spécialisé, tout communique et donc tout est fragile et mortel.

La nécessité de la mort peut s'expliquer d'un autre point de vue. La mort est indispensable pour assurer l'équilibre entre les espèces. Si une espèce pluricellulaire se trouvait être immortelle, elle continuerait à se spécialiser jusqu'à résoudre tous les problèmes et devenir tellement efficace qu'elle compromettrait la perpétuité de toutes les autres formes de vie.

230 · CHAMANISME

Presque toutes les sociétés humaines connaissent le chamanisme. Les chamans ne sont ni des chefs, ni des prêtres, ni des sorciers, ni des sages. Leur rôle consiste simplement à réconcilier l'homme avec la nature.

Chez les Indiens Caraïbes du Surinam, la phase initiale de l'apprentissage chamanique dure vingt-quatre jours, divisés en quatre périodes de trois jours d'instruction et trois jours de repos. Les jeunes apprentis, en général six jeunes d'âge pubère, car c'est l'âge où la personnalité est encore malléable, sont initiés aux traditions, aux chants et aux danses. Ils observent et imitent les mouvements et les cris des animaux pour mieux les comprendre. Pendant toute la durée de leur enseignement, ils ne mangent pratiquement pas mais mâchent des feuilles de tabac et boivent du jus de tabac. Le jeûne et la consommation de tabac provoquent chez eux de fortes fièvres et d'autres troubles physiologiques. L'initiation est de plus parsemée d'épreuves physiquement dangereuses qui placent l'individu à la limite de la vie et de la mort, en détruisant sa personnalité. Après quelques jours de cette initiation à la fois exténuante, dangereuse et intoxicante, les apprentis parviennent à « visualiser » certaines forces et à se familiariser avec l'état de transe extatique.

L'initiation chamanique est une réminiscence de l'adaptation de l'homme à la nature. En état de péril, soit on s'adapte, soit on disparaît. En état de péril, on observe sans juger et sans intellectualiser. On apprend à désapprendre. Vient ensuite pour l'apprenti chaman une période de vie solitaire de près de trois ans dans la forêt, pendant laquelle il se nourrit seul dans la nature. S'il survit, il réapparaîtra au village, épuisé, sale, presque en état de démence. Un vieux chaman le prendra alors en charge pour la suite de l'initiation. Le maître tentera d'éveiller chez le jeune la faculté de transformer ses hallucinations en expériences « extatiques » contrôlées.

Il est paradoxal que cette éducation par la destruction de la personnalité humaine pour revenir à un état d'animal sauvage transforme le chaman en super-gentleman. Le chaman, à la fin de son initiation, est en effet un citoyen plus fort tant dans sa maîtrise de lui-même, ses capacités intellectuelles et intuitives, que dans sa moralité. Les chamans yakoutes de Sibérie ont trois fois plus de culture et de vocabulaire que la moyenne de leurs concitoyens.

Selon le professeur Gérard Amzallag, auteur du livre *Philosophie biologique*, les chamans sont aussi les gardiens et sans doute les auteurs de la littérature orale. Celle-ci présente des aspects mythiques, poétiques et héroïques qui constitueront la base de toute la culture du village.

De nos jours, dans la préparation aux transes extatiques, on constate une utilisation de plus en plus répandue de narcotiques et de champignons hallucinogènes. Ce phénomène trahit une baisse de la qualité de l'éducation des jeunes chamans, et un affaiblissement progressif de leur pouvoir.

231 • L'Histoire vécue et l'Histoire racontée

L'Histoire qu'on nous enseigne à l'école, c'est l'histoire des rois, des batailles et des villes. Mais ce n'est pas la seule histoire, loin de là. Jusqu'en 1900, plus des deux tiers des gens vivaient en dehors des villes, dans les campagnes, les forêts, les montagnes, les bords de mer. Les batailles ne concernaient qu'une partie infime des populations.

Mais l'Histoire avec un grand « H » exige des traces écrites et les scribes étaient le plus souvent des scribes de cour, des chroniqueurs aux ordres de leur maître. Ils ne racontaient que ce que le roi leur disait de raconter. Ils ne consignaient donc que des préoccupations de rois : batailles, mariages princiers et problèmes de successions au trône.

L'histoire des campagnes est ignorée ou presque car les paysans, ne disposant pas de scribes et ne sachant pas écrire, transmettaient leur vécu sous forme de sagas orales, de chants, de mythologies et de contes pour coin du feu, de blagues même.

L'histoire officielle nous propose une vision darwinienne de l'évolution de l'humanité : sélection des plus aptes, disparition des plus faibles. Elle sous-entend que les aborigènes d'Australie, les peuples des forêts d'Amazonie, les Indiens d'Amérique, les Papous ont historiquement tort parce qu'ils ont été militairement inférieurs. Or il se peut qu'au contraire ces peuples dits primitifs, par leurs mythologies, leurs organisations sociales, leurs médecines, sachent apporter ce qui manquera à notre bien-être futur.

232 • FOURMIS D'ARGENTINE

Les fourmis d'Argentine (*Iridomyrmex humilis*) ont débarqué en France en 1920. Elles ont, selon toute vraisemblance, été transportées dans des bacs de lauriers-roses destinés à égayer les routes de la Côte d'Azur. On signale pour la première fois leur existence en 1866 à Buenos Aires, d'où leur surnom. En 1891, on les repère aux États-Unis, à La Nouvelle-Orléans. Tapies dans les litières de chevaux argentins exportés, elles arrivent ensuite en Afrique du Sud en 1908, au Chili en 1910, en Australie en 1917.

Cette espèce se différencie non seulement par sa taille infime, qui la met en position de Pygmée en regard des autres fourmis, mais aussi par une intelligence et une agressivité guerrière qui sont au demeurant ses principales caractéristiques. Pour ne pas prendre de risques au moment de l'essaimage, les reines des fourmis d'Argentine ne s'envolent pas à l'air libre mais restent à copuler dans des salles souterraines. Ainsi, au lieu de perdre 98 % des reines (en général gobées par des oiseaux au moment de l'envol nuptial), la colonie est évidente.

De même dans les cités, au lieu de ne dépendre que d'une reine, les argentines en utilisent une vingtaine d'autres, toutes facilement remplaçables. Enfin, elles présentent une autre particularité : elles sont solidaires à l'échelle de la planète. Si on s'empare d'une fourmi d'une cité argentine australienne et qu'on l'expatrie au Chili, elle sera immédiatement reconnue et admise par ses congénères. Alors que si l'on choisit une *Lasius niger* d'une cité pour la déposer dans une autre cité de *Lasius niger* éloignée au maximum de cinq cents mètres, elle sera mise à mort sur-le-champ.

À peine établies dans le sud de la France, les fourmis d'Argentine ont mené la guerre contre toutes les espèces autochtones... et les ont vaincues ! En 1960, elles ont franchi les Pyrénées et sont allées jusqu'à Barcelone. En 1967, elles ont passé les Alpes et se sont déversées jusqu'à Rome. Puis, dès les années 70, les *Iridomyrmex humilis* ont commencé à remonter vers le nord. On pense qu'elles ont traversé la Loire lors d'un été chaud de la fin des années 90. Ces envahisseurs, dont les stratégies de combat n'ont rien à envier à un César ou à un Napoléon, se sont alors trouvés face à deux espèces un peu plus coriaces : les fourmis rousses (au sud et à l'est de la région parisienne) et les fourmis pharaons (au nord et à l'ouest de Paris).

Prédateur

Que serait notre civilisation humaine si elle ne s'était pas débarrassée de ses prédateurs majeurs tels les loups, les lions, les ours ou les lycaons ? Sûrement une civilisation inquiète, en perpétuelle remise en cause.

Les Romains, pour se donner des frayeurs au milieu des libations, faisaient apporter un cadavre qui restait exposé en position verticale jusqu'à la fin du banquet. Tous les convives se rappelaient ainsi que rien n'est jamais gagné et que la mort peut survenir à n'importe quel moment. Mais de nos jours l'homme a écrasé, éliminé, mis au musée toutes les espèces capables de le manger. Si bien qu'il ne lui reste plus que les microbes pour prédateurs.

La civilisation myrmécéenne, en revanche, s'est développée sans parvenir à éliminer ses prédateurs majeurs. Résultat : cet insecte vit une perpétuelle remise en cause. Il sait qu'il n'a accompli que la moitié du chemin puisque même l'animal le plus stupide peut détruire d'un coup de patte le fruit de millénaires d'expérience réfléchie.

Paradoxe d'Épiménide

À elle seule, la phrase « cette phrase est fausse » constitue le paradoxe d'Épiménide. Quelle phrase est fausse ? Cette phrase. Si je dis qu'elle est fausse, je dis la vérité. Donc elle n'est pas fausse. Donc elle est vraie. La phrase renvoie à son propre reflet inversé. Et c'est sans fin.

235 ⋆ Gardes rouges de Chengdu

Jusqu'en 1967, Chengdu, capitale de la province chinoise du Sichuan, était une ville tranquille. Perchée à 2 500 mètres d'altitude dans la chaîne himalayenne, cette ancienne cité fortifiée comprenait 3 millions d'habitants qui n'étaient pour la plupart guère informés de ce qu'il se passait à Pékin ou à Shanghai. Or, à l'époque, ces métropoles commençaient à être surpeuplées et Mao Tsé-toung avait décidé de les vider. On sépara les familles, envoyant les parents travailler dans les champs et les enfants faire leur éducation communiste dans les centres de formation des Gardes rouges. Ces centres étaient de véritables camps de travail. Les enfants étaient mal nourris. On expérimentait sur eux des aliments cellulosiques à base de sciure de bois et ils mouraient comme des mouches.

Cependant, Pékin était agité par des disputes de palais ; Lin Piao, dauphin officiel de Mao et responsable des Gardes rouges, tomba en disgrâce. Les cadres du parti incitèrent les enfants Gardes rouges à se révolter contre leurs gardiens. Subtilité toute chinoise : c'était au nom du maoïsme que les enfants avaient dorénavant le devoir de s'évader des camps maoïstes et de rouer de coups leurs instructeurs.

Libérés, les enfants Gardes rouges se répandirent à travers le pays sous le prétexte de prêcher la bonne parole maoïste contre l'État corrompu. En fait, la plupart cherchaient surtout à s'évader de Chine. Ils prirent d'assaut les gares et partirent vers l'ouest où des rumeurs assuraient qu'il existait une filière permettant de traverser clandestinement la frontière et de passer en territoire indien. Or, tous les trains se dirigeant vers l'ouest avaient pour terminus Chengdu. C'est donc dans cette ville montagneuse que se déversèrent des milliers de jeunes gens âgés de treize à quinze ans.

Au début cela ne se passa pas trop mal. Les enfants racontèrent comment ils avaient souffert dans les camps de Gardes rouges et la population de Chengdu les prit en pitié. On leur offrit des friandises, on les nourrit, on leur donna des tentes où dormir, des couvertures pour se réchauffer. Mais la marée humaine continuait à se répandre dans la gare de Chengdu. De mille qu'ils étaient d'abord, il y eut bientôt deux cent mille jeunes fugitifs.

La bonne volonté des citoyens du lieu ne suffit plus à les satisfaire. Le chapardage se généralisa. Les commerçants qui refusaient d'être volés se faisaient tabasser. Ils se plaignirent au maire de la ville, lequel n'eut pas le temps de réagir car les enfants vinrent le quérir pour l'obliger à se livrer à une autocritique publique. À la suite de quoi, il fut rossé et contraint de déguerpir. Les enfants organisèrent alors l'élection d'un nouveau maire et présentèrent « leur » candidat, un gamin joufflu de treize ans, paraissant un peu plus que son âge, et qui disposait d'un charisme certain pour que les autres Gardes rouges le respectent. La ville se couvrit d'affiches incitant les électeurs à voter pour lui. Comme il n'était pas bon orateur, des dazibaos firent connaître ses projets. Il fut élu sans difficulté et institua un gouvernement d'enfants dont le doyen était un conseiller municipal de quinze ans. Le chapardage n'était plus un délit. Tous les commerçants furent astreints à un impôt inventé par le nouveau maire. Chaque habitant se devait d'offrir un logement aux Gardes rouges.

Comme la ville était très isolée, nul ne fut informé des événements. Les notables du lieu s'en inquiétèrent et envoyèrent une délégation avertir le préfet de la région. Ce dernier prit l'affaire très au sérieux et demanda à Pékin de faire donner l'armée pour réduire les insurgés. Contre deux cent mille enfants, la capitale envoya des centaines de chars et des milliers de soldats surarmés. Leur consigne : « Tuez tous les moins de quinze ans. » Les gamins tentèrent de résister dans cette cité fortifiée, ceinturée de cinq murailles, mais la population de Chengdu ne les soutint pas. Elle était soucieuse de protéger ses propres jeunes en leur cherchant des refuges dans la montagne. Deux jours durant, ce fut la guerre des adultes contre les enfants. L'Armée rouge dut recourir à des bombardements aériens pour réduire les dernières poches de résistance. Tous les gamins furent tués.

L'affaire ne sera pas ébruitée car, peu de temps après, le président américain Richard Nixon rencontrait Mao Tsé-toung, et l'heure n'était plus à la critique de la Chine.

Devant un obstacle, un être humain a souvent pour premier réflexe de se demander : « Pourquoi y a-t-il ce problème et qui est responsable ? » Il cherche les coupables et la punition que l'on devra leur infliger.

Il y aura toujours une grande différence entre ceux qui se demandent « pourquoi les choses ne fonctionnent pas » et ceux qui se demandent « comment faire pour qu'elles fonctionnent ». Pour l'instant, le monde humain appartient à ceux qui se demandent « pourquoi ». Mais l'avenir appartient forcément à ceux qui se demandent « comment ».

237 • Recettes pour créer, de Brian Eno

1. Briser les routines.
2. Tirer profit du hasard et des erreurs.
3. Penser en diagramme.
4. Ne pas se laisser fasciner par la complexité et la technologie. La technologie est là pour être utilisée, c'est tout. Il ne faut pas rechercher la prouesse technique. Seule compte l'émotion.
5. Rester dans l'art populaire. Si on ne parvient ni à plaire ni à se faire comprendre du grand public, c'est notre faute. La réaction du grand public est la pression la plus stimulante. Il ne sert à rien de prêcher dans le désert.
6. Croire dans le pouvoir de l'art d'influer sur la réalité. L'art est un moyen de comprendre comment fonctionne le monde et comment on fonctionne soi-même.
7. Persuader par la séduction plutôt que par l'agression. Une des fonctions de l'art est de présenter un monde désirable. Face à une représentation de bien-être et de beauté, on mesure tout ce que la réalité a d'imparfait. Et on réfléchit naturellement aux moyens de supprimer les obstacles qui nous séparent de cette vision.

8. Constituer un réseau de gens qui comprennent votre démarche et entretiennent des démarches similaires. En discutant avec les autres, vous découvrirez des idées que vous n'auriez jamais conçues seul.
9. Transporter sa culture avec soi. Et élaborer des hybrides avec les cultures extérieures.

Le système d'organisation le plus répandu parmi les humains est le suivant : une hiérarchie complexe d'« administratifs », hommes et femmes de pouvoir, encadre, ou plutôt gère, le groupe plus restreint des « créatifs », dont les « commerciaux », sous couvert de distribution, s'approprient ensuite le travail. Administratifs, créatifs, commerciaux. Voilà les trois castes qui correspondent de nos jours aux ouvrières, soldates et sexuées chez les fourmis.

La lutte entre Staline et Trotski, au début du XXe siècle, illustre à merveille le passage d'un système avantageant les créatifs à un système privilégiant les administratifs. Trotski, le mathématicien, l'inventeur de l'Armée rouge, est en effet évincé par Staline, l'homme des complots. Une page est tournée.

On progresse mieux, et plus vite, dans les strates de la société si l'on sait séduire, réunir des tueurs, désinformer, que si l'on est capable de produire des concepts ou des objets nouveaux.

Choc des civilisations

Le contact entre deux civilisations est toujours un instant délicat. Parmi les grandes remises en question qu'ont connues les êtres humains, on peut noter le cas des Noirs africains enlevés comme esclaves.

La plupart des populations qui furent asservies vivaient à l'intérieur des terres. Elles n'avaient jamais vu la mer. Tout à coup, un roi voisin venait leur faire la guerre sans raison apparente, puis, au lieu de les tuer, les retenait captives, les enchaînait et les faisait marcher en direction de la côte.

Au bout de ce périple elles découvraient deux choses incompréhensibles : 1 : la mer immense, 2 : les Européens et leur peau blanche. Or la mer, même si ces gens ne l'avaient jamais vue de leurs yeux, était connue, par l'entremise des contes, comme étant le pays des morts. Quant aux Blancs, c'étaient pour eux des extraterrestres, ils avaient une odeur bizarre, la peau d'une couleur bizarre, et des vêtements bizarres.

Beaucoup mouraient de peur, d'autres, affolés, sautaient des bateaux, se faisaient dévorer par les requins, ou se noyaient. Les survivants, eux, allaient de surprise en surprise. Ils voyaient quoi ? Par exemple les Blancs qui buvaient du vin. Et ils étaient sûrs que c'était du sang, le sang des leurs.

Phéromones humaines

Tout comme les insectes qui communiquent par les odeurs, l'homme dispose d'un langage olfactif par lequel il dialogue discrètement avec ses semblables.

Puisque nous n'avons pas d'antennes émettrices, nous projetons les phéromones dans l'air à partir des aisselles, des tétons, du cuir chevelu et des organes génitaux. Ces messages sont perçus inconsciemment mais n'en sont pas moins efficaces. L'être humain a cinquante millions de terminaisons nerveuses olfactives : cinquante millions de cellules capables d'identifier des milliers d'odeurs, alors que notre langue ne sait reconnaître que quatre saveurs.

Quel usage faisons-nous de ce mode de communication ? Tout d'abord, l'appel sexuel. Un mâle humain pourra très bien être attiré par une femelle humaine uniquement parce qu'il a apprécié ses parfums naturels (d'ailleurs trop souvent cachés sous des parfums artificiels). Il pourra de même se trouver repoussé par une autre dont les phéromones ne lui « parlent » pas. Le processus est subtil. Les deux êtres ne se douteront même pas du dialogue olfactif qu'ils ont entretenu. On dira juste que « l'amour est aveugle ».

Cette influence des phéromones humaines peut aussi se manifester dans les rapports d'agression. Comme chez les chiens, un homme qui hume des effluves transportant le message « peur » de son adversaire aura naturellement envie de l'attaquer. Enfin, l'une des conséquences les plus spectaculaires de l'action des phéromones humaines est sans doute la synchronisation des cycles menstruels. On s'est en effet aperçu que plusieurs femmes vivant ensemble émettent des odeurs qui ajustent leur organisme, de sorte que leurs règles se déclenchent en même temps.

Bateleurs en Chine

Les annales de l'empire chinois signalent, aux environs de l'an 115 de notre ère, l'arrivée d'un bateau, vraisemblablement d'origine romaine, que la tempête avait malmené et qui s'échoua sur la côte après des jours de dérive.

Or les passagers étaient des acrobates et des jongleurs qui à peine à terre voulurent se concilier les habitants de ce pays inconnu en leur donnant un spectacle. Les Chinois virent ainsi – bouche bée – ces étrangers au long nez cracher le feu, nouer leurs membres, changer les grenouilles en serpents, etc. Ils en conclurent à bon droit que l'Ouest était peuplé de clowns et de mangeurs de feu. Et plusieurs centaines d'années passèrent avant qu'une occasion de les détromper ne se présente.

242 • GESTATION

Pour les mammifères de type supérieur, le temps complet de gestation est normalement de dix-huit mois. Mais à neuf mois le petit humain doit être éjecté car il a déjà une tête trop grosse : si on attendait davantage, elle deviendrait si volumineuse qu'elle ne permettrait plus le passage dans le bassin de la mère. C'est comme s'il y avait une erreur d'ajustement entre l'obus et le canon.

Le fœtus sort donc, alors qu'il n'est pas encore complètement formé. Ce phénomène explique que durant ses neuf premiers mois, le nouveau-né humain est incapable de vivre seul, qu'il ne peut ni se déplacer, ni se nourrir. Même son crâne est encore mou. Contrairement au poulain, par exemple, qui peut gambader dès le lendemain de sa naissance. Il devient alors indispensable et nécessaire de prolonger les neuf mois de vie intra-utérine par neuf mois extra-utérins. Durant cette période délicate, la couvaison devra s'accompagner d'une présence très forte de la mère. Les parents devront fabriquer une sorte de ventre affectif imaginaire où le nouveau-né se sentira d'autant plus protégé, aimé, accepté que, pour sa part, il n'est virtuellement pas encore véritablement né. À neuf mois se produira alors ce qu'on appelle le « deuil du bébé ». Le bébé prendra conscience que lui et l'extérieur sont différents.

De même qu'un enfant a besoin d'un solide cocon protecteur durant les neuf premiers mois de sa naissance, un vieillard agonisant a besoin d'un cocon psychologique de soutien durant les neuf mois qui précéderont sa mort. Il s'agit d'une période pour lui essentielle car, intuitivement, il sait que le compte à rebours a commencé. Durant ses neuf derniers mois, le mourant abandonne sa vieille peau et ses connaissances, comme s'il se déprogrammait. Il accomplit un processus inverse de celui de la naissance.

En fin de trajectoire, tout comme le bébé, le vieillard mange de la bouillie, porte des langes, n'a ni dents ni cheveux et babille un charabia difficilement compréhensible. Si on entoure généralement les bébés durant les neuf premiers mois suivant leur naissance, on pense rarement à entourer les vieillards les neuf derniers mois précédant leur mort. En toute logique, ils auraient pourtant besoin d'une infirmière qui jouerait le rôle de la mère, « ventre psychique ». Celle-ci devrait se montrer très attentionnée afin de leur fournir le cocon de protection indispensable à leur ultime métamorphose.

243 • TEST PSYCHOLOGIQUE

Voilà un petit test pratique pour mieux connaître quelqu'un.

Quadriller une feuille en six cases.

Inscrire dans la première un cercle.

Dans la deuxième case un triangle.

Dans la troisième un escalier.

Dans la quatrième une croix.

Dans la cinquième un carré.

Dans la sixième un chiffre 3 renversé à 90° pour former une sorte de « m » arrondi.

Demander à la personne de compléter chaque forme géométrique de manière à former quelque chose de non abstrait. Puis demander d'inscrire un adjectif à côté de chaque dessin.

Une fois ce travail terminé, examinez les dessins, sachant que :

Le dessin autour du cercle : va indiquer comment la personne se voit elle-même.

Le dessin autour du triangle : comment la personne croit que les autres la voient.

Le dessin autour des marches : comment elle voit la vie en général.

Le dessin autour de la croix : comment elle voit sa spiritualité.

Le dessin autour du carré : comment elle voit la famille.

Le dessin autour du 3 incliné : comment elle voit l'amour.

Évidemment, ce test n'a pas d'autre prétention que de s'occuper un peu en attendant les plats au restaurant, mais il peut s'avérer un indicateur intéressant.

• Squelette

Vaut-il mieux avoir le squelette à l'intérieur ou à l'extérieur du corps ?

Lorsque le squelette est à l'extérieur, comme chez certains insectes, il constitue une carrosserie protectrice. La chair est à l'abri des dangers. Mais lorsqu'une pointe arrive à passer malgré tout, les dégâts sont irrémédiables. Lorsque le squelette ne forme qu'une barre mince et rigide à l'intérieur de la masse, la chair palpitante est exposée à toutes les agressions. Les blessures sont multiples et permanentes. Mais justement, cette faiblesse apparente oblige le muscle à durcir et la fibre à résister. La chair évolue.

J'ai vu des humains qui s'étaient forgé, grâce à leur esprit, des carapaces « intellectuelles » les protégeant des contrariétés. Ils semblaient plus solides que la moyenne. Ils disaient « je m'en fiche » et riaient de tout. Mais lorsqu'une contrariété parvenait à percer leur carapace les dégâts étaient terribles.

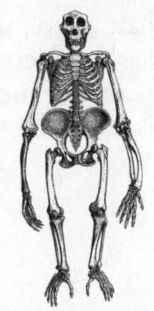

J'ai vu des humains souffrir de la moindre ombre, du moindre effleurement, mais leur esprit ne se fermait pas pour autant, ils restaient sensibles à tout et apprenaient de chaque agression.

245 • Recette du pain

À l'usage de ceux qui l'ont oubliée.
Ingrédients :
600 g de farine
1 paquet de levure sèche
1 verre d'eau
2 cuillerées à café de sucre
1 cuillerée à café de sel, un peu de beurre.

Versez la levure et le sucre dans l'eau et laissez reposer une demi-heure. Une mousse épaisse et grisâtre se forme alors. Versez la farine dans une jatte, ajoutez le sel, creusez un puits au centre pour y verser lentement le liquide. Mélanger tout en versant. Couvrez la jatte et laissez reposer un quart d'heure dans un endroit tiède et à l'abri des courants d'air. La température idéale est de 27 °C mais, à défaut, il vaut mieux une température plus basse. La chaleur tuerait la levure. Quand la pâte a levé, travaillez-la un peu à pleines mains. Puis laissez-la lever pendant trente minutes. Ensuite vous pourrez cuire durant une heure, dans un four ou des cendres de bois.

L'INVERSE

Toute routine entraîne progressivement une sclérose. Par moments, il peut être intéressant d'essayer de faire l'inverse de ce que l'on désire vraiment. Lorsqu'on veut dormir, on reste éveillé. Lorsqu'on veut écouter de la musique, on reste dans le silence. Lorsqu'on veut prendre la voiture, on va à pied.

Ce petit exercice permet de découvrir des sensations nouvelles et des chemins inconnus.

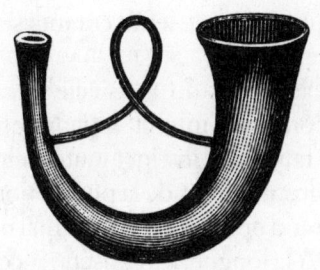

247 • INSTINCT MATERNEL

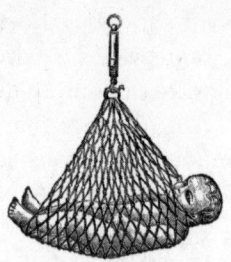

Beaucoup s'imaginent que l'amour maternel est un sentiment humain naturel et automatique. Rien de plus faux. Jusqu'à la fin du XIXe siècle, la plupart des femmes appartenant à la bourgeoisie occidentale plaçaient leurs enfants en nourrice et ne s'en occupaient plus.

Les paysannes n'étaient guère plus attentionnées. On emmaillotait les bébés dans des langes très serrés puis on les accrochait au mur pas trop loin de la cheminée afin qu'ils n'aient pas froid.

Le taux de mortalité infantile étant très élevé, les parents étaient fatalistes, sachant qu'il n'y avait qu'une chance sur deux pour que leurs enfants survivent jusqu'à l'adolescence.

Ce n'est qu'au début du XXe siècle que les gouvernements ont compris l'intérêt économique, social et militaire de ce fameux « instinct maternel ». En particulier lors de recensements de la population, lorsqu'on s'aperçut du grand nombre d'enfants mal nourris, maltraités, battus. À la longue, les conséquences risquaient d'être lourdes pour l'avenir du pays. On développa l'information, la prévention, et, peu à peu, les progrès de la médecine en matière de maladies infantiles permirent d'affirmer que les parents pouvaient dorénavant s'investir affectivement dans leurs enfants, sans crainte de les perdre prématurément. On mit donc à l'ordre du jour l'« instinct maternel ».

Un nouveau marché naquit peu à peu : couches-culottes, biberons, laits maternisés, petits pots, jouets. Le mythe du Père Noël se répandit dans le monde.

Les industriels de l'enfance, au travers de multiples réclames, créèrent l'image de mères responsables, et le bonheur de l'enfant devint une sorte d'idéal moderne.

Paradoxalement, c'est au moment où l'amour maternel s'affiche, se revendique et s'épanouit, devenant le seul sentiment incontestable dans la société, que les enfants, devenus grands, reprochent constamment à leur mère de ne pas s'être suffisamment souciée d'eux. Et, plus tard, ils déversent… chez un psychanalyste, leurs ressentiments et leurs rancœurs envers leur génitrice.

Omnivores

Les maîtres de la Terre ne peuvent être qu'omnivores. Pouvoir ingurgiter toutes les variétés de nourritures est la condition sine qua non pour étendre son espèce dans l'espace et dans le temps. Pour s'affirmer maître de la planète, on doit être capable d'avaler toutes les formes d'aliments que celle-ci propose. Un animal qui dépend d'une unique source de nourriture voit son existence remise en cause si celle-ci disparaît. Combien d'espèces d'oiseaux se sont effacées tout simplement parce qu'elles ne se nourrissaient que d'une sorte d'insectes, et que ces insectes avaient migré sans qu'elles puissent les suivre ? Les marsupiaux qui ne mangent que des feuilles d'eucalyptus sont incapables de voyager ou de survivre dans des zones déboisées.

L'homme, comme la fourmi, la blatte, le cochon et le rat, l'a compris. Ces cinq espèces goûtent, mangent et digèrent pratiquement tous les aliments. Elles peuvent donc convoiter le titre d'animal maître du monde. Autre point commun : ces cinq espèces modifient en permanence leur bol alimentaire pour s'adapter au mieux à leur milieu ambiant. Elles utilisent d'ailleurs leur structure sociale pour disposer de testeurs d'aliments nouveaux, afin d'éviter les épidémies et les empoisonnements.

249 • Haptonomie

À la fin de la Seconde Guerre mondiale, un médecin néerlandais rescapé des camps de concentration, Franz Veldman, estima que si le monde allait mal, c'était parce que les enfants n'avaient pas été aimés suffisamment tôt.

Ce scientifique remarqua que les pères, essentiellement préoccupés par leur travail ou la guerre, ne s'occupaient que rarement de leur progéniture avant l'adolescence. Veldman chercha alors un moyen de faire participer le père au plus vite, dès la grossesse de l'épouse.

Comment ? Par un contact des mains sur le ventre de la mère (en grec *haptein* : le toucher, et *nomos*, la loi, donc littéralement la loi du toucher). Rien qu'en caressant d'une certaine manière le ventre de la mère, le père peut signaler son existence à l'enfant et nouer un premier lien avec lui. À la surprise générale, on constata que bien souvent le fœtus savait reconnaître, entre plusieurs contacts, celui de la main de son père. Et il est même capable de s'y nicher. Les pères les plus doués parviennent à lui faire faire des pirouettes d'une main à l'autre. Cette technique s'est diffusée dès 1980.

Actuellement, l'haptonomie donne lieu à des débats : est-il opportun de déranger le fœtus alors qu'il est en train de se construire ? L'haptonomie, en aménageant au plus tôt le triangle « mère, père, enfant », a en tout cas le mérite de responsabiliser un peu plus le père. En outre, la mère se sent moins seule dans sa grossesse. Elle partage son expérience avec le père.

Jadis, dans la Rome antique, on entourait les mères enceintes de commères (littéralement *commater* : qui accompagne la mère). Après tout, la personne le plus à même d'accompagner la mère dans son attente, reste quand même le père.

Système probabiliste

Une méthode infaillible pour gagner aux dés. Défiez votre adversaire au lancer de deux dés. Et pariez que vous obtiendrez une somme de 7 points.

Ce chiffre est en effet celui qui a le plus de probabilités d'apparaître. Précisions : pour les nombres additionnels 2 et 12, il n'y a qu'une formule : 1 + 1 et 6 + 6. Pour les nombres 3 ou 11, il existe deux combinaisons possibles, pour les nombres 4 ou 10, il y a trois combinaisons, quatre combinaisons pour 5 ou 9, cinq combinaisons pour 6 ou 8 et six combinaisons pour que le total soit de 7 points. Donc, il y a six fois plus de chances de tomber sur 7 points que sur 2.

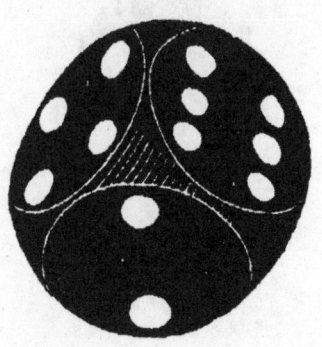

251 ♦ Tolérance

Chaque fois que les humains élargissent leur concept de « congénères » pour y inclure des catégories nouvelles, c'est qu'ils considèrent que des êtres estimés jusque-là inférieurs sont en fait suffisamment semblables à eux pour être dignes de leur compassion. Dès lors ce ne sont pas seulement ces êtres qui passent un cap, mais l'humanité tout entière qui franchit un niveau d'évolution.

Question de langue

La langue que nous utilisons influe sur notre manière de penser. Par exemple, le français, en multipliant les synonymes et les mots à double sens, autorise des nuances très utiles en matière de diplomatie. Le japonais, où l'intonation d'un mot en détermine le sens, exige une attention permanente quant aux émotions de ceux qui s'expriment. Qu'il y ait, de surcroît, dans la langue nippone, plusieurs niveaux de politesse, contraint les interlocuteurs à se situer d'emblée dans la hiérarchie sociale.

Une langue contient non seulement une forme d'éducation, de culture, mais aussi les éléments constitutifs d'une société : gestion des émotions, code de politesse. Dans une langue, la quantité de synonymes aux mots « aimer », « toi », « bonheur », « guerre », « ennemi », « devoir », « nature » est révélatrice des valeurs d'une nation.

Aussi faut-il savoir qu'on ne pourra pas faire de révolution sans commencer par changer la langue et le vocabulaire anciens. Car ce sont eux qui préparent ou ne préparent pas les esprits à un changement de mentalité.

Recette de l'île flottante

Tout d'abord, constituer l'« océan » où l'île va flotter. Il sera jaune et sucré : de la crème anglaise. Pour cela faire bouillir 1 litre de lait. Casser 6 œufs en séparant les blancs des jaunes. Réserver les blancs. Battre les jaunes avec 60 g de sucre et ajouter le lait chaud. Faire épaissir la crème à feu doux en tournant toujours. Ne pas faire bouillir.

Ensuite, ériger l'iceberg blanc, l'« île » proprement dite. Pour cela battre les blancs en neige avec 80 g de sucre en ajoutant une pincée de sel et de poudre adragante. Caraméliser un moule avec 60 g de sucre. Y verser les blancs en neige et cuire 20 minutes au bain-marie. Laisser refroidir l'île flottante. Verser la crème anglaise dans un plat creux, puis démouler l'île avant de la déposer sur son « océan ». Servir très frais.

Vanuatu

L'archipel du Vanuatu a été découvert au début du XVIIe siècle par les Portugais dans l'une des zones encore inexplorées du Pacifique. Sa population est constituée de quelques dizaines de milliers d'individus, régis par des codes particuliers.

Il n'existe pas, par exemple, de concept de majorité imposant son choix à une minorité. Si les habitants ne sont pas d'accord, ils discuteront entre eux jusqu'à parvenir à l'unanimité. Évidemment, chaque discussion prend du temps. Certains s'entêtent et refusent de se laisser convaincre. C'est pourquoi la population du Vanuatu passe un tiers de ses journées en palabres afin de se persuader du bien-fondé de ses opinions. Lorsqu'un débat concerne un territoire, la discussion peut durer des années, voire des siècles, avant de déboucher sur un consensus. Entre-temps, l'enjeu restera en suspens.

En revanche, lorsque enfin, au bout de deux ou trois cents ans, tout le monde se met d'accord, le problème est véritablement résolu et il n'existera pas de rancœur car il n'y aura pas de vaincus.

La civilisation de Vanuatu est d'ordre clanique, chaque clan appartenant à un corps de métier différent. Il y a le clan spécialisé dans la pêche, le clan spécialisé dans l'agriculture, la poterie, etc. Les clans procèdent entre eux à des échanges. Les pêcheurs offriront, par exemple, un accès à la mer en échange de l'accès à une source en forêt.

Les clans étant spécialisés, lorsque naît dans un clan d'agriculteurs un enfant montrant des dons innés pour la poterie, il quittera les siens pour être adopté par une famille de potiers qui l'aidera à exprimer son talent. Il en ira de même pour un enfant de potiers attiré par le métier de la pêche.

Les premiers explorateurs occidentaux ont été choqués en découvrant ces pratiques, car ils s'imaginaient de prime abord que les habitants du Vanuatu se volaient leurs enfants les uns les autres. Or, il n'y a pas là rapt, mais échange en vue de l'épanouissement optimal de chaque individu.

En cas de conflit privé, les habitants du Vanuatu usent d'un système complexe d'alliances. Si un homme du clan A a violé une fille du clan B, ces deux clans n'entreront pas directement en guerre. Ils feront appel à leur « représentant en guerre », c'est-à-dire un clan extérieur auquel ils sont liés par serment. Le clan A aura ainsi recours au clan C et le clan B au clan D. Ce système d'intermédiaires jette dans la bataille des gens peu motivés pour s'étriper puisqu'ils ne sont pas directement concernés par les griefs des uns et des autres. Au premier sang versé, chacun préfère renoncer, en considérant avoir rempli son devoir envers son allié. Au Vanuatu, il n'y a ainsi que des guerres sans haine et sans acharnement par vaine fierté.

255 ◆ Transgresseur

La société a besoin de transgresseurs. Elle établit des lois afin qu'elles soient dépassées. Si tout un chacun respecte les règles en vigueur et se plie aux normes : scolarité normale, travail normal, citoyenneté normale, consommation normale, c'est toute la société qui se retrouve « normale » et qui stagne.

Sitôt décelés, les transgresseurs sont dénoncés et exclus, mais plus la société évolue, et plus elle se doit de générer discrètement le venin qui la contraindra à développer ses anticorps. Elle apprendra ainsi à sauter de plus en plus haut les obstacles qui se présenteront.

Bien que nécessaires, les transgresseurs sont pourtant sacrifiés. Ils sont régulièrement attaqués, conspués pour que, plus tard, d'autres individus « intermédiaires par rapport aux normaux » et qu'on pourrait qualifier de « pseudo-transgresseurs » puissent reproduire les mêmes transgressions, mais cette fois adoucies, digérées, codifiées, désamorcées. Ce sont eux qui alors récolteront les fruits de l'invention de la transgression.

Mais ne nous trompons pas. Même si ce sont les « pseudo-transgresseurs » qui deviendront célèbres, ils n'auront eu pour seul talent que d'avoir su repérer les premiers véritables transgresseurs. Ces derniers, quant à eux, seront oubliés et mourront convaincus d'avoir été précurseurs et incompris.

256 ◆ LA CONJURATION DES IMBÉCILES

En 1969, John Kennedy Toole écrit un roman, *La Conjuration des imbéciles*. Le titre s'inspire d'une phrase de Jonathan Swift : « Quand un génie véritable apparaît en ce bas monde, on peut le reconnaître à ce signe que les imbéciles sont tous ligués contre lui. »

Swift ne croyait pas si bien dire.

Après avoir vainement cherché un éditeur, à trente-deux ans, écœuré et las, Toole choisit de se suicider. Sa mère découvre le corps de son fils, son manuscrit à ses pieds. Elle le lit, et estime injuste que son fils ne soit pas reconnu. Elle se rend chez un éditeur et assiège son bureau. Elle en bloque l'entrée de son corps obèse, mangeant sandwich sur sandwich et obligeant l'éditeur à l'enjamber péniblement chaque fois qu'il gagne ou quitte son lieu de travail. Il est convaincu que ce manège ne durera pas longtemps, mais Mme Toole tient bon. Face à tant d'opiniâtreté, l'éditeur cède et consent à lire le manuscrit tout en avertissant que, s'il le juge mauvais, il ne le publiera pas.

Il le lit. Trouve le texte excellent. Le publie. Et *La Conjuration des imbéciles* remporte le prix Pulitzer.

L'histoire ne s'arrête pas là. Un an plus tard, l'éditeur publie un nouveau roman signé John Kennedy

Toole, *La Bible de néon*, dont sera d'ailleurs tiré un film.

Je me suis demandé comment un homme mort de contrariété parce qu'il ne parvenait pas à faire publier son unique roman pouvait continuer à produire par-delà la tombe. En fait, l'éditeur se reprochait tellement de ne pas avoir découvert John Kennedy Toole de son vivant, qu'il avait fait main basse sur les tiroirs de son bureau et publiait tout ce qu'il y avait trouvé, nouvelles et même rédactions scolaires.

257 • TROIS RÉACTIONS

Dans son ouvrage *Éloge de la fuite*, le biologiste Henri Laborit rapporte que, confronté à une épreuve, l'homme ne dispose que de trois choix : 1. combattre ; 2. ne rien faire ; 3. fuir.

Combattre : c'est l'attitude la plus naturelle et la plus saine. Le corps ne subit pas de dommages psychosomatiques. Le coup reçu est transformé en coup rendu. Mais cette attitude présente quelques inconvénients. On entre dans une spirale d'agression à répétition. On finit toujours par rencontrer quelqu'un de plus fort qui vous met K-O.

Ne rien faire : c'est ravaler sa rancœur et agir comme si l'on n'avait pas perçu l'agression. C'est l'attitude le mieux admise et le plus répandue dans les sociétés modernes. Ce qu'on appelle l'« inhibition de l'action ». On a envie de casser la figure à l'adversaire mais, étant donné qu'on a conscience du risque de se donner en spectacle, de prendre des coups en retour et de rentrer dans une spirale d'agression, on ravale sa rage. Dès lors, ce coup de poing qu'on n'inflige pas à l'adversaire, on se l'assène à soi-même. Dans ce type de situation fleurissent les maladies psychosomatiques : ulcères, psoriasis, névralgies, rhumatismes…

La troisième voie est la fuite. Il en existe de plusieurs sortes :

La fuite chimique : alcool, drogue, tabac, antidépresseurs, tranquillisants, somnifères. Elle permet d'effacer ou tout au moins d'atténuer l'agression subie. On oublie. On délire. On dort. Donc ça passe. Mais ce type de fuite dilue aussi le réel et, peu à peu, l'individu ne supporte plus le monde normal.

La fuite géographique : elle consiste à se déplacer sans cesse. On change de travail, d'amis, d'amants, de lieux de vie. Ainsi on fait voyager ses problèmes. On ne les résout pas pour autant, mais on leur fait changer de décor, ce qui est déjà en soi plus rafraîchissant.

La fuite artistique, enfin : elle consiste à transformer sa rage, sa colère, sa douleur en œuvres d'art, films, musiques, romans, sculptures, tableaux... Tout ce qu'on ne s'autorise pas à clamer, on le fait dire à son héros imaginaire. Cela peut ensuite produire un effet de catharsis. Ceux qui verront les héros venger leurs propres affronts bénéficieront aussi de cet effet.

258 • NIVEAUX D'ORGANISATION

L'atome a un niveau d'organisation.
La molécule a un niveau d'organisation.
La cellule a un niveau d'organisation.
L'animal a un niveau d'organisation. Et au-dessus de lui la planète. Le système solaire. La galaxie. Toutes ces structures ne sont pas indépendantes les unes des autres. Tous les niveaux d'organisation interagissent sur d'autres niveaux d'organisation. L'atome agit sur la molécule. La molécule sur l'hormone. L'hormone sur le comportement de l'animal. L'animal sur la planète.

C'est parce que la cellule a besoin de sucre qu'elle va demander à l'animal de chasser pour avoir de la nourriture. C'est à force de chasser pour avoir de la nourriture que l'homme a eu envie d'étendre son territoire et qu'il a fini par envoyer des fusées en dehors de la planète. En retour, c'est parce que l'astronaute va connaître une panne qu'il se déclenchera un ulcère à l'estomac, et parce qu'il y a ulcère à l'estomac, certains des atomes qui forment sa paroi stomacale verront leurs électrons se détacher du noyau pour donner des radicaux libres; donc, les champs électriques microscopiques au niveau de l'estomac se modifieront. Zoom arrière, zoom avant, de l'atome à l'espace.

Vue sous cet angle, la mort d'un animal ne signifie scientifiquement rien. Ce n'est que de l'énergie qui se transforme. L'énergie qui faisait que l'animal courait, jouait, se reproduisait, fera que, sous forme de compost mélangé à la terre, un arbre poussera et donnera des fruits.

Il n'est que deux choix : le choix spiritualiste et le choix scientifique. Pour les spiritualistes, l'âme se réincarne dans plusieurs corps. Pour les scientifiques, c'est l'énergie qui se recycle sous plusieurs formes de matière. Un point commun aux deux options : nous sommes tous de l'énergie issue du big-bang et en recyclage permanent.

259 ✦ Longs nez au Japon

Au XVIe siècle, les premiers Européens à débarquer au Japon furent des explorateurs portugais. Ils abordèrent une île de la côte Ouest où le gouverneur japonais local les accueillit fort civilement. Il se montra très intéressé par les technologies nouvelles qu'apportaient ces « longs nez ». Les arquebuses lui plurent tout particulièrement et il en troqua une contre de la soie et du riz.

Le gouverneur ordonna ensuite au forgeron du palais de copier l'arme merveilleuse qu'il venait d'acquérir, mais l'ouvrier s'avéra incapable de fermer le culot de l'arme. Chaque fois, l'arquebuse de marque japonaise explosait au visage de son utilisateur. Aussi, lorsque les Portugais revinrent accoster chez lui, le gouverneur demanda au forgeron du bateau d'apprendre au sien comment souder la culasse de manière à ce qu'elle n'explose pas lors de la détonation.

Les Japonais réussirent de la sorte à fabriquer des armes à feu en grande quantité, et toutes les règles de la guerre s'en trouvèrent bouleversées dans leur pays. Jusque-là, en effet, seuls les samouraïs se battaient, au sabre. Le shogun Oda Nobugana créa, lui, un corps d'arquebusiers auxquels il enseigna comment tirer en rafales pour arrêter une cavalerie adverse.

À cet apport matériel, les Portugais joignirent un second présent, spirituel celui-là : le christianisme. Le pape venait de partager le monde entre le Portugal et l'Espagne. Le Japon avait été dévolu au premier. Les Portugais dépêchèrent donc des jésuites qui furent d'abord fort bien reçus. Les Japonais avaient déjà intégré plusieurs religions et, pour eux, le christianisme n'en était qu'une de plus. L'intolérance des préceptes chrétiens finit cependant par les agacer. Qu'est-ce que c'était que cette religion catholique qui prétendait que toutes les autres confessions étaient erronées, qui assurait que leurs ancêtres, auxquels ils vouaient un culte sans faille, étaient en train de rôtir en enfer sous prétexte qu'ils n'avaient pas connu le baptême ?

Tant de sectarisme choqua les populations nippones. Elles torturèrent et massacrèrent la plupart des jésuites. Puis, lors de la révolte de Shimabara, ce fut au tour des Japonais déjà convertis au christianisme d'être exterminés. Dès lors les Nippons se coupèrent de toute intrusion occidentale. Seuls furent tolérés des commerçants hollandais, isolés sur une île au large de la côte. Et longtemps, ces négociants furent privés du droit de fouler du pied l'archipel même.

• JOIE

« Le devoir de tout homme est de cultiver sa joie intérieure. » Mais beaucoup de religions ont oublié ce précepte. La plupart des temples sont sombres et froids. Les musiques liturgiques sont pompeuses et tristes. Les prêtres s'habillent de noir. Les rites célèbrent les supplices des martyrs et rivalisent en représentations de scènes de cruauté. Comme si les tortures subies par leurs prophètes étaient autant de signes d'authenticité.

La joie de vivre n'est-elle pas la meilleure manière de remercier Dieu d'exister, s'Il existe ? Et si Dieu existe, pourquoi serait-il un être maussade ?

Seules exceptions notables : le *Tao-tö-king*, sorte de livre philosophico-religieux qui propose de se moquer de tout, y compris de lui-même, et les gospels, ces hymnes que scandent joyeusement les Noirs d'Amérique du Nord aux messes et aux enterrements.

EN SORTIR

Énigme : Comment relier ces neuf points avec quatre traits sans lever le stylo ?

On est souvent retenu de trouver la solution parce que notre esprit se cantonne au territoire du dessin. Or, il n'est nulle part indiqué qu'on ne peut pas en sortir.

Solution :

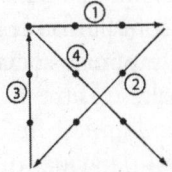

Moralité : Pour comprendre un système, il faut... s'en extraire.

Le jean a fait davantage pour l'égalité entre les hommes que le communisme. En habillant les gens pareillement, qu'ils soient riches ou pauvres, le jean a habitué les humains à se considérer comme semblables (du moins en ce qui concerne la partie pantalon, c'est déjà un bon début).

Tel est le nouvel ordre du monde, des tas de petites idées anodines qui s'ajoutent les unes aux autres. Les idées originales circulant de moins en moins dans le monde politique, ce sont parfois les initiatives privées qui font avancer les rapports sociaux, même si elles sont à but commercial.

263 ♦ LE CERVEAU GAUCHE ET LES DÉLIRES DU DROIT

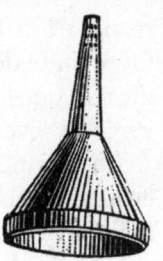

Si l'on déconnecte les deux hémisphères cérébraux et si l'on présente un dessin humoristique à l'œil gauche (correspondant à l'hémisphère droit) tandis que l'œil droit (correspondant à l'hémisphère gauche) ne voit rien, le sujet rira. Mais si on lui demande pourquoi il rit, le cerveau gauche n'en sachant rien et ignorant la blague, inventera une explication à son comportement et dira, par exemple : « Parce que la blouse de l'expérimentateur est blanche et que je trouve cette couleur hilarante. »

Le cerveau gauche invente donc une logique du comportement parce qu'il ne peut pas admettre d'avoir ri pour rien ou pour quelque chose qu'il ignore. Mieux : après la question, l'ensemble du cerveau sera convaincu que c'est à cause de la blouse blanche qu'il a ri, et il oubliera le dessin humoristique présenté au cerveau droit. Durant le sommeil, le gauche laisse le droit tranquille. Celui-ci enchaîne dans son film intérieur : des personnages qui vont changer de visages durant le rêve, des lieux qui sont sens dessus dessous, des phrases délirantes, des coupures soudaines d'intrigues avec d'autres intrigues qui redémarrent, sans queue ni tête. Dès le réveil, cependant, le gauche reprend son règne et décrypte les souvenirs du rêve de manière à ce qu'ils s'intègrent à une histoire cohérente (avec unité de temps, de lieu, d'action) qui, au fur et à mesure que la journée va s'écouler, va devenir un souvenir de rêve très « logique ».

En fait, même en dehors du sommeil, nous sommes en permanence en état de perception d'informations incompréhensibles, interprétées par notre hémisphère gauche. Cette tyrannie de l'hémisphère gauche est cependant un peu difficile à supporter. Certains s'enivrent ou se droguent pour échapper à l'implacable rationalité de leur demi-cerveau. En usant du prétexte de l'intoxication chimique des sens, l'hémisphère droit s'autorise alors à parler plus librement, délivré qu'il est de son interprète permanent.

L'entourage dira du protagoniste : il délire, il a des hallucinations, alors que celui-ci n'aura fait que se soulager d'une emprise.

Sans la moindre aide chimique, il suffirait de s'autoriser à admettre que le monde puisse être incompréhensible pour recevoir en direct les informations « non traitées » du cerveau droit.

Pour reprendre l'exemple cité plus haut, si nous parvenions à tolérer que notre hémisphère droit s'exprime librement, nous connaîtrions la première blague. Celle qui nous a réellement fait rire.

264 • COURAGE DES SAUMONS

Dès leur naissance, les saumons savent qu'ils ont un long périple à accomplir. Ils quittent leur ruisseau natal et descendent jusqu'à l'océan. Arrivés à la mer, ces poissons d'eau douce tempérée modifient leur respiration afin de supporter l'eau froide salée. Ils se gavent de nourriture pour renforcer leurs muscles. Puis, comme répondant à un mystérieux appel, les saumons décident de revenir. Ils parcourent l'océan, et retrouvent l'embouchure du fleuve qui mène à la rivière où ils sont nés.

Comment se repèrent-ils dans l'océan ? Nul ne le sait. Les saumons sont sans doute dotés d'un odorat très fin leur permettant de détecter dans l'eau de mer le goût d'une molécule issue de leur eau douce natale, à moins qu'ils ne se repèrent dans l'espace à l'aide des champs magnétiques terrestres. Cette seconde hypothèse semble moins probable car on a constaté au Canada que les saumons se trompent de rivière quand l'eau est devenue trop polluée.

Lorsqu'ils croient avoir retrouvé leur cours d'eau d'origine, les saumons entreprennent d'aller le plus loin possible vers la source. L'épreuve est terrible. Pendant plusieurs semaines ils vont lutter contre de violents courants inverses, sauter pour affronter les cascades (un saumon est capable de bondir jusqu'à trois mètres de hauteur), résister aux attaques des prédateurs : brochets, loutres, ours ou humains pêcheurs. Ce sera l'hécatombe. Parfois des saumons se retrouvent bloqués par des barrages construits après leur départ.

La plupart des saumons mourront en route. Les rescapés qui parviendront enfin dans leur rivière d'origine la transformeront en lac d'amour. Tout épuisés et amaigris, ils s'ébattront pour se reproduire avec les saumones survivantes dans la frayère. Leur dernière énergie leur servira à défendre leurs œufs. Puis, lorsque de ceux-ci sortiront de petits saumons prêts à renouveler l'aventure, les parents se laisseront mourir.

Il arrive partout que certains saumons conservent suffisamment de forces pour revenir vivants dans l'océan et entamer une seconde fois le grand voyage.

265 • MASOCHISME

À l'origine du masochisme, il y a la crainte d'un événement douloureux à venir. L'humain le redoute parce qu'il ne sait pas quand il surviendra et de quelle intensité il sera. Le masochiste a compris qu'une façon de réduire cette peur était de provoquer lui-même l'événement pénible. Ainsi au moins il saura quand et comment il arrivera. Le problème, c'est qu'en suscitant lui-même l'événement redouté, le masochiste découvre qu'il contrôle enfin sa vie. Il est capable de décider quand, comment, pourquoi et de qui lui arrivent des malheurs. Il est alors envahi d'une volonté de tout contrôler. Il provoque tout ce qui lui fait peur afin de s'assurer qu'il ne sera pas surpris.

Plus le masochiste se torture lui-même, moins il a l'impression d'être ballotté par un destin qui le dépasse. Et mieux il peut mesurer sa force. Car il sait que les autres ne pourront pas égaler en intensité douloureuse ce qu'il s'inflige lui-même. Il n'a donc plus rien à craindre de la vie. Plus il augmente sa douleur, plus le masochiste se pénètre d'une sensation de contrôle total de son futur. Pas étonnant que nombre de dirigeants et de personnes de pouvoir soient coutumiers de ce genre de fantasmes.

Cependant, il y a un prix à payer. À force de lier la notion de souffrance à la notion de maîtrise de sa vie, le masochiste perd la notion de plaisir. Il est amené à devenir anti-hédoniste. C'est-à-dire qu'il ne souhaite plus recevoir de satisfactions, il demeure uniquement en quête de nouvelles épreuves, de plus en plus difficiles.

266 • ALAN MATHISON TURING

Destin étrange que celui d'Alan Mathison Turing, né à Londres en 1912. Enfant solitaire à la scolarité médiocre, il est obsédé par les mathématiques qu'il porte à un niveau presque métaphysique. À vingt ans, il esquisse des ébauches de conceptions d'ordinateurs en les représentant le plus souvent comme des êtres humains dont chaque calculateur serait un organe.

Lorsque arrive la Seconde Guerre mondiale, il met au point une calculatrice automatique qui permet aux Alliés de décrypter les messages codés par « Enigma », la machine nazie.

Grâce à son invention, on sait dorénavant où sont prévus les prochains bombardements, et des milliers de vies humaines seront ainsi préservées.

Quand John von Neumann met au point aux États-Unis le concept d'ordinateur physique, Turing, lui, élabore le concept d'« intelligence artificielle ». En 1950, il rédige un essai qui fera référence : *Les machines peuvent-elles penser ?* Il a pour grande ambition de doter la machine d'un esprit humain. Il estime qu'en observant le vivant, il trouvera la clef de la parfaite machine à penser.

Turing introduit une notion nouvelle pour l'époque et pour l'informatique, la « sexualité de la pensée ». Il invente des jeux-tests dont le but est de distinguer un esprit masculin d'un esprit féminin. Turing affirme que l'esprit féminin se caractérise par l'absence de stratégie. Sa misogynie ne lui vaut pas que des amis et explique qu'il soit quelque peu tombé dans l'oubli.

Il entretient un fantasme pour l'avenir de l'humanité : la parthénogenèse, c'est-à-dire la reproduction sans fécondation. En 1951, un tribunal le condamne pour homosexualité. Il doit choisir entre la prison et la castration chimique. Il opte pour la seconde et subit un traitement à base d'hormones féminines. Les injections ont pour effet de le rendre impuissant et de le doter d'un début de poitrine.

Le 7 juin 1954, Turing met fin à ses jours en consommant une pomme macérée dans du cyanure. Cette idée lui aurait été inspirée par le dessin animé *Blanche-Neige*.

Il laissa une note expliquant que, puisque la société l'avait contraint à se transformer en femme, il choisissait de mourir comme aurait pu le faire la plus pure d'entre elles.

267 • DE L'IMPORTANCE DU BIOGRAPHE

L'important n'est pas ce qui a été accompli, mais ce qu'en rapporteront les biographes. Un exemple : la découverte de l'Amérique. Elle n'est pas le fait de Christophe Colomb (sinon elle se serait appelée la Colombie), mais d'Amerigo Vespucci.

De son vivant, Christophe Colomb était considéré comme un raté. Il a traversé un océan dans le but d'atteindre un continent qu'il n'a pas trouvé. Il a certes débarqué à Cuba, Saint-Domingue et dans plusieurs autres îles des Caraïbes, mais il n'a pas pensé à chercher plus au nord. Chaque fois qu'il rentrait en Espagne avec ses perroquets, ses tomates, son maïs et son chocolat, la reine l'interrogeait :

« Alors, vous avez trouvé les Indes ? » et il répondait : « Bientôt, bientôt. » Finalement, elle lui a coupé les crédits et il a abouti en prison après avoir été accusé de malversations.

Mais alors, pourquoi connaît-on tout de la vie de Colomb et si peu de celle de Vespucci ? Pourquoi n'enseigne-t-on pas dans les écoles : « découverte de l'Amérique par Amerigo Vespucci » ? Tout simplement parce que le second, contrairement au premier, n'a pas eu de biographe. En effet, le fils de Christophe Colomb s'est dit : « C'est mon père qui a fait l'essentiel du boulot, il mérite d'être reconnu », et il s'est attelé à un livre sur la vie de son père.

Les générations futures se moquent des exploits réels, seul compte le talent du biographe qui les relate. Amerigo Vespucci n'a peut-être pas eu de fils, ou alors celui-ci n'a pas jugé bon d'immortaliser les prouesses paternelles.

D'autres événements n'ont ainsi survécu que par la volonté d'un seul ou de quelques-uns décidés à les rendre historiques. Qui connaîtrait Socrate sans Platon ? Jésus sans les Apôtres ? Et Jeanne d'Arc, réinventée par Michelet pour donner aux Français la volonté de bouter hors de France le Prussien envahisseur ? Et Henri IV, médiatisé par Louis XIV pour se doter d'une légitimité ?

Avis aux grands de ce monde : peu importe ce que vous accomplirez, la seule façon de vous inscrire dans l'Histoire, c'est de vous trouver un bon biographe.

COUPLE

Les gens veulent se mettre très vite en couple alors qu'ils ne savent pas qui ils sont. C'est bien souvent la peur de la solitude qui les y pousse.

Les jeunes qui se marient à vingt-cinq ou trente ans sont comme des chantiers de premiers étages de gratte-ciel ; ils décident de bâtir ensemble en estimant qu'ils seront toujours au diapason l'un de l'autre et que, lorsque les étages se seront élevés, des ponts seront établis entre eux.

En fait, ils se livrent à un investissement sur l'inconnu. Leurs chances de réussite sont rarissimes. C'est pourquoi on assiste à autant de divorces. À chaque croissance, à chaque évolution de conscience, l'être estime avoir besoin d'un partenaire différent. Pour construire un couple, il faut être quatre, chacun ayant trouvé son alter ego en lui-même. L'homme ayant accepté sa part de féminité, la femme ayant accepté sa part de masculinité. Les deux êtres alors complets cessent de rechercher ce qui leur manque chez l'autre. Ils peuvent s'associer librement sans fantasmer sur une femme idéale ou un homme idéal puisque ils l'ont déjà trouvé en eux.

269 ◆ Trois petites filles

En cours d'informatique, on cite parfois une énigme que peut résoudre un être humain, mais pour l'instant aucun ordinateur. La voici. Un homme demande à un autre les âges de ses trois filles. Il répond :
– La multiplication de leurs trois âges donne le nombre 36.
– Je n'arrive pas à en déduire leur âge ! s'exclame le premier.
– L'addition de leurs âges donne le même nombre que celui qui est inscrit sur ce porche, juste en face de nous.
– Je n'arrive toujours pas à répondre, dit le premier.
– L'aînée est blonde.
– Ah oui, évidemment, je comprends leurs âges respectifs à présent.

Comment a-t-il fait ? Tout simplement en raisonnant comme un humain. Vous voulez tout de suite la réponse ? (Si vous voulez réfléchir d'abord, cachez vite la suite avec un papier.)

La multiplication de leurs âges donnant 36, on a forcément l'une des huit combinaisons suivantes :

$36 = 2 \times 3 \times 6$,
ce qui lorsqu'on additionne les chiffres donne 11.
$36 = 2 \times 2 \times 9$,

ce qui lorsqu'on additionne les chiffres donne 13.
$36 = 4 \times 9 \times 1$,
ce qui lorsqu'on additionne les chiffres donne 14.
$36 = 4 \times 3 \times 3$,
ce qui lorsqu'on additionne les chiffres donne 10.
$36 = 18 \times 2 \times 1$,
ce qui lorsqu'on additionne les chiffres donne 21.
$36 = 12 \times 3 \times 1$,
ce qui lorsqu'on additionne les chiffres donne 16.
$36 = 6 \times 6 \times 1$,
ce qui lorsqu'on additionne les chiffres donne 13.
$36 = 36 \times 1 \times 1$,
ce qui lorsqu'on additionne les chiffres donne 38.

On a donc huit solutions possibles et c'est pour cela que l'interlocuteur ne peut répondre d'emblée. Quand l'autre dit que l'addition de leurs âges est similaire au chiffre du porche et que l'interlocuteur répond qu'il ne peut toujours pas savoir, c'est qu'il reste encore plusieurs solutions. Or $2 \times 2 \times 9$ donne 13 en addition et $6 \times 6 \times 1$ également. Le numéro sur le porche est donc 13. Mais il subsiste encore deux possibilités. « L'aînée est blonde » permet enfin de savoir qu'il y a une aînée, donc une personne plus âgée n'ayant pas de jumelle. La seule formule acceptable est donc la première. Solution : les trois enfants ont respectivement 9 ans, 2 ans et 2 ans.

ADAMITES

En 1420, s'est produite en Bohême la révolte des hussites. Précurseurs du protestantisme, ils réclamaient la réforme du clergé et le départ des seigneurs allemands. Un groupe plus radical se détacha du mouvement : les adamites. Eux remettaient en cause non seulement l'Église mais la société tout entière. Ils estimaient que la meilleure manière de se rapprocher de Dieu serait de vivre dans les mêmes conditions qu'Adam, le premier homme de la Création. Ils s'installèrent sur une île du fleuve Moldau, non loin de Prague. Ils y vécurent nus, en communauté, mettant leurs biens au service de tous et faisant de leur mieux pour recréer les conditions de vie du Paradis terrestre avant la « faute ».

Toutes les structures sociales étaient bannies. Ils avaient supprimé l'argent, le travail, la noblesse, la bourgeoisie, l'administration, l'armée. Ils s'interdisaient de cultiver la terre et se nourrissaient de fruits et de légumes sauvages. Ils étaient végétariens et pratiquaient le culte direct de Dieu, sans Église et sans clergé intermédiaires.

Ils irritaient évidemment leurs voisins hussites qui ne prisaient guère tant de radicalisme. Certes, on pouvait simplifier le culte de Dieu, mais pas à ce point.

Les seigneurs hussites et leurs armées encerclèrent les adamites sur leur île et massacrèrent jusqu'au dernier ces hippies avant l'heure.

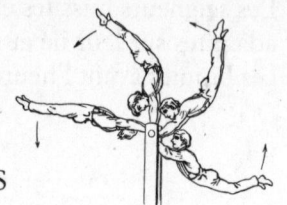

271 • CYCLES SEPTENNAIRES

Une destinée humaine évolue par cycles de sept ans. Chaque cycle s'achève par une crise qui fait passer à l'étape au-dessus.

De 0 à 7 ans : lien fort avec la mère. Appréhension horizontale du monde. Construction des sens. Le parfum de la mère, le lait de la mère, la voix de la mère, la chaleur de la mère, les baisers de la mère sont les références premières. La période se termine généralement par une fêlure du cocon protecteur de l'amour maternel et la découverte plus ou moins frileuse du reste du monde.

De 7 à 14 ans : lien fort avec le père. Appréhension verticale du monde. Construction de la personnalité. Le père devient le nouveau partenaire privilégié, l'allié pour la découverte du monde en dehors du cocon familial. Le père agrandit le cocon familial protecteur. Le père s'impose comme la référence. La mère était aimée, le père devra être admiré.

De 14 à 21 ans : révolte contre la société. Appréhension de la matière. Construction de l'intellect. C'est la crise de l'adolescence. On a envie de changer le monde et de détruire les structures en place. Le jeune s'attaque au cocon familial, puis à la société en général. L'adolescent est séduit par tout ce qui est « rebelle », musique violente, attitude romantique, désir d'indépendance, fugue, lien avec des tribus de jeunes en marge, adhésion aux valeurs anarchistes, dénigrement systématique des valeurs anciennes. La période s'achève par une sortie du cocon familial.

De 21 à 28 ans : adhésion à la société. Stabilisation après la révolte. Ne parvenant pas à détruire le monde, on l'intègre avec au départ la volonté de faire mieux que la génération précédente. Recherche d'un métier plus intéressant que celui des parents. Recherche d'un lieu de vie plus intéressant que celui des parents. Tentative de bâtir un couple plus heureux que celui des parents. On choisit un(e) partenaire et on fonde un foyer. On construit son propre cocon. La période s'achève généralement par un mariage.

L'homme a, dès lors, rempli sa mission et en a terminé avec son premier cocon protecteur.

272 • LÂCHER PRISE

C'est quand on ne veut plus quelque chose que cette chose peut arriver.

Le premier carré ayant débouché sur la construction de son cocon, l'humain entre dans la seconde série de cycles septennaires.

28-35 ans : consolidation du foyer. Après le mariage, l'appartement, la voiture, arrivent les enfants. Les biens s'accumulent à l'intérieur du cocon. Mais si les quatre premiers cycles n'ont pas été solidement construits, le foyer s'effondre. Si le rapport à la mère n'a pas été convenablement vécu, elle viendra ennuyer sa belle-fille. Si le rapport au père ne l'a pas été non plus, il s'immiscera et influencera le couple. Si la rébellion envers la société n'a pas été réglée, il y aura risque de conflit au travail. 35 ans, c'est souvent l'âge où le cocon mal mûri éclate. Surviennent alors divorce, licenciement, dépression ou maladies psychosomatiques. Le premier cocon doit dès lors être abandonné et…

35-42 ans : on recommence tout de zéro. La crise passée, reconstruction d'un second cocon, l'humain s'étant enrichi de l'expérience des erreurs du premier. Il faut revoir le rapport à la mère et à la féminité, au père et à la virilité. C'est l'époque où les hommes divorcés découvrent les maîtresses, et les femmes divorcées les amants. Ils tentent d'appréhender ce qu'ils attendent au juste non plus du mariage, mais du sexe opposé.

Le rapport à la société doit aussi être revu. On choisit dès lors un métier non plus pour la sécurité qu'il apporte mais pour son intérêt ou pour le temps libre qu'il laisse. Après la destruction du premier cocon, l'humain est toujours tenté d'en reconstruire au plus vite un second. Nouveau mariage, nouveau métier, nouvelle attitude. Si on s'est débarrassé convenablement des éléments qui le parasitaient, on doit être capable non pas de bâtir un cocon semblable mais un cocon amélioré. Si l'on n'a pas compris les erreurs du passé, on reproduira exactement le même moule pour aboutir aux mêmes échecs. C'est ce qu'on appelle tourner en rond. Dès lors les cycles ne seront plus que des répétitions des mêmes erreurs.

42-49 ans : conquête de la société. Une fois rebâti un second cocon plus sain, l'humain peut connaître la plénitude dans son couple, sa famille, son travail, son épanouissement personnel. Cette victoire débouche sur deux nouveaux comportements :

Soit on devient plus avide de signes de réussite matérielle : plus d'argent, plus de confort, plus d'enfants, plus de maîtresses ou d'amants, plus de pouvoir, et on n'en finit pas d'agrandir et d'enrichir son nouveau cocon sain, soit on se lance vers une nouvelle terre de conquête, celle de l'esprit. On entame alors la véritable construction de sa personnalité. En toute logique, cette période doit s'achever sur une crise d'identité, une interrogation existentielle. Pourquoi suis-je là, pourquoi vis-je, que dois-je faire pour donner un sens à ma vie au-delà du confort matériel ?

49-56 ans : révolution spirituelle. Si l'humain a réussi à construire son cocon et à se réaliser dans sa famille et son travail, il est naturellement tenté de rechercher une forme de sagesse. Dès lors, commence l'ultime aventure, la révolution spirituelle.

La quête spirituelle, si elle est menée honnêtement, sans tomber dans les facilités des groupes ou des pensées toutes prêtes, ne sera jamais assouvie. Elle occupera tout le reste de l'existence.

N.B. 1 : l'évolution se poursuit ensuite en spirale. Tous les 7 ans, on monte d'un cran en repassant par les mêmes cases : rapport à la mère, rapport au père, rapport à la révolte contre la société, rapport à la construction de sa famille.

N.B. 2 : par moments, certains humains font exprès d'échouer dans leur rapport à la famille ou au travail afin d'être obligés de recommencer les cycles. Ils retardent ou évitent ainsi l'instant où ils seraient obligés de passer à la phase de spiritualité, car ils ont peur d'être placés pour de bon face à eux-mêmes.

273 • Armes

L'amour comme épée.
L'humour comme bouclier.

274 ♦ Réalité

« La réalité c'est ce qui continue d'exister lorsqu'on cesse d'y croire », disait Philip K. Dick. Il doit donc exister quelque part une réalité objective qui échappe à tous les préjugés, dogmes, superstitions, grilles de lecture automatique des hommes. C'est cette réalité-là qu'il est amusant de tenter d'approcher.

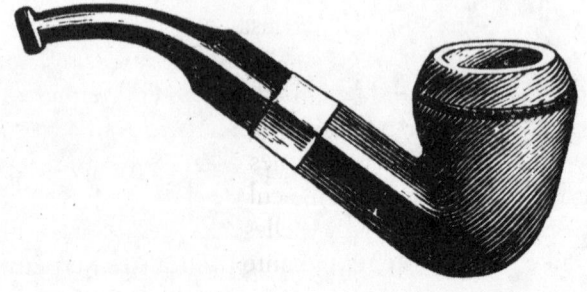

275 • COUSEUSE DE CUL DE RAT

À la fin du XIXe siècle, en Bretagne, les conserveries de sardines étaient infestées de rats. Personne ne savait comment se débarrasser de ces animaux. Pas question d'introduire des chats, qui auraient préféré manger des sardines immobiles plutôt que ces rongeurs fuyants.

On eut alors l'idée de coudre le cul d'un rat vivant avec un gros crin de cheval. Dans l'impossibilité de rejeter normalement ses défections, le rat, continuant à manger, devenait fou de douleur et de rage. Il se transformait en minifauve, véritable terreur pour ses congénères qu'il blessait et faisait fuir.

L'ouvrière qui acceptait d'accomplir cette sale besogne obtenait les faveurs de la direction, une augmentation de salaire, et une promotion au titre de contremaîtresse. Mais pour les autres ouvrières de la sardinerie, la « couseuse de cul de rat » était une traîtresse. Car tant que l'une d'elles accepterait de coudre le cul des rats, cette répugnante pratique se perpétuerait.

Bêtise naturelle

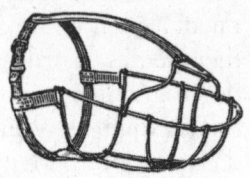

Françoise Giroud déclara un jour : « On pourra considérer les hommes et les femmes égaux en politique le jour où il y aura des femmes ministres incompétentes. » De la même manière : « On pourra considérer les hommes et les ordinateurs égaux en intelligence le jour où surgiront des ordinateurs commettant des bêtises. » On pourrait appeler ces errements de la « bêtise artificielle ». Attention, je ne parle pas des bugs ou des virus. Ce que devraient inventer nos génies de l'informatique, c'est une sorte de maladresse, une insouciance informatique proche de l'insouciance humaine. Ces outils deviendraient un brin plus sympathiques. Plus « humains ». On pourrait mieux les accepter comme partenaires de travail car on penserait alors qu'ils nous ressemblent. Ils ne seraient plus seulement froids et efficaces, ils auraient leur propre zone d'incompétence, due non pas à des erreurs « physiques » mais à un « je-m'en-foutisme », voire à un « manque de jugeote ». Bien sûr, il reste à inventer cette bêtise artificielle bien plus complexe à mettre au point que l'intelligence, étant donné qu'elle est floue et qu'il s'agit d'une notion nouvelle. Mais je ne suis pas mécontent d'ouvrir ici un nouvel horizon à l'intention du monde informatique. Et qui sait, après on enchaînerait peut-être en inventant des névroses, des doutes, des obsessions pour nos chers ordinateurs enfin rendus à plus de convivialité... Et puis surgiraient alors nombre de nouvelles professions : psychothérapeutes d'ordinateurs, rééducateurs, rassureurs de programmes.

Tant que les ordinateurs étaleront leur prétention d'être un jour parfaits, nous ne pourrons pas vraiment les aimer.

277 ♦ Truel

M. Blanc, M. Gris et M. Noir se livrent à un truel, c'est-à-dire à un duel à trois, au pistolet à un coup.

M. Noir est un tireur d'élite, il touche sa cible régulièrement. M. Gris touche sa cible une fois sur deux. Et M. Blanc, le plus mauvais de tous, atteint sa cible une fois sur trois.

Pour que le truel soit équitable, M. Blanc tire en premier, puis M. Gris, puis M. Noir.

Que doit faire M. Blanc pour optimiser ses chances de survie ? Réponse : tirer en l'air.

Pourquoi ? S'il tire sur M. Gris et qu'il le tue, ensuite ce sera à M. Noir de tirer et, comme il s'agit d'un tireur d'élite, M. Blanc a de fortes chances de mourir. S'il le rate, c'est alors à M. Gris de tirer et on en revient plus ou moins à la problématique de départ. S'il tire sur M. Noir, soit il l'abat, soit il ne l'abat pas.

Ensuite, c'est à M. Gris de tirer parce qu'il est le suivant et que, dans ce cas de figure, il sera encore vivant de toute façon. Si M. Blanc a eu M. Noir, M. Gris lui tirera dessus et il aura une chance sur deux de mourir. S'il n'a pas eu M. Noir, on en revient à la position neutre du début.

Dans les deux situations décrites plus haut, M. Blanc aura couru la chance de réussir son coup… et ainsi de maximiser le risque d'être tué le coup d'après !

Si M. Blanc tire en l'air, M. Gris visera M. Noir parce qu'il est le plus dangereux. S'il l'atteint, on en revient à la position de départ, mais avec un concurrent en moins. S'il ne l'a pas, on en revient aussi à la position de départ avec un concurrent en moins (car M. Noir tirera alors sur M. Gris qui est le plus dangereux, et le tuera).

Donc, dans tous les cas de figure, tirer en l'air sauvera la peau de M. Blanc pour un tour et transformera le truel de départ en un duel plus facile à gérer.

278 ◆ De l'importance de porter le deuil

De nos jours, le deuil tend à disparaître. Après un décès, les familles s'empressent de reprendre de plus en plus tôt leurs activités habituelles.

La disparition d'un être cher tend à devenir un événement de moins en moins grave. Le noir a perdu ses prérogatives de couleur du deuil par excellence. Les stylistes l'ont mis à la mode en raison de ses vertus amincissantes, donc chic.

Pourtant, marquer la fin des périodes ou des êtres est essentiel à l'équilibre psychologique des individus. Là encore, seules les sociétés dites primitives continuent à accentuer l'importance du deuil. À Madagascar, lorsque quelqu'un meurt, non seulement tout le village interrompt ses activités pour participer au deuil, mais on procède à deux enterrements. Lors des premières funérailles, le corps est enterré dans la tristesse et le recueillement. Puis, plus tard, est organisée une cérémonie d'enterrement suivie d'une grande fête. C'est la cérémonie du « retournement des corps ».

Ainsi, sa perte est doublement acceptée.

Et il n'y a pas que les décès. Il y a aussi les « événements de fin » : quitter un travail, quitter une compagne, quitter un lieu de vie.

Le deuil constitue dans ces cas une formalité que beaucoup estiment inutile et qui pourtant ne l'est pas. Il importe de marquer les étapes.

Chacun peut inventer ses propres rituels de deuil. Cela peut aller du plus simple : se raser la moustache, changer de coiffure, de style d'habillement, au plus fou : faire une grande fête, s'enivrer à en perdre la tête, sauter en parachute…

Lorsque le deuil est mal accompli, la gêne persiste comme une racine de mauvaise herbe mal arrachée.

Peut-être faudrait-il enseigner l'importance du deuil à l'école. Cela épargnerait sans doute à certains d'entre nous, plus tard, des années de tourment.

279 ♦ Mariage de raison

« Vous serez unis pour le meilleur et pour le pire jusqu'à... ce que le manque d'amour vous sépare. » Réaliste.

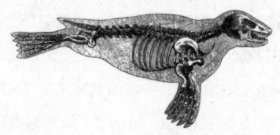

280 • MALICE DES DAUPHINS

Le dauphin est le mammifère qui possède le plus gros volume cérébral par rapport à sa taille. Pour un crâne de même grosseur, le cerveau du chimpanzé pèse en moyenne 375 g et celui de l'homme 1 450 g ; celui du dauphin en pèse 1 700. La vie du dauphin est une énigme.

À l'instar des humains, les dauphins respirent de l'air, les femelles accouchent et allaitent leurs petits. Ils sont mammifères car ils ont vécu jadis sur la terre ferme. Mais oui, jadis les dauphins avaient des pattes et ils marchaient et couraient sur le sol. Ils devaient ressembler aux phoques. Ils ont vécu sur la terre ferme et puis un jour, pour des raisons inconnues, ils en ont eu assez et ils sont retournés dans l'eau. On imagine aisément ce que seraient devenus aujourd'hui les dauphins avec leur gros cerveau de 1 700 grammes s'ils étaient restés à terre : des concurrents. Ou plus probablement des précurseurs. Pourquoi sont-ils retournés dans l'eau ? Le milieu aquatique présente certains avantages que ne possède pas le milieu terrestre. On s'y meut dans trois dimensions alors que sur terre on demeure collé au sol. Dans l'eau, il n'est pas besoin de vêtements, de maison ou de chauffage.

En examinant le squelette du dauphin, on s'aperçoit que ses nageoires antérieures contiennent encore l'ossature de mains aux longs doigts, dernier vestige de sa vie terrestre. Cependant, ses mains étant transformées en nageoires, le dauphin pouvait certes se mouvoir à grande vitesse dans l'eau mais ne pouvait plus fabriquer d'outils. C'est peut-être parce que nous étions très mal adaptés à notre milieu que nous avons inventé tout ce délire d'objets qui complètent nos possibilités organiques. Le dauphin, étant parfaitement adapté au sien, n'a pas besoin de voiture, de télévision, de fusil ou d'ordinateur. En revanche, il semble qu'il ait bel et bien développé un langage qui lui est propre. C'est un système de communication acoustique s'étendant sur un très large spectre sonore. La parole humaine s'étend de la fréquence 100 à 5 000 hertz. La parole « dauphine » couvre une plage de 7 000 à 170 000 hertz, ce qui autorise évidemment beaucoup de nuances !

Selon le Dr John Lilly, directeur du laboratoire de recherche sur la communication de Nazareth Bay, les dauphins sont depuis longtemps désireux de communiquer avec nous. Ils s'approchent spontanément des gens et des bateaux. Ils sautent, bougent, sifflent comme s'ils voulaient nous faire comprendre quelque chose. « Ils semblent même parfois agacés lorsque leur interlocuteur ne les comprend pas », assure ce chercheur.

281 ♦ L'OUVERTURE PAR LES LIEUX

Le système social actuel est défaillant : il ne permet pas aux jeunes talents d'émerger, ou bien il ne les autorise à émerger qu'après les avoir fait passer par toutes sortes de tamis qui, au fur et à mesure, leur enlèvent toute saveur. Il faudrait mettre sur pied un réseau de « lieux ouverts » où chacun pourrait sans diplômes et sans recommandations particulières présenter librement ses œuvres au public.

Seuls impératifs : s'inscrire au moins une heure avant le début du spectacle (pas la peine de présenter ses papiers, il suffirait d'indiquer son prénom) et ne pas dépasser six minutes.

Avec un tel système, le public risque de subir quelques désagréments, mais les mauvais numéros seraient hués et les bons retenus. Pour que ce type de théâtre soit viable économiquement, les spectateurs y achèteraient leur place au prix normal. Ils y consentiraient volontiers car, en deux heures, ils auraient droit à un spectacle d'une grande diversité. Pour soutenir l'intérêt et éviter que les deux heures ne soient, le cas échéant, qu'un défilé de débutants malhabiles, des professionnels confirmés viendraient à intervalles réguliers soutenir les postulants. Ils se serviraient de ce théâtre ouvert comme d'un tremplin, quitte à annoncer : « Si vous voulez voir la suite de la pièce, venez tel jour et en tel lieu. »

Ce type de lieux ouverts pourrait ensuite se décliner ainsi :

– cinéma ouvert : avec des courts métrages de dix minutes proposés par des cinéastes en herbe,

– salle de concerts ouverte : pour apprentis chanteurs et musiciens,

– galerie ouverte : avec la libre disposition de deux mètres carrés chacun pour sculpteurs et peintres encore inconnus.

Ce système de libre présentation s'étendrait aux architectes, aux écrivains, aux publicitaires… Il court-circuiterait les lourdeurs administratives. Les professionnels disposeraient ainsi de lieux où recruter de nouveaux talents, sans passer par les agences traditionnelles qui font perpétuellement office de sas. Enfants, jeunes, vieux, beaux, laids, riches, pauvres, nationaux ou étrangers, tous disposeraient alors des mêmes chances et ne seraient jugés que selon les critères suivants : la qualité et l'originalité de leur travail.

Papillon

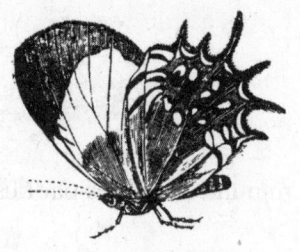

À l'issue de la Seconde Guerre mondiale, le Dr Elizabeth Kubbler Ross fut appelée à soigner des enfants juifs rescapés des camps de concentration nazis. Quand elle pénétra dans le baraquement où ils gisaient encore, elle remarqua que sur le bois des lits était gravé un dessin récurrent qu'elle retrouva par la suite dans d'autres camps où avaient souffert ces enfants. Ce dessin ne présentait qu'un seul motif simple : un papillon.

La doctoresse pensa d'abord à une sorte de fraternité qui se serait manifestée ainsi entre enfants battus et affamés. Elle crut qu'ils avaient trouvé avec le papillon leur façon d'exprimer leur appartenance à un groupe, comme autrefois les premiers chrétiens avec le symbole du poisson.

Elle demanda à plusieurs enfants ce que signifiaient ces papillons, et ils refusèrent de lui répondre. Un gamin de sept ans finit pourtant par lui en révéler le sens : « Ces papillons sont comme nous. Nous savons tous au fond de nous que ce corps qui souffre n'est qu'un corps intermédiaire. Nous sommes des chenilles et un jour notre âme s'envolera hors de toute cette saleté et cette douleur. En le dessinant nous nous le rappelons mutuellement. Nous sommes des papillons. Et nous nous envolerons bientôt. »

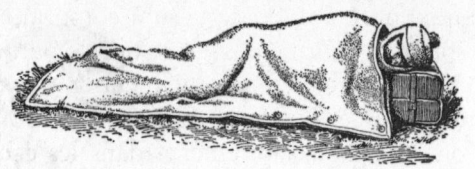

283 • ÉCOLE DU SOMMEIL

Nous passons en moyenne vingt-cinq années de notre existence à dormir; pourtant, nous ignorons comment maîtriser la qualité et la quantité de notre sommeil.

Le vrai sommeil profond, celui qui nous permet de récupérer, ne dure qu'une heure par nuit et il est découpé en petites séquences de quinze minutes qui, comme un refrain de chanson, reviennent toutes les quatre-vingt-dix minutes. Parfois, certaines personnes dorment dix heures d'affilée sans trouver ce sommeil profond et elles se réveillent au bout de ces dix heures complètement épuisées. Par contre, nous pourrions bien, si nous savions nous précipiter au plus vite dans ce sommeil profond, ne dormir qu'une heure par jour en profitant de ces soixante minutes de régénération complète. Comment s'y prendre de façon pratique?

Il faut parvenir à reconnaître ses propres cycles de sommeil. Pour ce faire, il suffit, par exemple, de noter à la minute près ce petit coup de fatigue qui survient en général vers dix-huit heures, en sachant qu'il reviendra ensuite toutes les heures et demie. Ce seront les moments précis où passera le train du sommeil profond. Si on se couche pile à cet instant et si on s'oblige à se réveiller trois heures plus tard (à l'aide éventuellement d'un réveil), on peut progressivement apprendre à notre cerveau à comprimer la phase de sommeil pour ne conserver que sa partie importante. Ainsi on récupère parfaitement en très peu de temps et on se lève en pleine forme. Un jour, sans doute, on enseignera aux enfants dans les écoles comment contrôler leur sommeil.

LA MORT DU ROI DES RATS

Certaines espèces de *Ratus norvegicus* pratiquent ce que les naturalistes appellent « l'élection du roi des rats ». Une journée durant, tous leurs jeunes mâles se battent en duel avec leurs incisives tranchantes. Les plus faibles sont évincés jusqu'à ce qu'il ne reste plus pour la finale que deux rats, les plus habiles et les plus combatifs. Le vainqueur est choisi pour roi. S'il l'a emporté, c'est qu'il est à l'évidence le meilleur rat de la tribu. Tous les autres se présentent devant lui oreilles en arrière, tête baissée ou montrant leur postérieur en signe d'obéissance.

Le roi leur mordille la truffe pour dire qu'il est le maître et qu'il accepte leur soumission. La meute lui offre les meilleures nourritures en sa possession, lui présente ses femelles les plus odorantes, lui réserve la niche la plus profonde où il fêtera sa victoire. Mais à peine s'est-il assoupi, épuisé de plaisirs, qu'il se produit un phénomène étrange. Deux ou trois de ces jeunes mâles, qui avaient pourtant fait acte d'allégeance, viennent l'égorger et l'étriper. Délicatement, ensuite, de leurs pattes et de leurs griffes, ils lui ouvrent le crâne comme une noix à coups de dents. Ils en extirpent la cervelle et en distribuent une parcelle à tous les membres de la tribu. Sans doute croient-ils qu'ainsi, par ingurgitation, tous bénéficieront des qualités de l'animal supérieur qu'ils s'étaient donné pour roi.

De même chez les humains, on se plaît à désigner des rois pour prendre ensuite du plaisir à les mettre en pièces. Méfiez-vous si on vous offre un trône, c'est peut-être celui du roi des rats.

285 ◆ Interprétation de la religion dans le Yucatán

Au Mexique, dans un village indien du Yucatán nommé Chicumac, les habitants ont une étrange manière de pratiquer leur religion. Ils ont été convertis de force au catholicisme par les Espagnols au XVIᵉ siècle. Les missionnaires des premiers temps ne furent pas remplacés lorsqu'ils moururent car cette région est coupée du reste du monde.

Pendant près de trois siècles, les habitants de Chicumac ont pourtant maintenu la liturgie catholique, mais, ne sachant ni lire ni écrire, ils ont transmis les prières et le rituel par le biais de la tradition orale. Après la révolution, lorsque le pouvoir mexicain s'est stabilisé, le gouvernement a décidé de répandre des préfets partout pour créer une administration qui contrôle vraiment le pays. L'un d'entre eux a donc été dépêché en 1925 à Chicumac. Il a assisté à la messe et s'est aperçu que, par la grâce de leur tradition orale, les habitants étaient parvenus à retenir presque parfaitement les chants latins. Pourtant, le temps avait entraîné une petite dérive. Pour remplacer le prêtre et les deux bedeaux, les habitants de Chicumac avaient pris trois singes. Et, cette tradition des singes s'étant perpétuée à travers les âges, ils en étaient arrivés à être les seuls catholiques au monde à vénérer à chaque messe... trois singes.

Comme des vagues

Les femmes fonctionnent par vagues. Leur humeur varie. Quand elle chute, leurs compagnons s'affolent et essaient à toute vitesse de résoudre leurs problèmes pour ralentir leur descente. Ils les empêchent donc de descendre au plus bas et de toucher le fond pour pouvoir remonter. Aussi n'en finissent-elles pas d'aller et venir dans les zones en abîmes, sans jamais trouver le fond où elles auraient pu prendre appui pour remonter.

En fait quand la femme se plaint, elle n'exige pas que l'homme l'aide à ne pas chuter, elle réclame seulement d'être écoutée. Elle veut un témoin de son expérience : sa descente, son contact avec le fond et sa remontée. Mais l'homme s'affole trop vite. Il veut prouver qu'il est tellement fort qu'il peut stopper ce genre de phénomène. Comme si un homme pouvait arrêter une vague ! Mais en empêchant la chute libre, il empêche aussi la remontée franche. C'est un peu comme ces médicaments qu'on prend dès qu'une fièvre se déclenche. Les médicaments arrêtent la fièvre et empêchent le corps de chauffer suffisamment pour brûler le microbe.

Il ne faut pas avoir peur de ce qui descend et de ce qui chauffe. Si on ne s'en préoccupe pas, le plus souvent, ce qui descend finit par remonter tout naturellement, et ce qui chauffe finit par refroidir. Ce qui devrait plutôt nous inquiéter, c'est un corps qui ne connaîtrait pas de fièvre. Et une femme toujours d'humeur égale.

Jeu de cartes

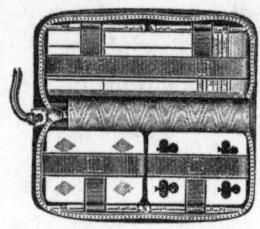

Avec cinquante-deux figures, le jeu de cartes ordinaire est en soi un enseignement, une histoire. Tout d'abord les quatre couleurs signifient les quatre domaines de mutations de la vie. Quatre saisons, quatre émotions, quatre influences de la planète…

Le cœur : le printemps, l'affectif, Vénus.
Le carreau : l'été, les voyages, Mercure.
Le trèfle : l'automne, le travail, Jupiter.
Le pique : l'hiver, les difficultés, Mars.

Les chiffres, les personnages ne sont pas choisis au hasard. Tous signifient une étape de l'existence humaine. C'est pourquoi le jeu de cartes banal a été, au même titre que le tarot, utilisé comme art divinatoire. Par exemple, on prétend que le six de cœur signifie la réception d'un cadeau ; le cinq de carreau, la rupture avec un être cher ; le roi de trèfle, la célébrité ; le valet de pique, la trahison d'un ami ; l'as de cœur, une période de repos ; la dame de trèfle, un coup de chance ; le sept de cœur, un mariage. Tous les jeux, y compris ceux qui paraissent les plus simples, recèlent d'antiques sagesses.

Course de fond

Quand le lévrier et l'homme font la course ensemble, le chien arrive le premier. Le lévrier est doté de la même capacité musculaire par rapport à son poids que l'homme. Logiquement, tous deux devraient donc courir à la même vitesse. Pourtant le lévrier fait toujours la course en tête. La raison en est que, lorsqu'un homme court, il vise la ligne d'arrivée. Il court avec un objectif précis à atteindre dans la tête. Le lévrier, lui, ne court que pour courir. À force de se fixer des objectifs, à force de croire que la volonté est bonne ou mauvaise, on perd énormément d'énergie. Il ne faut pas penser à l'objectif à atteindre, mais seulement penser à avancer. On avance et puis on modifie sa trajectoire en fonction des événements qui surgissent. C'est ainsi, avec l'idée d'avancer, qu'on atteint ou qu'on double l'objectif sans même s'en apercevoir.

289 • QUESTION D'ÉCHELLE

Les choses n'existent que de la façon dont on les perçoit à une certaine échelle. Le mathématicien Benoît Mandelbrot a fait plus qu'inventer les si merveilleuses images fractales, il a démontré que nous ne recevions que des visions parcellaires du monde qui nous entoure. Ainsi, si on mesure un chou-fleur, on obtiendra par exemple un diamètre de trente centimètres. Mais si on entreprend d'en suivre chaque circonvolution, la mesure sera multipliée par dix.

Même une table lisse, examinée au microscope, se révélera une suite de montagnes qui, si on suit leurs dénivellations, en multiplieront la taille jusqu'à l'infini. Tout dépendra de l'échelle choisie pour examiner cette table. Benoît Mandelbrot nous permet d'affirmer qu'il n'est pas dans l'absolu une seule information scientifique certaine, que l'attitude la plus juste chez un honnête homme consiste à accepter, en tout savoir, une part énorme d'inexactitude, laquelle sera réduite par la génération suivante mais jamais complètement éliminée.

Mouvement gnostique

Dieu a-t-il un dieu ? Les premiers chrétiens de l'Antiquité romaine ont eu à lutter contre un mouvement hérétique qui en était convaincu, le gnosticisme. En effet, au IIe siècle après J.-C., un certain Marcion affirma que le Dieu qu'on priait n'était pas le Dieu suprême mais qu'il y en avait un autre, supérieur encore, auquel il était lui-même tenu de rendre des comptes.

Pour certains gnostiques, les dieux s'emboîtaient les uns dans les autres comme des poupées russes, les dieux des mondes les plus grands enrobant les dieux des mondes plus petits.

Cette croyance, appelée aussi « bithéisme », fut notamment combattue par Origène. Simples chrétiens et chrétiens gnostiques se déchirèrent longtemps pour déterminer si Dieu avait lui-même un dieu. Les gnostiques furent finalement massacrés et les rares qui subsistent pratiquent leur culte dans la discrétion la plus totale.

291 ♦ EMPATHIE

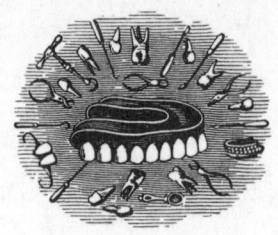

L'empathie est la faculté de ressentir ce que ressentent les autres, de percevoir et de partager leurs joies ou leurs douleurs. En grec, *pathos* signifie « souffrance ». Les plantes elles-mêmes perçoivent la douleur. Si on pose les électrodes d'un galvanomètre – machine à mesurer l'intensité d'un courant électrique faible – sur l'écorce d'un arbre et que quelqu'un, appuyé contre le tronc, s'entaille le doigt avec un couteau, on constate un mouvement de l'aiguille du galvanomètre. L'arbre perçoit donc la destruction des cellules lors d'une blessure humaine ! Cela signifie que lorsqu'un humain est assassiné dans une forêt, tous les arbres le perçoivent et en sont affectés.

D'après l'écrivain américain Philip K. Dick, auteur de *Blade Runner*, si un robot est capable de percevoir la douleur d'un homme et d'en souffrir, il mérite alors d'être qualifié d'humain. *A contrario*, si un humain n'est pas capable de percevoir la douleur d'un autre, il serait justifié de lui retirer sa qualité d'homme. On pourrait imaginer à partir de là une nouvelle sanction pénale : la privation du titre d'être humain. Seraient ainsi châtiés les tortionnaires, les assassins et les terroristes, tous ceux qui infligent la douleur à autrui sans en être affectés.

Bien qu'on retrouve des traces du zéro dans les calculs chinois du IIe siècle après J.-C. (noté par un point) et chez les Mayas bien avant (noté par une spirale), notre zéro est originaire de l'Inde. Au VIIe siècle, les Perses l'ont copié chez les Indiens. Quelques siècles plus tard, les Arabes l'ont copié chez les Perses et lui ont donné le nom que nous lui connaissons. Ce n'est pourtant qu'au XIIIe siècle que le concept de zéro arrive en Europe par l'entremise de Leonardo Fibonacci (probablement une abréviation de Filio di Bonacci), dit Léonard de Pise, qui était, contrairement à ce que son surnom indique, un commerçant vénitien.

Lorsque Fibonacci essaya d'expliquer à ses contemporains l'intérêt du zéro, l'Église jugea que cette innovation bouleversait trop de choses. Certains inquisiteurs estimèrent ce zéro diabolique. Il faut dire que s'il ajoutait de la puissance à certains chiffres, il ramenait à la nullité tous ceux qui tentaient de se faire multiplier par lui. On disait que zéro est le grand annihilateur car il transforme tout ce qui l'approche en zéro. En revanche, 1 était nommé le grand respectueux car il laisse intact ce qui est multiplié par lui. 0 que multiplie 5 c'est zéro. 1 que multiplie 5 c'est 5.

Finalement, les choses se sont quand même arrangées. L'Église avait trop besoin de bons comptables pour ne pas saisir l'intérêt tout matérialiste d'utiliser le zéro.

293 • Nos alliés les bêtes

L'histoire a connu de nombreux cas de collaboration militaire entre humains et animaux, sans que les premiers aient jamais pris la peine de demander l'avis des seconds. Durant la Seconde Guerre mondiale, les Soviétiques dressèrent ainsi des chiens antichars. Harnachés d'une mine, les canidés avaient pour mission de se glisser sous le char ennemi et de le faire exploser. Le système ne fonctionna pas très bien car les chiens avaient tendance à revenir trop tôt auprès de leurs maîtres.

En 1943, le Dr Louis Feiser imagina de lancer à l'assaut des navires japonais des chauves-souris équipées de bombes incendiaires miniaturisées. Elles auraient été la réponse des Alliés aux kamikazes nippons. Mais, après Hiroshima, ces armes devinrent obsolètes. En 1944, les Britanniques conçurent de même le projet de se servir de chats pour piloter de petits avions bourrés d'explosifs. Ils pensaient que les félins, craignant l'eau, feraient tout pour orienter leur engin vers un porte-avions. Il n'en fut rien. Pendant la guerre du Vietnam, les Américains essayèrent de se servir de pigeons et de vautours pour expédier des bombes sur le Vietcong. Échec encore.

Lorsque les hommes ne cherchent pas à utiliser les animaux comme soldats, ils tentent de s'en servir comme espions. Ainsi, durant la guerre froide, la CIA se livra à des expériences destinées à marquer les suspects pris en filature avec l'hormone de cafard femelle, le péripalone B. Cette substance est si excitante pour un cafard mâle qu'il arrive à la détecter et à se diriger vers elle à plusieurs kilomètres de distance.

294 ◆ INFLUENCE DES AUTRES

En 1961, le professeur américain Asch rassembla sept personnes dans une pièce. On leur annonça qu'elles seraient soumises à une expérience sur les perceptions. En réalité, sur les sept individus, un seul était testé. Les six autres étaient des assistants rémunérés pour induire en erreur le véritable sujet de l'expérience.

Au mur étaient dessinées une ligne de vingt-cinq centimètres et une autre de trente centimètres. Les lignes étant parallèles, il était évident que celle de trente centimètres était la plus longue. Le professeur Asch posa la question à chacun et les six assistants désignèrent avec un bel ensemble celle de vingt-cinq centimètres comme étant la plus étirée. Lorsqu'on questionnait enfin le véritable sujet de l'expérience, dans 60 % des cas lui aussi affirmait que la ligne de vingt-cinq centimètres était la plus longue. S'il optait pour celle de trente centimètres, les six assistants se moquaient de lui à l'unisson et, soumis à une telle pression, 30 % des sujets finissaient par admettre s'être trompés. L'expérience reproduite sur une centaine d'étudiants et de professeurs (un public donc pas spécialement crédule) révéla que neuf personnes sur dix finissaient par se convaincre que la ligne de vingt-cinq centimètres était plus longue que celle de trente.

Le plus surprenant est que, lorsqu'on leur révélait le sens du test et le rôle des six autres participants, il y en avait encore 10 % pour maintenir que la ligne de vingt-cinq centimètres était la plus longue. Quant à ceux qui étaient obligés de reconnaître leur erreur, ils se trouvaient toutes sortes d'excuses : problème de vision ou angle d'observation trompeur.

295 • Procès d'animaux

De tout temps, les animaux ont été considérés dignes d'être jugés par la justice des hommes. En France, dès le Xᵉ siècle, on torture, pend et excommunie sous divers prétextes des chats, des ânes, des chevaux ou des cochons. En 1120, pour les punir des dégâts qu'ils causaient dans les champs, l'évêque de Laon et le grand vicaire de Valence excommunièrent des chenilles et des mulots. Les archives de la justice de Savigny contiennent les minutes du procès d'une truie, responsable de la mort d'un enfant de cinq ans. La truie avait été retrouvée sur les lieux du crime en compagnie de six porcelets aux groins encore couverts de sang. Étaient-ils complices ? La truie fut pendue par les pattes arrière en place publique jusqu'à ce que mort s'ensuive. Quant à ses petits, ils furent placés en garde surveillée chez un paysan. Comme ils ne présentaient pas de comportement agressif, on les laissa grandir pour les manger « normalement » à l'âge adulte.

En 1474, à Bâle, en Suisse, on assista au procès d'une poule accusée de sorcellerie pour avoir pondu un œuf ne contenant pas de jaune. La poule eut droit à un avocat qui plaida l'acte involontaire. En vain. La poule fut condamnée à être brûlée vive sur un bûcher. Ce ne fut qu'en 1710 qu'un chercheur découvrit que la ponte d'œufs sans jaune était la conséquence d'une maladie. Le procès ne fut pas révisé pour autant.

En Italie, en 1519, un paysan entama un procès contre une bande de taupes ravageuses. Leur avocat, particulièrement éloquent, parvint à démontrer que ces taupes étaient très jeunes, donc irresponsables, et que, de surcroît, elles étaient utiles aux paysans puisqu'elles se nourrissaient des insectes qui détruisaient leurs récoltes. La sentence de mort fut donc commuée en bannissement à vie du champ du plaideur.

En Angleterre, en 1622, James Potter, accusé d'actes fréquents de sodomie sur ses animaux familiers, fut condamné à la décapitation, mais ses juges, considérant ses bêtes comme autant de complices, infligèrent la même peine à une vache, deux truies, deux génisses et trois brebis.

En 1924, enfin, en Pennsylvanie, un labrador mâle du nom de Pep fut condamné à la prison à vie pour avoir tué le chat du gouverneur. Il fut écroué sous matricule dans un pénitencier où il mourut de vieillesse six ans plus tard.

296 • Chantage

Tout ayant été exploité, il n'existe qu'un seul moyen pour créer des richesses dans un pays déjà riche : le chantage. Cela va du commerçant qui ment en affirmant : « C'est le dernier article qui me reste, si vous ne le prenez pas tout de suite, j'ai un autre client intéressé », jusqu'au plus haut niveau, le gouvernement qui décrète : « Sans le pétrole qui pollue, nous n'aurions pas les moyens de chauffer toute la population du pays cet hiver. » C'est alors la peur de manquer ou la peur de rater une affaire qui génère des dépenses artificielles.

297 ◆ Bataille de Culloden

La bataille de Culloden se déroula en l'an de grâce 1746 et opposa l'armée britannique à l'armée écossaise.

Tout commença par une sombre histoire de famille. Le trône d'Angleterre étant resté vacant, on fit appel à une branche allemande, les Hanovre, pour l'occuper. George Ier prend la place. Charles-Édouard Stuart (petit-fils de Jacques II Stuart), prétendant malheureux, s'enfuit et part en Écosse rassembler une armée pour reconquérir son trône.

L'Écosse, à cette époque, est dirigée par un système de clans. Tout Écossais appartient à l'un d'eux. Chaque clan a un tartan à ses couleurs, sa devise, sa culture propre. Les clans s'unissent autour de Charles-Édouard Stuart et décident de l'aider à conquérir son trône. Se forme alors une immense armée d'Écossais qui descend vers Londres. Le pouvoir en place dans la capitale anglaise dépêche une première escouade pour les arrêter, mais les Écossais, qui chargent valeureusement avec leurs sabres, parviennent à la mettre en pièces. De même, deux autres armées envoyées à la rescousse se feront battre. Et les Écossais parviennent donc à Londres qu'ils s'empressent d'assiéger, tel Hannibal devant Rome. Tel Hannibal encore, ils s'émerveillent de l'aisance de leur victoire. Et tel

Hannibal toujours, ils n'osent pas porter l'estocade finale. Le roi George Ier est pourtant déjà prêt à fuir retrouver sa famille en Allemagne, mais c'est sans compter avec ses… adversaires. En effet, les Écossais ne sont nullement des soldats dans l'âme et ce siège ne les amuse guère. Ils sont avant tout paysans, et savent qu'il faut se dépêcher de rentrer les récoltes sinon le grain pourrira sur pied. Ils décident donc de faire demi-tour pour regagner au plus vite le pays natal.

Dès lors, George Ier reprend espoir. Très vite, il forme une armée de mercenaires équipée de fusils de la dernière génération (se chargeant par la culasse et non plus par le canon, et ne nécessitant pas de bourrage). Cette troupe poursuit l'armée écossaise et lui inflige de lourdes pertes à l'arrière. Agacés, les Écossais décident de la combattre de front. Des éclaireurs affirment que les soldats de l'ennemi se trouvent dans un petit village. Ils s'y rendent au pas de charge. Mais l'armée anglaise a déjà déguerpi. Les espions étaient des traîtres appartenant à un clan félon, et l'armée écossaise s'épuise à chercher l'ennemi de village en village.

Pendant ce temps, le général anglais a choisi son terrain de bataille : Culloden. Il s'agit d'une vaste clairière entourée d'arbres. Le stratège installe des canons sous les arbres et des murets pour protéger ses fusiliers. Puis il attend que le dernier traître indique l'emplacement à l'armée écossaise. Si bien que lorsque, éreintés après trois jours de marche forcée sans sommeil, les Écossais arrivent à Culloden, ils ne voient pas leurs adversaires dissimulés dans la forêt et protégés par les murets de pierre. Dès que toutes les troupes de Charles-Édouard Stuart sont réunies au centre de la clairière, le général anglais donne l'ordre de tir. C'est un véritable massacre. Les Anglais fusillent à bout portant. Les Écossais tentent de se défendre, mais avec leurs vieilles pétoires et leurs sabres, ils ne font pas le poids face aux canons modernes cachés dans les futaies. Tous les Écossais seront abattus alors que les Anglais ne subiront pratiquement aucune perte.

Le seul cas d'humour animal recensé dans les annales scientifiques a été rapporté par Jim Anderson, primatologue à l'université de Strasbourg. Ce scientifique a consigné le cas de Koko, un gorille initié au langage gestuel des sourds-muets. Un expérimentateur lui demandant un jour de quelle couleur était une serviette blanche, il fit le geste signifiant « rouge ». L'expérimentateur répéta la question en brandissant dûment la serviette devant les yeux du gorille. Il obtint la même réponse, sans comprendre pourquoi Koko s'obstinait dans son erreur. L'humain commençant à perdre patience, le gorille s'empara de la serviette et lui montra le petit liséré rouge tissé sur son rebord. Il présenta alors ce que les primatologues appellent la « mimique du jeu », c'est-à-dire un rictus, babines retroussées, dents de devant exhibées, yeux écarquillés. Peut-être s'agissait-il d'humour…

299 ◆ Au début

Au commencement, tout n'était que simplicité. L'univers, c'était du rien avec un peu d'hydrogène : H.

Et puis il y a eu le réveil. L'hydrogène détone. Le big-bang. Ses éléments bouillants se métamorphosent en se répandant dans l'espace.

H, l'élément chimique le plus simple, se casse, se mélange, se divise, se noue pour former des molécules nouvelles. L'univers est expérience. Tout part de l'hydrogène, mais tout se répand dans tous les sens et sous toutes les formes. Dans la fournaise initiale, H, l'origine de tout, se met à accoucher d'atomes nouveaux.

Comme He : l'hélium. Et puis tous se mélangent pour donner le jour à des atomes de plus en plus complexes.

On peut actuellement constater les effets de l'explosion initiale. L'ensemble de notre univers-espace-temps-local, qui était composé à 100 % d'hydrogène, est maintenant une soupe remplie de tas d'atomes bizarres selon les proportions suivantes :
90 % d'hydrogène
9 % d'hélium
0,1 % d'oxygène
0,060 % de carbone

0,012 % de néon
0,010 % d'azote
0,005 % de magnésium
0,004 % de fer
0,002 % de soufre.

Pour ne citer que les éléments chimiques les plus répandus dans notre univers-espace-temps.

300 ♦ Avenir

On ne sait pas comment sera l'homme du futur mais l'on peut déjà avancer son portrait probable.

Il aura la mâchoire plus courte et moins de dents que nous. Nos troisièmes molaires, nos fameuses dents de sagesse, ont en effet tendance à disparaître. Normal : les molaires servent à broyer la viande, or nous ne mangeons plus que des aliments mous qui n'ont plus besoin d'être broyés. L'homme du futur n'aura que 28 dents au lieu de 32.

Il sera plus grand. Tout simplement parce que les bébés sont maintenant mieux nourris, donc mieux « construits » qu'à l'origine. Les médicaments les protègent des maladies qui pourraient troubler leur croissance. On sait par exemple qu'en 1800 la moyenne des conscrits français était de 1,63 mètre, elle était en 1958 de 1,68 mètre, alors qu'elle est en 1993 de 1,75 mètre. C'est même une croissance exponentielle.

Il sera plus myope. En ville il n'est pas besoin de voir loin.

Il sera probablement métis. Tout simplement à cause de la généralisation des moyens de transport qui permettent à tous les peuples de se rencontrer et de se mêler.

Il vivra plus vieux. Toujours grâce à l'hygiène, aux progrès de la médecine et à une meilleure nutrition.

Le volume cérébral sera probablement supérieur, la capacité de la boîte crânienne de l'*Homo sapiens* ayant déjà triplé depuis les premiers hommes d'il y a trois millions d'années. Mais, plus que le volume, ce sera sans doute la complexité des connexions qui se développera.

On restera enfant plus longtemps. En effet, les os durcissent de plus en plus tard. Il y a trente mille ans, tous les os étaient durs à environ 18 ans. De nos jours, l'ossification de la clavicule, qui clôt la croissance, se produit à 25 ans. Tout se passe comme si les gens restaient physiologiquement des enfants de plus en plus longtemps. Ce qui expliquerait que, même mentalement, on veuille s'attarder dans l'enfance.

Les femmes, en revanche, connaîtront plus tôt leurs premières règles, l'âge de la ménopause se déclenchera plus tard. Donc la période de fécondité humaine s'allongera. On sera peut-être plus lubriques pour rendre cette longue période moins monotone…

Le corps masculin se féminisera. À l'inverse des tribus de chasseurs des forêts qui conservent une grande différence entre les faciès masculin et féminin, on constate déjà une grande similitude des crânes féminin et masculin. L'avenir est aux hermaphrodites et aux femmes-enfants. Ces deux références esthétiques sont d'ailleurs les canons de la beauté moderne, mis en valeur dans la mode, le cinéma et la chanson.

301 ◆ 1 + 1 = 3

Cela signifie que l'union des talents dépasse leur simple addition. Cela signifie que la fusion des principes masculin et féminin, de petit et de grand, de haut et de bas, qui régissent l'univers, donne naissance à quelque chose de différent de l'un et de l'autre et qui les dépasse.

$1 + 1 = 3$.

Tout le concept de foi dans nos enfants qui sont forcément meilleurs que nous est exprimé dans cette équation. Donc de la foi dans le futur de l'humanité. L'homme de demain sera meilleur que celui d'aujourd'hui.

Mais $1 + 1 = 3$ exprime aussi le concept selon lequel la collectivité et la cohésion sociale sont les meilleurs moyens de sublimer notre statut d'animal. Mettons-le en équation.

On sait que : $(a + b) \times (a - b) = a^2 - ab + ba - b^2$.
$- ab$ et $+ ba$ s'annulent. Donc on obtient :
$(a + b) \times (a - b) = a^2 - b^2$
Divisons les deux termes de l'équation par $(a - b)$ on obtient :
$$\frac{(a+b)x(a-b)}{a-b} = \frac{a^2 - b^2}{a-b}$$

Simplifions le terme de droite :

$\dfrac{a-b}{a-b}$ étant égal à 1

On obtient donc :

$(a+b) = \dfrac{a^2 - b^2}{a-b}$

Posons $a = b = 1$
On obtient alors les deux côtés de l'équation :
$1 + 1 = \dfrac{1-1}{1-1}$

Comme n sur n est toujours égal à 1, on obtient donc :
$1 + 1 = 1$
Si on ajoute un des deux côtés, on obtient :
$3 = 2$
Soit :
$3 = 1 + 1$

Certains esprits cartésiens remarqueront que $1 - 1$ étant égal à zéro, il est interdit de diviser par zéro. Ce à quoi on peut répondre que c'est interdit précisément parce que la division par zéro donne l'infini et que l'infini n'est pas une notion mathématique utilisable. Cependant, nous qui ne sommes pas coincés par les règles mathématiques pouvons nous autoriser à utiliser l'infini.

Dans ce cas, $1 + 1$ est non seulement égal à 3, mais aussi à l'infini. Et les mathématiques rejoignent alors la philosophie et la physique quantique…

302 ◆ Bactérie

Tel est le nom de notre plus ancien arrière-arrière-grand-père. Et voilà aussi le nom de la structure organique qui a régné le plus longtemps et le plus largement sur Terre.

Si notre planète est âgée d'environ 5 milliards d'années, la première bactérie, une archébactérie, est apparue il y a 3,5 milliards d'années. Pendant 2 milliards d'années, l'archébactérie et ses dérivés sont restés seuls à s'« amuser » sur la Terre. Les seuls à se battre, à se nourrir, à se reproduire. Combien de belles épopées bactériennes, combien de drames, combien de bonheurs bactériens demeureront à jamais ignorés de nous, récents occupants de la croûte terrestre…

Dans le cœur de tout homme, il y a une bactérie qui sommeille.

Notre Terre a déjà parcouru les trois quarts de son existence jusqu'à nos jours (un quart dans le silence, deux quarts avec des bactéries pour seuls habitants) lorsque apparaît la première cellule à noyau. C'est une vraie révolution dans la vie. Jusque-là, les gènes se promenaient en vrac dans la cellule. Lorsqu'ils se réunissent en noyau, un programme cohérent peut enfin s'édifier.

Les bactéries donnent donc naissance à une branche évoluée : les algues bleues. Contrairement à leurs ancêtres, elles aiment l'oxygène, la lumière du soleil, elles sont l'avenir. Plus ça avance, plus ça va vite.

Les algues bleues donnent naissance à des formes de vie de plus en plus sophistiquées. Les insectes apparurent il y a 250 millions d'années. Les hommes, bons retardataires, ont pointé leur museau il y a 3 millions d'années.

Quant aux bactéries, qui n'ont pas su évoluer, elles ont toujours horreur de l'oxygène. Alors elles restent tapies au fond des terres, des mers, et même de nos intestins.

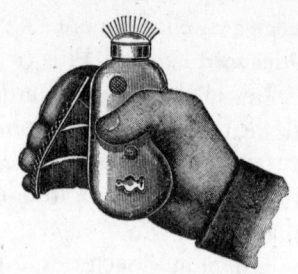

303 ♦ Construire et communiquer

La Vie sait faire deux choses : construire et communiquer. Dès le départ, au plus profond de toutes les cellules, on trouve cette propension double.

L'ADN construit, l'ARN communique.

L'ADN (acide désoxyribonucléique) est à la fois la carte d'identité, la mémoire et le plan de construction d'une cellule. L'ADN est composé d'un mélange de quatre produits chimiques (quatre bases azotées) qu'on peut symboliser par leurs initiales. A (Adénine), T (Thymine), G (Guanine), C (Cytosine). ATGC, c'est comme un jeu à quatre cartes. On peut les mélanger n'importe comment, tels des cœurs, des trèfles, des piques, des carreaux, cela donnera toujours un jeu.

Mais le jeu s'accomplit à deux mains. À toute ligne de combinaison de cartes ATGC correspond une ligne parallèle obéissant à une loi. A ne s'associe qu'à T, G ne s'associe qu'à C.

Donc à la ligne supérieure GCCCAATGG correspond CGGGTTACC. Chaque gène est une entité chimique composée de plusieurs milliers de A, T, G, C. C'est son information, son code, sa bibliothèque de savoir qui le caractérisent. La couleur de vos yeux, bruns ou bleus, provient d'une combinaison de ATGC qui vous a programmé ainsi. Toutes nos caractéristiques ne sont que des ATGC. Et il y en a beaucoup. À savoir : si l'on déroulait tout l'ADN d'une de nos cellules, on obtiendrait un filament d'une longueur égale à 8 000 allers et retours de la Terre à la Lune.

La cellule devient complexe, capable de stocker l'information. Mais à quoi lui servirait cette information si elle ne pouvait la transmettre ? C'est alors qu'apparaît la capacité de « communication ». Les messages envoyés par la cellule ressemblent à des cellules d'ADN, mais un composé chimique les en différencie cependant. On les nomme « ARN messagers » (acide ribonucléique). Ce sont des brins d'acide ribonucléique presque similaires à l'acide désoxyribonucléique (son sucre est du ribose et l'une de ses bases azotées est différente). Il n'y a qu'une lettre qui change. T est remplacé par U (Uracile). Dans l'ADN de type GCCCAATGG est donc associé l'ARN GCCCAAUGG.

Cette capacité d'expression de l'ADN peut s'illustrer par l'exemple du ver à soie. Avec un ADN, la cellule peut fabriquer autant d'ARN que nécessaire. Un seul gène d'ADN est par exemple capable de produire 10 000 copies d'ARN, chacune apte à transmettre aux cellules l'ordre de fabriquer d'innombrables protéines de soie. C'est évidemment le cas le plus spectaculaire de construction et de communication. Et cette merveille nous sert surtout à nous prélasser dans des vêtements doux.

En quatre jours, les gènes d'une seule cellule peuvent ordonner la fabrication d'un milliard de protéines de soie.

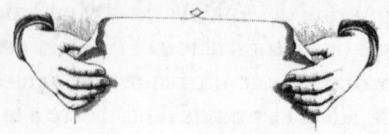

Utopie de Shabbatai Zevi

Après s'être livrés à mille calculs et interprétations ésotériques de la Bible et du Talmud, les grands érudits kabbalistes de Pologne prédirent que le Messie surgirait très précisément en l'an 1666. À l'époque, le moral de la population juive d'Europe de l'Est était au plus bas. L'hetman cosaque Bogdan Khmelnitski avait pris quelques années plus tôt la tête d'une armée de paysans afin d'en finir avec la domination des grands propriétaires féodaux polonais. Impuissante à les atteindre dans leurs châteaux fortifiés, la horde, prise d'une frénésie meurtrière, se vengea sur les petites bourgades juives jugées trop fidèles à leurs suzerains. Quelques semaines plus tard, quand les aristocrates polonais lancèrent de sanglants raids de représailles, une fois de plus les villages juifs en firent les frais et des milliers de victimes furent dénombrées. « C'est le signe de l'ultime combat d'Armaggedon, affirmèrent les kabbalistes. C'est le prélude à l'arrivée du Messie. »

Ce fut le moment que choisit Shabbatai Zevi, un jeune homme doux au regard profond, pour se faire reconnaître comme le Messie. L'homme parlait bien, il rassurait, il faisait rêver. On prétendait qu'il accomplissait des miracles. Il suscita rapidement une intense ferveur religieuse parmi les communautés juives éprouvées d'Europe de l'Est. Nombre de rabbins criaient certes à l'usurpateur et au « faux roi ». Des schismes apparurent entre partisans et dénonciateurs de Shabbatai Zevi, des familles entières se déchirèrent. Cependant, ils furent des centaines à décider de tout abandonner, de laisser là leur foyer pour suivre le Messie qui les entraînait à construire une nouvelle société utopique en Terre sainte. L'affaire tourna court. Un soir, des espions du Grand Turc enlevèrent Shabbatai Zevi. Il n'échappa à la mort qu'en se convertissant à l'islam. Certains de ses disciples parmi les plus fidèles le suivirent dans cette voie. D'autres préférèrent l'oublier.

ÈRE DU CORTEX

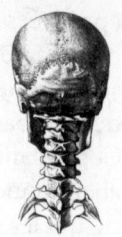

Le langage montre le mouvement d'évolution de notre cerveau. Au départ, il n'existait que peu de mots mais les intonations permettaient d'en préciser le sens. C'était le cerveau des émotions, le système limbique, qui permettait de se faire comprendre. De nos jours, le vocabulaire est vaste, si bien que l'on n'a plus besoin d'intonations pour souligner une nuance. Le vocabulaire est fabriqué par notre cortex. Nous utilisons le langage des raisonnements, des systèmes de logique, des mécanismes automatiques de pensée.

Le langage n'est qu'un symptôme. Notre évolution va du cerveau reptilien vers le système limbique, et du système limbique vers le cortex. Nous sommes en train de vivre le règne de l'intelligence cortexienne. Le corps est oublié, tout devient raisonné. C'est pourquoi on voit apparaître tant de maladies psychosomatiques (la raison ou la déraison agit sur la chair). Plus nous avancerons, plus nous consulterons psychanalystes et psychiatres. Ce sont eux les médecins du cortex. Donc les médecins du futur.

Avec les meilleurs télescopes, il nous est impossible de voir autour de nous dans l'espace présent. On ne peut voir qu'en arrière, dans l'espace passé. Nous ne sommes entourés que par des lueurs du passé.

Parce que la lumière a une vitesse, les images des étoiles qui nous parviennent aujourd'hui ont été émises il y a longtemps. Ces lueurs ont voyagé parfois sur des millions de kilomètres pour venir scintiller dans nos nuits. La zone de notre vision de l'espace forme une sorte de long « radis » qui s'étend dans les tréfonds de nos origines spatiales.

ÊTRE ENSEMBLE

Selon la philosophie soufie, l'une des premières règles du bonheur consiste à s'asseoir avec des amis ou des gens qu'on aime. On s'assoit, on ne dit rien, on ne fait rien. On se regarde ou on ne se regarde pas. Toute l'extase vient du plaisir d'être entouré de gens avec lesquels on se sent bien. Plus besoin de s'occuper ou d'occuper l'espace sonore. On se contente d'apprécier cette muette coexistence.

Dinosaure

Parmi la foule de dinosaures divers qui peuplaient la Terre il y a soixante-cinq millions d'années, une espèce particulière marchait sur deux pattes, possédait notre taille et un cerveau occupant pratiquement autant de place que le nôtre : les sténonychosaures.

Alors que notre ancêtre ne ressemblait qu'à une musaraigne, les sténonychosaures étaient vraiment des animaux très évolués. Ces bipèdes aux allures de kangourou à peau de lézard avaient des yeux en forme de soucoupes capables de voir devant et derrière (avouons que ce gadget nous manque). Grâce à une sensibilité oculaire extraordinaire, ils pouvaient chasser même à la tombée de la nuit. Ils possédaient des griffes rétractables comme les chats, de longs doigts et de longs orteils aux capacités de préhension étonnantes. Ils pouvaient par exemple saisir un caillou et le jeter.

Les professeurs canadiens Dale Russel et R. Seguin (Ottawa), qui ont bien étudié les sténonychosaures, pensent qu'ils disposaient d'une capacité d'analyse de l'environnement exceptionnelle, surpassant celle de toutes les autres espèces de l'époque et leur permettant d'être dominants malgré leur taille réduite.

Un squelette de sténonychosaure, trouvé dans l'Alberta (Canada) en 1967, confirme que ces reptiles avaient des zones d'activité cérébrale très différentes des autres dinosaures. Comme nous, ils avaient le cervelet et le bulbe rachidien anormalement développés. Ils pouvaient comprendre, réfléchir, mettre au point une stratégie de chasse, même en groupe.

Bien sûr, par son allure générale, le sténonychosaure ressemblait davantage à un kangourou qu'à un concierge du 19e arrondissement de Paris mais, selon Russel et Seguin, si les dinosaures n'avaient pas disparu, ce serait probablement cet animal qui aurait développé la vie sociale et la technologie.

À un petit accident écologique près, ce reptile aurait très bien pu conduire des voitures, bâtir des gratte-ciel et inventer la télévision. Et nous, malheureux primates retardataires, n'aurions plus eu de place que dans les zoos, les laboratoires et les cirques.

Feuille de papier

On se demande pourquoi les feuilles de papier courantes mesurent 21 × 29,7 centimètres. Ces dimensions sont en fait un « canon » (rapport de proportion entre plusieurs nombres) découvert par Léonard de Vinci. Il recèle une propriété remarquable : lorsqu'on plie une feuille de 21 × 29,7 en deux, la longueur devient la largeur et on obtient toujours la même proportion entre les deux. On peut continuer à plier autant de fois qu'on le voudra, la feuille de 21 × 29,7 conservera toujours ce même rapport. C'est la seule proportion à posséder cette propriété.

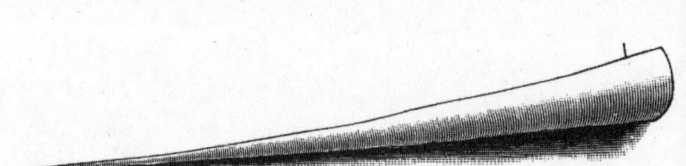

310 ♦ Guerrier

On reconnaît le vrai guerrier au fait qu'il s'intéresse davantage à ses ennemis qu'à ses amis.

Irréfutable

Ce n'est pas parce que l'on rencontre trois corbeaux noirs que tous les corbeaux sont noirs. Selon Karl Popper, il suffit de trouver un corbeau blanc pour prouver que cette loi est fausse. Tant qu'on n'a pas trouvé de corbeau blanc, on ne peut pas savoir si tous les corbeaux sont noirs.

De même la science est toujours réfutable. Seul ce qui n'est pas scientifique est irréfutable. Si quelqu'un vous dit « les fantômes existent », c'est irréfutable parce qu'il n'y a aucun moyen de prouver que cette assertion est fausse. On ne peut pas trouver de contre-exemple. En revanche, si l'on dit : « La lumière va toujours en ligne droite », c'est réfutable. Il suffit de placer une lampe de poche dans une bassine d'eau pour voir que le faisceau lumineux est dévié.

Vase de Klein

Le vase de Klein est une figure paradoxale. Elle forme une sorte de bouteille dont le goulot rejoint le culot. Il ne comprend qu'un seul côté, sans face intérieure, sans face extérieure, sans bord. L'entrée est la sortie. Le dedans est le dehors. Le dessus est le dessous. Notre univers a peut-être la forme d'un vase de Klein sans début et sans fin.

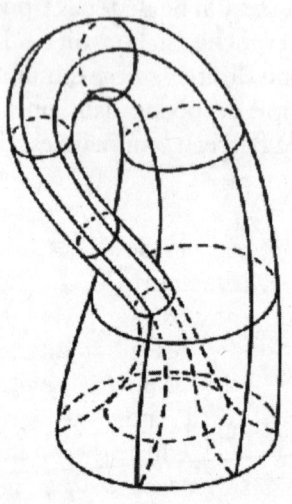

Krishnamurti

En 1875, une femme russe, Elena Blavatsky, assure avoir reçu des esprits supérieurs une révélation. Elle parle du « Supérieur inconnu ». Ces esprits lui ont dicté un texte à propos de la déesse égyptienne Isis. Cette femme trouve beaucoup d'adeptes pour cette première religion syncrétiste. Elle fonde le mouvement théosophique. Elle analyse toutes les religions pour en dégager une ligne commune. Le mouvement théosophique séduit aux États-Unis, en Australie, puis en Europe, où se multiplient les cercles. Elena a fait savoir qu'un messie apparaîtrait en leur sein. C'est ainsi que le fils d'un adepte est reconnu comme tel. Il est éduqué par Annie Besant. Pour ses 18 ans, il est prévu qu'il annoncera son messianisme au monde. Il prononce alors un discours retransmis dans tous les cercles théosophiques : le grand discours de la Révélation.

Mais à la stupéfaction de tous, le jeune homme, qui se nomme Krishnamurti, déclare qu'il n'est pas le messie et que les gens ne doivent surtout pas se laisser guider comme des moutons. Le mouvement théosophique n'en a pas moins continué. Quant à Krishnamurti, s'il n'était pas un théosophe, il se révéla excellent philosophe. Il affirma partout qu'il faut chercher la connaissance en soi. Ne pas attendre qu'un groupe ou un meneur nous tiennent la main. Son message pouvait se résumer ainsi : « Personne ne peut vous remplacer sur le chemin de la Connaissance. Il y a forcément un moment où il faut y aller soi-même, aussi difficile que cela paraisse. »

314 ◆ Mont-Saint-Michel

L'île du Mont-Saint-Michel est un lieu hautement symbolique. Et pas seulement parce qu'il est en équilibre entre la terre, l'eau et le ciel. C'est là que se sont déroulés des pèlerinages chrétiens mais aussi des cérémonies d'alchimistes et de templiers, et, plus avant encore, des célébrations druidiques. Toutes les populations avoisinantes ont vénéré ce site. Jadis on nommait l'île du Mont-Saint-Michel l'île des Morts : Tumba (mot provenant du gaulois *Tim* et signifiant lieu élevé, mais aussi lieu de mort). On disait que les trépassés s'y donnaient rendez-vous le 2 novembre, jour de la fête celtique de Samain. On considérait que cette journée passée en ce lieu était la seule qui échappait à l'écoulement du temps.

Pour en finir avec toutes les superstitions liées à l'île, les ducs de Normandie y firent construire par des compagnons une église de style roman en 1023. Cette église est surprenante. Bâtie sur quatre pentes, elle comprend d'est en ouest : un narthex (porche), une nef de sept travées flanquées de bas-côtés, un transept voûté et un chœur d'abside entouré d'un déambulatoire.

La longueur de l'édifice, 80 mètres, est égale à la hauteur de la pointe du rocher. Ce qui fait que l'église est comprise dans un carré parfait allant du niveau le plus bas du rocher au sol de l'église, et couvrant toute la surface de celle-ci. Le choix de ce carré n'est pas un hasard. Il désigne les quatre éléments, les quatre horizons et les quatre vents qui fouettent le Mont. Il semble que les bâtisseurs aient voulu s'inspirer du Temple, celui de Salomon à Jérusalem. L'emplacement du porche est semblable à celui du porche hébreu (Ulam). Le lieu de prière (Hekal) et le saint des saints sont eux aussi disposés à l'identique. Quant aux sept marches qui conduisent au transept, elles correspondent aux sept mêmes marches du Temple et aux sept branches du chandelier sacré.

Autre allusion à la Bible, le monastère du Mont-Saint-Michel a les proportions exactes de l'arche de Noé telles qu'elles sont précisées dans l'Ancien Testament : 300 coudées sur 50 (soit un rapport longueur/largeur de 1/6). Il comprend trois niveaux superposés, à l'instar de l'Arche (dans l'embarcation de Noé, le premier étage était occupé par les animaux, le deuxième par des réserves de nourriture et le troisième par la famille du patriarche).

Dans le monastère, premier étage : l'aumônerie, endroit où sont accueillis les étrangers, pèlerins et fidèles. Deuxième étage : le réfectoire où les moines se restaurent. Quant au troisième, il est réservé au dortoir. Les bâtisseurs ont compris dès l'origine qu'il ne s'agissait pas ici d'une île mais de la représentation d'un vaisseau voguant à sa manière vers une autre dimension.

315 • NOIR

L'espace est noir parce que la lumière des étoiles ne trouve pas de paroi pour se refléter. Aussi les rayons de lumière s'épuisent-ils dans l'infini. Le jour où l'on apercevra une légère couleur dans le fond de l'univers, c'est que nous aurons atteint l'un de ses coins.

POUR TROUVER UNE IDÉE

Technique pour trouver des idées ou une solution à un problème compliqué (utilisée par Salvador Dalí, lui-même s'étant inspiré d'un outil de réflexion cher aux moines d'un monastère cistercien).

S'asseoir sur une chaise munie de deux gros accoudoirs. Prendre une assiette à soupe et une petite cuillère. Une grande cuillère si on a le sommeil profond. Retourner l'assiette vers le sol. Tenir mollement la cuillère par le bout du manche entre le pouce et le majeur au-dessus de l'assiette.

Commencer à s'endormir en pensant au problème que l'on veut résoudre. Lorsque la cuillère tombe sur l'assiette et vous réveille brutalement, le problème est résolu, l'idée est trouvée.

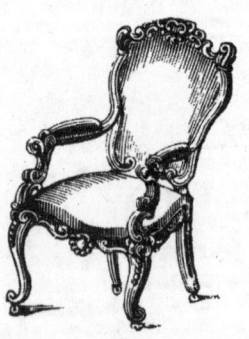

317 • RÉALITÉ PARALLÈLE

La réalité dans laquelle nous sommes n'est peut-être pas la seule. Il existerait d'autres réalités parallèles.

Par exemple, alors que vous lisez ce livre dans cette réalité, dans une autre réalité vous êtes en train de vous faire assassiner, dans une troisième vous avez gagné au Loto, dans une quatrième vous avez soudain envie de vous suicider, etc. Il y aurait comme cela des centaines, voire des milliers de réalités parallèles qui se répandraient en permanence comme les branches d'un arbre.

Mais au bout d'un certain temps, une voie de réalité serait choisie, figée, et les autres réalités s'évaporeraient. Dès qu'une ligne de réel serait durcie, une multitude de nouvelles réalités en découleraient. Peu à peu le tronc d'où partent les branches se fixerait. Dès lors il n'y aurait plus accès aux anciennes ébauches de réalité.

Visiblement, il semblerait ici et maintenant que la réalité où vous êtes en train de lire l'ESRA est celle qui a été choisie, durcie et fixée (par qui ? selon quels critères ?). Cela peut sembler complètement loufoque mais la physique quantique arrive à ces mêmes conclusions.

Il est possible d'imaginer que le réel ne fait pas que s'écouler en avant, il peut aussi s'écouler sur les côtés (cf. le chat de Schrödinger où la réalité « le chat est mort » côtoie la réalité « le chat est vivant »).

318 ♦ Règne du calife Al-Akim

Le calife Al-Akim, de la dynastie fatimide, laquelle régna de 909 à 1171 (dynastie chiite ismaélienne – dont les origines remontent à Fatima – qui créa la ville du Caire, étendit son influence sur tout le Maghreb et conquit la Sicile), vivait au Caire. Cet homme est fasciné par son pouvoir sur sa ville et par les limites de ce concept de pouvoir. Il se met donc à édicter des lois absurdes, puis il se promène de par les rues, déguisé en simple promeneur afin d'observer les réactions de son peuple. En somme, il se livre à des expériences sociologiques directes en prenant sa population pour cobaye.

Pour tester la soumission de son peuple, il commence par interdire le travail de nuit. Il prétend que le manque de lumière est mauvais pour les yeux. Toujours est-il que toute personne surprise à travailler la nuit à la bougie sera mise à mort. Déguisé en badaud, il surprend un boulanger en train de faire des heures supplémentaires et le condamne à être brûlé vif dans son propre fournil. Puis, ayant constaté que tout le monde se conforme à sa loi sur le travail de nuit, il l'inverse. Interdiction de s'échiner le jour. Tout le monde n'a désormais le droit de travailler que la nuit. Comme un animal dompté, son peuple obéit bien vite au doigt et à l'œil dès la promulgation de la loi. Dès lors, tout devient possible. Pour dominer toutes les confessions, le calife fait raser les églises des catholiques et les synagogues des juifs puis, toujours maître du chaud et du froid, il fournit aux deux cultes l'argent nécessaire pour reconstruire leurs temples. Il interdit ensuite le parfum aux femmes. Il interdit qu'on leur fabrique des chaussures. Il interdit aux femmes de se maquiller pour finalement leur interdire carrément de sortir de chez elles. La ville est interdite aux femmes, point. Un jour, alors qu'il effectue sa tournée de vérification, il surprend un groupe de femmes dans un bain public. Il en fait aussitôt murer les issues afin qu'elles y meurent de faim.

Comme l'homme a aussi l'instinct du jeu, il sème derrière lui des lettres cachetées, adressées aux émirs. Elles contiennent soit la missive « couvrez le messager d'or », soit l'injonction « tuez le messager ». Ramasser un pli devient ainsi une sorte de Loto national si ce n'est que les perdants meurent.

On retrouva un jour les vêtements du calife ensanglantés au bord d'une rivière. Probablement l'un de ses nombreux ennemis l'avait-il assassiné. On n'a jamais retrouvé son corps. Mais le culte d'Al-Akim s'est développé dans l'ombre. Avec le temps, on lui prêta les dons d'un chef plein de sagesse et d'imagination.

319 ♦ Shiatsu

Un point de shiatsu chinois très pratique est celui qui permet de lutter contre la constipation. Le geste consiste à presser avec le pouce et l'index de sa main droite la chair entre le pouce et l'index de la main gauche. Si l'on est constipé, on sent la présence d'une boule douloureuse. Il suffit alors de la pincer et de la masser pour venir à bout de ses tracas.

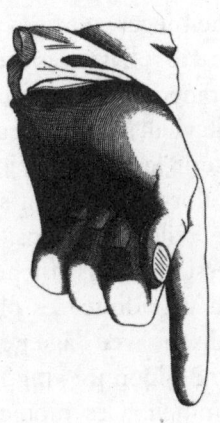

320 • Sommeil paradoxal

Durant notre sommeil, nous connaissons une phase particulière dite de « sommeil paradoxal ». Elle dure quinze à vingt minutes, s'interrompt pour revenir plus longuement une heure et demie plus tard. Pourquoi a-t-on appelé ainsi cette plage de sommeil ? Parce qu'il est paradoxal de se livrer à une activité nerveuse intense au moment même de son sommeil le plus profond.

Si les nuits des bébés sont souvent très agitées, c'est parce qu'elles sont traversées par ce sommeil paradoxal (proportions : un tiers de sommeil normal, un tiers de sommeil léger, un tiers de sommeil paradoxal). Durant cette phase, les bébés ont souvent des mimiques étranges qui leur donnent des mines d'adultes, voire de vieillards. Sur leur physionomie se peignent tour à tour la colère, la joie, la tristesse, la peur, la surprise alors qu'ils n'ont sans doute encore jamais connu de telles émotions. On dirait qu'ils révisent les expressions qu'ils afficheront plus tard.

Au cours de la vie adulte, les phases de sommeil paradoxal se réduisent avec l'âge pour ne plus constituer qu'un dixième, sinon un vingtième de la totalité du temps de sommeil. Ces moments sont souvent vécus comme un plaisir et peuvent provoquer des érections chez les hommes. Il semblerait que, chaque nuit, nous ayons un message à recevoir.

Une expérience a été réalisée : un adulte a été réveillé au beau milieu de son sommeil paradoxal et prié de raconter à quoi il était en train de rêver à ce moment précis. On l'a ensuite laissé se rendormir pour le secouer de nouveau à la phase de sommeil paradoxal suivante. On a constaté que même si l'histoire des deux rêves était différente, ils n'en présentaient pas moins un noyau commun. Tout se passe comme si le rêve interrompu reprenait d'une manière différente pour faire passer le même message.

Récemment, des chercheurs ont émis une idée nouvelle. Le rêve serait un moyen d'oublier les pressions sociales. En rêvant, nous désapprenons ce que nous avons été contraints d'apprendre dans la journée et qui heurte nos convictions profondes. Tous les conditionnements imposés de l'extérieur s'effacent. Tant que les individus rêvent, impossible de les manipuler complètement. Le rêve est un frein naturel au totalitarisme.

321 ✦ Bombardier

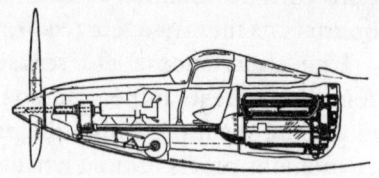

Les carabes bombardiers (*Brachynus crepitans*) sont nantis d'un « fusil organique ». S'ils sont attaqués, ils dégagent comme une fumée suivie d'une détonation. L'insecte les produit en associant deux substances chimiques émanant de deux glandes distinctes. La première libère une solution contenant 25 % d'eau oxygénée et 10 % d'hydroquinone. La seconde fabrique une enzyme, la peroxydase. En se mêlant dans une chambre de combustion, ces jus atteignent la température de l'eau bouillante, 100 °C, d'où un jet de vapeur d'acide nitrique, d'où la détonation. Si l'on approche sa main d'un carabe bombardier, son canon projettera aussitôt une nuée de gouttelettes rouges, brûlantes et très odorantes. L'acide nitrique provoquera des cloques sur la peau.

Ces coléoptères savent viser en orientant leur bec abdominal flexible où s'opère le mélange détonant. Ils peuvent ainsi frapper une cible à quelques centimètres de distance. S'ils la manquent, la détonation suffira à faire fuir n'importe quel assaillant. Un carabe bombardier tient généralement trois ou quatre salves en réserve. Certains entomologistes ont cependant dépisté des espèces capables, quand on les stimule, de tirer vingt-quatre coups d'affilée.

Les carabes bombardiers, orange et bleu argenté, sont très faciles à repérer. Tout se passe comme si, armés de leur canon, ils se sentaient invulnérables au point de s'afficher en vêtements bariolés. D'une façon générale, tous les coléoptères qui déploient des couleurs flamboyantes et des élytres aux graphismes éclatants disposent d'un « gadget » de défense qui leur permet d'éloigner les curieux.

NOTE. Sachant que l'animal est délicieux à consommer nonobstant ce « gadget », les souris sautent sur les carabes bombardiers et leur enfoncent immédiatement l'abdomen dans le sable avant que le mélange détonant n'ait eu le temps de fonctionner. Les coups se perdent alors dans le sol et, quand l'insecte a gaspillé toutes ses munitions, la souris le dévore en commençant par la tête.

322 • Jeu de Marienbad

Quand on est au restaurant et que les plats mettent du temps à arriver, on se sent parfois un peu désœuvré, surtout si la personne qu'on a en face de soi n'a rien d'intéressant à dire.

Voilà un jeu simple, dérivé du jeu de Marienbad, qui permettra de s'occuper en attendant le maître d'hôtel.

Disposez des allumettes, des cigarettes ou des cure-dents à plat sur la nappe comme suit :

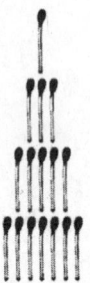

Chacun à tour de rôle peut prendre autant d'allumettes qu'il le souhaite, mais dans une rangée seulement. Le but du jeu est de contraindre l'adversaire à s'emparer de la dernière allumette.

Un truc pour gagner : essayer d'imposer à l'autre une position où il ne reste plus que deux rangées avec autant d'allumettes. Exemple :

323 • Sphère

Dans l'infiniment petit comme dans l'infiniment grand, on rencontre des sphères. Sphère des planètes, sphère des atomes, sphère des particules, sphère des quarks. Ces sphères sont régies par quatre forces fondamentales :

La gravité. Qui nous plaque au sol, fait tourner la Terre autour du Soleil et la Lune autour de la Terre.

L'électromagnétisme. Qui fait tourner les électrons autour des noyaux d'atomes.

L'interaction forte. Qui lie les particules constituant ces noyaux.

L'interaction faible. Qui lie les quarks constituant ces particules.

L'infiniment petit et l'infiniment grand ne sont que des sphères liées par ces forces fondamentales. Il est probable que ces quatre forces n'en font d'ailleurs qu'une. Jusqu'à sa mort, Einstein voulait trouver la loi de « la grande Unification » des forces.

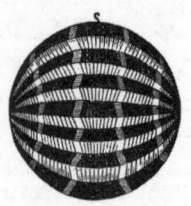

324 ♦ Tromperie tactile

Croisez les doigts, l'index et le majeur par exemple. Posez une bille sur la table avec l'autre main. L'extrémité des doigts croisés sur la bille, imprimez à votre main un mouvement de rotation. Fermez les yeux. Vous aurez l'impression de toucher deux billes.

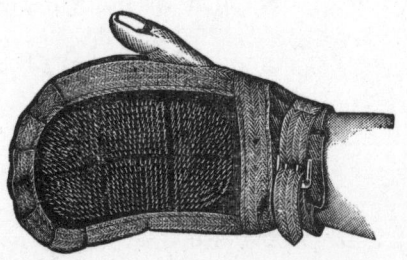

Wendat

Chez les Indiens Wendat du Canada (les Hurons), juste avant de tuer un animal à la chasse, on lui explique pourquoi on va l'abattre. On indique à haute voix qui va le manger. Ce qu'il se passerait pour la famille si on le ratait. Puis on appuie sur la détente. On considère que c'est l'animal qui se laisse tuer par générosité pour offrir sa chair et sa peau au chasseur qui lui a expliqué en quoi elles lui étaient indispensables.

326 • SOURCES DE PEUR

Voici le hit-parade des peurs humaines (d'après un sondage sur un échantillon de 1 000 personnes effectué en France en 1990).
1. le serpent
2. le vertige
3. les araignées
4. les rats
5. les guêpes
6. les parkings souterrains
7. le feu
8. le sang
9. l'obscurité
10. la foule.

327 ◆ COMMUNICATION ENTRE LES ARBRES

Certains acacias d'Afrique présentent d'étonnantes propriétés. Lorsqu'une gazelle ou une chèvre veut les brouter, ils modifient les composantes chimiques de leur sève de manière à la rendre toxique. Quand il s'aperçoit que l'arbre n'a plus le même goût, l'animal s'en va en mordre un autre. Or les acacias sont capables d'émettre un parfum que captent les acacias voisins et qui les avertit immédiatement de la présence du prédateur. En quelques minutes, tous deviennent non comestibles. Les herbivores s'écartent alors, en quête d'un acacia trop éloigné pour avoir perçu le message d'alerte. Il se trouve cependant que les techniques d'élevage en troupeaux réunissent en un même lieu clos le groupe de chèvres et le groupe d'acacias. Conséquence : une fois que le premier acacia touché a alerté tous les autres, les bêtes n'ont plus d'autre solution que de brouter les arbustes toxiques. C'est ainsi que de nombreux troupeaux sont morts empoisonnés pour des raisons que les hommes ont mis longtemps à comprendre.

Yin yang

Tout est en même temps yin et yang. Dans le bien il y a du mal et dans le mal il y a du bien. Dans le masculin il y a du féminin et dans le féminin du masculin. Dans le fort il y a de la faiblesse et dans la faiblesse de la force. Parce que les Chinois ont compris cela depuis plus de trois mille ans, on peut les considérer comme des précurseurs de la relativité. Le noir et le blanc se complètent et se mélangent pour le meilleur ou pour le pire.

Fœtus

Avant de naître, c'est comme si le fœtus récapitulait tous les épisodes précédents de l'expérience de la vie sur Terre. Au début il est semblable à un petit être unicellulaire, une sorte de paramécie, puis il devient poisson, avec toutes les caractéristiques du poisson, y compris une respiration de type branchies, puis il devient reptile, puis enfin mammifère. Comme si on résumait les épisodes précédents avant de passer au suivant.

Les couches mêmes du cerveau sont les traces de ce « récapitulatif des niveaux du vivant ». Le cerveau le plus ancien est similaire à celui des reptiles. Puis vient celui des mammifères. Puis celui des humains. Ils forment comme trois casques que le fœtus empilerait sur ses cellules d'origine.

Auroville

L'aventure d'Auroville (abréviation d'Aurore-ville) en Inde, près de Pondichéry, compte parmi les plus intéressantes expériences de communauté humaine utopique. Un philosophe bengali, Sri Aurobindo, et une philosophe française, Mira Alfassa (« Mère »), entreprirent en 1968 d'y créer « le » village idéal. Ce lieu aurait la forme d'une galaxie afin que tout rayonne depuis son centre rond. Ils attendaient des gens de tous les pays. Vinrent seulement des Européens en quête d'une utopie absolue.

Hommes et femmes construisirent des éoliennes, des ateliers d'objets artisanaux, des canalisations, un centre informatique, une briqueterie. Ils cultivèrent cette région pourtant aride. Auroville est une des rares expériences utopiques encore en cours.

331 ◆ Conseil de Rose-Croix

Avant de regarder l'heure, essayer de la trouver. Avant de décrocher le téléphone, essayer de deviner qui appelle.

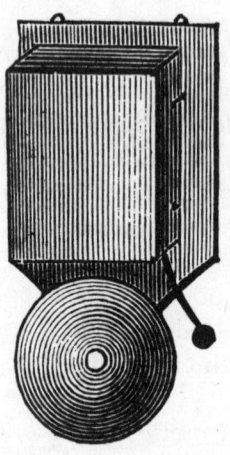

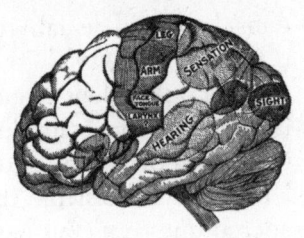

332 ♦ Usure du cerveau

Un neuropsychologue américain, le professeur Rosenzweig, de l'université de Berkeley, a voulu connaître l'action du milieu sur nos capacités cérébrales. Il a pour cela utilisé des hamsters issus des mêmes parents, sevrés le même jour, nourris de la même manière, et les a installés dans trois cages.

La première était vaste, remplie d'objets hétéroclites avec lesquels ils pouvaient jouer et faire du sport grâce à toutes sortes d'ustensiles : roues, grillages, échelles, balançoires. Les hamsters y étaient plus nombreux, se battaient pour accéder aux objets, jouaient.

La seconde était une cage moyenne, vide, mais avec de la nourriture distribuée à volonté. Les hamsters y étaient moins nombreux et, n'ayant pas d'enjeux, pouvaient se reposer tranquillement.

La troisième était une cage étroite dans laquelle il n'y avait qu'un seul hamster. Il était nourri normalement mais il ne pouvait qu'entr'apercevoir à travers une ouverture dans le grillage le spectacle des autres hamsters dans leur cage. Un peu comme s'il regardait la télévision.

Au bout d'un mois, on sortit les hamsters pour faire le point sur l'influence du milieu sur leur intelligence. Les hamsters de la première cage, pleine de jouets, étaient de loin plus rapides que les autres dans les tests de labyrinthe ou de reconnaissance d'image.

On a ouvert leur crâne. Le cortex des hamsters de la première cage était plus lourd de 6 % par rapport à ceux de la deuxième et davantage encore par rapport à celui de la troisième cage. Au microscope, on s'est aperçu que ce n'était pas le nombre de leurs cellules nerveuses qui avait augmenté, mais plutôt la taille de chaque neurone qui s'était allongée d'à peu près 13 %. Leur réseau nerveux était plus complexe. En outre, ils dormaient mieux.

Peut-être que si le cinéma populaire est souvent celui qui a montré des héros confrontés à des situations de plus en plus complexes, dans des décors de plus en plus grandioses, donc plus riches, ce n'est pas un hasard. Le rêve de l'homme est de se retrouver dans un univers d'épreuves à surmonter. Le héros qui « agit » est un héros qui complexifie son cerveau. Les héros qui ne font que parler à table n'ont pas cette valeur exemplaire.

Il faut surtout bien déduire de cette expérience que le cerveau ne s'use que si l'on ne s'en sert pas.

333 ♦ Palindrome

« Dis beau lama t'as mal au bide ? » et « Élu par cette crapule » sont des palindromes. On peut les lire dans les deux sens. Si on enregistre une de ces deux phrases et qu'on la passe à l'envers avec un magnétophone, on entend la même phrase qu'à l'endroit.

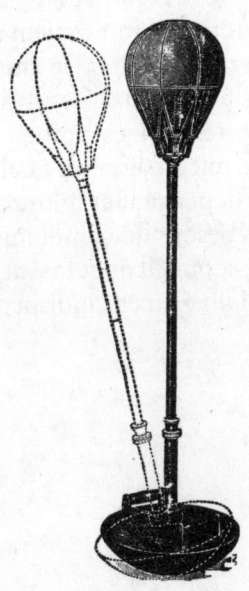

334 • COMMUNICATION ORIGINELLE

Au XIIIe siècle, l'empereur Frédéric II voulut faire une expérience pour savoir quelle était la langue « naturelle » de l'être humain. Il installa six bébés dans une pouponnière et ordonna à leurs nourrices de les alimenter, de les endormir, de les baigner, mais surtout… de ne jamais leur parler. Frédéric II espérait ainsi découvrir quelle serait la langue que ces bébés sans influence extérieure choisiraient naturellement. Il pensait que ce serait le grec ou le latin, seules langues originelles pures à ses yeux. Cependant l'expérience ne donna pas le résultat escompté. Non seulement aucun bébé ne se mit à parler un quelconque langage, mais tous les six dépérirent et finirent par mourir.

Les bébés ont besoin de communication pour survivre. Le lait et le sommeil ne suffisent pas. La communication est aussi un élément indispensable à la vie.

335 • ŒUF CUIT

On peut déterminer si un œuf est cru ou s'il est cuit en le faisant tourner. On l'arrête avec le doigt, puis on relâche. L'œuf cuit demeurera immobile, l'œuf cru continuera de tourner. Parce que le fluide à l'intérieur de sa coquille poursuit son mouvement rotatif.

Vieillard

En Afrique, on pleure la mort d'un vieillard plus que la mort d'un nouveau-né. Le vieillard constitue une masse d'expériences qui peuvent profiter au reste de la tribu alors que le nouveau-né, n'ayant pas vécu, n'arrive même pas à avoir conscience de sa propre mort. En Europe, on pleure le nouveau-né car on se dit qu'il aurait sûrement pu faire des choses fabuleuses s'il avait vécu. On porte en revanche peu d'attention à la mort du vieillard. On considère que, de toute façon, il a déjà profité de la vie.

337 • DÉFINITION DE L'ÊTRE HUMAIN

Avec tous ses membres développés, un fœtus de six mois est-il déjà un homme ? Si oui, un fœtus de trois mois est-il un homme ? Un œuf à peine fécondé est-il un homme ? Un malade dans le coma, qui n'a pas repris conscience depuis six ans, mais dont le cœur bat et les poumons respirent, est-il encore un homme ? Un cerveau humain, vivant mais isolé dans un liquide nutritif, est-il un homme ? Un ordinateur capable de reproduire tous les mécanismes de réflexion d'un cerveau humain est-il digne de l'appellation d'être humain ? Un robot extérieurement similaire à un homme et doté d'un cerveau similaire à celui d'un homme est-il un être humain ? Un humain clone, fabriqué par manipulation génétique afin de constituer une réserve d'organes pour pallier d'éventuelles déficiences de son frère jumeau, est-il un être humain ?

Rien n'est évident. Dans l'Antiquité et jusqu'au Moyen Âge, on a considéré que les femmes, les étrangers et les esclaves n'étaient pas des êtres humains. Normalement, le législateur est censé être le seul capable d'appréhender ce qui est et ce qui n'est pas un « être humain ». Il faudrait lui adjoindre des biologistes, des philosophes, des informaticiens, des généticiens, des religieux, des poètes, des physiciens. Car, en vérité, la notion d'« être humain » va devenir de plus en plus difficile à définir.

338 ♦ JEU DES TROIS CAILLOUX

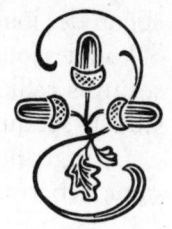

C'est un jeu ancien qu'on retrouve dans plusieurs pays européens sous différentes dénominations. On peut y jouer à autant de joueurs qu'on le souhaite et il ne nécessite comme matériel que trois cailloux, ou trois allumettes, ou trois pièces, ou trois morceaux de papier. Enfin, dernier avantage, la règle est des plus simples. Mais plus on y joue, plus on constate qu'il peut atteindre le niveau de subtilité du bluff au poker et tenir de la stratégie des échecs.

Chaque joueur prend trois cailloux et les dissimule dans son dos. Au signal donné, les joueurs tendent leur poing droit avec, à l'intérieur, zéro, un, deux ou trois cailloux. Chacun annonce alors à tour de rôle combien il estime qu'il y a de cailloux en jeu, si l'on additionne le contenu de tous les poings fermés. L'annonce peut aller de zéro à six pour deux joueurs. De zéro à neuf pour trois joueurs, de zéro à 12 pour quatre joueurs et ainsi de suite.

Une fois un chiffre énoncé par un joueur dans un tour, aucun autre ne peut proposer le même avant le tour suivant. C'est un peu comme pour les places de parking, le premier qui parle et qui choisit un chiffre occupe la place. Une fois que chacun a donné son chiffre, tout le monde ouvre sa main et on additionne les cailloux pour voir qui a trouvé le bon chiffre. Si aucun des joueurs n'est tombé juste, on recommence. Si l'un des joueurs trouve le bon chiffre, il jette l'un de ses trois cailloux et ne joue donc plus qu'avec deux. Ce sera lui qui parlera en premier au tour suivant.

Le gagnant est celui qui a gagné trois fois et s'est donc débarrassé le plus vite de ses trois cailloux.

339 ✦ Sondage

On estime qu'il y a chez les humains 100 millions de rapports sexuels par jour et que 910 000 d'entre eux aboutissent à une conception. 25 % des conceptions ne sont pas désirées. 50 % ne sont pas prévues. Par ailleurs, 356 000 transmettent une MST.

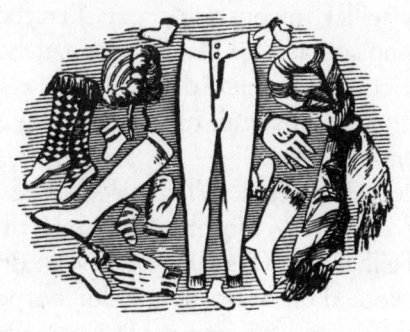

340 • Noosphère

L'hémisphère gauche de notre cerveau est dévolu à la logique, c'est le cerveau du chiffre. L'hémisphère droit de notre cerveau est dévolu à l'intuition, c'est le cerveau de la forme. Pour une même information, chaque hémisphère aura une perception différente pouvant déboucher sur des conclusions absolument contraires.

Il semblerait que, la nuit seulement, l'hémisphère droit, conseiller inconscient, par l'entremise des rêves, donne son avis à l'hémisphère gauche, réalisateur conscient, à la manière d'un couple dans lequel la femme, intuitive, glisserait furtivement son opinion à son mari, matérialiste.

Selon le savant russe Vladimir Vernadski (aussi inventeur du mot « biosphère ») et le philosophe français Teilhard de Chardin, ce cerveau droit intuitif serait doté d'un autre don, celui de pouvoir se brancher sur ce qu'ils nomment la « noosphère ». La noosphère pourrait être représentée comme un grand nuage cernant la planète, tout comme l'atmosphère. Ce nuage sphérique immatériel serait composé des inconscients humains émis par les cerveaux droits. Le tout constituerait un grand ensemble, l'Esprit humain global en quelque sorte.

C'est ainsi que nous croyons imaginer ou inventer des choses, alors qu'en fait c'est tout simplement notre cerveau droit qui va les chercher dans la noosphère. Et lorsque notre cerveau gauche écoute attentivement notre cerveau droit, l'information passe et débouche sur une idée apte à se concrétiser en actes. Selon cette hypothèse, un peintre, un musicien, un inventeur ou un romancier ne seraient donc que cela : des récepteurs radio capables d'aller avec leur cerveau droit puiser dans l'inconscient collectif, puis de laisser communiquer les hémisphères droit et gauche suffisamment librement pour qu'ils parviennent à mettre en œuvre ces concepts qui traînent dans la noosphère à la disposition de tous.

341 • INSULTE

Il est intéressant de connaître les étymologies des insultes. Souvent, elles sont moins péjoratives qu'on ne le pense. En voici quelques exemples.

Idiot : signifie particulier, différent des autres. D'où le mot « idiome », qui est une particularité d'une langue.

Imbécile : vient du préfixe *bacillum*, qui signifie « sans soutien, sans bâton ». L'imbécile est celui qui ne marche pas d'une manière assurée car il ne s'aide pas de béquille, mais au moins il ne s'appuie sur personne. En fait, un imbécile est une personne autonome qui n'utilise pas de soutien extérieur pour avancer.

Stupide : du latin *stupidus*. Qui signifie « étonné, frappé de stupeur ». Le stupide est celui qui s'étonne de tout. Donc qui a conservé sa capacité d'émerveillement face à la nouveauté. Il est le contraire du blasé.

342 ◆ Placenta

Chez de nombreuses tribus d'Afrique on estime que le placenta ne doit pas être jeté à la naissance de l'enfant. On le considère comme étant frère jumeau ou frère cosmique du nouveau-né. On l'enterre donc dans une véritable tombe. Si l'enfant tombe malade, ses parents l'assiéront sur la tombe de son placenta afin qu'il reprenne contact avec son jumeau cosmique.

343 • Premier maître du monde

La Chine du IIIe siècle avant J.-C. était divisée en trois royaumes qui se faisaient en permanence la guerre : le T'sin, le Tchou et le Tchao. Parallèlement, l'industrie métallurgique se développait, les communautés agricoles éclataient, les gens se regroupaient dans des structures plus grandes pour mieux profiter des machines : c'était l'exode rural. Qui dit peuplement des villes, dit naissance d'une classe bourgeoise intellectuelle et d'universités. Or l'apparition des étudiants en droit généra un système inconnu jusque-là : la tyrannie absolue. Les étudiants en droit constituèrent un groupe, les légistes, qui voulut établir l'État Absolu Parfait.

Ils poussèrent donc le roi Zheng de Qin, qui prit le nom de Shi Huangdi, lequel signifie « premier empereur », à expérimenter tous les pouvoirs de sa fonction. Les légistes débordaient d'idées. Ils voulaient inventer la « loi réflexe ». Qu'est-ce que la loi réflexe ? C'est une loi qui n'est ni orale ni écrite, une loi inscrite dans le corps de telle manière qu'il est impossible de ne pas lui obéir. Comment rendre la loi réflexe ? Par la terreur. Les légistes inventèrent le concept de supplice chinois. C'est une punition si horrible que tout le monde retient instantanément la loi à respecter et craint de commettre un délit. La torture va devenir une science, les bourreaux des stars, il se crée même une école de torture. Normalement, quelques supplices publics suffisaient à informer le peuple des nouvelles lois, mais il fut instauré des délais de tournées des bourreaux afin que le peuple n'ait pas le temps de les oublier. Les légistes rivalisaient d'idées originales. Après la « loi réflexe », ils lancèrent « l'interdiction de penser ». En 213 avant J.-C. est promulgué un édit de Shi Huangdi signalant que les livres sont des objets terroristes. Lire un livre, c'est porter atteinte à la sûreté du gouvernement. D'ailleurs les légistes vont encore plus loin : l'intelligence est officiellement décrétée ennemie numéro un de l'État. Nul n'a le droit d'être intelligent. Les légistes proclament que toute personne qui pense agit forcément contre l'empereur. Or, comment empêcher les gens de penser ? Les légistes redoublent d'initiatives et trouvent une réponse : en les saoulant de travail. Il fallait que nul n'ait de répit, car le répit est source de réflexion. La réflexion mène à la rébellion, la rébellion au supplice. Autant prendre le problème à la racine.

La population était quadrillée et s'autosurveillait. La délation devint obligatoire. Ne pas dénoncer constituait un délit grave. Le circuit de délation s'établissait ainsi : cinq familles formaient une brigade. À l'intérieur de chaque brigade, un surveillant officiel était chargé de faire régulièrement son rapport. Un surveillant officieux secret était chargé de surveiller le surveillant officiel. La boucle était ainsi bouclée. Cinq brigades formaient un hameau. À chaque échelon, si on apprenait que la délation n'avait pas fonctionné, tout le groupe en était tenu pour responsable.

Les légistes établirent une administration hors pair extrêmement compartimentée. Mais Shi Huangdi retint si bien la leçon de ses légistes qu'il devint paranoïaque. Il exigea à tout moment enquête et contre-enquête sur ses sujets. N'ayant confiance finalement en aucun des légistes, il créa une police d'enfants (d'êtres au-dessus de tout soupçon), chargée de surveiller les fonctionnaires adultes et de dénoncer ces deux fléaux que sont les réactionnaires et les progressistes. Pour que ce système totalitaire fonctionne parfaitement, l'administration ne devait aller ni en avant ni en arrière, elle devait tout faire pour que tout reste immobile.

Ayant vaincu les deux royaumes voisins, l'empereur Shi Huangdi, en pleine crise de mégalomanie, s'autoproclama maître du monde. Il faut préciser qu'à l'époque, pour les Chinois, le monde s'arrêtait à la mer de Chine à l'est et à l'Himalaya à l'ouest. Ils pensaient qu'au-delà de ces deux obstacles naturels (montagne et océan) ne vivaient que des barbares et des animaux sauvages. Ces rapides victoires ne suffirent cependant pas à calmer le maître du monde. Voyant son armée devenue inutile après ses conquêtes, il se lança dans de grands projets. Il entreprit la construction de la Grande Muraille de Chine. Le chantier n'était au début qu'une sorte de camp de travail pour intellectuels mais, bien vite, il se transforma en bon moyen de réguler la population. On estime que des millions de Chinois trouvèrent la mort dans l'édification de cet ouvrage. Un peu plus tard, Shi Huangdi fit massacrer une bonne partie de son harem et l'ensemble de ses ministres légistes ; il demanda ensuite à son maître horloger de lui fabriquer des automates en métal, seuls subordonnés dont il était assuré qu'ils ne le trahiraient jamais. Ces robots humanoïdes (préfigurant la science-fiction moderne) étaient des merveilles de technologie pour l'époque. Ils fonctionnaient avec des systèmes d'écoulement d'eau et de rouages à créneaux qui se déclenchaient les uns après les autres. C'était probablement la première fois que quelqu'un cherchait délibérément à remplacer l'homme par la machine.

Cependant, Shi Huangdi n'était toujours pas satisfait. Il ne lui suffisait plus d'être un maître du monde, il voulait aussi être immortel. Il décida donc de préserver son sperme (au moment de l'éjaculation, une petite ficelle-lasso empêchait le sperme de sortir et l'énergie vitale revenait ainsi dans le corps) et il introduisit de l'oxyde de mercure dans tous ses aliments. Ce produit chimique était à l'époque supposé permettre de vivre plus longtemps. Conséquence : l'empereur mourut en fin de compte d'un empoisonnement. La terreur qu'il avait instaurée de son vivant demeura si puissante que son cadavre fut honoré, « nourri » et respecté jusqu'à ce que l'odeur en devienne absolument pestilentielle.

Mue

Pendant la mue le serpent est aveugle. Par analogie, on ne peut pas être vraiment conscient de tout ce qu'il se passe pendant une phase de changement.

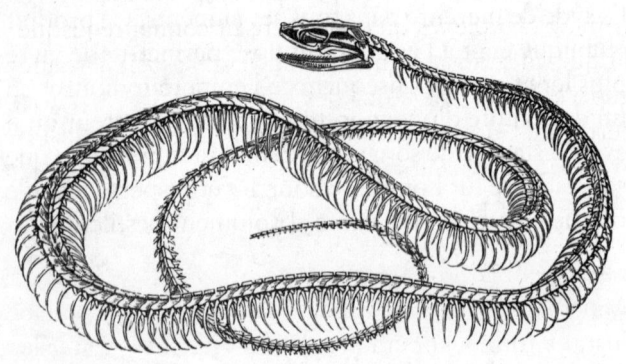

345 ✦ Poissons Cyclidae

Le lac Tanganyika, en Tanzanie, est l'un des grands lacs de montagne apparus tardivement sur la Terre. Une faune étrange, issue de nulle part, s'y est rapidement répandue, présentant des mœurs bizarres inconnues ailleurs. Les poissons *Cyclidae* du lac Tanganyika ont par exemple des comportements territoriaux complexes qu'on ne pensait connaître jusque-là que chez les mammifères sociaux. Ainsi, certaines espèces de *Cyclidae* ont des mâles qui définissent les territoires, un peu comme les loups ou les lions, si ce n'est qu'ils n'urinent pas aux quatre coins pour les délimiter.

Dans ces territoires, ils bâtissent un château de sable semblable à une tour pointue. Ils l'érigent en ramassant avec leur bouche du sable et en l'empilant jusqu'à former un cratère. Puis ils vont chercher les femelles et leur font visiter leur « manoir ». Plus le château sera élevé, plus la femelle sera séduite et acceptera la semence du mâle. Le problème, c'est que le lac Tanganyika est parcouru de courants très puissants. Si bien que ces courants arrachent les sommets des tours les plus élevées. L'astuce, pour un bon architecte *Cyclidae* du lac Tanganyika, consiste donc à amener au plus vite la femelle visiter son château avant qu'il ne s'effondre sous les coups de boutoir des courants.

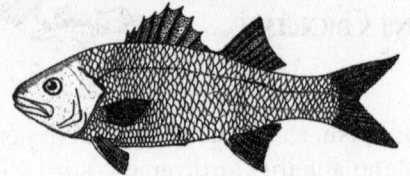

346. Culte des morts

Le premier élément définissant une civilisation « pensante » est le culte des morts. Tant que les hommes jetaient leurs cadavres avec leurs immondices, ils n'étaient que des bêtes. Le jour où ils commencèrent à les ensevelir ou à les brûler, quelque chose d'irréversible se produisit. Prendre soin de ses morts, c'est concevoir l'existence d'un au-delà, d'un monde invisible se superposant au monde visible. Prendre soin de ses morts, c'est envisager la vie comme un simple passage entre deux dimensions. Tous les comportements religieux découlent de là.

Le premier culte des morts est recensé au paléolithique moyen, il y a de cela cent vingt mille ans. À cette époque, certaines tribus d'hommes se sont mises à enterrer les cadavres dans des fosses de 1,40 m × 1 m × 0,30 m.

Les membres de la tribu déposaient à côté du défunt des quartiers de viande, des objets en silex, et les crânes des animaux qu'il avait chassés. Il semble que ces funérailles s'accompagnaient d'un repas pris en commun par l'ensemble de la tribu.

Chez les fourmis, notamment en Indonésie, ont été repérées quelques espèces qui continuent de nourrir leur reine défunte plusieurs jours après son décès. Ce comportement est d'autant plus surprenant que les odeurs d'acide oléique dégagées par la morte leur ont obligatoirement signalé son état.

347 • CARRÉS MAGIQUES

Comment faire un carré de trois cases sur trois et y introduire des chiffres allant de 1 à 9 de manière qu'ils composent dans tous les sens, même en diagonale, le nombre 15 ?

Gaffarel, célèbre kabbaliste français, bibliothécaire de Richelieu, était un passionné de carrés magiques. Il a porté l'étude de ce jeu d'esprit au niveau d'une science complète. Le premier carré magique connu est celui de 15. Il faut disposer 1, 2, 3, 4, 5, 6, 7, 8, 9 dans un carré de neuf cases, et ce, de manière qu'en additionnant tous les chiffres d'une colonne, d'une ligne ou d'une diagonale, on retombe sur la même somme.

Comment trouver la solution ? Lorsqu'on regarde les chiffres allant de 1 à 9, on s'aperçoit qu'ils gravitent tous autour de l'axe central du 5. D'ailleurs si l'on prend le 5 pour pivot, on peut tracer des lignes de correspondance entre les chiffres. 1 correspond à 9 et leur addition donne 10. 2 va vers 8 et leur addition donne 10, 3 va vers 7 et leur addition donne 10, 4 va vers 6 et leur addition donne 10.

5 est le pivot et tout tourne autour de lui.

Tous les chiffres mariés font 10, avec le 5 comme axe fixe, on obtient donc partout 15. On peut donc placer le 5 au centre du carré magique et les chiffres en danse tout autour. Il faut juste éviter d'inscrire le 9 et le 1 dans les angles où leur action, trop forte pour le premier et trop faible pour le second, agirait sur les diagonales. On obtient alors :

4	9	2
3	5	7
8	1	6

On nomme cette figure le carré de 3, ou sceau de Saturne, ou sceau de l'ange Qasfiel. On peut ensuite agrandir ce carré bourgeon pour former des structures de plus en plus complexes.

Voici, pour les plus calés, le plus grand ensemble, le carré de 9, dit sceau de la Lune ou sceau de Gabriel. Il fait 369 sur toutes ses verticales, toutes ses obliques et toutes ses horizontales additionnées.

Observez ce territoire de nombres. On y repère des méridiens étranges comme sur une planète. La diagonale des nombres à un seul chiffre part du 6 pour zébrer la figure. La verticale des nombres qui se termine sur 1 est placée juste au centre comme un équateur. Et sur les côtés, chaque fois, un chiffre de plus se dégrade…

QUELQUES RÉVOLTES PEU CONNUES

Les anabaptistes. Cette révolte a commencé en 1525 dans la vallée du Rhin. Les anabaptistes étaient des protestants dissidents bien plus radicaux que Luther ou Calvin. Ils prônaient l'égalité entre tous les hommes devant Dieu. On les appelait anabaptistes parce qu'ils considéraient antiscripturaire (non écrit dans la Bible) de baptiser des enfants. Seuls les adultes pouvaient être baptisés car eux seuls étaient conscients de leur choix. Les paysans de la vallée du Rhin adhérèrent à cette philosophie : pas de maître, pas de clergé, tous en rapport direct avec Dieu. Cela ne fut pas du goût de l'Église et de l'aristocratie allemandes. Elles s'unirent pour monter une armée qui massacra les révoltés de tout poil, et notamment ceux de « la guerre des paysans » menés par Thomas Müntzer, à la bataille de Frankenhausen. Thomas Müntzer fut torturé et décapité.

Entre autres révoltes, l'aventure anabaptiste ne finit pas là. Il y eut des survivants et, quelques années plus tard, Jean de Leyde, un Néerlandais, relança le mouvement. Ils prirent la ville de Münster par la ruse en y infiltrant de nuit leurs partisans et en la fortifiant. La ville fut aussitôt cernée par l'armée de l'évêque et vécut un an de siège. À l'intérieur, les résistants s'organisèrent sous le régime anabaptiste. Mais le pouvoir rend fou. Jean de Leyde finit par se comporter comme un tyran, prenant toutes les femmes et commençant à faire régner la terreur parmi ses propres troupes. Il fut finalement trahi par trois de ses soldats qui, lassés, permirent aux troupes de l'évêque de s'emparer de la tour principale de la ville, à partir de laquelle elles purent massacrer la population.

Les survivants au massacre de Münster se rendirent en Hollande, puis en Angleterre et, de là, aux États-Unis où ils ont donné naissance au groupement... amish.

Les petites oreilles. Au XVIIe siècle, se produisit la révolte des habitants de l'île de Pâques, qui opposa les petites oreilles aux longues oreilles. Les longues oreilles étaient les nobles, les petites oreilles les basses classes qui travaillaient à ériger les fameuses statues. Les petites oreilles se sont révoltées et ont tué et mangé les longues oreilles. Puis les habitants ont cessé d'ériger les statues et se sont laissés dépérir. Un film en a été tiré (*Rapa Nui*).

Les qarmates. Au Xe siècle, les qarmates étaient des chiites hérétiques en révolte contre le dogme musulman. Ils considéraient qu'il n'y avait pas besoin de prêtres, de mosquées ou de lieu de prière ; étant donné qu'Allah était partout, tout le monde pouvait s'adresser à lui directement. Les qarmates étaient très riches car ils attaquaient et pillaient les caravanes de pèlerins se rendant à La Mecque. Ils parvinrent même à voler la Pierre Noire sacrée de La Mecque.

Mais comme ils agaçaient tout le monde, leurs adversaires s'unirent pour les massacrer.

Les Song. C'est dans cette dynastie mongole que l'on trouva quelques hurluberlus parmi lesquels l'un tenta de partir pour la Lune et l'autre voulut créer sa propre montagne. Il en fit bâtir une énorme rien que pour lui et chercha à reproduire à son sommet toute la Chine en taille réduite. Il fit donc venir les arbres, les pierres, les plantes, les animaux de toutes les régions du pays pour se tailler son petit monde miniature. Lui seul avait le droit de visiter cette montagne. Pendant plusieurs années, toute l'énergie de la Chine fut uniquement consacrée à ce délire.

Les Ming. En Chine, pratiquement chaque dynastie est née d'une révolte. Le premier empereur Ming, par exemple, était un paysan de basse extraction ; il devint moine itinérant, puis brigand, puis monta une secte révolutionnaire anti-mongole. Sa secte, devenue une armée, a éliminé le dernier empereur mongol de la dynastie des Yuan en 1368.

Les futuristes. Avant la guerre de 1914-1918, toutes sortes de mouvements artistiques naissent un peu partout : les dadaïstes en Suisse, les expressionnistes en Allemagne, les surréalistes en France et les futuristes en Italie et en Russie. Ces derniers étaient des peintres, des poètes, des écrivains, des philosophes, qui avaient pour point commun leur admiration des machines, de la vitesse et, de manière générale, de la technologie moderne. Le chef de file des futuristes italiens se nommait Marinetti. Il pensait que l'homme serait sauvé par la machine. D'ailleurs les futuristes montaient des pièces de théâtre où des acteurs déguisés en robots sauvaient les humains.

À l'approche de la Seconde Guerre mondiale, les futuristes italiens avaient déjà adhéré massivement au parti du principal représentant des machines : le dictateur italien Benito Mussolini. Après tout, il faisait construire des tanks et des machines de fer pour la guerre, son action leur semblait représenter dignement la pensée moderne. En Russie, les futuristes adhérèrent pour les mêmes raisons au parti communiste. Dans les deux cas, sitôt récupérés par ces idéologies extrêmes, ils furent mis au service de la propagande, puis éliminés dès qu'ils ne furent plus d'aucune utilité, les Italiens par Mussolini, les Russes par Joseph Staline.

349 ♦ Trinquer

Trinquer est une tradition franque. En trinquant chacun devait faire tomber une goutte de son verre dans celui de l'autre. On lui prouvait ainsi qu'on n'y avait pas introduit de poison. Plus on tapait fort, plus il y avait de chances d'échanger un peu de son vin en le répandant, et donc plus on était considéré comme honnête.

SATOR

Le carré magique de SATOR est le plus ancien carré de lettres. On en a retrouvé un à Pompéi, sur des châteaux forts, ainsi que sur de multiples monuments de cultures diverses.

Les chrétiens cherchent à prouver qu'il forme *Pater Noster* mais ça ne marche pas. D'après l'alphabet grec :

S A T O R : le semeur ou le créateur.
A R E P O : à partir de la reptation, pousse plante.
T E N E T : tu possèdes.
O P E R A : mise en œuvre.
R O T A S : des roues.

Le semeur à partir de la reptation ou de la pousse des plantes tient la mise en œuvre des roues de l'univers. C'est le palindrome parfait, il se lit à l'envers ou à l'endroit.

351 • Arômes

Il faut douze heures pour qu'une rose exprime tous les arômes de son parfum.

352 ✦ Stratégie du choix

L'une des manières d'induire un choix est de proposer trois éléments inacceptables plus celui qu'on veut faire accepter. Il suffit ensuite de se livrer... à des concessions sur les éléments inacceptables et ce qu'on souhaitait voir approuver va alors de soi.

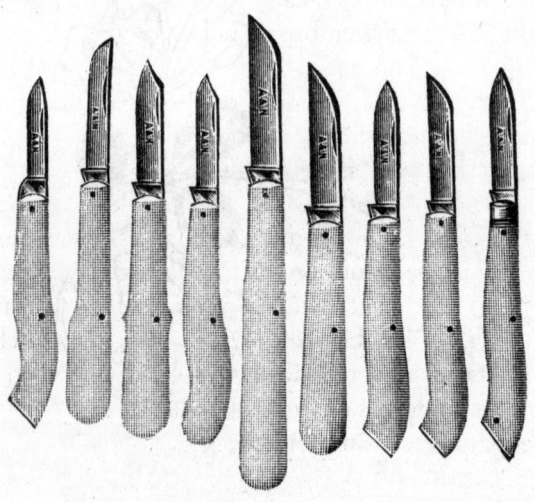

Hydromel

L'homme et la fourmi savent fabriquer de l'alcool de miel. Le miellat de puceron est utilisé par la fourmi, le miel d'abeille par l'homme. Cela se nomme l'hydromel. C'était jadis la boisson des dieux de l'Olympe en Grèce et des druides en Gaule.

Recette de la boisson des dieux :

Faire bouillir 6 kilos de miel d'abeille, l'écumer, le recouvrir de 15 litres d'eau,

plus 25 g de gingembre en poudre,

15 g de cardamome,

15 g de cannelle. Laisser bouillir jusqu'à ce que le mélange soit réduit d'un quart environ.

Sortir du feu et laisser tiédir.

Puis ajouter 3 cuillerées de levure et laisser reposer le tout pendant douze heures. Passer ensuite le liquide en le versant dans un tonnelet de bois. Bien fermer et mettre au frais deux semaines environ. Verser enfin en bouteilles, fermer hermétiquement avec un bouchon muni d'un fil de fer et descendre à la cave où on alignera les bouteilles en position couchée.

Ne pas boire avant deux mois.

Clavecin de lumière

En 1730, le père jésuite Castel émit une théorie faisant correspondre les sons et les couleurs. Selon lui, le bleu était la couleur de Dieu car la couleur du ciel. Dieu étant la note de départ, le *do*, première note de l'octave, correspondait au bleu. Et ainsi de suite. Castel construisit un clavecin oculaire capable de projeter des combinaisons de couleurs. Pour disposer d'assez de lumière, il était nanti de 60 lucarnes, une par touche de clavier, elles-mêmes éclairées par 500 chandelles. L'art de faire de la musique avec des couleurs fut plus tard baptisé « la lumia ». Une symphonie, *Prométhée, ou le poème du feu*, fut achevée en 1910 par le compositeur russe Alexandre Scriabine. C'était un véritable « cinesthéticien », c'est-à-dire qu'il voyait des couleurs dès qu'il entendait de la musique. Il joua cette symphonie devant un public dont il avait exigé au préalable qu'il soit habillé de blanc afin que les vêtements absorbent les couleurs durant toute la durée du concert.

355 • Temple de Salomon

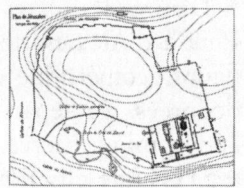

Le temple du roi Salomon à Jérusalem était un modèle de formes géométriques parfaites. Quatre plates-formes représentaient les quatre mondes qui forment l'existence :

Le monde matériel : le corps.
Le monde émotionnel : l'âme.
Le monde spirituel : l'intelligence.
Le monde mystique : la part de divinité qu'il y a en chacun de nous.

Au sein du monde divin, trois portiques étaient censés représenter :

La Création
La Formation
L'Action

Le monument avait pour forme générale un grand rectangle de cent coudées de longueur sur cinquante coudées de largeur et trente coudées de hauteur. Situé au centre, le temple mesurait trente coudées de longueur sur dix coudées de largeur. Au fond du temple était placé le cube parfait du saint des saints. Dans le saint des saints était disposé l'autel en bois d'acacia. Il était aussi parfaitement cubique avec des arêtes de cinq coudées. Déposés sur sa surface, douze pains représentaient chaque mois de l'année. Au-dessus, le chandelier à sept branches symbolisait les sept planètes.

D'après les textes anciens, et notamment ceux de Philon d'Alexandrie, le temple de Salomon est une figure géométrique calculée pour former un champ de forces. Au départ, le nombre d'or est la mesure de la dynamique sacrée. Le tabernacle est censé condenser l'énergie cosmique. Le temple est conçu comme un lieu de passage entre deux mondes : le visible et l'invisible.

356 ◆ LE DILEMME DU PRISONNIER

En 1950, Melvin Dresher et Merrill Flood découvrent le « dilemme du prisonnier ». Voici son énoncé : deux suspects sont arrêtés devant une banque et enfermés dans des cellules séparées. Pour les inciter à avouer leur projet de hold-up, la police leur fait une proposition : si aucun des deux ne parle, ils seront condamnés à deux ans de prison chacun. Si l'un dénonce l'autre et que l'autre ne dit rien, le délateur est libéré, celui qui se tait condamné à cinq ans de prison. Si chacun des deux dénonce son partenaire, les deux écoperont de quatre ans de prison. Chacun sait que l'autre s'est vu offrir le même marché.

Que se passe-t-il ? Tous deux pensent : « Je suis sûr que l'autre va craquer. Il va me dénoncer et je vais en prendre pour cinq ans alors que lui sera libre, c'est vraiment trop injuste. » Une même idée leur vient donc à l'esprit : « Mais si moi je le dénonce, je serai sans doute libéré et il ne sert à rien que nous soyons châtiés tous les deux alors que l'un de nous peut s'en tirer. » De fait, confrontés à cette situation, la grande majorité des sujets testés dénoncent bien vite l'autre. Étant donné que leur comparse a raisonné de son côté de la même manière, tous les deux se retrouvent avec les quatre ans d'incarcération sur le dos.

Pourtant, s'ils avaient conservé le silence, ils auraient purgé seulement deux années de prison.

Plus étrange encore : si l'on tente de nouveau l'expérience en autorisant les deux suspects à discuter librement ensemble, on arrive au même résultat. Les deux hommes, même après avoir mis au point une stratégie commune, finissent par se trahir mutuellement.

Je ne sais pas ce qui est bon et ce qui est mauvais

Petit conte zen. Un fermier reçoit en cadeau pour son fils un cheval blanc. Son voisin vient vers lui et lui dit : « Vous avez beaucoup de chance. Ce n'est pas à moi que quelqu'un offrirait un aussi beau cheval blanc ! » Le fermier répond : « Je ne sais pas si c'est une bonne ou une mauvaise chose... »

Plus tard, le fils du fermier monte le cheval et celui-ci rue et éjecte son cavalier. Le fils du fermier se brise la jambe. « Oh, quelle horreur ! dit le voisin. Vous aviez raison de dire que cela pouvait être une mauvaise chose. Assurément, celui qui vous a offert le cheval l'a fait exprès pour vous nuire. Maintenant votre fils est estropié à vie ! » Le fermier ne semble pas gêné outre mesure. « Je ne sais pas si c'est une bonne ou une mauvaise chose », lance-t-il.

Là-dessus la guerre éclate et tous les jeunes sont mobilisés, sauf le fils du fermier avec sa jambe brisée. Le voisin revient alors et dit : « Votre fils sera le seul du village à ne pas partir à la guerre, assurément il a beaucoup de chance. » Et le fermier de répéter : « Je ne sais pas si c'est une bonne ou une mauvaise chose. »

Culte féminin

À l'origine de la plupart des civilisations, se trouvent des cultes de la déesse mère, célébrés par des femmes. Leurs rites étaient fondés sur les trois événements essentiels de la vie d'une femme :
1 : les règles,
2 : l'enfantement,
3 : la mort.
Par la suite, les hommes ont tenté de copier ces religions primitives. Les prêtres ont emprunté les robes longues des femmes.

Les chamans de Sibérie, de même, persistent à s'habiller en femmes pour leur initiation et, dans tous les cultes, on retrouve une déesse mère fondatrice.

Pour mieux promouvoir la religion catholique auprès des peuples païens, les premiers chrétiens ont mis en avant la Vierge Marie, l'originalité de cette nouvelle déesse étant d'être vierge.

Ce n'est qu'au Moyen Âge que le christianisme a choisi de couper les liens avec les cultes féminins d'antan. Ordre a été donné de pourchasser en France les adorateurs des « vierges noires », les bûchers ont partout fleuri pour les « sorcières » (beaucoup plus que pour les « sorciers »).

Les hommes ont cherché à évacuer les femmes du domaine mystique. Ils ont ainsi inventé un cérémonial typiquement masculin : la guerre. Cependant la mystique ne pourra jamais demeurer totalement masculine. La plupart des peurs proviennent de l'incapacité des hommes à accepter des phénomènes qui ne vont pas toujours dans la même direction. Alors que les femmes vivent chaque mois dans leur corps un enseignement. Le cycle de construction est suivi d'un cycle de destruction puis d'un nouveau cycle de reconstruction. Voilà ce qu'est la perception « pulsée » de l'univers.

CHACUN SA PLACE

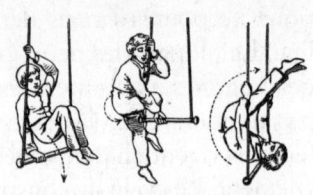

Selon le sociologue Philippe Peissel, les caractères féminins présentent quatre tendances, dont l'une prédomine en chaque femme :
1. les mères,
2. les amantes,
3. les guerrières,
4. les initiatrices.

Les mères ressentent en priorité le besoin de fonder une famille, d'avoir des enfants et de les élever. Les amantes aiment séduire et vivre de grandes histoires passionnelles. Les guerrières veulent conquérir des territoires de pouvoir, s'engager pour des causes ou des enjeux politiques. Les initiatrices sont les femmes tournées vers l'art, la spiritualité ou la guérison. Elles seront d'excellentes muses, éducatrices, médecins. Elles étaient jadis des vestales.

Pour chaque personne, ces tendances sont plus ou moins développées. Le problème survient lorsqu'une femme ne se retrouve pas dans le rôle principal que la société lui impose. Si on force les amantes à être des mères, ou les initiatrices à être des guerrières, la contrainte génère parfois des clashs violents.

Chez les hommes, quatre positionnements prédominent également :

1. les agriculteurs,
2. les nomades,
3. les bâtisseurs,
4. les guerriers.

Dans la Bible, Abel le nomade s'occupe des troupeaux et Caïn l'agriculteur veille aux moissons. Caïn tue Abel et comme punition Dieu lui dit : « Tu erreras sur la terre. » Caïn est contraint de devenir nomade alors qu'il est fondamentalement agriculteur. Il doit donc faire ce pour quoi il n'est pas fait. Et c'est là sa grande douleur.

La seule combinaison apte à entraîner un mariage durable est « mère/agriculteur ». Les deux étant dans un souhait d'immobilisme et de durée. Toutes les autres combinaisons peuvent donner lieu à de grandes passions, mais suscitent à la longue des conflits.

L'idéal d'une femme accomplie est d'être mère et amante et guerrière et initiatrice. Dès lors, on peut dire que la princesse est devenue reine. Le but d'un homme accompli est d'être agriculteur et nomade et bâtisseur et guerrier. Dès lors, on peut dire que le prince est devenu roi.

Et lorsqu'un roi accompli rencontre une reine accomplie, alors il se passe quelque chose de magique. Se mêlent la passion et la durée. Mais c'est rare.

Proverbe chinois

Si quelqu'un t'a fait du mal, ne cherche pas à te venger ; assieds-toi au bord de la rivière et, bientôt, tu verras passer son cadavre.

361 ♦ Extraterrestres

Le plus ancien texte occidental mentionnant des extraterrestres est attribué à Démocrite, au IVe siècle avant J.-C. Il fait allusion à une rencontre entre explorateurs terriens et explorateurs non terriens sur une autre Terre située au milieu des étoiles. Au IIIe siècle avant J.-C., Épicure note qu'il est logique qu'il existe ailleurs d'autres mondes peuplés de quasi-humains. Par la suite, ce texte inspira Lucrèce qui, dans son poème *De natura rerum*, évoque la possibilité de l'existence de peuples non humains vivant très loin de la Terre.

Le texte de Lucrèce ne tomba pas dans l'indifférence générale. Après lui, saint Augustin tint à affirmer que la Terre était la seule planète habitée par des êtres vivants et qu'il ne pouvait en exister aucune autre car Dieu l'avait voulu ainsi.

Abondant dans ce sens, en 1277, le pape Jean XXI autorisa la condamnation à mort de toute personne mentionnant l'éventualité d'autres mondes habités. Le philosophe Giordano Bruno fut envoyé au bûcher entre autres pour avoir soutenu cette thèse, et il fallut attendre quatre cents ans pour que les extraterrestres cessent d'être un sujet tabou. Cyrano de Bergerac décrit, en 1657, l'*Histoire comique des États et Empires de la Lune*. Fontenelle y revient en 1686 avec *Entre-

tiens sur la pluralité des mondes et Voltaire en 1752 avec Micromégas, un nain descendu de Saturne en touriste sur la Terre.

En 1898, H.G. Wells tire les extraterrestres de l'anthropomorphisme en leur donnant dans sa *Guerre des mondes* des aspects de monstres terrifiants aux allures de pieuvres montées sur vérins hydrauliques. En 1900, l'astronome américain Percival Lowell annonce avoir vu des réseaux de canaux d'irrigation sur Mars, preuve de l'existence d'une civilisation intelligente.

À travers des années de littérature et d'œuvres de science-fiction, le terme d'extraterrestre perd son côté fantasmagorique. Il faudra cependant attendre Steven Spielberg et son *E.T.* pour qu'il devienne synonyme de compagnon amical.

JANISSAIRE

En 1329, le sultan Orkhan créa un corps d'armée un peu spécial appelé les janissaires (du turc *yenitcheri* : nouvelle milice). L'armée des janissaires avait une particularité : elle n'était formée que d'orphelins. En effet, les soldats turcs, quand ils pillaient un village arménien ou slave, recueillaient les enfants en très bas âge et les enfermaient dans une école militaire spéciale d'où ils ne pouvaient rien connaître du reste du monde.

Éduqués uniquement à l'art du combat, ces enfants s'avéraient les meilleurs combattants de tout l'empire ottoman et ravageaient sans vergogne les villages habités par leur vraie famille. Jamais les janissaires n'eurent l'idée de combattre leurs kidnappeurs aux côtés de leurs parents. En revanche, leur puissance ne cessant de croître au sein même de l'armée turque, elle finit par inquiéter le sultan Mahmud II qui, de peur d'un coup d'État, les massacra et mit le feu à leur école en 1826.

363 • LABO

Dans les journaux scientifiques, on ne signale que les expériences scientifiques réussies. Mais on devrait aussi signaler celles qui ne marchent pas. Faute d'informations, celles-ci sont reproduites indéfiniment par d'autres savants ignorant leur échec…

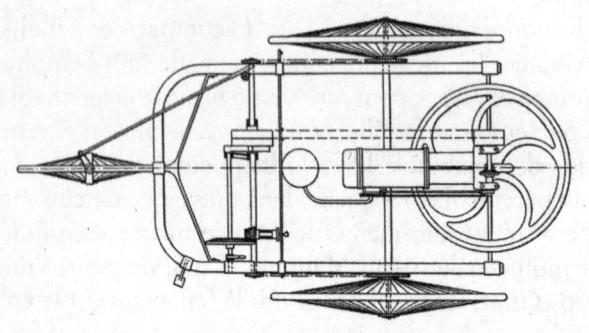

364 • ÉCHECS

L'ancêtre de tous les jeux d'échecs, de tous les jeux de cartes et même de certains dominos, est un seul et unique jeu nommé *shaturanga* (mot sanscrit). Les plus anciennes traces de ce jeu remontent à environ mille ans avant J.-C., on pense qu'il est né dans le sud de l'Inde.

Il s'agit d'une sorte de jeu d'échecs à quatre. Chacun joue dans un coin. Les coups sont tirés au dé pour savoir qui va jouer. Le dé est un osselet. Et l'osselet porte sur ses facettes les noms des quatre principales castes hindoues.

La caste des prêtres est symbolisée par un vase, la caste des militaires par une épée, celle des paysans par un épi ou un bâton et celle des marchands par une pièce de monnaie.

Chaque couleur est soumise à une hiérarchie : vizir, ministre, éléphant, une tour, un chevalier et quatre pions. Le tout correspond à la fois aux pièces d'un échiquier et aux figures d'un jeu de cartes. Par la suite, les castes sont transformées en couleurs.

Bâton égale trèfle.

Pièce de monnaie égale carreau.

Vase égale cœur.

Épée égale pique.

Aux échecs, l'invention de la reine est entièrement occidentale. Son apparition date de l'époque de Christophe Colomb. Elle symbolise le pouvoir de se déplacer tous azimuts.

On ne sait pas d'où part cette subdivision en quatre familles. Peut-être des bases azotées ATGC gravées dans le plus profond de nos cellules.

365 ✦ LES CINQ ÉTAPES

Elisabeth Kübler-Ross, qui a accompagné beaucoup de mourants dans leurs dernières heures, a repéré cinq grandes étapes de l'acceptation de la mort chez les individus frappés de maladies incurables.

1. Déni : le malade refuse sa mort. Il exige que son existence continue comme avant. Il parle de son retour à la maison après sa guérison.

2. Colère : il lui faut désigner un coupable.

3. Marchandage : il demande un répit. Au médecin, au destin, à Dieu. Il se fixe des dates : « Je veux vivre jusqu'à Noël… »

4. Dépression : toute énergie disparaît. Impression de renoncement. Il cesse de se battre.

5. Acceptation : dans les unités de soins palliatifs, celui qui va partir réclame alors les plus belles musiques, la beauté sous toutes ses formes.

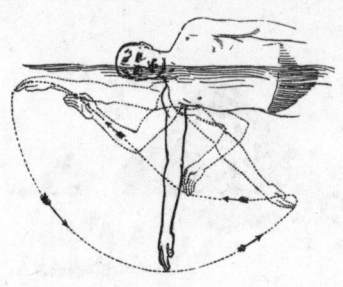

Pyramide

La forme pyramidale possède des propriétés étranges. Les Égyptiens, mais aussi les Aztèques et les Mayas, l'ont découverte et utilisée.

Si on place un objet au centre et aux deux tiers de la hauteur d'une pyramide, il subit, paraît-il, des modifications. Les fleurs sèchent sans perdre leur couleur, la viande s'y racornit sans pourrir.

Pour qu'une pyramide offre cette propriété, elle doit respecter un rapport de taille très précis. Si la hauteur est de 10 unités de mesure, la base doit en avoir 15,70, l'arête 14,94. Donc, une pyramide de 10 centimètres de hauteur nécessite une arête de 14,94 centimètres. Pour une pyramide de 10 mètres, il faut une arête de 14,94 mètres, etc.

La pyramide, enfin, doit être orientée de telle manière que chaque côté soit face à un point cardinal.

367 • DERNIÈRES RENCONTRES

Dès le moment où un être humain meurt mais reste à l'air libre, mouches, vers et punaises se succèdent sur sa dépouille selon un ballet à la chorégraphie immuable. En général, les premières actrices sont les mouches *Calliphora*, dites aussi « mouches bleues ». Elles se régalent de nos chairs fraîches, puis pondent leurs œufs dans les interstices de notre cadavre. Dès que nos muscles commencent à pourrir, elles s'en vont car elles détestent tout ce qui est en état de putréfaction.

Le relais est pris par les mouches vertes (*Lucilia*) qui, elles, adorent la chair un rien faisandée. Elles en mangent un peu et pondent très vite leur progéniture. Puis viennent les mouches grises (*Sarcophaga*), qui agissent de même. Ce n'est qu'une fois que les escadrilles de mouches ont opéré qu'apparaissent les premiers coléoptères : dermeste du lard et dermeste noir. Ils commencent le travail de nettoyage qui permettra à notre corps de se recycler dans mère Nature. Ils mangent, donc. Puis arrivent les petites mouches piophiles, dont les larves avides de fermentation se trouvent aussi dans les fromages trop faits (style munster ou fromage corse). Enfin le ballet s'achève par les diptères ophyres, les nécrophores et même de minuscules araignées, chacun ne consommant que sa part et laissant intacte celle des suivants.

La connaissance de ce défilé peut s'avérer très utile en médecine légale. Il suffit d'observer l'action de chaque groupe de ces « recycleurs » pour en déduire l'histoire du cadavre. Si une cohorte manque, c'est peut-être que le cadavre a été déplacé, ou entreposé dans un coffre, ou protégé du chaud ou du froid.

JEU TRIANGULAIRE

Exemple : la poule, le renard, la vipère. Il est indispensable pour les enfants de connaître un jeu qui ne comprenne pas simplement deux adversaires, les gentils contre les méchants, mais plus largement trois camps. Ainsi les rôles tournent.

Les enfants sont tour à tour une fois le gentil, une fois le méchant, une fois l'allié du gentil ou du méchant. Les enfants ne craignent plus d'être le méchant et ils saisissent que tout n'est pas noir ou blanc. Ce système de triangulation permet aussi de comprendre le sens des alliances et l'importance de les faire tourner et de jouer avec. Car la poule mange la vipère, la vipère mord le renard et le renard mange la poule. Mais s'il se crée une alliance poule-vipère ou renard-poule, tout change.

Même stratégie dans le jeu de Yalta (jeu d'échecs à trois sur un échiquier de forme triangulaire), où il ne fait pas bon passer pour le plus fort ou le plus intelligent car cette attitude entraîne automatiquement une alliance des deux autres contre soi.

369 ♦ RESPIRER

Pour bien respirer il faut avoir une respiration le plus basse possible. Tout simplement parce que, en haut, les poumons sont prisonniers des côtes et ne peuvent pas s'ouvrir complètement. En revanche, le ventre est mou et extensible, donc gonflable à l'infini. Avec le ventre on peut engranger six litres d'air facilement. La respiration du ventre masse l'intestin, le pancréas, le foie. La digestion s'en trouve facilitée. Avec une bonne respiration abdominale, on peut en finir avec la digestion stomacale en douze minutes.

370 ◆ LES CREQ

L'homme est en permanence conditionné par les autres. Tant qu'il se croit heureux, il ne remet pas en cause ces conditionnements. Il trouve normal qu'enfant on le force à manger des aliments qu'il déteste, c'est sa famille. Il trouve normal que son chef l'humilie, c'est son travail. Il trouve normal que sa femme lui manque de respect, c'est son épouse (ou vice-versa). Il trouve normal que le gouvernement lui réduise progressivement son pouvoir d'achat, c'est celui pour lequel il a voté.

Non seulement il ne s'aperçoit pas qu'on l'étouffe, mais encore il revendique son travail, sa famille, son système politique, et la plupart de ses prisons comme une forme d'expression de sa personnalité. Beaucoup réclament leur statut d'esclave et sont prêts à se battre bec et ongles pour qu'on ne leur enlève pas leurs chaînes.

Pour les réveiller il faut des CREQ, « Crise de Remise En Question ». Les CREQ peuvent prendre plusieurs formes : accidents, maladies, rupture familiale ou professionnelle. Elles terrifient le sujet sur le coup, mais au moins elles le déconditionnent quelques instants. Après une CREQ, très vite l'homme part à la recherche d'une autre prison pour remplacer celle qui vient de se briser. Le divorcé veut immédiatement se remarier. Le licencié accepte de reprendre un travail plus pénible...

Mais entre l'instant où survient la CREQ et l'instant où le sujet se restabilise dans une autre prison, surviennent quelques moments de lucidité durant lesquels il entrevoit ce que peut être la vraie liberté. Cela lui fait d'ailleurs très peur.

371 • QUELQUES LÉGENDES SUR LES ORIGINES DE L'HUMANITÉ

GRECQUE. Pour les Grecs, Deucalion et Pyrrha, sa femme, sont les deux seuls survivants du Déluge. Alors, les dieux les chargent de fabriquer la nouvelle humanité. Deucalion et Pyrrha jettent des pierres par-dessus leur épaule et les pierres se transforment en statues. Celles-ci se mettent à chanter. Deucalion et Pyrrha sont sommés de choisir quel chant racontant l'humanité ils préfèrent, et ils optent pour l'histoire des héros grecs : celle de Thésée, d'Hercule et de tous les autres demi-dieux. Alors l'humanité se régénère sur la Terre. Quand Deucalion et Pyrrha meurent, les groupes de statues chantantes qui n'ont pas été élues réclament un procès et demandent justice aux dieux. Ceux-ci rendent leur verdict à l'aide d'une balance qui leur permet de peser le choix de Deucalion et Pyrrha. Et ils donnent raison au couple. L'humanité qui chante les héros grecs deviendra donc l'unique humanité terrestre.

TURQUE. Pour les Turcs, l'humanité est née sur la montagne Noire. Dans une caverne, une fosse de forme humaine s'est creusée et la pluie en ruisselant a entraîné l'argile qui s'est déposée dans ce moule. L'argile demeure là pendant neuf mois, chauffée par le soleil. Et au bout de neuf mois sort de la caverne le premier homme : *Ay-Atam*, qu'on appelle le père Lune.

MEXICAINE (du XVIIe siècle). C'est un mélange de cultes anciens et de catholicisme. Dieu fabrique un homme en terre glaise et l'enfourne. Mais il le laisse cuire trop longtemps. L'homme sort donc du four tout brûlé et noir. Alors Dieu se dit qu'il a raté l'opération, et jette sur la Terre son produit, lequel choit en Afrique. Dieu n'en abandonne pas pour autant sa cuisine et fabrique un deuxième prototype d'humain qu'il laisse cuire moins longtemps. Mais celui-là est trop cru. Il sort tout blanc. Encore un échec. Dieu le jette une nouvelle fois et il choit en Europe. Dieu décide alors de bien surveiller la cuisson pour sa troisième tentative. Il attend que son prototype soit cuivré, bien à point. Enfin une réussite. Alors il le dépose tout doucement, très délicatement, en Amérique. Ainsi naissent les Mexicains.

SIOUX. Selon la légende, l'homme aurait été créé par un lapin-monde ayant trouvé un caillot de sang sur sa route. Il s'est mis aussitôt à jouer avec le bout de sa patte, le transformant en boyau. Le lapin a continué à s'amuser et le boyau a vu pousser sur lui un cœur, puis des yeux, puis un véritable petit garçon, le premier petit garçon du monde. Le lapin a nommé lapin-garçon ce premier humain, l'ancêtre des Sioux.

ARABE. Dans cette cosmogonie existe une variante de la Genèse de l'Ancien Testament. La fabrication d'un humain nécessite de la terre de quatre couleurs différentes : bleue, noire, blanche et rouge. Dieu a donc dépêché l'archange Gabriel mais, lorsque celui-ci s'est penché pour prendre de la terre, elle s'est mise à lui parler et lui a demandé ce qu'il voulait. « De la terre pour que Dieu puisse fabriquer un homme », a expliqué Gabriel. La terre a répondu : « Je ne peux pas te laisser faire car l'homme ne sera pas contrôlable et il voudra me détruire. » Alors l'archange Gabriel a rapporté cette objection à Dieu. Et Dieu a envoyé l'archange Michel à sa place. Même scène. Même échec. La terre n'est pas d'accord pour donner naissance à l'homme. Alors Dieu envoie l'ange Azraël qui a pour particularité d'être l'ange de la Mort. Lui ne se laisse pas convaincre par les arguments de la terre. C'est donc grâce à l'ange de la Mort que l'humanité existe, mais en échange les hommes sont mortels.

Avec cette terre, Dieu a ensuite fabriqué Adam. Mais celui-ci n'a rien fait pendant quarante ans, se contentant de rester couché par terre. Un ange se demanda pourquoi Adam ne bougeait pas. Il entra dans sa bouche pour voir ce qu'il se passait à l'intérieur et constata qu'il était normal qu'Adam ne bouge pas. Il n'y avait, à l'intérieur de son corps, rien d'autre que du vide. L'ange rapporta l'information à Dieu qui décida de lui donner une âme. Adam se mit alors à vivre et Dieu, pour lui donner une supériorité, sur la nature, sur les plantes et les animaux, l'autorisa à donner des noms à tout ce qui l'entourait. Adam est le seul à pouvoir donner des noms, et ce, même aux esprits (djinns) et aux montagnes. Et chaque fois qu'il les nomme, il prend le pouvoir sur eux. (D'après Tabari, chroniqueur arabe du IXe siècle, califat abbasside.)

MONGOLE. L'homme aurait été créé par Dieu qui aurait creusé un fossé dans la terre en forme d'homme. Puis, il aurait provoqué un orage et de la boue aurait coulé, remplissant le fossé. Après la pluie, tout aurait séché et, comme d'un moule à gâteau, un homme en aurait jailli.

Au début il y aurait eu des êtres mi-animaux, mi-hommes. Ils traversèrent trois ciels d'où ils se firent chasser à force de sottises. Finalement, ils arrivèrent sur terre où les quatre dieux du lieu, le bleu, le blanc, le noir, le jaune, vinrent les voir. Les dieux tentèrent de les éduquer par gestes mais ces sous-humains ne comprenaient rien. Les dieux renoncèrent donc, à l'exception du noir qui leur expliqua qu'ils n'étaient que des abrutis sales et puants. « Les autres dieux vont revenir dans quatre jours, dit-il. Nettoyez-vous, et nous nous livrerons à une cérémonie pour fabriquer l'humanité. »

Les dieux apportèrent divers objets, des peaux de daim et deux épis de maïs, un blanc et un jaune. Ensuite ils procédèrent à une cérémonie magique. De l'épi de maïs blanc sortit un homme et de l'épi de maïs jaune sortit une femme. Dans un enclos, ils se reproduisirent et donnèrent le jour à cinq couples de jumeaux. Le premier, hermaphrodite, fut voué à la stérilité, mais les autres enfantèrent et leurs enfants se marièrent avec des gens du peuple du mirage, et de ce métissage naquit l'humanité actuelle.

Points communs

En 1970, le psychologue Abraham Maslow décide d'étudier les hommes et les femmes qui ont fait un usage exceptionnel de leur potentiel. Il commence par étudier quelques grandes figures historiques telles que Spinoza, Thomas Jefferson, Abraham Lincoln, Jane Addams, Albert Einstein et Eleanor Roosevelt. Et il en déduit quelques caractéristiques communes à ces êtres qui sont parvenus à un accomplissement personnel satisfaisant.

– Ils sont capables de tolérer l'incertitude.
– Ils sont spontanés en matière de pensée et d'initiative.
– Ils sont centrés sur le problème plutôt que sur leur intérêt personnel.
– Ils ont un bon sens de l'humour.
– Ils résistent à l'endoctrinement sans être « anticonventionnels par principe ».
– Ils sont préoccupés par le bien-être de l'humanité.
– Ils sont capables de comprendre en profondeur les multiples expériences de la vie.
– Ils établissent des relations satisfaisantes avec peu de gens plutôt que des relations superficielles avec un grand nombre.
– Ils gardent un point de vue objectif.

374 · Sexualité humaine

Avant, quand les femelles humaines se déplaçaient à quatre pattes, les mâles pouvaient s'apercevoir quand elles étaient en chaleur et en demande. Leurs fesses se gonflaient et prenaient une couleur rouge caractéristique. Mais quand les premières humaines ont commencé à se tenir debout, les parties génitales se sont retrouvées cachées. Comme ils ne voyaient plus les fesses, les mâles se sont intéressés à ce qu'ils voyaient de plus proéminent : les pis. Les seins sont devenus l'élément d'attirance érotique privilégié. Mais, n'observant plus directement le sexe féminin, les premiers mâles humains ne savaient plus quand la femelle ressentait « physiologiquement » l'envie de l'union. Du coup les mâles prirent l'habitude d'exiger l'accouplement n'importe quand. Pourtant la femelle ne devrait éprouver une envie impérieuse que le quatorzième jour, au summum de son ovulation.

La position bipède modifia les comportements féminins mais aussi le comportement masculin. Alors qu'auparavant, en position quadrupède, le mâle pouvait cacher dans l'ombre de son ventre la réalité de son désir, une fois debout, le désir masculin devenait « vérifiable ».

À l'intérieur des premières communautés humaines, cet étalage des désirs sexuels de chacun au vu de tous était difficile à gérer. C'est pour cela que les premiers vêtements furent des cache-sexes avant d'être des protections contre le froid ou la pluie. Des lois furent établies dans ces premières communautés en vue d'interdire l'inceste et les unions socialement déstabilisantes (du type s'emparer de la femelle du chef dominant). La parole va permettre de réguler les rapports et autoriser chacun à s'expliquer sur ses intentions. C'est à cette époque qu'ont dû apparaître les mots « Je t'aime » qui signifient : « Tu ne le vois peut-être pas à cause de mon cache-sexe, mais j'éprouve un fort désir pour toi. » L'expression, depuis, a été un peu galvaudée…

Le mâle humain, comme tous les animaux, ne devrait ressentir qu'une excitation sexuelle de trente secondes. Mais il a développé une sorte de pathologie avec sa seule volonté, en se contraignant à la faire durer plus longtemps. Et plus l'homme vieillit, mieux il sait maîtriser ce comportement « contre nature ».

375 • TESTS D'INTELLIGENCE

Il ne faut pas oublier que les tests d'intelligence ont pour but de prouver que les personnes intelligentes sont celles qui ont un esprit identique à l'esprit des... inventeurs de tests d'intelligence.

376 ♦ LILLIPUTIENS

Les Lilliputiens ne sont pas que des personnages jaillis de l'esprit de Jonathan Swift. Ils existent vraiment. On ne doit les confondre ni avec les nains ni avec les Pygmées. Les Lilliputiens ont les mêmes proportions qu'un être humain mais à taille réduite. Celle-ci varie de 40 à 90 cm, leur poids de 5 à 15 kilos. Ils ont été découverts à la fin du XIXe siècle en Europe centrale, dans la partie sauvage d'une forêt de Hongrie. Ils avaient jusqu'alors vécu en autarcie, loin des villes et de la civilisation. Une fois retrouvés, ils ont été pourchassés comme des monstres et ont entrepris de se disperser. Le premier à tenter de les rassembler fut Barnum, propriétaire d'un cirque portant son nom. Mais il n'en eut jamais plus de quatre à exhiber sous son chapiteau. En 1937, la France se lança dans une recherche mondiale systématique de Lilliputiens en vue de sa grande Exposition universelle. On parvint à en réunir soixante et on leur construisit un village avec maisons, fontaines et jardins à leur échelle.

Actuellement, on estime que huit cents Lilliputiens en tout sont disséminés sur la planète. Le plus souvent, ils servent d'attraction payante dans les foires et les cirques. Les Japonais se sont récemment passionnés pour ces miniatures humaines et leur ont bâti un village nanti d'une école à leur taille pour les attirer. Ils y ont créé une troupe de théâtre dont les représentations connaissent un franc succès.

377 ♦ GIORDANO BRUNO

En 1584, Giordano Bruno écrit *De l'infini de l'univers et des mondes*. Dans cet ouvrage, cet ancien moine dominicain défroqué, originaire de Naples, prétend que l'univers n'est pas fini mais infini, que la Terre n'est pas au centre de tout, elle tourne autour du Soleil et ce dernier n'est qu'une étoile parmi tant d'autres. Giordano Bruno évoque même la possibilité de vies extraterrestres et de différentes dimensions de l'univers. Avec lui on passe d'un univers clos, décrit par Aristote, à un univers immense et infini.

Giordano Bruno parcourt l'Europe. Il possède une mémoire extraordinaire. On dit qu'il est capable de réciter par cœur vingt-six mille passages du droit canonique et civil, sept mille extraits de la Bible et mille poèmes d'Ovide. C'est grâce à ce don de mémoire qu'il est reçu comme un prodige dans les Cours des grands d'Europe et, là, il prend plaisir à discuter mathématiques, astronomie, philosophie. Il plaide pour une religion d'amour sans exclusion d'aucun humain. Il charme par ses talents d'orateur et sa culture. Il défend les idées de Copernic alors que celui-ci n'ose pas les assumer. Giordano Bruno raille tous les dogmes établis, religieux ou laïcs, la « sainte ignorance » et la « sainte bêtise », les « imbéciles diplômés » et les « tristes pédants ». Mais c'en est trop pour l'Église qui le fait arrêter en 1592. Il sera torturé à vingt-deux reprises et ne se reniera jamais.

Il sera finalement brûlé vif en place de Rome ; on lui clouera la langue, de peur que, même sur le bûcher, il puisse évoquer son univers infini. Quant à son testament rédigé en prison, il sera déchiré avant ouverture pour que personne ne soit convaincu par ses idées hérétiques. Trente-trois ans plus tard, après un procès semblable, devant certains juges semblables, Galilée préférera se rétracter. Étrangement, l'oubli sera la récompense du premier et la gloire celle du second.

Relativité

Tout est relatif. Donc, même la relativité est relative. Donc, il existe quelque chose qui n'est pas relatif. Si ce quelque chose n'est pas relatif, par définition il est absolu. Donc… il existe un absolu.

379 ♦ Recette d'une âme

Au départ, l'âme d'un être humain est déterminée par trois facteurs : l'hérédité, le karma, le libre arbitre. Leurs proportions sont réparties généralement ainsi :
25 % hérédité.
25 % karma.
50 % libre arbitre.

L'hérédité : cela signifie qu'une âme, en début de parcours, est influencée pour un quart par la qualité des gènes, la qualité de l'éducation, le lieu de vie, la qualité du milieu de vie déterminé par les parents terrestres.

Le karma : cela signifie qu'une âme, en début de parcours, est influencée pour un quart par des éléments qui subsistent de sa vie précédente, désirs inassouvis, erreurs, blessures, etc., qui hantent toujours son inconscient.

Le libre arbitre : cela signifie qu'une âme, en début de parcours, décide pour moitié librement de ce qu'elle fait, sans aucune influence extérieure.

25 %, 25 %, 50 %, telles sont les proportions de départ. Avec ses 50 % de libre arbitre, un être peut ensuite modifier cette recette. Soit il s'affranchit de l'influence de son hérédité en se soustrayant très jeune à l'emprise de ses parents, soit il s'affranchit de son karma en refusant de tenir compte de ses pul-

sions inconscientes. Ou, au contraire, il renonce à son libre arbitre en acceptant de n'être que le jouet de ses parents et de son inconscient.

Ainsi la boucle est bouclée. Paradoxe suprême, l'homme peut même avec son libre arbitre renoncer à… son libre arbitre.

Jadis, ceux qui avaient accès à des connaissances fondamentales sur la nature de l'homme ne pouvaient les révéler d'un coup. Les prophètes s'exprimaient donc par paraboles, métaphores, symboles, allusions, sous-entendus. Ils avaient peur que le savoir ne se disperse trop vite. Ils avaient peur d'être mal compris. Ils créaient des initiations pour trier sur le volet ceux qui étaient dignes d'avoir accès aux informations importantes. Ils créaient des hiérarchies de connaissants.

Ces temps sont révolus. Désormais tous les secrets peuvent être exposés au grand public, car il faut nous rendre à l'évidence : ne comprennent que ceux qui ont envie de comprendre. L'« envie de savoir » est le plus puissant moteur humain.

381 ♦ Victoire

La plupart des éducations visent à enseigner la gestion de la défaite. Dans les écoles, les élèves sont avertis qu'ils risquent d'éprouver des difficultés à trouver du travail même s'ils décrochent le baccalauréat. Dans les familles, on s'efforce de les préparer à l'idée que la plupart des mariages débouchent sur des divorces et que la plupart des compagnons de vie se révéleront décevants.

Les assurances entretiennent le pessimisme général. Leur credo : il y a de fortes chances que vous ayez un accident de voiture, un incendie ou une inondation. Soyez prévoyants, prenez votre police.

Aux optimistes, les informations rappellent matin, midi et soir que nulle part au monde les humains ne sont protégés. Écoutez les prédicateurs : tous annoncent l'Apocalypse, ou la guerre.

Échec mondial, échec local, échec individuel, seuls sont entendus ceux qui parlent de lendemains qui déchantent. Quel augure oserait annoncer que, dans l'avenir, tout ira de mieux en mieux ? Et au niveau individuel, qui oserait enseigner à l'école : que faire si vous obtenez l'oscar du meilleur rôle ? Comment réagir si vous remportez le tournoi du grand chelem ? Que faire si votre petite entreprise s'élargit en une multinationale ?

Résultat : quand la victoire arrive, l'individu est dépourvu de repères et, bien souvent, il est si décontenancé qu'il organise vite fait sa défaite afin de se retrouver dans une « normalité » connue.

« Croire ou ne pas croire, cela n'a aucune importance. Seul compte le fait de se poser de plus en plus de questions. »

Respiration

Les femmes et les hommes ne perçoivent pas le monde de la même manière. Pour la plupart des hommes, les événements évoluent de manière linéaire. Les femmes, en revanche, peuvent concevoir le monde dans sa forme ondulatoire. Probablement parce qu'elles ont tous les mois la preuve que ce qui se construit peut se déconstruire et se reconstruire. Elles perçoivent l'univers comme une pulsation permanente. Ce secret fondamental est inscrit dans leur corps : tout ce qui grandit finit par diminuer, tout ce qui monte finit par descendre. Tout « respire » et il ne faut pas avoir peur que l'expiration succède à l'inspiration. La pire chose serait de vouloir retenir sa respiration ou de la bloquer. Ce serait l'étouffement assuré.

Les récentes découvertes en astronomie montrent de même que notre univers, issu du big-bang et qu'on a toujours perçu comme un univers en expansion permanente, pourrait lui aussi se concentrer jusqu'à un big-crunch, sorte de concentration maximale de la matière, débouchant peut-être à nouveau sur… un deuxième big-bang. Même l'univers dans ce cas « respirerait ».

TOUT

Tout est en un. (Abraham)
Tout est Amour. (Jésus-Christ)
Tout est sexuel. (Sigmund Freud)
Tout est économique. (Karl Marx)
Tout est relatif. (Albert Einstein)
Et ensuite ?
Tout…

Table

1. – Entre nous — 7
2. – Devant l'inconnu — 8
3. – Recette du gâteau au chocolat — 9
4. – L'homme superlumineux — 10
5. – Lois de Murphy — 12
6. – Trois vexations — 14
7. – Les magiciens — 15
8. – Symbolique des chiffres — 17
9. – Mouvement encyclopédiste — 19
10. – Et si nous étions seuls dans l'univers ? — 21
11. – Couleur bleue — 23
12. – Quatre façons d'aimer — 26
13. – Rien — 28
14. – Au commencement — 39
15. – Au commencement (suite) — 30
16. – Au commencement (fin) — 31
17. – Cri — 33
18. – Loi d'Illich — 34
19. – Ankh — 36
20. – Coopération, réciprocité, pardon — 37
21. – Genèse grecque — 39
22. – Chronos — 41
23. – Trois pas en avant, deux pas en arrière — 43
24. – Œuf cosmique — 45
25. – Mort — 47

26.	Typhon	49	51. – Nostradamus	94
27.	Miroir	51	52. – L'Atlantide	97
28.	Héphaïstos	53	53. – Zodiaque	99
29.	Vision	55	54. – Aphrodite	101
30.	Les sirènes	57	55. – Amazones	104
31.	Poséidon	58	56. – Autolimitation des puces	106
32.	Poupées russes	60	57. – Les Dogon	107
33.	Mystères	62	58. – Recevoir	110
34.	Histoire des chats	64	59. – Les Muses	111
35.	Angoisse	66	60. – Samadhi	112
36.	Arès	67	61. – Sisyphe	114
37.	Violence	69	62. – Écriture	116
38.	« 142 857 »	70	63. – Reine Sémiramis	118
39.	Hermès	71	64. – Akhenaton	120
40.	Révolution yahviste	73	65. – Milet	123
41.	Fourmis	75	66. – Sumer et la onzième planète	125
42.	Hiérarchie chez les rats	78	67. – Prophétie de Daniel	128
43.	Les générations d'hommes	80	68. – Réponse de Gaïa	130
44.	Montagne sacrée	82	69. – Héraclès	131
45.	Léviathan	83	70. – Sélection	133
46.	Déméter	85	71. – Histoire de porcs	134
47.	Calendrier	87	72. – Les quatre accords toltèques	135
48.	Enterrements cérémoniaux	89	73. – Archimède	137
49.	Expérience avec des chimpanzés	90	74. – David Bohm	139
50.	La mémoire des vaincus	92		

75.	Hannibal Barca	141	96.	Massada	180
76.	Complexe de M. Perrichon	145	97.	Civilisation d'Harappa	182
77.	Méduse	147	98.	Lemmings	185
78.	Le dur et le mou	149	99.	Hertz	186
79.	Ginkgo Biloba	150	100.	Chuchoteur	188
80.	Delphes	152	101.	Héra	189
81.	Prométhée	155	102.	Hénothéisme	191
82.	Spartacus	157	103.	Sphinx	192
83.	Les Indo-Européens	159	104.	La force du vide	194
84.	Les Hébraïco-Phéniciens	161	105.	Cyclopes	197
85.	Tigre à dents de sabre	163	106.	Loi de Peter	198
86.	Lilith	165	107.	Zeus	199
87.	Histoire de lézard	167	108.	Musique	201
88.	Le rêve du dauphin	168	109.	Gladiateurs	203
89.	Trois phases	169	110.	Analyse transactionnelle	205
90.	Les Dix Commandements	170	111.	Pandore	207
91.	Thomas Hobbes	171	112.	Néron	209
92.	Mouvement anarchiste	173	113.	Apollon	212
93.	Visualisation	175	114.	Taj Mahal	214
94.	Mante religieuse	177	115.	Jeu de sape	217
95.	Piège à singe	179	116.	Le paradoxe de la Reine Rouge	219
			117.	Cosmogonie nordique	221
			118.	Pythagore	223
			119.	Roi Nemrod	226
			120.	Apoptose	228
			121.	Écran et veille	230
			122.	Autoestime	231

123.	Astronomie maya	223	142.	Orphée	273
124.	Papesse Jeanne	235	143.	Les trois passoires	273
125.	Cosmogonie tahitienne	237	144.	Axe du monde	278
126.	Nikola Tesla	239	145.	Histoire des clowns	279
127.	Conan Doyle	241	146.	Jeu d'Éleusis	282
128.	Mise en abyme	244	147.	Histoire de l'astronomie	284
129.	Recette dauphinienne du gâteau au fromage blanc sucré	246	148.	Des chats et des chiens	287
130.	Dragon chinois	248	149.	La théorie du tout	288
131.	La reine Kahina	249	150.	Apothéose	290
132.	Controverse de Valladolid	251	151.	Vous	292
133.	Une explication des notes de musique	254	152.	Loi de Parkinson	294
134.	Cosmogonie hindoue	255	153.	Charade de Victor Hugo	295
135.	Koan	257	154.	Le peuple du rêve	296
136.	Les Baruyas	259	155.	Compte et Conte	298
137.	Œdipe	262	156.	Horoscope maya	299
138.	Bêtise humaine	264	157.	Paul Kammerer	301
139.	Pan	267	158.	Homéostasie	304
140.	Rire	269	159.	Mayonnaise	306
141.	Hadès	271	160.	Idéosphère	308
			161.	Mutation des morues	310
			162.	Sir Thomas More	311

163.	– Sollicitation paradoxale	*313*	
164.	– Alchimie	*315*	
165.	– Tibet	*316*	
166.	– Omelette	*317*	
167.	– Pouvoir des chiffres	*318*	
168.	– Sexualité des punaises des lits	*320*	
169.	– Genèse	*323*	
170.	– Pouvoir de la pensée	*324*	
171.	– Romains en Chine	*326*	
172.	– Le chat de Schrödinger	*328*	
173.	– Le cadeau de la mouche verte	*329*	
174.	– Essaimage	*331*	
175.	– Solidarité	*333*	
176.	– Dieu	*334*	
177.	– Croisade des enfants	*335*	
178.	– Croisade de Pierre l'Ermite	*336*	
179.	– Croisade de Godefroi de Bouillon	*337*	
180.	– Zombies	*338*	
181.	– Piège indien	*341*	
182.	– Acacia Cornigera	*342*	
183.	– Espagnols au Mexique	*344*	
184.	– Synchronicité	*346*	
185.	– Syndrome de Bambi	*348*	
186.	– Croissance	*349*	
187.	– Orientation	*350*	
188.	– Conte du rabbi Nachman de Braslav	*351*	
189.	– Interférence	*352*	
190.	– Puissance de l'Inde	*353*	
191.	– Psychopathologie de l'échec	*355*	
192.	– Abracadabra	*356*	
193.	– Baiser	*358*	
194.	– Différence de perception	*359*	
195.	– De l'intérêt de la différence	*360*	
196.	– Groenland	*361*	
197.	– Stratégie imprévisible	*363*	
198.	– Deuil du bébé	*364*	
199.	– Singapour, ville-ordinateur	*365*	
200.	– Intégration	*368*	
201.	– Nombre d'or	*369*	
202.	– Conscience du futur	*370*	

203.	L'ŒUF	*371*	
204.	MOUVEMENT DE VOYELLES	*373*	
205.	HIPPODAMOS À MILET	*374*	
206.	TRIANGLE QUELCONQUE	*376*	
207.	MÉDITATION	*377*	
208.	CONSTRUCTION MUSICALE, LE CANON	*378*	
209.	CONSEIL	*380*	
210.	MOBILITÉ SOCIALE CHEZ LES INCAS	*381*	
211.	STRATÉGIE DE MANIPULATION	*383*	
212.	VOYAGE VERS LA LUNE	*385*	
213.	CENSURE	*386*	
214.	L'ART DE LA FUGUE	*387*	
215.	THÉLÈME	*389*	
216.	LE CHEVAL HANS	*391*	
217.	L'AVENIR EST AUX ACTEURS	*393*	
218.	DEUX BOUCHES	*395*	
219.	STADE DU MIROIR	*396*	
220.	GÂTEAU D'ANNIVERSAIRE	*398*	
221.	INDIENS D'AMÉRIQUE	*399*	
222.	L'INSTANT OÙ IL FAUT PLANTER	*403*	
223.	PHALANSTÈRE DE FOURIER	*404*	
224.	RAT-TAUPE	*406*	
225.	TOUR DE MAGIE	*408*	
226.	MÉTHODE ANTICÉLIBAT	*409*	
227.	DICTÉE	*411*	
228.	UTOPIE	*412*	
229.	AINSI NAQUIT LA MORT	*414*	
230.	CHAMANISME	*416*	
231.	L'HISTOIRE VÉCUE ET L'HISTOIRE RACONTÉE	*418*	
232.	FOURMIS D'ARGENTINE	*420*	
233.	PRÉDATEUR	*422*	
234.	PARADOXE D'ÉPIMÉNIDE	*423*	
235.	GARDES ROUGES DE CHENGDU	*424*	
236.	COMMENT	*427*	
237.	RECETTES POUR CRÉER, DE BRIAN ENO	*428*	
238.	COMPLOTS	*430*	
239.	CHOC DES CIVILISATIONS	*431*	
240.	PHÉROMONES HUMAINES	*432*	

241.	– Bateleurs en Chine	434	
242.	– Gestation	435	
243.	– Test psychologique	437	
244.	– Squelette	439	
245.	– Recette du pain	440	
246.	– L'inverse	441	
247.	– Instinct maternel	442	
248.	– Omnivores	444	
249.	– Haptonomie	445	
250.	– Système probabiliste	447	
251.	– Tolérance	448	
252.	– Question de langue	449	
253.	– Recette de l'île flottante	450	
254.	– Vanuatu	451	
255.	– Transgresseur	453	
256.	– La conjuration des imbéciles	454	
257.	– Trois réactions	456	
258.	– Niveaux d'organisation	458	
259.	– Longs nez au Japon	460	
260.	– Joie	462	
261.	– En sortir	463	
262.	– Égalité	464	
263.	– Le cerveau gauche et les délires du droit	465	
264.	– Courage des saumons	467	
265.	– Masochisme	469	
266.	– Alan Mathison Turing	471	
267.	– De l'importance du biographe	473	
268.	– Couple	475	
269.	– Trois petites filles	476	
270.	– Adamites	478	
271.	– Cycles septennaires	480	
272.	– Lâcher prise	482	
273.	– Armes	485	
274.	– Réalité	486	
275.	– Couseuse de cul de rat	487	
276.	– Bêtise naturelle	488	
277.	– Truel	490	
278.	– De l'importance de porter le deuil	492	
279.	– Mariage de raison	494	
280.	– Malice des dauphins	495	

281.	L'ouverture par les lieux	497	
282.	Papillon	499	
283.	École du sommeil	500	
284.	La mort du roi des rats	502	
285.	Interprétation de la religion dans le Yucatán	504	
286.	Comme des vagues	506	
287.	Jeu de cartes	508	
288.	Course de fond	509	
289.	Question d'échelle	510	
290.	Mouvement gnostique	511	
291.	Empathie	512	
292.	Zéro	513	
293.	Nos alliés les bêtes	515	
294.	Influence des autres	517	
295.	Procès d'animaux	519	
296.	Chantage	521	
297.	Bataille de Culloden	522	
298.	Humour	525	
299.	Au début	526	
300.	Avenir	528	
301.	1 + 1 = 3	530	
302.	Bactérie	532	
303.	Construire et communiquer	534	
304.	Utopie de Shabbatai Zevi	536	
305.	Ère du cortex	538	
306.	Espace	539	
307.	Être ensemble	540	
308.	Dinosaure	541	
309.	Feuille de papier	543	
310.	Guerrier	544	
311.	Irréfutable	545	
312.	Vase de Klein	546	
313.	Krishnamurti	547	
314.	Mont-Saint-Michel	549	
315.	Noir	551	
316.	Pour trouver une idée	552	
317.	Réalité parallèle	553	
318.	Règne du calife Al-Akim	555	
319.	Shiatsu	557	
320.	Sommeil paradoxal	558	
321.	Bombardier	560	
322.	Jeu de Marienbad	562	

323.	Sphère	564	**345.** – Poissons Cyclidae	593
324.	Tromperie tactile	565	**346.** – Culte des morts	595
325.	Wendat	566	**347.** – Carrés magiques	597
326.	Sources de peur	567	**348.** – Quelques révoltes peu connues	599
327.	Communication entre les arbres	568	**349.** – Trinquer	603
328.	Yin Yang	569	**350.** – Sator	604
329.	Fœtus	570	**351.** – Arômes	605
330.	Auroville	571	**352.** – Stratégie du choix	606
331.	Conseil de Rose-Croix	572	**353.** – Hydromel	607
332.	Usure du cerveau	573	**354.** – Clavecin de lumière	608
333.	Palindrome	575	**355.** – Temple de Salomon	609
334.	Communication originelle	576	**356.** – Le dilemme du prisonnier	611
335.	Œuf cuit	577	**357.** – Je ne sais pas ce qui est bon et ce qui est mauvais	613
336.	Vieillard	578	**358.** – Culte féminin	614
337.	Définition de l'être humain	579	**359.** – Chacun sa place	616
338.	Jeu des trois cailloux	581	**360.** – Proverbe chinois	618
339.	Sondage	583	**361.** – Extraterrestres	619
340.	Noosphère	584	**362.** – Janissaire	621
341.	Insulte	586		
342.	Placenta	587		
343.	Premier maître du monde	588		
344.	Mue	592		

363. – Labo	622	**374.** – Sexualité humaine	639
364. – Échecs	623	**375.** – Tests d'intelligence	641
365. – Les cinq étapes	625	**376.** – Lilliputiens	642
366. – Pyramide	626	**377.** – Giordano Bruno	644
367. – Dernières rencontres	627	**378.** – Relativité	646
368. – Jeu triangulaire	629	**379.** – Recette d'une âme	647
369. – Respirer	630	**380.** – La fin des ésotérismes	649
370. – Les CREQ	631	**381.** – Victoire	650
371. – Quelques légendes sur les origines de l'humanité	633	**382.** – Croire	652
		383. – Respiration	653
372. – Navajo	637	**384.** – Tout	654
373. – Points communs	638		

Du même auteur
aux Éditions Albin Michel :

CYCLE DES FOURMIS

Les Fourmis, 1991
Le Jour des fourmis, 1992
La Révolution des fourmis, 1996

CYCLE AVENTURIERS DE LA SCIENCE

Le Père de nos pères, 1998
L'Ultime Secret, 2001
Le Papillon des étoiles, 2006
Le Rire du cyclope, 2010

PENTALOGIE DU CIEL

CYCLE DES ANGES

Les Thanatonautes, 1994
L'Empire des anges, 2000

CYCLE DES DIEUX

L'Île des sortilèges, 2004
Le Souffle des dieux, 2007
Le Mystère des dieux, 2007

CYCLE TROISIÈME HUMANITÉ

Troisième humanité, 2012
Les Micro-humains, 2013
Les Voix de la Terre, 2014

AUTRES LIVRES

Le Livre du voyage, 1997
L'Arbre des possibles (nouvelles), 2002
Nos amis les humains (théâtre), 2003
Paradis sur mesure (nouvelles), 2008
Le Miroir de Cassandre (roman), 2009
Le Sixième Sommeil (roman), 2015
Depuis l'au-delà (roman), 2017
La Boîte de Pandore (roman), 2018
Sa majesté des chats (roman), 2019

Le Livre de Poche s'engage pour l'environnement en réduisant l'empreinte carbone de ses livres. Celle de cet exemplaire est de : 650 g éq. CO₂
Rendez-vous sur
www.livredepoche-durable.fr

PAPIER À BASE DE
FIBRES CERTIFIÉES

Composition réalisée par Belle Page

Achevé d'imprimer en Italie par
Grafica Veneta
en mai 2022
N° d'impression : 3033239
Dépôt légal 1re publication : septembre 2011
Édition 13 : mai 2022
LIBRAIRIE GÉNÉRALE FRANÇAISE
21, rue du Montparnasse – 75298 Paris Cedex 06

31/6029/8